故事会

2011 · 45

（总第486-489期）

合订本

I0553132

STORIES

上海故事会文化传媒有限公司　出品

图书在版编目（CIP）数据

2011《故事会》合订本.45/《故事会》编辑部编.
上海：上海锦绣文章出版社，2011.8
ISBN 978-7-5452-0966-2

Ⅰ.① 2… Ⅱ.①故… Ⅲ.①故事－作品集－中国－当代 Ⅳ.Ⅰ①1247.8

中国版本图书馆 CIP 数据核字（2011）第 145290 号

责任编辑：刘迎曦
封面设计：李宝强
责任督印：张　凯

2011 故事会合订本 45
（总第 486－489 期）
《故事会》编辑部　编

上海锦绣文章出版社·上海故事会文化传媒有限公司出版
地址：上海绍兴路 74 号
电子信箱：gushihui@263.net
网址：www.slcm.com
中国图书进出口上海公司发行
地址：上海市广中路88号
电话:36357888
ISBN 978-7-5452-0966-2/Ⅰ·324

486

2011
SEMIMONTHLY
上半月刊

5月

STORIES

欢迎登录本刊主办的"故事中国网"（www.storychina.cn）

故事会
—STORIES—

2011年5月
上半月·红版

何承伟：社 长、主 编
夏一鸣：副社长

吴 伦：常务副主编（兼绿版负责人）
姚自豪：副主编（兼红版负责人）

本期责任编辑：吕 佳
电子邮箱：lujia411@yahoo.com.cn

红版发稿编辑：
姚自豪 郑继文 叶小萌 李天然
美术编辑：李宝强
电脑制作：郭瑾玮
通 联：归依玲

本社办公室电话：021-64375030
上半月刊编辑部电话：021-64332325
下半月刊编辑部电话：021-64336469
（上海市绍兴路74号 邮编：200020）
主管、主办：上海文艺出版（集团）有限公司
出版单位：《故事会》编辑部
发行范围：公开

制作、发行总监：张 凯
电话：021-64313938
广告业务：上海故事会文化传媒有限公司
广告总监：张 淮
广告业务：021-34010383
广告投诉：021-64333738
广告经营许可证
沪工商广字第3100320080016号
发行：中国图书进出口上海公司

特别提示：凡本刊录用的作品，即视为本刊已获得该作品与《故事会》相关的网上传播、汇编出版、电子和录音录像制品等权利。本刊向作者支付的稿酬，已包含了上述各项权利的报酬，如有特殊要求，请提前说明。

智斗诈骗电话

有位大婶接到一个电话，说她的银行卡欠费了，大婶想了想，说："你肯定是骗子，银行都用语音系统。"对方一听，就把电话挂了。

没过几天，这位大婶又接到了电话，一接通那边就说："现在是语音留言，您的账户欠费，详情请按9。"

大婶想了想，说："我的电话上没有9。"

电话那边立刻说："怎么可能？"

大婶笑了："你不是语音留言吗？"

那边愣了一下，马上把电话挂了。

（何大熊）

（本栏插图：包丰一）

QQ群的用处

现在的孩子真是了不得，这不，有个男孩才上小学三年级，就在网上建立了班级QQ群。

男孩的妈妈问他："你们在QQ上都干些什么？"爸爸接口道"瞧你问的，还能干什么？不是聊天，就是玩游戏呗！"

不料男孩听后露出一脸不屑，说："老爸老妈，你们可真够落伍的，现在都啥年代了？"

爸妈奇怪了，问那是用来干吗的，男孩得意地说："QQ群嘛，那是用来公布作业答案的……"

（董　行）

日历的颜色

这天妈妈下班回家，看见墙上的日历都被涂成红色了，就问三岁的儿子："宝贝，你怎么把日历都涂成红的啦？"

儿子回答说："妈妈，你不是对我说过，日历变成红色的日子，就不用去幼儿园了吗？"

（汪　杰）

有供奉

有户人家逢年过节都要供奉祖先。除夕之夜，这家的主妇拿了几个酒杯倒满酒，给每位祖先供上一杯，没想到她一不小心把一个杯子打破了，偏偏家里又没有多余的杯子，主妇想了想，计上心来……

过了一会儿，全家人过来行礼，突然，大家看到，有一个杯子里插着两根吸管……

（筱叶紫）

弄假成真

某领导要提拔一位处长，他对妻子说："我马上要退休了，这次我想提拔一个对我忠心的人，日后也好有个照应，但不知谁对我忠心。"

妻子出主意："就说你已经被'双规'了，我通知他们都来咱家，研究对策，这样不就测出谁对你忠心了？"

商量完，妻子就用她的手机发出了短信。然而两天过去了，那几个人别说登门，就连电话也没打一个。

领导正在痛心，终于有人来敲门了，开门后，竟然走进两位纪检干部，他们亮了一下证件，对领导说："你被'双规'了。"领导两眼一瞪："开什么玩笑？我老婆发的那条短信是假的。"纪检干部一笑，说："就因为那条假短信，你的部下昨天已经自首了。"

（朱孝青）

原创短信

夫妻俩看报，报上有一条消息：调查显示，春节期间手机拜年短信转发的占96%，自己写的只占4%。妻子对丈夫说："原创率太低了，你抄我的我抄你的，简直就是对别人的不尊重。春节时你发给我的那段也是抄的吧？我去年就收到过。"丈夫赶紧敷衍："好好，我以后一定都给你发原创的。"

第二天，妻子正上班呢，突然收到丈夫的一条短信，点开一看，上面写道："老婆，我晚上加班，不回家吃饭了。"可气的是，他还在短信后面注上了两个字——"原创"。

（鬼不灵）

宿舍是谁的

宿舍里住着四个同学，这天熄灯后，一个同学拿出应急灯看书，正对着灯光的室友被照得睡不着，忍不住大声道："宿舍是你一个人的啊？"看书的同学不服，大声回敬，两人吵了起来。

不久，又一个室友受不了了，大喊"宿舍是你们两个人的啊？"于是三个人吵了起来。终于，第四个室友也按捺不住了，叫道："宿舍是你们三个人的啊？"顿时宿舍里吵成一团。

一分钟后，只听隔壁传来一声怒吼："这栋楼是你们四个人的啊？"

（生如夏花）

报复女友

一个男生不满女友花心，跟踪至夜店，见她正和别人卿卿我我，就拿出一瓶不明液体，对女友大叫："我要把你毁容，看你还怎么脚踩两只船！"说完就将液体泼到女生脸上。旁人不忍看女孩被毁容的惨象，"呼啦"一下，全给吓跑了。

女生很害怕，但过了好一阵子，她脸上都没有异样的感觉，就大着胆子问男生："你泼的是什么？"

男生说："哼……是卸妆液！"

（张红斌）

区　别

老师问学生："你为何老是'在'、'再'不分？这两者是有区别的。"

学生郁闷地说："有啥区别呀？我看都一样啊！"

老师又好气又好笑，拿起作业本在学生头上轻轻一敲，说"这是正在的在。"过了一会儿，又在学生的头上敲了一下，说"这是再来一次的再。"

学生摸着脑袋，嘀咕道："不都是用本子打脑袋吗，到底有啥不一样呀？"

（写字猫）

巧辨真假

春节前，老爸单位发了几千块钱奖金，老爸一高兴，就买了一枚钻戒送给老妈。

老妈把钻戒戴在手上，左看右看，美得不行。这时，女儿忽然想起，有个朋友前段时间不小心买了枚假钻戒，就担心老爸会不会买到假货，没想到，老妈肯定地说："这绝对是真的。"

女儿疑惑地问："你怎么这么肯定？"

老妈慢悠悠地说："你也不想想，假钻戒有这么小的吗？"

（汪　杰）

酒后真言

有个男人酒量很差，喝两瓶啤酒就能醉倒，他的女友就经常哄男人喝酒，趁机套他的话。这天男人又喝醉了，酒醒时发现女友正满面泪痕地看着自己。男人想，一定是自己在喝醉时说了什么不该说的话，就赶紧辩解："亲爱的，无论我刚才说了什么，都不是真的！"

女友听罢，狠狠打了男人一拳："笨蛋！你刚才向我求婚了。"

（它山石）

退休专家

一批老同学都已近退休年龄，同学会上，五年前提早退休的黄胖成为众人咨询的对象。

同学们问："退休生活好吗？"

黄胖回答："前四年很好，很清静。"

大伙不明白了，为什么只有前四年很清静，第五年发生了什么呢？

黄胖叹了口气，说："第五年我老婆也退休了！"

（桃之夭夭）

本栏欢迎来稿，读者、作者可将有新鲜感、有精彩细节的笑话佳作投寄给我们。来稿一经采用，最高稿费为一则100元。本期责任编辑电子信箱：lujia411@yahoo.com.cn。

五味饭局

□ 芦宏伟

最近我想按揭买套小房子，听说高中时的同学王刚如今已是一家房产公司的老总，我就想求他帮忙弄套便宜点的房。通过老同学间的几番周折，我终于联系上了王刚。

说实话，念书时我跟王刚没什么交情，我是老师疼爱的尖子生，王刚则是差生，不但成绩差，还爱调皮捣蛋，坏点子极多，那时我是不屑跟王刚打交道的。本担心王刚不会赏脸，但电话里我说请王刚出来吃顿饭，他竟然没拒绝。

我在一家颇具规模的酒店安排了一桌酒席，约好的时间是十二点，我知道王刚忙，就吩咐服务员十二点务必把菜上齐，让王刚一来就能入席。没想到十二点到了，菜也上齐了，却不见王刚来。我给王刚打电话，他说路上堵车，很快就到。

又等了十几分钟，王刚还是没来，我坐不住了，跑到酒店门口，盼星星盼月亮地朝两边张望着。这时，手机响了，是王刚打来的："大伟，不好意思呀，我临时有点急事来不了，咱们改天见吧！"

啊，我的天啊！饭菜我都叫上了，一桌要四百多块呢，还有那瓶二百多块的酒，已经开瓶了……这桌酒菜加起来要六七百呢！

我顿时起了脚底抹油的念头，可扭头一瞟，发现酒店的门童似乎一直在盯着我，估计是看我可能要出状况，已经留意我了。唉，这六七百的酒菜要白白浪费了吗?

正当我气急败坏时,忽然看到路边经过一个骑自行车的老头,显得很面熟,一时却想不起在哪儿见过,再一看,跟他一起骑自行车的另一个老头也很面熟,我这才一下想起来了——这两个老头,不是我高中时的班主任郑老师和教数学的刘老师吗?

我读的是个普通高中,对于我这样的拔尖生,尤其看重。我念书的时候,几个老师不辞辛劳,不计报酬,没少在休息日单独给我开小灶,而我也不负众望,考上了南京一所名牌大学,可考上大学后,我就再也没跟高中时的老师联系过……两位老师如果知道,当年他们万分看重的好学生,正在哈巴狗似的安排酒席,讨好班上连高考都没参加的差生王刚,不知有什么感想?

也不知怎么的,我感慨万千,鼻子也有点发酸,突然间,我胸中涌出一股豪气,上前叫道:"郑老师!刘老师!"两位老师一愣,停下自行车,看到我后,同时叫道:"大伟!"都十几年过去了,没想到两位老师还能一眼认出我。

"老师,把自行车停这儿,来,咱们饭店里聊!"我帮两位老师停下自行车,硬拉着他们进了饭店。两位老师还不知道怎么回事,我自然不能明说,这是我请的人没到,怕饭菜浪费顺便请他们吃了。我想了想,编瞎话

说,我是特意守在老师下班路上,请两位老师过来吃饭的。两位老师没想其他的,听后显得有点受宠若惊。我说:"老师,我能考上大学找到工作,全靠你们那时加班加点地帮我补课,学生如今请老师们吃顿饭,应该的!"

说到后来,我真的动情了,真好像自己是特意请老师吃饭似的。两位老师也是眼眶泛红,但又不善于表达,只是拿筷子指着一桌子丰盛的菜,不停地说:"这……这太破费了。"

我给两位老师斟满酒,再给自己倒上,刚举起酒杯,包房的门被人一下推开了,一个声音叫道:"哈哈,大

伟你好啊！"

抬头一看，王刚来了！我又惊又喜，喜的是，我请客的正主儿总算到了；惊的是，原本完完整整的一桌酒席，如今多了两个人，而且已经开始吃喝了，这不是对邀请的正主儿大不敬吗？谁知，王刚看到两位老师，瞪大了眼睛，惊讶地叫道："郑老师？刘老师？"

王刚大步走了过去，两位老师本能地站起来，王刚握着两位老师的手，请他们坐下。我忙叫服务员再上一套餐具，小声问王刚："你不是有事不来了吗？"王刚嘿嘿一笑，伏在我耳边悄声说："不是想小小调戏你一下嘛，再说了，就算有什么重要的事情，也没老同学的邀请重要嘛！"我知道王刚这种商场上打滚的人，说话虚虚实实，也不好追究，只得陪着讪讪地干笑两声。

"郑老师，刘老师，你们现在好吗？"王刚双手给两位老师端上酒，热情地说，"我先敬你们三杯！"

接着，王刚对两位老师问寒问暖，倒把我晾一边了。真是出乎我的意料，以前上学时，王刚可是经常挨批的差生啊！

师生见面，免不了就是聊班上同学的近况，聊上学时的趣事，王刚跟两位老师聊得不亦乐乎。好几次，我见缝插针，凑机会吞吞吐吐向王刚提房子的事，王刚却总是打断我的话，

甩上一句："这种事情，改天再谈吧！"一直到这顿饭结束，也不知道王刚弄清楚我的意思没有。

结账时，我正一张一张地数钞票，王刚直接拿出卡一刷，把账结了，我忙说："怎么能让你掏钱？该我出嘛！"王刚哈哈一笑"咱学生请老师吃顿饭，谁都该出，下次让你表现好啦！"

回去后，我心里一直在打鼓，总觉得这顿饭吃得不如人意，没吃出我预想的效果来。请王刚帮忙买房的事，我看哪，八成也没戏了。然而，没过多久，我就接到王刚的电话，说帮我找了一套房，让我去看房。我跑去一看，这套房子的价格和位置都很适，不由喜出望外，心想：王刚这小子，倒是挺讲义气的……

在年底的一次同学聚会上，我没见到王刚，却有一位关系不错的同学，私下里告诉了我这么一件事。他说，那次我要请王刚吃饭，王刚就猜到我肯定有事找他帮忙，这个坏小子王刚，就想宰我一顿完事，但他去后没料想我竟然还请了两位老师。王刚就说我这人有良心，回去后就想办法帮了我的忙。

原来如此啊！我得知真相后，心里五味杂陈，最后，不知不觉脱口说道："老师啊，你们无意中帮了我一回，你们知道吗……"

（题图、插图：安玉民　梁　丽）

与生活讲和

一对夫妻因为一点小事吵了起来，最后妻子怒道："我不想再看见你，你走！你现在就给我走！"

这句话一出口，妻子就有些后悔，只见先生默默地转身，朝门外走去。妻子的心提到了嗓子眼儿，她想起先生讲过他和初恋女友分手的经过：有一次他们吵架，初恋女友说了一句："你给我走！"先生就转身离开了那个小屋，从此再没跨进过。妻子不敢往下想了……

这时她听到脚步声，只见先生拿着一只玻璃杯走过来，说："给，老婆，喝口水吧，生气累人呢。"妻子接过杯子，眼泪忍不住落下，先生递过

一块毛巾，说："你以为我真的要走？二十年前，我就是这么一走，失去了初恋，我不会再犯同样的错误。我快四十岁了，已经学会了与生活讲和。"

（作者：肖兴明、林　夕）

渡河

年底，吴桐没有领到工钱，揣着仅剩的一百块钱踏上归途。到了家乡小镇的渡口，一只小船靠在码头边，人们上船时，都顺手往船夫身旁的陶罐里放两元钱。吴桐把手伸向兜里，这才发现，钱已经用完了。他稍一犹豫，从大衣上扯下了两粒纽扣，迅速把纽扣放进了陶罐。

等船靠了岸，吴桐快步向前走去，突然，船夫叫住了他："小伙子，别急着走！"船夫把那只陶罐倒扣在桌子上，零散硬币洒满了一桌，其中就有那两粒纽扣。吴桐的脸一下子羞得通红，还没等他说话，船夫拿出一个针线盒，说："你把衣服脱了，把纽扣缝上。"吴桐呆住了，船夫接着说："要到家了，更要注意自己的仪容，在外奔波了一年，穿着一件残破的衣服进门，就不怕爹妈看到心疼吗？"

瞬间，吴桐的眼睛湿润了。等他穿好衣服走出船舱，感到浑身暖暖的，仿佛一下子从冬天走到了春天。

（作者：雁　翎）

带在身上的爱

有个小偷，在车站盯上了一个回家过年的人，这人穿着崭新的西装，系着鲜红的领带，戴着皮手套，足蹬锃亮的皮鞋，穿着打扮像个白领。小偷相信自己的眼力，这人一定带了好多钱！

一路上，那人乘火车，小偷也乘火车，那人搭汽车，小偷也搭汽车。小偷趁他打盹时翻过他的包，趁他发呆时摸过他的口袋，都没能找到大把的钱。难道自己看走眼了？为了得知秘密，小偷请他喝酒。那人喝醉后，拍了拍崭新的西服，自豪地说："你问我的钱？呵呵，全带在身上。"

小偷愣了，那人憨憨地说："回来时，老板只给了3000块。我儿子上高中了，个头比我还高，我身上的西装皮鞋是给儿子买的。爹七十多了，从没穿过保暖衣，我里面穿的保暖衣是给爹买的，手上的皮手套是给娘买的。秀秀跟我20多年了，我给她买了个金戒指，怕弄丢了，就戴在左手小拇指上，你看——"说着，他取下左手的手套，晃动着粗糙的大手，笑得嘴都合不拢。

小偷听罢，一句话也说不出来：原来，这人把双手挣得的3000块钱兑换成了爱，把爱带在了身上……

（作者：顾振威）

火车六年不到站

小赵生病住院时，遇上两兄弟，弟弟是因为车祸住院的，哥哥已经照顾他六年了。

哥哥告诉小赵，弟弟是六年前春节回家时被车撞的，出事时，弟弟刚下火车，所以醒来后一直以为自己还在火车上。弟弟现在走不了路，记忆力也很差，除了哥哥，他记不起任何人。

这天，弟弟吃了药，睡得很沉，小赵就约哥哥出去逛逛，这里很荒凉，过了河才有集市。逛了一会儿，哥哥看看表，突然惊叫："弟弟一定醒了。"说着就飞快地往回跑。到了河边，开船的正好走开了，哥哥不顾小赵的劝阻，脱了衣服就跳进冰冷的河里，那可是冬天啊！

等小赵乘下一班船回到医院，哥哥已经换了衣服，坐在床上看弟弟吃饭。弟弟好像哭了很久，一边抽泣一边说："哥，我以为你先下车了呢。"

"怎么会呢？要是下车，我一定会喊你的。"

弟弟点点头，然后问："那我们大概什么时候可以下车？"

哥哥肯定地说："明天就到了。"

小赵转过头，泪流满面，心想：这路真长，火车一坐就是六年。

（作者：魏　岚；推荐者：南极冰）

本栏插图：安玉民　梁　丽

最牛拳法

□ 郭 选

不起眼的小村里，竟然人人都是武林高手，是民间藏龙卧虎，还是其中另有隐情？

县里正在大搞特色村建设，这天，上河镇幸福村打电话到县电视台，说他们想要申请武术特色村，邀请电视台去采访。

俗话说，高手在民间，说不定一不小心，还真弄出个黄飞鸿霍元甲来，一鸣惊人呢。电视台的刘副台长当即带上摄像师，一同赶往幸福村。

幸福村远离县城，处在县里的边缘地带，后靠一座小山，前依一条小河，也算得上山清水秀，乍一看，真像是高人隐居的地方。

村主任高二全早已在村口等候着，和刘副台长寒暄几句后，就把他们带到了村委会大院，那里已经聚集了不少人，不过大都是些老人妇女儿童。高二全解释说，年轻人都出去打工了，只剩下老人妇女留守在家。刘副台长不禁问，既然年轻人都不在，那待会儿由谁来表演武术呢？高二全一笑，指了指正在墙角伸胳膊蹬腿的几个老人，说："那几个都是老拳师，个个是高手，你就等着看好儿吧。"

表演开始前，刘副台长对高二全进行了采访，高二全不愧是当了多年的村主任，对着镜头神色自如，侃侃而谈。他说，他们村的拳叫"网拳"，已经有上百年的历史了，曾经出过好几个威震四方的拳师。眼下青年外出

挣钱的多,静下心来练拳的少,老拳师们恐怕照此下去后继无人,这才申请武术特色村,希望能将网拳发扬光大,重现辉煌。

采访过后便是武术表演,首先上来一位瘦瘦的老人,打了一套据说是标准的网拳。刘副台长是外行,看不出他有多大功力,但还是能看出拳法相当流畅,进退自如。老人一边打,高二全一边对着镜头现场解说,他说,这套拳既有太极拳的柔美,又有咏春拳的凌厉。刘副台长听他这么一说,再看表演,嘿!还真像那么回事。

随后,高二全亲自上阵,和一位老人表演双人对拳,只见两人你来我往,配合默契。这些招式十分新颖,刘副台长看过不少功夫片,却从没见过

这样的招式,不禁连连点头,感叹道:"我来咱县这么多年,今天才算开了眼,想不到小小幸福村,竟是卧虎藏龙之地,网拳这独特的武术文化,绝不能让它就此流失!"

高二全抱拳拱手道:"要重振网拳的威风,还得靠你们大力宣传哪!"刘副台长情绪也激动了,拱了一下手,说:"一定一定!"

不觉间已近中午,高二全要留刘副台长他们吃饭,刘副台长却推辞了,原来他来之前已经和上河镇的派出所所长说好了,由他安排午饭,顺便采访一下创建平安镇的情况。高二全只好作罢,临别再三拜托刘副台长,早早播出采访录像。

刘副台长离开幸福村,到镇里和派出所所长会合。采访进行得很顺利,所长大谈了一通加强巡逻、确保一方平安的措施,就请大家去用餐。

午宴安排在镇上最好的酒店里,饭菜相当丰盛。席间推杯换盏,宾主尽欢,说话间刘副台长谈到了上午的采访,听完刘副台长的述说,所长不禁哈哈大笑起来:"他高二全要是会打拳,我就能胸口碎大石!他有几斤几两,我还不清楚?他一辈子捏锄头拿镰,啥时候练过武功?你们一定是被他忽悠啦!"

刘副台长说:"不可能吧?我们都是亲眼看见的。"

所长摇摇头,肯定地说,准是高

二全在造假。摄像师于是播放了上午的录像，所长看后愣了一下，突然一拍脑袋，哈哈大笑起来。刘副台长被他笑得莫名其妙，所长笑了半天才停下，问：这就是传说中的网拳？太能扯了，这分明就是撒网捕鱼的动作！

接着所长站起来，边比划边说："这是织网，这是晒网，这双人对拳啊，就是合力捕鱼，你看，一个撒网、一个收网……怎么样，我打的是不是网拳？以前河水大的时候，经常有人打鱼，现在不打了，这套老活计没人做了，一般人还真能被糊弄住，不过我很小的时候就随爷爷下河撒网，还能不熟悉这几个动作？遇到我这个行家，他就露馅了。"

刘副台长脸涨得通红，忍不住"啪"的一拍桌子："这个高二全太可恼了，要是真的播放出去，岂不是闹出了天大的笑话！"

所长拉拉他，说："不要慌，吃过饭我带你们去，看他高二全到底演的哪出戏。"

吃过饭，在所长的带领下，一行人又赶回幸福村。刚到村口，就看到高二全正在指手画脚，指挥一群人拉条幅写标语，拉起的条幅上赫然写着"网拳源地，武术之乡"的字样。刘副台长一见，揶揄道："村主任行动够快的，特色村申请八字还没一撇，倒先特色上了。"

见所长也来了，高二全的笑容有点勉强，但还是迎上来给大家发烟。所长推开他的手，道："二全啊，是不是小品看多了，也学会忽悠了？"

高二全讪笑着说："我再会忽悠，还敢忽悠电视台的同志、忽悠你这个所长？我们申请武术特色村，可是拿出真功夫来的，电视台的同志都看到了啊！"

所长撇了撇嘴："你还真功夫？就你那网拳，外人看不出门道，我可清楚是什么把戏。"

高二全挠着头皮道："你把老底都给揭穿了，我还能说啥呢？"

刘副台长正色道"村主任，你这样弄虚作假，性质可是很严重的呀！幸亏所长及时发现，不然在电视上放出去，造成的负面影响就太大了。"

所长也责备道："我说高二全呀，

没事你歇歇好不好，为什么干这样没头没脑的事呢？"

高二全一脸苦相，说自己实在是不得已，他扳着指头算道："你们看看，上个月老张家被偷走两只羊，前几天吴奶奶家被人捉去几只鸡，还丢了三辆电动车……唉，为了全村的安全，我这也是没有办法的办法。"

所长一听，赶忙截断他的话头："我问你为啥糊弄电视台，你瞎扯个啥呢，这和那有啥关系？"

高二全回答："当然有关系了，我们村处在三县交界处，眼下村里又只剩下些老人妇女，那些不法分子就是看上了这一点，越来越胆大，暗偷都快成明抢了。人们常说，高墙深宅防懒贼，我们呢，只好编出一套神乎其神的拳法，吓唬吓唬那些胆小的盗贼，说不定他们看到武术之乡的牌子，就不敢动手了。你说，我们这武术特色村该不该申请？"

刘副台长和所长互相看看，一时说不出话来，看来，这个问题还真不好回答。

（题图、插图：安玉民　梁　丽）

讲规矩

□ 蔡美美

小旅馆的规矩

王明杰是个生意人，他听人说现在卖山茸很赚钱，就动起了脑筋。山茸是近年来被炒得很火的一种纯天然药材，它的学名不得而知，据说常常服食可以抗癌，而极品山茸的疗效甚至超过野山参，有起死回生的神效。一株山茸王在市场上已经卖到了20万元。

王明杰怀揣着几万元本钱就上路了，他的目的地是山茸的产地——迦巴雪，那里是神秘的高海拔山区，山茸就生长在那些云雾缭绕的高山上。

到了迦巴雪，王明杰走进了一个小村庄，此时天色已晚，他决定先找个地方住下来。

村里的房子大多很破旧，但有间小院，屋檐和柱子都涂着鲜艳的颜色，显得鹤立鸡群。王明杰走进院子，这是个让人赏心悦目的农家小院，院里种满叫不出名字的花花草草。王明杰正要开口询问，一个满脸堆笑的中年汉子迎了出来。汉子用一口流利的汉语自我介绍，说他叫班达，是这儿的村长。走进了村长的家，王明杰放心了不少。

王明杰问起山茸的事，班达指着院墙上的一个竹匾说："那里面就是山茸，你今天要是在这儿住，晚上就能吃到，山茸炖腊肉可是我们这儿的招牌菜！"王明杰这才明白，班达开着一个"农家乐"。

班达给王明杰看竹匾里晾着的山茸干，王明杰不由有些失望，这些干

瘊的菌类就是传说中能起死回生、卖出天价的山茸？班达解释说："这些山茸品相不好，卖不出价钱，所以留着自己吃，真正的好山茸有人高价收购。"

坐在班达家宽敞明亮的客厅里，喝着班达妻子端上来的酥油茶，王明杰几乎不敢相信自己是在一个偏僻的小山村。吃饭前，班达说："我这里的房钱饭钱都是一定的，如果要吃山茸，就要加10元钱，这东西来得不容易。"王明杰愣了一下，心想，现在的山民都这么有经济头脑了。很快，山

茸炖腊肉上来了，闻起来很香，吃到嘴里，有一股淡淡的中药味。

吃完饭，王明杰和班达在火塘边聊起收购山茸的事。班达说："现在正是采山茸的时候，明天我就要进山。按我们这里的规矩，你可以在家里等我采回来，按市价收购；也可以跟我一起进山找山茸，我们的规矩是见者有份，比方说，找到值1万元的山茸，你出5000元就可以拿走。"

还有这样的好事？王明杰当即表示要一起进山。两人说好明天出发，当晚，王明杰就在班达家住下了。

班达家有两间客房，向北那间狭小阴暗，向南那间宽敞明亮，王明杰就把行李往向南的那间放，班达见了，说："我得先说明一下，住这间得多收20元。"见王明杰发愣，班达解释道："这两间客房条件不一样，你如果嫌贵，可以住另外一间。"王明杰不解地问："反正现在也没有别的客人，我住哪一间不一样吗？"

班达认真地摇了摇头："不一样，定下的规矩，就得照办。我如果照那间的价钱给你住，就是不讲信用，对别的客人也不公平。"

天底下还有这样认真的人？王明杰不敢相信自己的耳朵，他掏出钱交给班达，看着班达笑眯眯地走出去，他心中不由一动：什么规矩，都是借口罢了，想多收自己钱才是真的！现在的山民呀，一点都不淳朴了，明天

进山，自己可得多个心眼。

采山茸的规矩

第二天一早，王明杰跟着班达进山了。进了山他才明白，采山茸真是个苦差使，山路非常陡峭，很多地方根本就没有路。更让王明杰沮丧的是，走了老半天，却连山茸的影子都没看到。班达安慰他说，较近的地方山茸都被采光了，走远些一定能找到。

突然，王明杰发现不远处的枯树下有一丛东西，走近一看，这东西和网上看过的相片一模一样，和昨晚吃过的也差不多，不由得欢呼起来"山茸，我找到山茸了！"班达走近一看，说道："你眼力不错呀，这是山茸，长得还不错呢。"王明杰挽起袖子就要动手，班达却拦住了他："不能动，这山茸已经有主了。"

啥，明明野生的东西，咋会有主？王明杰不解地看着班达，班达指着枯树上的一道印痕，说："你看，这是旺堆家的标志，这山茸是他先发现的，过些时候他会来采的。"

还有这样的事？王明杰看了看枯树，的确有一道刀砍的印痕，可是这能说明什么呢？

王明杰看了看四周，说"这里没别人，咱们采了，他也不会知道。"班达似乎有些生气："你怎么能说这样的话？山神在听着呢。别人的东西，咱不能动，这是千百年留下的规矩。"

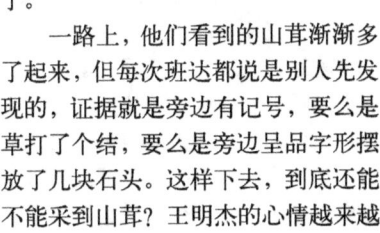

王明杰做了个鬼脸，不情愿地跟着班达继续上路了。

一路上，他们看到的山茸渐渐多了起来，但每次班达都说是别人先发现的，证据就是旁边有记号，要么是草打了个结，要么是旁边呈品字形摆放了几块石头。这样下去，到底还能不能采到山茸？王明杰的心情越来越沮丧。

就在他快要绝望的时候，班达突然在一处山崖上有了发现，崖壁上长着一簇像菌类的东西，班达和王明杰手脚并用爬了上去，拨开那些挡住视线的枯叶，王明杰不由得瞪大了眼睛，这竟然是一株硕大的山茸王！

班达也很兴奋："山神保佑，这是山茸王啊，咱们今天的运气真不错！"王明杰动手就要采挖，班达阻止了他，说："不行，今天不能采。"王明杰不解地问："为啥？"

班达说："你看这东西颜色发白，还不到采挖的时候，现在采下来，药效不够。"王明杰说："这东西体型够大了，能卖出好价钱。药效够不够，一般人看不出，咱也别管那么多了。"

班达却说："不行，这是用来治病的药，咱不能做昧良心的事。先前路上那些做好标记却没采的，都是这样。外面老板来收购时，山茸王能卖到十几万呢，你别担心，这东西是我们共同发现的，你出五万就可以带走

它。今天咱们先回去,过几天就可以来采了。"

于是他们沿原路回到了班达家,一路上,王明杰心事重重。

吃过饭,王明杰又困又累,倒在床上就睡着了,醒来时却发现班达不在,问他妻子,说是出去采山茸了。采山茸?他为什么不叫上自己?王明杰心里涌起了一丝不祥的感觉。

天快黑的时候,班达回来了,还带回了一袋子山茸,王明杰问他为什么不叫上自己,班达说:"这些山茸是我前些天发现的,在另一座山上,你去了也不能分一半,看你累了,就没叫你。"

真的吗?王明杰心里充满了疑问,他隐隐觉得自己被骗了,这些山茸,很可能就是上午发现的那些,班达瞒着自己,一个人去采了回来!

当天晚上,王明杰怎么也睡不着,他翻来覆去地想了一夜,做出了一个决定。第二天,他起了个大早,背上行囊悄悄离开了班达家……

最大的规矩

走出班达家的院子,天才蒙蒙亮,王明杰深吸了一口气,向山里进发,他决定,独自去采那株山茸王!一路上,他发现昨天做过记号的地方有多处山茸已被采走了,他觉得这更证实了自己的猜测,班达来过了!于是,他不客气地将所有剩下的山茸都装进了自己的袋子。

到了山崖下,王明杰发现那株山茸王还在,悬着的心才放了下来。他攀上山崖,小心翼翼地把山茸王采了下来,放进了袋子。

也许是因为心虚,也许是因为紧张,下山时,王明杰不小心一脚踏空,从崖上摔了下来!崖脚下是一条小溪,王明杰扑通一声掉进了冰冷的水里,两眼一黑,就失去了知觉。

王明杰醒来的时候,发现自己躺在班达家的床上,他搞不明白,自己是怎么回到这里的呢?不过他现在管不了那么多了,只想快点离开。

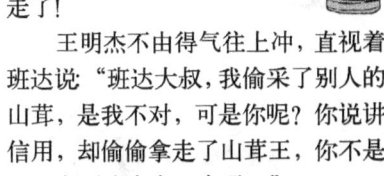

下床后，王明杰发现外间没有人，自己的衣服就晾在火塘边，已经干了。他穿上衣服，又在门后找到了自己装山茸的袋子，赶紧拿起袋子就往外走。刚走到门口，就听一个低沉的声音说："你就这么走了？"一抬头，班达不知什么时候堵在了门口，后面还跟着几个汉子。

王明杰干笑了一下，说："班达大叔，上午是你救了我吧？我正要谢谢你呢。"

"上午？你是说昨天吧？你已经昏睡了整整一天了。"班达说，"你就这么走了？咱们的账还没算清呢。"

王明杰说："你是说房钱吧，我已经放在桌子上了。"班达不理他，拿过他手里的袋子，"哗啦"一声，山茸倒了一地。班达对那几个汉子说："你们都来认认，看哪些是自己的。"

一个人凑上前看了看，咕哝了一句什么，好像是说都混在一起了，怎么还认得出来？

班达想了想，对王明杰说："那只好这样了，这些山茸就算你收购了。这些大概值5000元，这笔钱给他们平分，你看怎么样？"王明杰心想：自己有错在先，就算被宰也只能伸着脖子受了，更何况，自己还赚了那株山茸王呢——想到山茸王，王明杰定睛一看，却不由傻了眼：那堆山茸里，根本就没有山茸王，而自己昨天明明把它放在袋子里的，一定是班达趁自己昏睡的时候，把山茸王拿走了！

王明杰不由得气往上冲，直视着班达说："班达大叔，我偷采了别人的山茸，是我不对，可是你呢？你说讲信用，却偷偷拿走了山茸王，你不是说这东西我也有一半吗？"

班达愣了一下，突然哈哈大笑起来："你问那株山茸王？它在你肚子里啊！昨天我找到你的时候，你差不多快没命了，要不是喂你吃了山茸王，你还能活到现在？"

王明杰一时还不相信，这时，班达的妻子端上一碗热气腾腾的药汤，王明杰一看，汤里正是剩下的小半株山茸王！班达的妻子说："小伙子，村里的大夫说你还没全好，快，趁热吃了吧。"

王明杰怔住了，好一会儿才说："大叔，谢谢你！那株山茸王咱们说好一人一半，既然我吃了，我把属于你的那一半钱给你吧。"说着他拿出钱递给班达，班达从中数出5000元钱，却把剩下的还给了王明杰，说："小伙子，我们还有个最大的规矩，那就是——碰到人命关天的事，无论多大代价都得救。生命是不能用钱来计算的，小伙子，你走吧。"

王明杰再一次怔住了，半晌才说道："大叔，我明白了！明年，我还来这里收山茸。"

（题图、插图：魏忠善）

这位理发师傅的手艺与众不同，不但能修容貌，还能正人心……

天价理发

□冷　空

小城最热闹的商业街上新开了一家理发店，这家店很小，店里只有一个理发师，还不是什么帅哥靓妹，而是一个五十多岁的男人。这老师傅剪出来的发型不算新潮，但看起来很干净很精神。小店开张了一段时间，也没引起人们的注意。

这天，有个顾客去理发，老师傅看了他一眼，随口说了一句："你的脸稍微有点宽，我给你修饰一下。"

要知道，这位顾客的脸不是有点宽，那可是相当的宽，就像一张大饼，耳朵都快伸到肩膀外面去了！老师傅说话客气，这顾客也没怎么在意，打着瞌睡剪完，站起来一看，两眼顿时直了：怎么两颊瘦削了许多？自己什么时候这么英俊过？

这顾客是商业街上一家包子铺的老板，第二天大家去买包子，一见到他，一个个嘴张得可以放下十个包子，都问他去哪里整容了，包子铺老板笑嘻嘻地说，整什么容啊，昨天到那家新开的理发店理了个发。大家一边鉴赏，一边纷纷惊叹："这师傅的手艺可真好哇！"

其实真要细看，每个人的脸型都不标准，西施太瘦，杨贵妃又太肥，要不是怕痛，几乎每个人都有整容的需求。这下好了，剪剪头发就能修正过来，那还不是喜从天降？理发店门前很快排起了长队，大家不说理发，都喊："老师傅，帮我把这里正一下！"一会儿剪完，从里面出来，什么冬瓜脸三角脸饼脸猫脸，一律都成了标准脸，喜得大家忍不住每天在街上多逛好几遍。

小店的名声很快传开了，这热闹

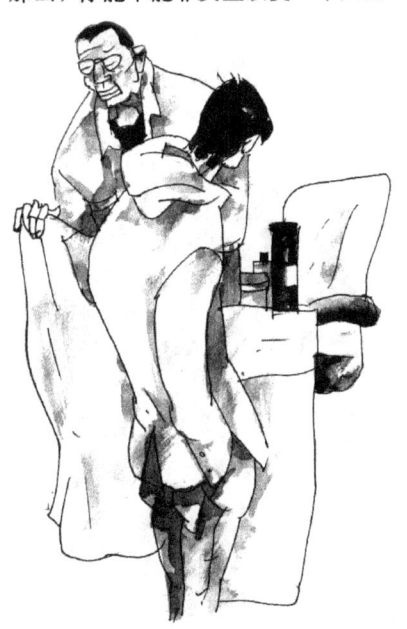

惊动了一个人，谁？本地无人不知无人不晓的"二公子"。这"二公子"可是个有钱的主，父亲权倾一时，哥哥富甲一方，"二公子"成天没事干，只好东游西逛。你别看他眉清目秀英俊非凡，就是身子骨太弱，犹如一根豆芽菜，特别是背驼得厉害。

这天"二公子"来到小店，一进门就问老师傅："你看，我这驼背能正过来不？"

老师傅绕着他转了一圈，说了声："难啊！"

"二公子"不屑地冷笑一声："我给你钱呢？"老师傅一愣："多少？""二公子"得意地看了他一眼，说"一万一次，剪得了，你这一辈子都可以衣食无忧了。"说着掏出银行卡来。

老师傅赶紧摆手："慢着！这样吧，我先给你剪，剪完你再看着给。"

"二公子"傲慢地"嗯"了一声，老师傅便把他带到一张椅子前坐下，接着就像陀螺一般转开了。这次剪发的时间特别长，足有一个多小时，好不容易剪完了，"二公子"抖落碎发，一站起来，大家不约而同地"咦"了一声：新发型一衬，"二公子"的肩背板直，如同换了一个人！

"二公子"含笑对着镜子照了又照，非常满意，扔下一句："很好，这钱花得值！"

从那以后，"二公子"每次剪发都来找老师傅，剪完就面貌一新，只是

过不了几天，头发一长，就没了效果。好在钱对"二公子"来说算不了什么，他可以三天两头地来。有人好奇，问那天价的理发费到底给没给老师傅，老师傅却总是笑而不语。

这天深夜，老师傅正要关门，突然门口人影一闪，鬼魅般地进来一个人，老师傅定睛一看，来人正是"二公子"。老师傅问："你不是昨天刚来理过发，怎么……"

"二公子"回身关上门，压低声音道："老师傅技艺超群，今天我来，是想问问你，既然你能改变我的身材，那么，你能不能靠发型改变一个人的

容貌？"

老师傅不禁抓抓脑袋："你的意思是……"

"二公子"干笑了一声，说："你别多心，是这样，家父老是嫌自己的眉眼长得太小气，听说你的手艺后，他很钦佩，如果你能给他理个满意的发型，把眉眼间的距离拉开，我给你这个数！"说着伸出一只手。

老师傅沉吟片刻，"二公子"的父亲在本地有权有势，口碑却不怎么样，他想了想，说："我的手艺没那么神，其实这只是理发的基本功，根据顾客的身材脸型，该显的地方显一显，该遮的地方遮一遮。说到底，只

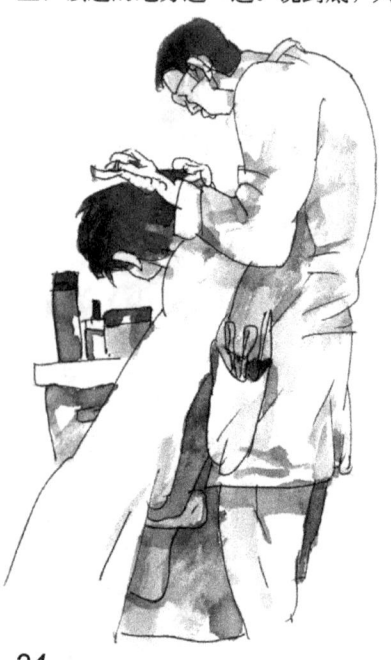

是利用了人们视觉上的错觉，并不能真正改变什么。"

"二公子"露出赞赏的神色："话虽这么说，可真正能做到的又有几个？你是怎么练成这一手的？"

老师傅沉思良久，说"这也是机缘巧合。头发多多少少能掩盖长相上的缺点，但如果全都理成光头，脸型的缺陷立刻就一目了然。我曾从事一项特殊职业，专门为别人理光头，几十年下来起码看过几千个光头，什么稀奇古怪的头型我都见过。"

"二公子"愣住了："请问师傅以前在哪里做事？"

老师傅平静地说："我曾是个罪犯，因为有点手艺，就在监狱里给犯人们理发，前不久才刑满释放。惊险曲折的故事我听得多了，现在只想普普通通地过日子，所以你还是请回吧，令尊想要的那个发型，我理不了。"

"二公子""哦"了一声，便默默地离开了。

"二公子"这次走后，就再也没来，没过多久，"二公子"家就出事了，先是他父亲一病不起，接着竟查出他哥哥经济犯罪。又有传言说，"二公子"的父亲其实没病，而是被双规了，还从家里查出一本因私护照，据说当时"二公子"的父亲正准备冒名逃往国外，他哥哥牵连较大，跟着就进去了，"二公子"虽然游手好闲，却没实质性的参与，只带去调查了几次。

这天，"二公子"无精打采地路过理发店，老师傅出门叫住了他，打量了他半天，叹道："你的发型乱了。"

"二公子"茫然道："我、我没钱理发了……"

老师傅摇摇头："这次我不要你的钱。"他请"二公子"进店坐下，一边剪发，一边说道："这是我最后一次帮你理发，以后你的背能不能直，要看你自己了。"说着老师傅掏出一张银行卡来，"这卡里是你这段时间付我的钱，一共十二万，我没动过，我看你付钱还守信用，为人本质不错，拿着吧，你现在用得着！"

"二公子"接过银行卡，看了一眼，一言不发，走出店门，从此就从大家的视野中消失了。

十几年过去了，老师傅的理发店一直生意红火，这天，店里来了一个人，大家仔细一看，竟是好久不见的"二公子"！只见"二公子"变得又黑又瘦，但傲慢丝毫不减，进门就大马金刀地往椅子上一坐："老样子，给我把背正一正。价钱嘛，图个吉利，一百八十八万，给，这是卡！"

此语一出，四座皆惊，一百八十八万理一次发，那可是名副其实的天价理发啊！

老师傅也是一惊，但随即就笑眯眯地道："这么多？那我再试一试。"然后就全神贯注地忙活起来。过了一会儿，他利落地抖掉"二公子"身上的碎头发："你请看一看。"

一片惊叹声响起来，连"二公子"自己都没想到，他的虾公背竟能溜得这样笔直！他满意地点点头，说道"好极了！一会儿我让他们把钱打过来。"

不料老师傅却笑眯眯地说："不用了，难道你没注意到吗？其实，你进店的时候，背已经直了。"

"二公子"一愣："怎么讲？"

老师傅笑道："其实你的背和发型关系不大。你第一次来我这儿理发，我就发现了，你的驼背是姿势性的，可能是长期懒散的不良姿势引起的，所以每次理发，我都让你坐在这把特制的椅子上，在剪发的一个多小时里，你只能保持背脊挺直的姿势，这样可以起到暂时矫正作用。听说你现在创业成功了，恐怕再也没有时间懒散了，骨架这一伸开，自然就好了。而且，自己挣钱自己花，没有腰板不直的！"

大家都以为老师傅在故弄玄虚，但说来也怪，这以后"二公子"渐渐像变了个人似的，身板直得就像一杆标枪，你简直不能想象以前他的背会是弯的！

但"二公子"有空时还是常去老师傅的理发店坐坐，有人开玩笑"你现在还需要正啊？""二公子"笑答："需要正的地方还多着呢！"

（题图、插图：谭海彦）

暗 战

□ 彭晓风

田放在外打工了一年，春节前终于坐上了回老家的火车。到达县城时，天已经黑了，从县城到田放家还有三十多公里，这时已没了回家的车，他只好先找地方住下来。田放接连找了好几家旅馆，都是客满，最后一家旅馆的老板把田放带进一个房间，只见房里有三个床位，已经住了两个人，里床那个四十多岁，左脸有块刀疤，外床上坐着个小白脸，年龄和田放差不多，店老板指着中间那张床，对田放说："只有最后一个床位了，住不住？"

田放别无选择，他把包放在自己的床位上，正准备去洗把脸，这时外床上的小白脸说话了："大哥，你去哪里？"

田放笑了笑，说："回伏山。回来晚了，没车，只好先住一夜。"

小白脸听后一脸惊喜："你也回

伏山？"伏山是田放老家所在乡的名称，小白脸接着介绍说："里床的大哥是伏山田庄的。"

"是吗？"田放听了心里一沉，他看了一眼刀疤脸，不动声色地问："大哥是田庄的？我家离那里不远。"

刀疤脸正目不转睛地看着电视，听田放问话，这才回过神来，随口应道："是啊，我老家是田庄的。"

田放狐疑地又看了他一眼，没再说话，转身进了卫生间。洗脸的时候，他后悔起来，不该随身携带上万块钱现金，房间里的两个人，似乎都不是本地人，刀疤脸有浓重的陕北口音，小白脸的口音是江浙一带，尤其是刀疤脸，身份很可疑。因为田放自己就是田庄的，庄里二三百户上千号人，他都认识，从刀疤脸的年龄来看，应该是他的叔叔辈，但他从没见过这个人，也从没听说庄里有人在陕北！

洗完脸，田放正想再盘问一下刀疤脸，小白脸却拉起他说："大哥，还没吃饭吧？陪我出去喝两杯，驱驱寒。"说着，冲他直眨眼。

田放明白小白脸有话要说，而且是要背着刀疤脸说，就把值钱的东西都带在身上，跟着小白脸出了旅馆。找到一家饭店，刚坐下，小白脸就压低声音说："大哥，里床那位撒了谎，他根本不是田庄的，晚上你小心点。"

田放心里一惊，忙问："你怎么知道？"

"因为我是田庄的！"小白脸说，"可我在庄里从没见过这个人。"

一听这话，田放愣住了，好半天才说了一句："听你的口音，也不像本地人啊。"小白脸忙解释"我每年几乎都在外面，只有春节才回来。"

田放听了沉默不语，手里拿着菜谱，一边翻看一边就寻思开了：田庄里差不多大的小伙子自己都认识，但压根没见过小白脸。今天真是见鬼了，刀疤脸不是田庄的，小白脸也不是，却向自己揭露刀疤脸，难道他俩是在演双簧？

不是田放多心，他去年大学毕业，踏入社会时曾被人骗过，经过一年多的历练，不说练就了一双火眼金睛，防范之心比刚毕业时强多了，用他的话来说，我不去骗别人，但也决不会再让别人骗。

点完菜，合上菜谱，田放也拿定了主意：提高警惕，静观其变。在这个原则指导下，菜端上来后，小白脸给他倒酒，就被他挡住了，推说胃不好，不喝酒。

田放不喝，小白脸先是不解，但马上就明白过来："还是大哥想得周到，里床那位来历不明，我们可不能随便喝，否则不是让人家称心如意吗？"

小白脸的话听起来合情合理，田放心里却"咯噔"了一下：好一个借坡下驴，这家伙不简单。于是田放不再说话，快速吃完饭，结了账刚要走，却又被小白脸叫住了，让他喝杯酒。

田放的心又提了起来："喝酒？为什么？"

"迷惑里床那位。"小白脸倒了两杯酒，自己喝了一杯，递给田放一杯，又往两人身上洒了点酒，闻起来有酒味了，才说："看他如何表演。"

田放心里却想：我看你俩今晚如何表演。

两人各怀心事回到旅馆，田放见里床上的刀疤脸还在饶有兴致地看电视，他不像一般人那样随便躺着，而是正襟危坐，身板挺得很直。田放有

点好奇，就问："大哥很喜欢看电视啊？"

刀疤脸显得有些不好意思，说："我们那地方很少看电视。"

"听大哥的口音，不像本地人。"田放盯着刀疤脸，又说，"大哥是刚从陕北回来吧？"

刀疤脸似乎不愿意提这个话题，"嗯"了一声，算是回答，脸却一下子板了起来，然后便不再看电视，从包里拿出毛巾牙具，进卫生间洗漱去了。

刀疤脸进卫生间后，田放仔细观察了一下他带的包，发现竟是上世纪八九十年代的皮革包，包已经很旧了，有些地方还破了，而且这么冷的天，刀疤脸只套了件单夹克。这身行头不仅寒酸，还仿佛是生活在上世纪，这么个怪人，究竟有何来头？

田放心里的疑惑更多了，刀疤脸洗漱完回来，田放正想再询问，却见刀疤脸拉开被子，躺下睡了，两三分钟过后，便鼾声如雷。

刀疤脸睡着了，小白脸如释重负，对田放说："总算可以消停一会儿了。你不知道，你没来的时候，我和他两个人在房间里，浑身不自在。"田放笑了一下，没说话，看时间不早了，也躺下了。没人跟小白脸说话，他也没趣，也跟着睡下了。

房间里安静下来，越发显得刀疤脸的鼾声分外响亮，小白脸似乎被吵得睡不着，在床上翻来覆去地烙烧饼，折腾了一个多小时，他终于忍不住了，腾地坐了起来，走到刀疤脸床前，摇醒他说："大哥，你能不能不打鼾？"

刀疤脸醒了，有些歉意地说："对不起，要不我在外面抽会儿烟，你俩先睡，睡着了我再进来。"

刀疤脸带上门出去了，小白脸立即跳下床，把门反锁。田放见状，惊讶地说："这不好吧，人家掏了钱，能不让人家住吗？"

小白脸却反问田放："咱们俩要是先睡着了，他再进来，你放心吗？"

"那他叫门怎么办？"田放有点过意不去。

"不给开。"小白脸不以为然地说，"大不了明天早上咱说睡着了，没听见。"

小白脸说完，不一会儿就睡着了。没有了刀疤脸的鼾声，田放也很快有了睡意，似睡非睡之际，他忽然一激灵，想：如果刀疤脸与小白脸是一伙的，这可是绝妙的主意，合情合理又里应外合，叫人防不胜防！

这么一想，田放的睡意立刻跑到爪哇岛去了。过了大约半个多钟头，田放听到有人敲门，知道是刀疤脸，他装作睡着，没动，想看看小白脸怎么办。开始小白脸似乎没醒，刀疤脸又敲了一会儿后，小白脸翻身坐了起来，没去开门，反而凑近田放，看他醒了没有。田放猛地睁开眼睛，小白脸吓了一跳，随后小声问田放开不开门。田放没理他，翻过身去，小白脸愣了片刻，跟着也躺下了。没人给刀疤脸开门，他只好离开了，也不知去了哪里。

识破了小白脸和刀疤脸的诡计，田放很得意，更没有睡意了。天蒙蒙亮的时候，他悄悄起床，拿起包离开旅馆，乘坐早班车回到家，然后倒头便睡，傍晚才起来。

母亲见他醒了，就说："你四爷家的叔叔回来了，你有空去看看。""哪个叔叔？"田放一时想不起来是谁。

"坐牢的那个。"母亲解释说，"他被抓的时候你才两岁多。当年他跟人打架，别人砍他脸一刀，他捅了别人一刀，结果把人捅死了，被判无期徒刑，后来在牢里表现好，减刑了。"

脸上被人砍了一刀？不会是刀疤脸吧？田放傻了。

母亲没注意到田放的表情，继续说："可笑的是，他昨晚在县里住店，竟被他二外甥女婿关在门外，在锅炉房里猫了一宿。回来后他二外甥女婿一个劲地道歉，说不知道是舅舅，睡死了，没听见他叫门。"

母亲的话让田放认定那个叔叔就是刀疤脸，可是，据他所知，那个叔叔只有一个外甥女，哪里来的二外甥女婿？于是就问母亲："他姐不就一个女儿吗？"

母亲回答说："两个。当初家里穷，就把老二送人了。去年老二的养父母都去世了，今年春上老二就回来结了婚，对象是外地人，倒插门进田庄。你没见过，不认识。"

天啊，怎么会这样？想想昨天晚上的暗战，田放呆呆地站着，喝口茶，没一丝清香，竟满嘴的苦涩。

（题图、插图：魏忠善）

（本栏目欢迎来稿。来稿可从邮局寄发，也可从网上传递。如为电子邮件，请发以下信箱：lujia411@yahoo.com.cn。）

记忆里有份爱

□ 张东兴

老田是搞收藏的，专门收藏老物件。在老田看来，老物件有这么几条优点：第一，收的时候便宜，有一回他收人家的五斗橱，还愣让人家倒贴了50块，因为那家住八楼，还没电梯，搬着太费劲了。第二，老物件虽然过时了，但都还能用，煤油灯能点，太师椅能坐，留声机能听。第三，与人关系密切，承载着人们的记忆和感情。

收的东西多了，老田就开了一家老家具店，他把自己收藏的东西按年代摆在不同的房间里，免费提供清茶、咖啡和小吃，渐渐地，店就出了名。

这天，老田在店门口晒太阳，一个中年妇女走过来问道："听说你这里收了不少老物件？"老田答道："收了一些，按年代分展厅。"

妇女点点头，看了看贴在店里的分布图，直奔四十年代展厅。只见展厅的墙角里摆放着石头马槽、铡刀和木叉，妇女眼睛一亮，回头对老田说："我想在你这里请我父亲吃顿饭——你这儿不主营餐饮不要紧，我们自带材料和厨师。你这里老物件倒是挺全，可惜细节还不到位，为了追求真实感，能不能让我把这个房间重新布置一下？"

老田听她这么说，心想：口气挺大啊，吃个饭还自带材料厨师，还要重新布置我的房间？那好啊，你布置完、吃过饭，房子还是我的，当下就答应了。

妇女提笔草拟了个合同，老田一看，合同中规中矩，滴水不漏，立即知道这妇女绝不是普通的家庭妇女，再看上面写的条件够优厚，就拿起笔来签了。那妇女随后也签了名，老田这时候才知道人家叫铁丽。

铁丽当场交了定金，说好第二天再来。

第二天一早，老田被巨大的动静惊醒了，起床一看，自己门前停了两辆车，但不是汽车，是农用三轮，怪不得声音那么响！车上运的东西也够雷人的：一车是麦秸，另一车竟然是牛粪！

台阶上蹲着五六个农民，老田凑过去一问，其中一个领头的老头一挥手："铁丽让我们来的。"

老田倒吸一口冷气：这个铁丽打算怎么摆弄自己的收藏室啊？

这时铁丽也从胡同口过来了，和那五六个人打招呼，老头就指挥着，把麦秸卸下，铺在四十年代展厅，牛粪则铺在麦秸上，然后点火，熏！

老田抱头蹲在一边，拿过合同细看，人家竟然没有一点违约的地方。唯一值得安慰的是，铁丽给的价钱十分优厚，老田安慰自己，大不了过后把墙重新刷一遍。

熏了整整一天，雪白的墙变得黢黑，牛粪味也渗到了骨头里，这时老头才让老田把收藏的石头马槽用砖垫起来，有小饭桌那么高。临走，老头指着墙边一个棉布包着的黑釉陶盆，对铁丽说："你要的材料都在里面，我们走了！"铁丽满嘴感谢，送走了那些人。

老田这才想起来，铁丽费了这么大劲儿，不过是为了她父亲的一顿饭。她父亲是什么来头，他要吃的又是什么饭？看那陶盆也不大，里面还能装啥好东西了？

铁丽看老田好奇的样子，就揭开棉布，道："这是跟老家的人要的杂面，和面用的釉是用面瓜晒的。"说着，铁丽把面盆放到地上，用麦秸盖好，然后就回家叫她父亲去了。

铁丽家住得离此不远，不大会儿工夫，她就搀着一位老人过来了。到了跟前，老田上下打量着这位老人，

只见他面色红润，胡子刮得干干净净，穿着一身合体的唐装。奇怪的是，唐装上几个排扣，个个上面都拴着丝绳。

铁丽看出了老田的疑惑，就把丝绳一根一根地拉出来给老田看：一个上面系的是手绢，一个是老花镜，一个是手机，一个是铝制铭牌，上面刻着住址、电话、血型、病史……铁丽轻声说："我爸得了老年痴呆症，什么都忘了。有这些东西，万一走丢了，人家好与我联系。"

老田忽然有点明白了，他走到那间经过布置的展厅外，帮着推开门，铁丽引着父亲进屋，一脸紧张地盯着父亲的表情，可老人一点反应也没有。

铁丽叹了口气，对老田说："自从我爸确诊了这个病，我三山五岳的偏

方都求过，见效不大。医生说，让老人多接触年轻时熟悉的环境，唤起一些回忆，能抑制病情发展，听说你这里有不少老物件，我就带我爸来了，唉，死马当活马医吧……"

说着，铁丽扶父亲在石头马槽旁坐下，扭脸出去，一会工夫，竟穿了一套八路军的粗布军装进来。她抱了点麦秸，在马槽里点着火，添麦秸时她假装"发现"了面盆，就把面盆端到马槽旁，把面揪成一小团一小团埋进麦秸余烬里。不大会儿工夫，面香透了出来，连老田都咽了咽口水，老人却还是一脸木然。

铁丽把煨熟的面团从灰堆里扒出来，吹打干净了，金黄焦脆的，喂父亲吃。老人只是机械地咀嚼，铁丽喂着喂着，眼泪无声地流了下来。

老田看了半天，大致明白了，铁丽是想通过父亲印象最深的一件事，勾起他的回忆，但看来费了这么大劲儿，还是不起作用。看到这里，老田的鼻子也有点酸，就问："看得出来，这里面有故事，能给我说说吗？"

于是铁丽讲了起来。原来她父亲是老八路，那年冬天，鬼子大扫荡，他们化整为零与鬼子捉迷藏，跑了两天水米没沾牙，晚上躲到老百姓的牛棚里烤火，发现了老百姓逃难时

藏起的一盆面，就放在火里煨熟吃了。此后，父亲一直认为这是世界上最好吃的东西。

老田听了，兴奋地说："这个故事有意义！这间屋子反正也给你弄成这样了，我准备就以你这个故事为主题保留着，往后你随时都可以领你父亲来。"

铁丽看了老田一眼，暗赞老田有生意头脑。其实收藏就是收藏故事，有了故事，老物件才有了魂儿。她谢了老田的好意，又问老田："你这里有没有葱花鸡蛋面条？"

老田不明白，铁丽说："我想再试试。对了，我看你这儿有六十年代的中山装，一会儿你端面条过来时，麻烦你换上。"

老田一听，就知道这碗面条也有故事。很快，他做好面条，端给老人，不料老人呆呆的，看都不看面条一眼。两人知道，这回又白费劲了。

铁丽摇摇头，对老田说："六十年代，我父亲下乡调研，当时的公社书记为了巴结他，给他下了一碗葱花鸡蛋面，后来成了我父亲生活腐化的罪状，大会批小会斗，从此我父亲看见葱花鸡蛋面就打哆嗦，没想到现在也忘了。"

沉默了一会儿，铁丽看看父亲，对老田说："不过我带父亲来你这儿还是有效果的。我父亲在家里有些狂躁，自打进了你这儿，却难得很安静。

看来医生说得对，这样吧，我们再坐会儿，你去招呼生意吧。"

老田就出去了，一会儿又进来，手里拿了个海鸥牌收音机，说："闲着也是闲着，你们听收音机吧，这也是老物件。"说着"叭"的拧开开关，吱吱扭扭开始调台。

一会儿，调到了不知哪个台，正在播出天气预报："今夜到明天，呼和浩特，阴转多云……"这时，一直表情木然的老人突然蹦起来，一把将正弯腰调台的老田推了个屁股蹲儿，然后将收音机抢过来，贴在耳边，凝神细听。那一刻，老人的眼睛亮得吓人。

天气预报完了，老人把收音机一扔，傻傻地看着两人，又恢复了木然的神情。老田从地上爬起来，有点不高兴："老爷子这是怎么了？"说着看向铁丽，这一看，把老田吓了一跳，只见铁丽不知什么时候，已是满眶泪水。

铁丽不好意思地擦了擦眼泪，说："这些年我创办公司，一直在外打拼。几年前父亲生病了，当时我还犹豫，要不要回来照顾他，现在我知道，我的选择是正确的。哦，对了，原来我的公司就在呼和浩特，所以父亲对那儿的天气预报特别关注，虽然我现在早已回来了……"

（题图、插图：张恩卫）

费尽心机，百般折腾，到头来却是一场"杯具"……

白玉镯

□ 禾 刀

小文是个爱美的姑娘，这天她去一家玉器行闲逛，伸手指着一件首饰，问老板多少钱，老板刚想回答，一眼看到小文戴在手腕上的白玉镯，眼睛顿时亮了，问："你这镯子从哪买的？"

小文觉察了老板的反常，马上意识到自己的这只白玉镯可能非同凡响，她故作平静地说："地摊上买的，五十元一只。"

老板"哦"了一声，显得有点失望，又有点不相信。

其实，这只白玉镯是小文家祖传的，她小时候老生病，十岁的时候，妈妈给她戴上了这只镯子，说能辟邪。说来也奇怪，自从戴上这只镯子后，小文就真的很少生病了，所以她一直戴着。

从玉器行出来，小文抑制不住内心的激动，战战兢兢地打通了本市文物局的电话，语无伦次地向对方说了自己的情况。对方听后说，你过来一下吧，我们看了实物才能鉴定。挂上电话，小文马上打了辆出租车，直奔文物局。

文物局的一位老专家接待了小文，老专家拿着放大镜对着镯子研究了好一会儿，连声赞叹道："宝物啊，真是难得一见的宝物！"

小文激动地问："很值钱吗？"

老专家说："虽然我还说不出它的来龙去脉，但这巧夺天工的制作技艺，实在令人叹为观止！"

"有什么特别吗？"小文一直觉得这只镯子挺普通。

"你看——"老专家说着，把放大

镜递给她，"镯子上有两个对称的小孔，细如发丝，孔内还有一弯月牙。这技术，别说是古代，就是运用现代的高科技也未必能做到！"

小文透过放大镜仔细一看，真的，镯子上果然有两个很细很细的小孔。她迫不及待地问："这镯子能值多少钱？"

老专家有些为难，说"我们这里人力、设备比较落后，暂时还不好判断。如果你相信我，可以把它取下来，我亲自带去北京，请那里的专家进一步鉴定。"

小文犹豫了半晌，决定相信老专家，这么珍贵的东西，自己这双凡眼，怕是这辈子也识不出来，但摘镯子时，她遇到了一个问题——镯子和手腕的间隙太小，无法取下；老专家也帮忙尝试了几回，均告失败。原来，这只镯子的直径较小，小文十岁时可以轻松戴上，可随着年龄增长，她的胳膊和手掌都已长粗长大，现在镯子紧紧地扣在小文手腕上，根本取不下来。无奈，她只能带着遗憾离开了文物局。

回家后小文尝试了很多办法，抹油、涂肥皂水，甚至像旧社会女人缠脚一样用纱布把手裹起来，裹了好多天，实在疼痛难忍了，解开纱布一看，手掌非但没变小，反而肿

得更大了。

后来，小文又开始节食，每天只吃一顿稀饭，最多加一个馒头，荤腥全都戒了。持续了一个多月，身上瘦了十几斤，走起路来轻飘飘的，仿佛一阵大风就能刮倒，手上的变化却微乎其微，镯子还是取不下来。

最后，小文来到了医院。

医生很专业，熟悉骨骼的结构，他让小文试着一点点把手镯推过腕骨，但还是没能取下来，镯子反而牢牢地卡在腕骨上，深深地勒在皮肉里。

小文哀求说："大夫，再想想办法吧，这样太疼了！"

医生说"不行就推回原位吧，你已成人了，镯子不会影响你的骨骼生

长，一直戴着也没关系。"

"不！"小文不甘心，能把镯子推过腕骨，好歹是一个进步啊，小文就这么戴着镯子回了家。之后的几天里，她的手腕一直在疼，而且越来越疼，向上疼到手臂，向下疼到指尖，到后来，小文的手掌麻木了，几乎什么也干不成，她只好又来到医院。

医生给她检查完，说："问题很严重，现在你必须做出选择，要么就把镯子推回原位；要么打碎它，否则，你手上的血管和神经会坏死，后果不堪设想！"

小文抱着最后一线希望说："大夫，请你还是再想想其他办法吧，我就想把它完整地取下来！"

医生有点生气，开玩笑说："那只能敲碎你拇指和小指的骨关节，除此之外没有其他办法。"

没想到小文咬了咬牙，下定决心，说："行，我同意！"

手术很快完成了，小文的手指骨关节被敲碎了，镯子终于完好地取了下来。医生给她的手上打上钢板，说这样有助于骨骼定型，痊愈后只要不干重活，这只手应该不会有什么问题。医生还说，六周后才能取掉钢板，但小文实在等不下去了，输了几天液，就去文物局找那位老专家。老专家也很兴奋，当天下午就订了机票，两人一起飞往北京。

北京的专家们经过鉴定，很快给这只白玉镯估了一个市场价：应不低于五万元。

小文听到结果，傻了，以为自己听错了。受了那么多的罪，甚至连手也搭上了，怎么只值五万元？这太离谱了吧！仅仅为了取下镯子，她在医院就花掉三万多呢！

她不甘心地对专家们说："不会吧，你们再仔细看看！"

一个专家笑道"不用了，其实这只镯子是很普通的……"

小文赶忙提醒说："那上面还有两个很细很细的小孔呢！"

"是的。"专家说，"它的价值就是这两个小孔，这小孔里暗藏着一个机关。"

"机关？"小文疑惑了。

这时，一位专家拿起镯子，用两根纤细的钢针插入两个小孔，另一位专家两手抓住镯子，轻轻一拉，镯子分成了两个半圆，然后再合上，将钢针拔出，镯子又合成一个整体了。

小文看着，差点晕了过去。

（推荐者：高永利）

（题图、插图：张恩卫）

红版编辑部各编辑邮箱：

姚自豪：yaobianji@126.com；
郑继文：zjw002@vip.163.com；
吕　佳：lujia411@yahoo.com.cn；
叶小萌：xiaomeng.ye@gmail.com；
李天然：chin_poet@163.com.

本篇改编自C·B·吉尔福特的小说。C·B·吉尔福特，美国著名推理作家，擅长在作品中营造恐怖悬疑的气氛，其作品曾入选美国推理协会推选的百部最佳推理小说。

车祸奇案

保罗是个药品推销员，这天，他在郊区推销了一整天，深夜十一点多才驾车返回城里的家。

车子开在偏僻的乡村公路上，保罗有点犯困，好在这是一条空旷的马路，过往车辆很少。然而就在这时，保罗看到对面开来了一辆车，车子的两盏前灯特别亮，晃得保罗睁不开眼，突然，那辆车蹿到了马路中央，直冲着保罗的车疾驰而来。保罗还没来得及做出反应，就遭到了重重一击，车被撞得飞了起来，然后一阵翻滚，摔到了马路边，保罗也被摔出了车子。

保罗觉得自己滚落在路边冰冷的泥地上，血流了出来，突然，他产生了一个可怕的念头：自己可能快死了！这时，他听见远处有声音传来，先是一个年轻男人的声音："这车里没人。"接着是一个姑娘战战兢兢的声音："他肯定被抛出去了，找找看吧。"

保罗心想，一定是那辆车子里的人，他们闯祸后在寻找受害者，听起来他们自己倒是没受什么伤。接着，那一对年轻男女打亮了手电，保罗听到他们越来越近的脚步声，本想喊一声，告诉他们自己在这里，但很快又改变了主意。保罗本能地感觉到，这两个胡乱开车的年轻人，也许根本帮不上自己什么忙。

"他在这里！"突然，一束手电的光照在保罗脸上，那两人找到了他。

那个姑娘蹲下来，看了看保罗，对小伙子说："他还活着，他的眼睛是睁开的。"

保罗借着手电的光，看了那姑娘一眼，她很年轻，可能只有十六七岁，长得非常漂亮，她正在查看保罗的伤口，保罗发现，她的眼神里一点也没有同情的光泽。

姑娘问道："你伤在哪里了，厉害吗？"

保罗轻声道："全身都伤了，里面伤得更厉害。"

姑娘听他这么说，显出一副若有所思的样子，接着她冷冷地问道："要是我们抬你，你受得了吗？"

保罗想了想，不知道该怎么回答，这时，一阵强烈的疼痛袭来，保罗倒吸了一口冷气，忍不住说："我想，我可能快死了。"这句话一出口，保罗就觉得自己犯了个错误：那姑娘的表情突然起了变化，她站起身走到

小伙子跟前，说："他快死了。"

小伙子好像松了口气，说："那就是说，现在去找医生也没用了？我们是不是可以先开车回城里去了？"

姑娘回答说："当然，不过我们得去向警察局报告。"

小伙子显得有点害怕："警察局？"

"是啊，我们得去报告，你撞死了一个人。这家伙到时候大概已经死了。"

保罗躺在他们脚边，静静地听着两人谈论，他们的口气就好像他已经是个死人了，保罗突然想到了在家等着自己的妻子，但他现在连流泪的力气也没有了。只听那两个人继续小声议论着，小伙子似乎很担心，他问姑娘："你说警察会把我怎么着？毕竟，这、这只是一起事故啊……"

听到这里，保罗实在忍不住了，他插了一句："每起事故，都是因为有人犯了错误。"

那两个人听到这句话，吓了一跳，他们面面相觑，然后蹲了下来，小伙子问保罗："先生，你说这话是什么意思？"

保罗喘了口气，艰难地说："这起事故是你的责任，你没有减弱灯光，还把车开到了马路上的我这一侧来……"

小伙子愣了一下，转脸问姑娘："我把车开到他那一侧了吗？"

姑娘突然吃吃地笑了起来："我怎么知道呀，那时我们正在……"

她还没有说完，保罗就明白她要说什么了，他们当时肯定在搂搂抱抱，或者互相抚摸什么的，正因为这样，小伙子没能打暗车灯，也没能控制好车子，结果，自己却为他们的轻率付出了代价。想到这里，保罗真的有点生气了，他忍不住重新强调了一遍："你瞧，你把车子开到了不该去的那一侧，所以这是你的过失。"

小伙子听了，有点手足无措地望着姑娘："怎么办，我会坐牢吗？不过我爸可以拿钱出来，这样我不会坐很久吧，三十天？"

那姑娘说："我也不知道，也许要六十天吧，这样就太糟了。"

保罗听着他们说话，心里感到越来越气愤：自己就快死了，肇事者却还在为要坐几天牢而抱怨。

这时，两人沉默了一阵，小伙子突然说："我想，如果这个家伙不去跟别人瞎说，就没人会知道这起事故是谁的过失了。"姑娘一时没反应过来，问："瞎说什么？"

小伙子慢慢地说道："瞎说谁没关灯、谁开到了马路另一侧什么的……如果他死了，他就没办法瞎说了。"

姑娘好像一下子明白了，她的声音有点异样："那倒是啊……不过，他已经快死了……"

小伙子的声音变得很急促，有点歇斯底里："可是，他只是快死了，他还没死，我们得确信他死了才行。"

保罗心里猛地一颤，只见小伙子突然跪了下来，用手电直射保罗的脸，保罗第一次看清楚了那小伙子，他真是年轻啊，和那姑娘一样年轻，看来小伙子也被撞伤了，脑袋左侧有一道难看的伤疤，头发上还沾着血污。小伙子问："你感觉怎么样了，先生？"

保罗没有回答，他现在感到疼痛一阵比一阵厉害，但他不想说出让他们满意的答案。他看到小伙子显得挺失望，站起来对姑娘说："他看上去伤得不厉害，不像会死的样子。"

其实保罗知道，损伤在自己身体内部，非常致命，但自己不会告诉他们的，让他们害怕去吧，也许自己可以坚持到有人路过，也许自己还可以见上妻子最后一面……保罗正这么想着，突然，他听到姑娘尖叫了一声："你干什么？"原来，小伙子正想用什么方式攻击保罗，小伙子的情绪也很激动，他大声回答姑娘："可是他得死！我得帮他死！"

或许是出于女性的本能，那姑娘冲着小伙子喊起来："你不能杀了他！"

小伙子的声音显得很狂躁："那

又怎么样？他已经受伤了，别人会以为他是被撞死的。"

姑娘不说话了，保罗觉得，这一刻，整个世界安静得可怕，他看到那两个人投在地上的影子，他们正拥抱在一起，看得出，姑娘很爱小伙子，他们在做最后的心理挣扎……终于，保罗听到姑娘说出了这句话："那……好吧。"

保罗只好继续躺在那里，一点办法也没有，他想：自己可能会被压死，或者被踢死，随便哪种方法，都可以轻易把他这个虚弱的人干掉。虽然保罗知道自己活不了多久，但这种死法太恐怖了！他突然拼尽全力朝那两个人喊道："不！"

他的喊叫好像吓坏了那两个人，小伙子紧张地看了看姑娘，姑娘却镇

定地问："你能行吗？"看得出来，现在姑娘才是更坚定的那个。小伙子默默地点了点头，保罗看到他向自己走来，不由闭上了眼睛。

突然，保罗听到姑娘说："等等!你这样做身上会沾血的，他们会查出血迹的。"

保罗心里燃起一丝希望，他睁开眼，只见小伙子就站在自己面前，神情有些犹豫。似乎过了好久，小伙子突然说："我知道该怎么做了。"他说完就走开了，保罗听到他在路边的乱草堆里翻找着什么，过了一会儿，就听他叫那姑娘："来，快来帮帮我，帮我把它搬起来！"

姑娘跑过去帮他了，过了一会儿，一阵沉重的脚步声传来，保罗看见了他们，他们弓着身子，合力抬着一块沉甸甸的巨石。小伙子气喘吁吁地对姑娘说："那家伙不是被抛出汽车了吗？那就好了，他一头撞在了石头上，就这样！"

这次保罗没有叫，他叫不动了，他觉得自己的大脑快麻木了，他就这样静静地看着那两人走过来，一直走到他身边，现在，那块沉重的巨石就悬在他脸部上方。

保罗知道，这是自己生命的最后一刻，忽然，他想到了什么：这两人的谋杀有一个破绽！他心中感到一丝欣慰，默默祈祷：这案件会遇上一位精明的警官……

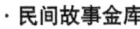

出家不容易

□ 姜红梅

宋徽宗年间，京城有一周姓富商，育有一子周俊林，长得是一表人才，能诗善文。周俊林从小和邻家小姐青梅竹马，长大后便定下了婚约，不料那小姐突然染病，药石无效，没几天就去世了。周俊林闻听噩耗，撕心裂肺，万念俱灰之下，竟说要出家为僧。

周老爷百般劝解，周俊林却说自己心意已决，急得周老爷整日以泪洗面。师爷就给周老爷宽心，道"老爷，您别难过，少爷就是想出家，那也得出得成不是？"

周老爷问："你的意思是……"

师爷微微一笑"想要出家，得有度牒，没有度牒，朝廷不允许，哪个寺庙敢收？"

师爷说的不错，出家人须有朝廷颁发的度牒，如果没有度牒，便是非法出家。度牒上记录着出家人的俗名、法名、所属寺院等等，有了度牒，

第二天一早，负责高速公路管理的巡警万尼克中尉接到了报案，他是一位精明的警官，现在，他正在查看着马路上轮胎的印记。他找到的线索越来越多：尸体被挪动过，周围有一片杂乱的脚印，但这些还不是最重要的，最重要的是，他已经找到确凿的证据了！

万尼克中尉从泥地里爬起来，走到报案的那对情侣跟前，小伙子脸上满是恐惧，颤抖着问："怎么了，警官？"

万尼克中尉缓缓地说道："一块石头分为两部分，顶端常被雨水冲刷，是很干净的，底部埋在泥巴里，自然粘着泥土。现在你跟我说说，小子，保罗先生怎么会从汽车里被抛出来，一头撞在那块石头的底部？"

（推荐者：奕　青）
（题图、插图：佐　夫）

就受到朝廷的保护，可以免除赋税，安心读经诵法。正因为度牒是出家人必备的东西，所以此物奇货可居，很多人高价倒卖。京师的度牒更是珍贵，绝大部分已被脑袋灵光之人倒卖到全国各地，整个京城几乎已无度牒可买。

师爷见周老爷还不放心，嘿嘿一笑，拿出几道度牒来："老爷请看，这两日我派家丁在京城挨家挨户打听，谁家有度牒就高价买下来。您看，全京城仅有的三五道度牒，都已被我买来，少爷到哪里去寻呢？"

周老爷这才放下心来："但愿我儿能回心转意。"

周俊林本是一介书生，哪懂其中的门道？他跑遍了京城，果然没有一道度牒可买，最后好不容易找到一户

人家，有一道度牒，主人叫价不低，周俊林答应明日带钱来取。不料他回去取了钱，第二天赶到这户人家一看，顿时傻了眼，俗话说祸从天降，这户人家去参加朋友的婚礼，吃了有毒的河豚，全家三死一伤，男主人心如死灰，决定出家为僧，那度牒正好自己用，不卖了。

周俊林好不苦闷，心想自己真是命苦，连出家为僧也不可得。他在恍惚中溜达到河边，见一位老婆婆正在洗衣，一个小乞丐偷偷溜到老婆婆身边想要行窃，被老婆婆一把抓住，厉声骂道："小小年纪不学好，竟敢偷我的度牒！"

周俊林闻言大喜，这真是踏破铁鞋无觅处，得来全不费工夫，原来老婆婆有度牒！周俊林赶紧上前施礼，

说愿出重金买下度牒。不料老婆婆头也不抬，只顾洗衣服，半天，才不冷不热冒出一句："我为什么要把度牒卖给你？"

周俊林抱拳施礼："我是诚心想出家，不管您出价多高，我都答应。"

老婆婆仍然态度冷漠："钱对我来说，就是'阿堵物'，我不稀罕钱！"

周俊林好生为难，他是个读书人，脸皮极薄，不好意思和老婆婆死缠烂打，只好立在原地傻傻等着。小乞丐一看，不由对老婆婆怒目而视："好你个死老婆子，为了防我，竟雇了一个人为你站岗！"

老婆婆被这话逗笑了，她抬头看了一眼周俊林，淡淡地说"这孩子的话倒提醒了我，我年纪大了，无儿无女，正需要照顾，你能伺候我吗？"

真是柳暗花明，周俊林忙说："我可以给你找两个丫鬟，供你使唤！"老婆婆一听，脸色沉了下来："我说了，我讨厌阿堵物！你想要度牒，就伺候我一年，我家里还种着沾沾枣，需有人剪枝去叶。"

周俊林前思后想，决定答应老婆婆的要求，反正没有度牒自己出不了家，就算伺候她一年又有何妨？

老婆婆将周俊林带到一个果园，园中种满了沾沾枣，鸟语花香，让人陶醉不已。见周俊林对着果园直发呆，老婆婆指着一棵沾沾枣，说："我这个死老婆子没别的爱好，就喜欢吃枣子，这沾沾枣皮薄肉丰，正合我的口味，如果你帮我一年，待明年枣子丰收了，我就把度牒赠你，分文不收。"

周俊林忙说："使不得使不得，钱还是照样要付的。"老婆婆嗔道："我说了，我不喜欢阿堵物！"

周俊林觉得这老婆婆着实可爱，一口一个"阿堵物"，搞得自己不食人间烟火一般，于是，周俊林偷偷给老婆婆起了个外号"阿堵物"。

阿堵物告诉周俊林，沾沾枣虽然好吃，却娇嫩得很，要多浇水、勤施肥，时时捉虫修枝，别看就几棵树，活儿却一点都不少。

周俊林在家养尊处优，一点杂活都不干，到了阿堵物这里，就有点吃不消了。第一天阿堵物就逼着周俊林出去挑水，周俊林身单力薄，两桶水上肩，只觉肩膀被压得生疼，挑一步，歇三步，一趟水挑下来，日头已升到头顶。干活这么不中用，阿堵物自然不高兴，劈头盖脸就把周俊林骂了一顿"你是来干活的，还是来气我的？你还要不要度牒了？不行你就走人吧。"

周俊林为了能早日出家，只好咬牙坚持。

几天后，阿堵物又叫周俊林去挑粪施肥。周俊林在家时，饭菜做得稍稍油腻了，他都闻不惯，现在叫他去挑大粪，简直是把人往死里逼啊！周

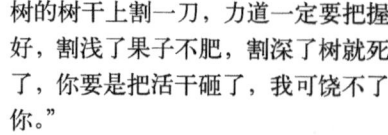

俊林用湿毛巾捂住鼻子，提桶干活，可即使屏住呼吸，那刺激的气味还是直往鼻子里钻，他只觉头晕目眩，好不难受……

施完肥没几天，阿堵物又想出了新花样，她说，沾沾枣要结得又大又肥，就要修枝去叶。说着她递给周俊林一把特制的小刀，嘱咐他："在每棵

树的树干上割一刀，力道一定要把握好，割浅了果子不肥，割深了树就死了，你要是把活干砸了，我可饶不了你。"

周俊林只会吟诗作对，哪懂这些，他拿起小刀对着树皮一阵"蹂躏"，一不小心，刀子用劲偏了，手上立马被割了一个口子，鲜血直流。阿堵物见了，忙给周俊林敷上创伤药，还接连几天给他熬中药强身。

周俊林捧着药汤，心中有几分感动，他暗想，阿堵物平时刀子嘴，没想到关键时候还真是热心肠啊！

时光荏苒，转眼一年快到了，周俊林吃苦卖力，沾沾枣树枝繁叶茂，长势喜人。这天，周俊林给沾沾枣浇完水，累出了一身臭汗，就把上衣一脱，想在果园里冲澡。正好阿堵物走出屋子，见此情景，立刻怒道："你还真是大大咧咧惯了，要冲你回家去冲，弄得我这里满地水，怎么收拾？"

不知怎的，周俊林觉得阿堵物说话时的表情很是古怪。他讪讪地正要穿起衣服，不料阿堵物又说："穿湿衣服容易着凉，你病了，谁替我干活？"说着，就叫周俊林把衣服给她，她到河边去替他洗了。周俊林忙把衣服递给阿堵物，阿堵物也不看他，只低头伸手来接，一不小心，两人的手碰在一起，阿堵物急忙抽回手，端盆就往河边走。

周俊林暗暗觉得奇怪，两人经过

一年相处，已是忘年之交，阿堵物今天这是怎么了？

阿堵物心慌意乱地走到河边，不料岸边湿滑，她一不小心溜到了河里。周俊林听到呼救声，赶忙"扑通"一声跳到河里救人。在水里折腾了半天，周俊林终于把人拖上了岸，他自己也累得坐在地上直喘粗气。

周俊林正想数落阿堵物几句，一抬眼，却傻眼了：眼前哪是白发苍苍、满脸皱纹的老婆婆，分明是一个闭月羞花的大美人！周俊林顿时惊慌失措："你……你是人是鬼？"

阿堵物羞得满脸通红，嗔怪道："你才是鬼！我要是鬼，早把你给吃了，还容你在这里胡说八道？"

周俊林嘴巴张得老大"可是、可是……你明明是一个老……"

阿堵物斜了周俊林一眼："我老吗？"

"不是，可、可……"

见周俊林这副窘相，阿堵物"扑哧"一声乐了："真是蠢笨如驴，我本来就是一个未出阁的姑娘。"

原来，阿堵物是个年轻女子，和一个公子订了婚，不料那负心郎贪慕钱财，为了娶一个富家千金，竟把她抛弃了。

阿堵物说："负心郎离我而去，我也悲痛欲绝，想出家为尼，但全城竟寻不到一道度牒。前年，一户人家说有度牒，我钱不够，他说，我若能把他家的沾沾枣养得硕果累累，就把度牒赠给我。于是，我在这里与枣树相伴，冬去春来，我慢慢从痛苦中解脱出来，不再想出家，可我一个女子孤身住在这果园里，难免有人存心不良，为避是非，只好扮得老一些、丑一些了。"

周俊林这才明白，刚才她掉到河里，水冲走了脸上的浓妆，露出了漂亮的脸庞。想到此，周俊林不由偷偷抬眼看去，突然，他觉得眼前的阿堵物美貌非凡，犹如仙女一般，一时竟看得痴了。阿堵物摆弄衣角，低声道："你、你刚才在河里抱住了我……"

周俊林牵起阿堵物的手，含情脉脉地说："执子之手，与子偕老，我愿与你……"原来，经过这一年的全心劳作，周俊林不但身体变得强壮，心里也亮堂了许多，不知何时，竟已没了出家的想法。

突然，周俊林想到了什么，说："虽然你视金钱为阿堵物，可是我们吃穿住行不能离了钱财啊，你的那道度牒呢？我们把它卖个好价钱吧，你不知道，这玩意儿在京城已经卖到天价了。"

阿堵物一脸愁容，恨声道"你不提倒罢，一提，我就恨死了那户人家。他骗我为他家种了一年多树，结果，等我终于拿到度牒，一看，他竟拿一道假度牒骗了我……"

（题图、插图：黄全昌）

□于　强

祸起七彩砚

清嘉庆年间，魏县上任了一位新县官，名叫司马述，他不但处事公道，为官更是清廉，一日三餐粗茶淡饭，穿的官服都摞着补丁。这魏县盛产一种砚台，滑如冰，轻如绵，墨如凝脂，在满月的月光之下能发出七彩光芒，人称“七彩砚”。司马述囊中羞涩，几年县官当下来，竟然连一块七彩砚都买不起。

这年中秋之夜，司马述与夫人在后院赏月，夫人说起过几天要回乡探望娘家父母，不禁埋怨道：“你是个穷官，我每次回娘家，买不起什么贵重礼物也就算了，好歹这次你给我捎一块七彩砚吧，让我在爹娘面前也有点颜面。”

司马述脸上挂不住，怒道：“你就知道爱面子！一块七彩砚要三十两银子，我一年的俸禄不过五十余两，咱们能买得起吗？”

夫妇俩吵嚷起来，司马夫人伤心地掩面抽泣着离去。司马述看着夫人消瘦的背影、陈旧的衣衫，一腔怒气顿时化为愧疚。

他正独自负手在庭院里叹息，突然听到西墙那里“啪嗒”一声，司马述奇怪地走过去，发现地上有个布袋，打开一瞧，不禁呆了，里面竟然是一方七彩砚！装砚台的布袋上面还写着一行小字：夤夜无人，天地不知，赠君一砚，聊表寸心。

司马述抬头一瞧西墙那边，心里

顿时雪亮。原来，墙那边是家砚台作坊，老板姓钱，几个月前，钱老板跟人家打官司，司马述公正判决，钱老板赢了官司，心存感激，几次携礼物登门拜访，都被拒之门外。今晚钱老板听到两夫妇争吵，感念司马大人的清廉，忍不住偷偷隔墙掷过来一方砚台。

拿着砚台，司马述心里踌躇起来，要是在平时，自己肯定会命人把砚台还回去，可一想到结发妻子的话，又有些犹豫。他一会儿走到门口想还砚，一会儿又忍不住折回来，如此三番五次，拿不定主意……

第二天一早，司马夫人醒来，发现丈夫竟一夜没有回房，不禁暗暗气恼：那死老头子肯定赌气睡在书房了，可到书房一看，也无人影，叫来家人一问，众人都摇头，说没见到大人。夫人纳闷了，难道丈夫去了县衙？叫来当差的衙役，衙役却说司马大人没有去县衙。这时夫人才慌了神，赶紧让家人四处寻找。

转眼半个月过去了，司马述竟然生不见人，死不见尸，一个大活人一夜之间消失得无影无踪，这可真是奇了！司马大人失踪的事震动了乡里，朝廷派人来调查了许久，也是毫无头绪，最后只得作罢。司马夫人伤心欲绝，凄凄惨惨地带着两个年幼的孩子司马亮和司马白返乡而去。

一眨眼十五年过去了，司马述的大儿子司马亮参加科举，高中头榜进

士，司马亮上下打点，要谋求魏县县令之职。管人事的吏部官员纳闷了：魏县又不是什么富饶之地，穷乡僻壤有什么油水可捞？

司马亮长叹一声，告诉吏部官员："您有所不知，我父亲十五年前在魏县任上无故失踪，我想一定是被贼人所害，当时调查的官员无能，致使案子成了无头公案。我这次去，一定

要查个水落石出。"

到达魏县县衙后，司马亮马不停蹄，立即调出十五年前的旧卷宗，一连几天，他昼夜不合眼地研究卷宗，寻访乡亲四邻，可这失踪案当年就没留下什么蛛丝马迹，过了十几年，更是毫无头绪可查。

这晚又值中秋之夜，司马亮心想，当年父亲就是在这天失踪的，他无心过节，只给母亲磕头请了安，便又回到楼上书房内琢磨卷宗。月挂中天之时，司马亮困倦不已，就推窗透口气，但见月色皎洁，清光撒在庭院中，院内十几株粗壮的古槐，在月光下，树影轻轻摇曳。

司马亮伸了个懒腰，正准备关窗，突然，他一下子愣住了，好像有什么东西吸引了他。他揉了揉眼睛，不禁"咦"了一声……

第二天，家人们惊恐地发现，司

马亮也失踪了！就像十五年前司马述失踪时一样，书房的桌上有摊开的卷宗、燃尽的蜡烛，屋内窗户半开，却人去楼空，四下里寻找，连根头发丝都不见，如同平地蒸发了一般。司马老夫人哭得死去活来，十五年前，丈夫神秘地离她而去，没想到如今大儿子竟然也步了丈夫后尘。

此事引起的轰动不亚于十五年前，民间谣言四起，都说司马家的宅院是个鬼宅，司马父子两人都在月圆之夜被鬼拖走了。

司马老夫人强忍悲痛，派人把噩耗告知在老家的小儿子司马白，司马白闻听大哥离奇失踪，急匆匆赶到魏县。当他听到鬼宅的谣言后，不禁拍案大怒："什么鬼宅凶宅，我却不信！"

司马白性情刚烈，自从司马亮失踪，家人恐惧，都不敢住进宅院，司马白却偏偏带头住了进去。不但如此，入住当日，司马白还命人大放鞭炮，并扬言："有什么鬼怪，尽管冲我来，害怕的不算好汉。"

还真别说，自从司马白入住，一直平安无事。一晃一年过去了，这天是司马亮的祭日，

当天晚上，司马白在庭院里祭祀过父兄，独自一人登上木楼，大哥就是从楼上的书房里失踪的。

司马白走进书房，心中十分伤痛，他无意中推开窗子，由于一年来书房无人居住，窗外一株古槐的枝桠已经伸到了窗台上。就在这时，司马白突然发现古槐的枝叶间竟然发出淡淡的光芒，他心里一动，赶紧叫醒家人，然后搬了张梯子，命家人爬上去一探究竟。

一个家人爬上十几尺高的树杈，透过浓密的枝叶一瞧，不禁大喊："树上有个洞，洞里好像有东西！"

这院内种植了十几株古槐，都有几百年树龄，有三四人环抱粗细，其中靠窗的这株，经雨水腐蚀、虫蛀蚁咬，树干内部中空，竟然烂出了一个树洞。只是洞口被浓密的枝叶挡住了，外人不注意，根本看不到。

听说树洞里有东西，司马白的心猛地一颤，他赶紧请来木匠，连夜把这株古槐锯开。天明之时，古槐终于一分为二，众人一瞧树洞内的东西，不禁大为惊恐：里面竟然是两具白森森的枯骨！

司马老夫人一瞧枯骨身上佩戴的遗物，顿时悲嚎起来："天哪，白儿，这是你那苦命的父亲和大哥呀！"

司马白又悲又痛又是疑惑，自家两代人怎么会一同葬身在这树窟之内呢？待清理出枯骨，众人赫然发现洞内还有一方砚台，正是当地盛产的七彩砚，装砚台的布袋已有些腐烂，隐约可辨布袋上有一行小字：夤夜无人，天地不知，赠君一砚，聊表寸心。

一见砚台，围观的四邻中有个苍老的声音大叫："那是我送给司马大人的呀！怎么会在这里？"

众人循声望去，发现说话的是在宅院隔壁开砚台作坊的钱老板。司马白浑身颤抖，一把抓住钱老板的衣襟，问："你说，这到底是怎么回事？"

钱老板不知所措，说："这、这真的不关我的事，我只是送了块砚台给司马大人啊！"

钱老板告诉众人，十几年前的那个中秋夜，他正在院内赏月，突然听到隔壁县令大人与夫人争吵，他侧耳一听，才知道县令囊中羞涩，买不起七彩砚，被夫人嗔怪。他想，这司马大人可是清官啊，自己几次送他砚台，都被拒绝，这次何不成人之美呢？于是他用布袋装了一方上等的七彩砚，又怕司马大人不收，便在布袋上写了一行字，然后才从墙这边丢了过去。砚台丢过去后，他见司马大人没有丢还他，就放心地回了房。

司马白愣了，许久，他瞧瞧砚台，又瞧瞧树洞和父亲的尸骨，突然明白了：那晚，父亲一时动心，收下了砚台，又害怕被人知晓，犹豫再三，决定先把砚台藏起来，可藏在哪里呢？

编读聊天室：众手浇开故事花

陕西读者雷丹： 各位编辑好！贵刊478期的“中篇故事”《直起你的腰来》，涉及到了食品安全这个话题。请问，不良商家为什么要在面粉中添加滑石粉？我们又该怎样识别呢？

编辑部： 您好！我刊故事一直有“关注社会热点，反映现实民生”的传统。《直起你的腰来》中提到的在面粉中添加滑石粉，主要可以起到增白、增重的作用。掺有滑石粉的面粉，和面时面团难以成形，吃后会感觉肚胀。所以，购买面粉时要尽量挑选正规大厂的产品。

四川读者蒋元顺： 编辑您好！我女儿正在读初一，我们母女俩都是贵刊的忠实粉丝。我女儿特爱看悬念推理类故事，希望贵刊能多刊登一些此类作品。

编辑部： 您好！“悬念”可以说是故事创作的“第一技法”，我刊专门设有“悬念故事”这个栏目。此外，“外国文学故事鉴赏”这一栏目也经常刊登推理小说名家的作品，今年以来，已陆续推出了东野圭吾、阿加莎·克里斯蒂等名家的作品，以后还将介绍更多这方面的名家名作。

司马白记得，当年这株古槐上有个乌鸦巢，父亲一定是想把砚台藏在鸦巢内，于是他持砚攀上树杈，不想古槐早已中空，父亲一脚踏在朽木上，跌落在了树洞中。那树洞状如葫芦，人一跌下，葫芦口卡住人的咽喉，人悬挂其中，好比上吊，父亲挣扎没几下就毙命了。

司马白猜测得一点不错，当年司马述正是如此丧命。而十五年后，司马亮月夜在楼上查案，见窗外树枝间有光亮透出，那正是掉在树洞里的七彩砚发出的光。司马亮没惊动别人，自己从窗台攀上树杈，想一探究竟，不料一时失脚，跌落树洞，与父亲一样身死……

不久，当地有名的老仵作赶来，验骨后，说出两人死时的情形，与司马白推测的一模一样。而诱使两人横死树洞的罪魁祸首，竟然就是那方七彩砚台。

钱老板一时好心送砚，谁知竟然断送了司马家两代性命，不禁痛悔万分：“怪我，都怪我呀！”

不料司马老夫人却号啕大哭：“都是我的错！若不是我当年想要七彩砚，怎么会害了丈夫和儿子？老天爷，你太不公，我丈夫一生清廉，不过一时昧心，贪下一块砚台，你就害得我家两代身死呀！”

司马白捧着那方沾血的砚台，看着布袋上面的字，忍不住泪如雨下，喃喃说道：“夤夜无人，天地不知，唉，暗室亏心，神目如电，天地怎会不知呀……”

（题图、插图：黄全昌）

当爱情经受考验时,请再多坚守一会儿,千万别让自己后悔……

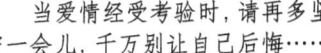

不肯醒来的
妻子

□ 大刀红

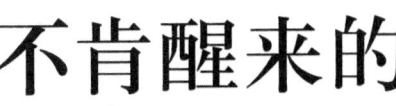

这年夏天,陆文斌一家三口去外地旅游,刚在宾馆里安顿下来,陆文斌就感到房间像小船一样猛烈摇晃起来。只听妻子范小雯叫道:"地震了!"他还没反应过来,头顶上的天花板已掉了下来。就在这千钧一发之际,范小雯冲过来,将陆文斌和年幼的儿子紧紧护在身下,随即,陆文斌眼前一黑,就什么也不知道了……

等陆文斌醒来,他发现自己躺在一个担架上,四周仿佛成了人间炼狱,到处是坍塌的房屋,不远处的水泥地上,横陈着一具具尸体……

陆文斌发疯般地打听妻子和儿子的下落,还好,在救援人员帮助下,他终于找到了他们。儿子幸运地毫发无损,但妻子范小雯却被掉下来的木梁击中脑袋,陷入了昏迷。

陆文斌把范小雯带回家乡,送进了医院。他下定决心,就是倾家荡产,也要把妻子治好。他把儿子送到奶奶家,自己天天去医院陪护妻子。

转眼一年多过去了,范小雯却仍然没有苏醒的迹象。这天,陆文斌问主治医生:"我妻子是不是变成了植物人?"

主治医生说:"你妻子的这种情况,我以前从没有遇见过。"医生说,植物人一般都没有意识,更不会动,范小雯虽然陷入昏迷一年多,手脚却能动。从医学上讲,手脚能动弹的,不应当算作植物人。

医生这么一说,陆文斌也有些困

惑，自己给范小雯擦洗时，也看到过她的手脚动个不停，有一次，妻子突然伸出手乱抓乱挠，把他的皮肤都抓破了。陆文斌问医生："那你说，我妻子什么时候能苏醒过来？"

主治医生摇摇头，说："病情最奇怪的地方就在这里。通过脑电波测试，我们发现，病人是有意识的，说得通俗些，似乎是病人自己不愿意醒来。所以，苏醒的具体时间，也许是几天后，也许是十年后，谁也说不清楚。"

陆文斌听了，叹口气，走出医院。这一年多时间，他不仅花光了自己的积蓄，还借了不少钱，现在，陆文斌一文不名，他决定把房子卖了，为范小雯筹钱继续治疗。出了医院大门，陆文斌就打电话给一个做房产生意的朋友，说自己想卖房。那个朋友听后问"卖了房，你住哪儿？"陆文斌说"管不了那么多，走一步看一步吧。"

挂上电话，陆文斌突然感到有人冷不丁地拍了拍自己的肩膀，他吓了一跳，转过身一看，竟是一个中年女疯子笑嘻嘻地看着自己。只见这女疯子掏出一个药瓶，对陆文斌说："先生，你现在后悔吗？我这里有后悔药，如果你后悔了，就吃一粒吧。"

陆文斌本来心里就够烦的，他一把打开女疯子的手，说："你有病吧？离我远点！"

这时，一个路人告诉陆文斌，这中年妇女以前不听父母劝告，嫁给了一个花心男人，后来那男人抛弃了她，中年妇女就变得疯疯癫癫了。陆文斌回头一看，果然，这女疯子又在缠着别人，推销什么"后悔药"。陆文斌摇摇头，暗下决心：要好好照顾妻子一辈子，绝不后悔！

再说陆文斌的那个朋友，他接了电话后十分感动，他没有卖陆文斌的房子，而是把他的事告诉了记者，记者闻讯后，把陆文斌的事迹登上了报纸头条。一时间，社会反响巨大，很多人来医院看望他们，还有人汇来巨款，陆文斌总算不再为妻子的医疗费发愁了。

这天，病房里来了个二十五六岁的漂亮姑娘，姑娘手捧一束康乃馨，说自己叫傅芸，是个社会志愿者，听说了陆文斌的事迹，专门来帮助照料范小雯。从此以后，傅芸几乎每天来一趟，还经常给陆文斌熬些汤带来。看着温柔体贴的傅芸，陆文斌不禁对她产生了好感。

有一天，傅芸对陆文斌说："陆大哥，我看范姐在医院里躺着，医院也没有什么治疗手段，还不如把范姐接回家，照顾起来也方便一些。"

陆文斌面有难色地说："我何尝不这么想，只是我每天要上班，没人照看她呀。"

傅芸听了就说"陆大哥，你看我

怎么样？要是你看得起我，就把我当作家里人，由我来照顾范姐。"

陆文斌听了，喜不自禁，他没想到，傅芸竟会表达得这么直接。他问傅芸："我现在这个情况，配不上你，你看中我什么？"

傅芸脸上露出一丝娇羞，说"我看中陆大哥有情有义，人好心好。"

陆文斌这时已经完全被傅芸俘虏，他在放弃治疗的协议书上签了字，把范小雯接回了家。回到家里，陆文斌就和傅芸住在了一起。

一开始，陆文斌还怕傅芸不好好照顾范小雯，但经过几次观察，他发现傅芸对待范小雯还挺细心，而范小雯尽管每天手脚乱抓乱动，人却始终处于昏迷状态。陆文斌叹了口气，心想：范小雯可能永远不会醒来了。

陆文斌这样想着，关爱的重心也开始转移，陪傅芸的时间越来越多，陪范小雯的时间却越来越少。

那天，陆文斌下班回家，发现傅芸不在，打她的手机，手机已关机。陆文斌隐约觉得情况不妙，他想起前两天，傅芸说要用钱，自己就把一张银行卡交给了她。陆文斌忙跑到银行一查，工作人员告诉他，卡里的六十多万元现金，已经被人全额转走。陆文斌顿感晴天霹雳，这些钱，全是社会上那些好心人捐给范小雯治病的啊！

陆文斌最不愿看到的事发生了：傅芸是个骗子，她知道别人给范小雯捐了许多钱，就装成一个志愿者，等骗取到银行卡和密码后，就将钱转走了。

陆文斌失魂落魄地回了家，坐在范小雯床边，只见她的手还在继续摆动着。突然，他闻到范小雯身上有股怪怪的气味，这是以前从没有过的。他赶紧将范小雯翻了个身，发现她的臀部竟然生有褥疮，不禁后悔万分。

陆文斌给范小雯擦洗一遍后，心想，绝不能放过傅芸，就去公安局报案。走出公安局大门，天上下起了小

雨，陆文斌走在雨里，想到自己这些时来鬼迷心窍，连伞也忘了打……就在这时，突然有个人拦住了他的去路，陆文斌一看，又是那个女疯子！她递过一粒药丸，说："我知道，你一定会后悔的，给你一粒后悔药吧。"

这回，陆文斌想也没想，接过药就扔进嘴里，吞了下去。傅芸给他这当头一棒，他真的后悔了。

吃过药，陆文斌回了家，他看着床上昏迷不醒的妻子，暗暗发誓：以后一定要善待她。突然，他觉得一阵天旋地转，眼前所有的场景都在扭曲变幻，接着，他突然置身一片废墟之中，啊！这不是两年前发生地震的地方吗？废墟里，除了他自己，看不到一个人。这时，他隐约听到远处有挖掘的声音，走过去一看，竟然是范小雯，她正用双手在废墟里不停地挖着什么。

陆文斌疑惑地问："你在挖什么？"

范小雯头也不回地说："地震了，我丈夫和儿子被埋在下面，我要把他们挖出来。"

陆文斌一看周围，有许多被挖起的渣土堆，就问范小雯："这些都是你挖的？"

范小雯哭着说"是的，我挖了那么多、那么久，怎么还没有看到他们啊？你也来帮我挖吧。"

听了范小雯的话，陆文斌突然明白了：现在自己是在妻子的梦境里！这些年来，妻子在昏迷中手脚动个不停，原来，她是在梦境里挖掘，寻找自己和儿子。难怪医生说，是她自己不愿意醒来，因为她还没有找到丈夫和儿子！

陆文斌哽咽着，一把抓住妻子那已挖得血肉模糊的手，说："小雯，你不要再挖了，我和儿子已经得救了。"

"真的？"范小雯回头望了一眼陆文斌，吃惊地叫了起来……

陆文斌被范小雯的尖叫声惊醒了，这才发现自己坐在妻子床边，刚才自己是做了一个梦。他一低头，突然吃惊地发现，范小雯真的睁开了双眼！她虚弱地伸出手，摸着陆文斌的脸，说："你们真的得救了，我真傻，还在那里天天挖你们呢。"

陆文斌这才明白，自己吃了女疯子的后悔药，这才闯入范小雯的梦境，把她从梦中叫醒。

范小雯醒来后，身体恢复得很快，这天，陆文斌陪着范小雯去散步，又碰见了那个女疯子，女疯子问他们："你们要后悔药吗？"范小雯不解地看着她，陆文斌却郑重地说："现在我们不需要了，谢谢你！"

女疯子笑笑，说："对，对！后悔药不好吃，最好我们都不要吃。"说完，疯疯癫癫地跑开了……

（题图、插图：刘斌昆）

54

爱情礼物

□艾　儿

两个求婚者

杰姆是小镇上最棒的小伙子之一，这天，他穿戴整齐来到教堂，他是来向爱丽丝求婚的。爱丽丝是镇上最美丽的姑娘，小伙子们心目中的公主，但杰姆十分自信，他选择在教堂里人最多的时候大胆表白。

爱丽丝出来了，杰姆手捧一束新鲜玫瑰，毫不犹豫地单腿跪下："爱丽丝，请接受我的求婚吧！"爱丽丝有一点慌乱，刚要说话，这时，戏剧性的一幕出现了：只见人群里又冲出来

一个小伙子，也跪在了爱丽丝面前。这个小伙子神色紧张，显然是匆忙间做出的决定。杰姆一看，这人自己也认识，他叫卡西，是一个老实巴交的人。只听卡西说道："爱丽丝，我没做什么准备，但我知道我必须抓住这唯一的机会。我也许没有杰姆那么出色，我唯一能保证的是，我会让你幸福。"

其实，杰姆和卡西都曾是爱丽丝的同学，两个小伙子都喜欢爱丽丝，这在小镇上已是公开的秘密。只是大家想不到，内向羞涩的卡西也有勇气在大庭广众之下表白。

所有人都微笑地看着爱丽丝如何选择，爱丽丝显得有点手足无措，正在这时，教堂的钟声响了，只听广播里喊道："紧急消息——战争爆发了，我们向法西斯宣战了！勇敢的小伙子们，为了祖国，去战斗吧！"

气氛一下紧张起来，爱丽丝咬了咬嘴唇，突然有了主意："杰姆、卡西，你们两个都非常优秀，今天我实在难以抉择。我希望你们能报名参军，等战争结束时，谁能带回让我满意的礼物，我就接受谁的求婚！"

人群里响起了热烈的掌声。两个小伙子对望了一眼，毫不犹豫地向征兵站走去。

报名后，杰姆和卡西都当上了伞兵，训练结束，两人被分到了同一个连队。因为在训练中表现出色，杰姆被任命为班长，而卡西只是他手下的一名普通士兵。

诺曼底登陆中，杰姆的连队被空投到了敌后，着陆后，杰姆很快埋掉了自己的降落伞，然后收拢部队，这

时他发现卡西还背着一个鼓鼓囊囊的包，就生气地说："卡西，怎么回事？咱们现在得扔掉一切不必要的东西，扔掉你那个该死的包，轻装前进！"卡西答应了一声，却只是把包往身后挪了挪。

后来，杰姆发现卡西一直背着那个包，连睡觉都抱着，仿佛里面有什么宝贝似的。有一次，一向老实的卡西和一个战友打了一架，只因为那战友恶作剧地想打开那个包看看。

进攻"马图堡"

战争是残酷的，但也给了勇敢者机会，凭着杰出的指挥才能，杰姆获得了不少勋章，战争快结束的时候，他的军衔已经升到了少校。虽然身处危险的战场，他却一刻也没有忘记爱丽丝的话，他相信，勋章和军衔就是送给爱丽丝最好的礼物！

当然，杰姆也时刻关注着自己的竞争对手卡西。值得安慰的是，可怜的卡西仍然在自己手下。其实卡西作战也很勇敢，但他太老实，加上糟糕的运气，他连一枚勋章都没得过。在杰姆看来，卡西注定要出局了，不过，谨慎的杰姆还是把卡西调到身边做了勤务兵，这个差使对老兵来说是一种羞

辱。杰姆这样做，是为了监督卡西，好让他在战争的最后阶段没有机会立功。

这天，杰姆的部队接到命令，向"马图堡"发起进攻。"马图堡"是德军高级将领冯·古里安的山间别墅。其实，这时德国已经投降，剩下的都是些零星抵抗，进攻"马图堡"，不过是给了杰姆一个立功的好机会。

"马图堡"在一座风景秀丽的山上，杰姆一心立功，就下令急行军。沿途，他的部队遇到了一批又一批德军溃兵，杰姆没费一枪一弹就抓了大批俘房，经审问，这些都是冯·古里安的手下，杰姆从他们那里得知，冯·古里安已经失踪了。

杰姆分派人手将这些俘房押送下山。急行军之后，杰姆的部队已经冲到了最前面，加上沿途有人掉队，当最后一批俘房被押下山去，杰姆发现自己身边竟然只剩下了卡西一人。不过他并不紧张，他知道胜利就在眼前，现在唯一要做的就是确保卡西没有立功的机会，于是杰姆命令卡西："卡西，现在我们分头行动。我沿公路前进，你负责搜索左边的树林。"

卡西似乎有些不情愿，说："杰姆，我想我们应该呆在一起。"

杰姆不由分说"执行吧，这是命令。"卡西只得钻进了树林，杰姆则沿公路大步前进，不一会儿，他就把卡西甩在了身后。

就在这时，只听"砰"的一声枪响，杰姆感到腿上一阵剧痛，身不由己跪了下去，他知道，自己中弹了！

杰姆挣扎着想站起来，但黑洞洞的枪口顶在了他的胸口，他看见一个穿着党卫军制服的人站在自己面前，正用冰冷的眼神看着自己。

杰姆试图说服那人："德国已经战败了，快放下武器投降！"

"他们投降了，但我没有，我会战斗到最后一刻，杀死我见到的每一个敌人！"那个党卫军冷冷地说着，举起了枪。随着"砰"的一声巨响，杰姆恐惧地闭上眼睛，但接着他就惊讶地发现，自己毫发未伤，倒下的竟是那个党卫军！

这时，一个人从路边的树林里跑了出来，杰姆定睛一看，竟是卡西！卡西扶起了杰姆，说"保护你是我的责任，所以我一直在拼命跟上你。"杰姆这才发现，卡西的军服上到处都是被树枝挂破的口子。

最后一次机会

卡西把杰姆扶到路边，为他包扎伤口。就在这时，一辆小汽车突然从山上冲了下来，杰姆敏锐地意识到了什么："卡西，快拦住它。"卡西一时没反应过来，说"把它交给下面的人吧，先包扎好你的伤口——"

杰姆一把推开卡西，持枪跳到了

路中央，朝天打了一梭子，大叫："停车！"

小车停了下来，杰姆命令所有人下车。从车里钻出来五个穿便服的人，其中一个用生硬的英语说："我们是平民。"但一个瘦高个儿制止了他，用平静的语气说："不用掩饰了。我就是冯·古里安，我向你投降。"

刚刚走上前来的卡西张大了嘴："天啊，杰姆，真有你的，你逮着大鱼了！这下你又可以得一枚勋章了。"

杰姆让俘房蹲下，把卡西叫到了一边，轻声说："卡西，没有你，今天我连命都没有了，你把俘房押下去，这枚勋章是你的了，我不会对任何人说的。"

没想到卡西却拒绝了："我不同

意，俘房是你抓的，至于保护你，那是我的责任。"

杰姆想了想，说："那么，我在这里看守俘房，你开上那辆车，把国旗插上'马图堡'。我已经问过俘房了，'马图堡'现在空无一人，你可以轻易得到一枚勋章。战争就要结束了，这是立功的最后一次机会，你需要一枚勋章，不然你拿什么去见爱丽丝？"

卡西犹豫了一下，似乎有些心动，但很快就摇了摇头"我不能丢下你，你有伤。如果再有敌人来，后果不堪设想。至于给爱丽丝的礼物，我早就准备好了，就在我一直带着的那个包里。"说着，他孩子气地笑了。

原来，那个包就是卡西给爱丽丝的礼物，难怪他到哪个营地，都把那个包像宝贝一样带着！

杰姆想了想，说："好吧，我已经给过你机会了，现在我想说明一点，我不会因为你救了我一命就放弃爱丽丝的。"

卡西郑重地点点头："我知道，我也不会放弃爱丽丝的。她会喜欢我的礼物，我相信我能赢。"

杰姆不由纳闷起来，那个包里究竟是什么东西，让卡西如此自信？

卡西的礼物

攻下"马图堡"后，杰姆又一次顺理成章地升职了，而卡西还是一名普通士兵。半年后，杰姆和卡西回到了故乡，还是在那座教堂，两人再次向爱丽丝求婚。按照约定，杰姆捧出了自己的礼物，那是一堆各式各样的勋章，其中包括一枚标志着最高荣誉的国会勋章。

"哇！"围观的人群里响起了一片惊呼声，闪闪发光的勋章映着爱丽丝的俏脸，显得更加娇艳动人。

这时，卡西走了上来，在爱丽丝面前，他紧张得有些结巴："爱丽丝，我、我没有这么多勋章，可我也从战场上给你带回了礼物。"卡西说着，打开了那个从不离身的帆布包，一大团白色的东西抖落出来，柔软地铺在了爱丽丝脚下。

"这是什么东西？"很多人在互相询问。

"这是我的备用降落伞。"卡西平静地说，"从参战的第一天起，我就把它带在了身边。战争一开始，国内就实行了物资管制，丝绸是买不到的，只有降落伞才能用上这么多上好的丝绸。爱丽丝，不论你答应谁的求婚，你都需要一套漂亮的婚纱，我想，你会喜欢这礼物的——"

爱丽丝看着铺了满满一地的白色丝绸，眼里泪光莹然"你是说，整个战争期间你一直背着它？"

卡西憨厚地笑了笑，说："是的，哪怕我受伤的时候，也没有丢弃它。"

爱丽丝伸出手，把那堆丝绸紧紧地抱在了怀里："卡西，我接受你的礼物。对一个想要结婚的女人来说，还有什么比这更好的呢？"接着她转向杰姆，说："杰姆，你是一个英雄，但战争结束了，我不想生活在你的光环下，谢谢你——"

对于爱丽丝的选择，杰姆以及在场的很多人都觉得难以理解。战争结束后，杰姆的仕途一帆风顺，多年后他已是一名将军，但他的感情生活却一塌糊涂，先后经历了三次离婚。退休后他回到了家乡，发现卡西和爱丽丝仍平静而幸福地生活在一起，他突然理解了爱丽丝当年的选择——打动爱丽丝的，并不仅仅是那份礼物，卡西身上有一些自己没有的东西，正是这些东西，让他赢得了爱丽丝。

（题图、插图：佐　夫）

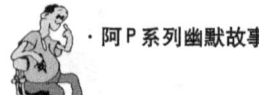

阿P代堵

□ 晓 砚

阿P买了辆私家车，一个月头发掉了半斤多，为啥？那是愁的，如今城市道路太堵了！这天，阿P和老婆小兰回乡为八姨婆祝寿，还没上中环高架，两人就傻了眼：路上那个堵呀，简直是水泄不通，车子趴在那儿就不动。这下小兰急坏了，八姨婆一手把自己带大，如今寿宴要迟到，可如何是好？正着急呢，突然听到有人敲车窗，阿P扭头一看，只见窗外有个骑摩托的瘦子，笑眯眯地问："大哥，要代堵吗？"

阿P瞪着眼，诧异道："啥……代堵？"

瘦子向身后的摩托车队一努嘴，介绍道："喏，我们是代堵公司的，可以替您在这儿等堵，另外再派人骑摩托送你们出去，到时路通了，我们会把车送到你指定的地点，不知二位是否需要？"

不等阿P答话，小兰头点得如鸡啄米，连声道："需要，需要，我们迫切需要！"说罢，推着阿P下了车。

阿P见对方开价不菲，有些犹豫，小兰一瞪眼，阿P无奈答应了，姥姥的，就算是违章被罚款吧！他们报上地址，然后各自上了一辆摩托。还别说，这摩托就是方便，七拐八弯地就开出了堵车长蛇阵，"呼"地直奔八姨婆家而去。

因为有人代堵，小兰总算按时赶赴寿宴，等吃罢饭，车子也被人送来了。这下小兰倒是满心欢喜，阿P呢，却心疼得方向盘都抓不住了！

从乡里回来，阿P一直为那代堵费的事闷闷不乐。这天，他看电视，突然看到一则消息，说是本市解放大道常年遭遇严重堵车，经常有上百、上千车辆滞溜其中。阿P灵光一闪，心想：这代堵的活，人家干得，我阿P怎么就干不得呢？我得把损失补回来。就这样，阿P带着美好的憧憬进入了梦乡。

第二天一早，阿P就让小兰跟自己下楼。小兰不明就里，不过她知道这些天阿P心情不爽，也没敢多问。到了车库，阿P推出自己那辆旧摩托，带着小兰风驰电掣地上了路。

眨眼工夫，两人就到了解放大道，现在已到了上班高峰时间，那大车小车堵得密密麻麻。阿P欣喜不已，这才对小兰说明了自己的意图。小兰一听，立刻把头摇得如拨浪鼓，连连摆手说干不来。阿P有些恼怒地说："人家干得，为啥我就干不得？等挣了钱，我给你买条金项链。"小兰这才没了声音。

于是，阿P让小兰先推着摩托在一旁等候，自己则穿梭于堵车长龙中搜寻目标。很快，他就发现了一辆捷达车，车主是个穿T恤的男人，只见他表情焦躁，坐立不安，显得十分着急，于是阿P学着那天瘦子的样儿，走到车窗旁敲了敲玻璃，礼貌地问："大哥，要代堵吗？我可以替你在这儿等堵，再派人骑摩托送你出去，等路通了，我们会把车送到你指定的地点，你需要吗？"

T恤男听了阿P的解释，一下子兴奋起来，喊道："代堵？好啊，我要代，我要代！"

阿P见生意来了，不由满心欢喜，正要回身喊小兰，突然，他发现T恤男的胸前有好几处血渍，心里不由一颤，就问T恤男："你这是要去哪啊？"

T恤男迫不及待地说："你带我去民主路，越快越好！"

民主路？阿P的心一下子提到了嗓子眼。民主路离堵车的地方只有站把路，可顺着那条道再往前就是机场。瞧T恤男急得满头是汗、极度紧张的模样，再联想到他胸前的血渍，阿P顿时起了疑：这人可别是犯了什么事，有同伙在机场接应着准备外逃吧？千做万做，犯法的事不能做，阿P这点觉悟还是有的，他故作镇定地问道："大哥，你去那儿？有什么急事吗？"

T恤男听了有些不耐烦，瞪着眼吼道："废话，没急事谁找人代堵啊！"

阿P发现男人说话时，下意识地向副驾驶座位下瞥了一眼，于是也瞪大眼睛跟着望过去。这一望，阿P更加紧张了，他发现座位下面放着个黑色塑料袋，袋口虽然系着，可有个小豁口，露出的部分好像是带血的东西！

这时，T恤男似乎也注意到阿P神色异常，就把塑料袋往座位下踢了

·阿P系列幽默故事·

踢。

阿P鼻子用力一吸，仿佛嗅到车上有一股血腥味，紧接着就听后备厢里"砰"地一响。他顿时吓得脸色煞白，连退三步，转身就逃。

T恤男见状，忙大声喊道："喂，代堵的，你怎么回事呀？怎么跑了？"阿P像只兔子，连蹦带跳地跑到路口，接过小兰的摩托，猛地一转油门，带着小兰离开了现场。

摩托开出去老远，阿P才颤抖着将事情告诉小兰。小兰听了，惊讶不已："啥，你说啥，那人是杀人犯？"

阿P颤声道："可不是吗？我看到袋子里血淋淋的，好像是只人手，那手的主人说不定就在后备厢里，人……人还没死透，还……还在动……"阿P这人喜欢发挥，他越说越兴奋，也越说越离谱了。

小兰听傻了，一拍阿P后背，说"天啊，赶紧报警呀！"

一句话提醒了阿P，他一抬眼，正好看到堵车长龙里有一辆巡逻警车，当即下了摩托，走过去朝车里招手，大喊道："出人命了，出人命了！"

车上的三个民警闻声，"刷"地跳下车，阿P清了清嗓子，结巴着将事情经过加油添酱地描述了一番。民警听罢，以百米冲刺的速度向那辆捷达车奔去，阿P和小兰也尾随其后。

民警们很快来到捷达车前，只见车窗玻璃全都摇上了，看不清T恤男在里面做什么。民警连敲了几遍玻璃，里面都毫不理会，一个民警正欲伸手拉车门，突然听到里面"咔"的一声，T恤男竟然将车门反锁了。

现场气氛顿时紧张起来，一位民警大喝道："里面的人听着，赶紧下车，你已经被包围了……"

时间一秒一秒地过去，车门却始终不见打开，一位民警向身后的公交车司机借来了扳手，正欲砸窗，只见车窗缓缓摇下了，那T恤男手里举着一个矿泉水瓶子，战战兢兢地问："警官，我、我刚在车里撒了泡尿，犯什么法了吗？"

此话一出，在场的人全都面面相觑。阿P见此情景，气愤地上前说："你少装无辜，我都看见了！"

男人听阿P说完整个事情经过，忍不住哈哈大笑，笑得差点岔了气，

他向民警解释：由于车堵了两小时，自己内急得厉害，正好遇上阿P问代堵，他想到民主路的路口有座公厕，当即表示愿意接受服务，没想到阿P却突然走了。他实在憋得不行了，急中生智，想起车上有瓶快喝完的矿泉水，就用矿泉水瓶子做容器，在车上临时解决。民警过来的时候，他正处于尴尬状态，只得将车门反锁。至于那个袋子，里面装的是擦过血渍的纸巾，而后备厢里，其实是刚从菜市场买回来的一条大鱼。

民警们再次经过确认，证实了男人身上的血渍是鱼血。阿P见此，窘得满脸通红，耷拉着脑袋闷声不吭。

就在这时，一个女孩突然蹿出人群，拉着阿P的衣袖急道："大哥，你是代堵的？快，快替我代一个！"说着，眼泪噼里啪啦直往下掉，"我妈刚打电话来，说我爸脑溢血，快不行了，让我赶紧去医院。"

阿P听了，立马又精神了，忙问明地址，准备出发。哪料几位民警互相对视了一眼，其中一位民警手一挥，冲着阿P道："你，下车，接受调查。我送姑娘去医院。"说罢，骑上摩托带着女孩就朝医院驶去。

阿P愤怒了，他冲着民警的背影大叫道："怎么回事，抢生意呀？这一单是我先拉的！"

这时身旁一位民警严肃地说道："你嚷什么，我们跟你抢生意？你无公司无合同的代堵，属于非法营运，走，跟我去交警大队接受处罚！"

"啥，处罚？"这下阿P傻了眼，"我、我还没开张哩。"

到了交警大队，阿P和小兰好话说了一箩筐，最后民警念在他们是初犯，总算答应免于经济处罚，不过要求他们在以后三个月的周末志愿担任"义务交通协管员"，帮助疏解道路堵塞。

出了交警大队，小兰愤愤不已，说都是阿P干的好事，一分钱没赚着，还要倒贴十几个周末。阿P开始也是一脸不快，不过他转念一想，堵车给大家带来了那么多不便，自己做协管员，义务排堵，不也是为社会尽一份力吗？他将想法告诉小兰，小兰想想也觉得有些道理，心情顿时好多了，两人手牵手逛街去了……

（题图、插图：顾子易）

父亲的新习惯

□ 佘远香

这几年，刘岩林和妻子一直在深圳打工，两口子为了不被扣奖金和节省路费，总是到年底才回老家。这年春节，他们到老家时，已是大年三十的中午了。

刘岩林一进屋就闻到阵阵香气，他知道父亲一定在厨房里弄饭，就忙走了过去。谁知刚走到厨房门口，就发现屋里一片烟雾弥漫，仔细一看，原来父亲不知什么时候在屋子一角搭了个土灶，此时灶膛里的柴火正熊熊燃烧着，灶上的铁锅冒着滚滚热气。

刘岩林感到很纳闷，家里许多年前就改烧煤不烧柴了，去年翻新了房子，他又给家里添了煤气灶、微波炉，父亲也学会了使用，一年没回来，怎么好端端的又烧起柴来了？刘岩林见雪白的墙壁被熏得焦黄一片，心里有点不舒服，这时父亲一抬头，看到了

刘岩林，欢喜地说："大林，你们回来了？先到外边坐着，饭菜马上就好。"

刘岩林却没好气地说："爹，你这是干吗呢？怎么又烧起柴了，看，墙壁都弄脏了。"

父亲听了，满脸歉意地说："冬天屋里有点冷，我想改用柴火做饭，可以顺便取取暖。"

刘岩林一听，这下换成他内疚了，是啊，父亲七十多了，这么大的屋子，一个人在家，肯定会觉得冷。想到此他鼻子一酸，说："爹，是我们想得不周到，等吃过饭，我就去镇上买空调。"

饭后，刘岩林立即赶到镇上买来

了空调，马上叫人装上，一家人开开心心过了一个年。年后，刘岩林和妻子再次离开了家。

谁知这次出来后没几个月，刘岩林就接到电话，父亲说他的腿被烫着了，现在躺在床上不能走动。刘岩林一听就心急火燎起来，只得请了假，急匆匆往回赶。

刘岩林回到村里时，忽然感到熟悉的村庄有点陌生，他想了想才明白，以前他都是过年时才回来，与过年时的热闹相比，今天村里显得异常安静。想来现在村里都是些体弱的老人，大家行动不便，大部分时间就各自呆在家里了。

刘岩林快步往家里走去，一路上他暗暗纳闷，父亲到底是被什么东西烫伤的呢？

到了家一看，刘岩林差点昏厥：原来父亲的脚竟是被火烧伤的，他在自己离家后，又烧起了柴火！那天，灶膛里的火没熄尽，风一吹火苗就出来了，引燃了旁边的几捆干柴，父亲想着这些柴还得留着以后慢慢烧呢，于是就扑上去救火……

刘岩林知道原委后真是哭笑不得，忍不住冲着父亲发起了火："爹，你咋又烧柴了？过年时我不是买了空调吗？再说现在都快六月了，你也不嫌热？好，烧出事来了吧！你知不知道我这一来一去的，得浪费多少路费、耽误多少工啊？"

父亲自知理亏，垂着头一语不发，见此情景，刘岩林也不好再说什么了，只是他从父亲的沉默中，隐隐感觉到父亲有什么事瞒着自己。父亲这样执着地烧柴，实在有些古怪，但父亲现在正病着，也不便追问。

就这样，刘岩林留在家里照顾父亲，几天下来，刘岩林发现父亲有一个奇怪的举动：虽然他的腿还没全好，但每到吃饭时，他却总要挣扎着去屋外走一圈。刘岩林问父亲怎么回事，父亲只淡淡地说，这是他最近养成的习惯，吃饭前在外面走一走，这饭才能吃得安心。

半个月后，父亲的腿基本康复了，刘岩林松了口气，想过几天就回深圳。这天中午吃饭前，父亲又像往常一样走到屋外，可是进来时，他的神色有些紧张，也不说话，拿起桌上的电话就拨了一个号码，可是等了许久，那边也没人接。父亲的脸色变得越来越凝重，最后，他放下电话，对刘岩林说道："不好，你桂婶家可能出事了，快跟我一起去看看。"

刘岩林有些莫名其妙，但父亲神色慌张，刘岩林来不及细问，就跟在父亲身后匆匆地出了门。桂婶家在对面的山坡上，是幢单门独户的房子，刘岩林刚走到大门口，就惊愕地发现桂婶倒在地上，人事不省。

父亲叫了一声："不好，她的心脏

病又发作了！"赶忙进屋去拿桌上的药瓶。刘岩林见状立刻端来一杯水，父亲把药给桂婶灌下，好半天，桂婶才悠悠地醒了过来，只是没有力气说话，刘岩林和父亲就把她扶到床上躺下。

忙完了一切，父亲长长地吁了口气，刘岩林怔怔地望着父亲，突然问道："爹，你是怎么知道桂婶出事的？"

父亲看了儿子一眼，默默地走到屋外，向村子的上空一指："你看看，那上面都有些什么？"

刘岩林抬眼望去，惊讶地发现，村子的上空竟袅袅地升起一缕缕青烟，这些烟雾都是从屋顶上冒出来

的，现在正是晌午时分，肯定是村民在烧火做饭。可是村里人很多年前就不烧柴了，什么时候又都回到过去的日子了？

父亲好像明白了刘岩林的心思，说道："其实大家做饭的方式，是从你五叔去世那天改变的。你五叔家里盖房子剩下些木料，他舍不得丢掉，就拿来烧着做饭。那天，有细心的村民发现他家里一天没冒炊烟了，赶去看时，才发觉你五叔在头天夜里就过世了……从那以后，大家就都不烧煤了，虽然嘴上不说，但彼此都明白这里头的意思——我们这些人谁不是孤身一个在家，谁没个小病小灾？难保就不出个意外。从那以后，我们每天有两件事必做，一是按时让家里升起炊烟，不要让别人牵挂；二是吃饭前出门看看，看谁家的炊烟还没有升起。"

刘岩林在一旁默默地听着，所有的疑云都揭开了，难怪父亲要执着地烧柴，难怪他能知道桂婶出事，渐渐地，泪水模糊了刘岩林的双眼……

回到深圳，工友们纷纷关心地问刘岩林，他父亲怎么样了，刘岩林沉默半晌，只说了一句简单的话"你们有空，都常回家看看吧。"

（题图、插图：安玉民　梁　丽）

（本栏目欢迎来稿。来稿可从邮局寄发，也可从网上传递。如为电子邮件，请发以下信箱：lujia411@yahoo.com.cn.）

这是一家奇特的客栈，店奇、事奇、老板更奇。几十年来，凡是惹上这家客栈的，从土匪到高官，没有不倒霉的，人们都说，客栈里做的是"鬼生意"……

客栈传奇

□ 袁公博

1. 诡老板

民国年间，在一条商道的岔路口，有一个镇子叫两肋庄，据说，当年秦叔宝为朋友两肋插刀走岔道的故事就发生在这里。镇子的兴起，离不开商道的繁盛，因此镇里的人大都从事一些剪头理发、小吃茶铺之类的服务性买卖。别的买卖都是商铺林立，竞争激烈，就一样除外，客栈！两肋庄的客栈只有一家，名为"两肋栈"，

那是真正做到了只此一家，别无分号。

按说商道上最赚钱的买卖就是客栈了，为什么没人和两肋栈竞争呢？原因很简单：不敢。怎么，难道这两肋栈还有鬼不成？一点没错，这两肋栈就是有鬼！两肋栈的"鬼生意"，是商道上第一大奇事，几十年来，凡惹上两肋栈的，从土匪到高官，没有不倒霉的。

从表面上看，两肋栈里里外外和普通客栈没什么不同，白天迎来送往，晚上关门歇业，但两肋栈关门歇业后，老板总要打发伙计回家，然后打开客栈北面的一个小门，小门内灯火不熄，自己一个人忙到天亮，没人知道他在干什么。直到后来，老板自己说了，那是在做鬼生意。

自从两肋栈做了这诡异的鬼生意，人们背后就把客栈老板称为"诡

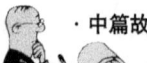

老板"，渐渐地，这称谓就拿到了台面上。谁知老板听了非但不生气，反而一副十分受用的样子，时间一长，他本来姓啥叫啥，反而没人知道了。

做鬼生意能有多大利润？据诡老板本人说，那是一本万利。据说，地下无主的东西都是鬼的，所以不少鬼都很有钱，况且这鬼不知什么时候就要投胎了，到时候钱也拿不走，所以鬼花起钱来从不计较，只要把鬼伺候舒服了，一个铜板的东西能卖一个大洋。

鬼生意具体怎么做，也有人问过，不过诡老板可不想让别人分了他的财，所以只字不提。唯一能让人猜出点线索的，是两肋栈救济落难客商的事。

商道上的买卖，有赚就有赔，有的是眼光没跟上，办错了货，更有的倒霉遇上土匪，被洗劫一空。这些人没钱回家，诡老板就说，可以来找他，他会资助，但是有个条件，必须随诡老板一同进一间密室，在里头待上一个多时辰，然后拿了钱马上回家，在家里躲一个月不出门，否则后果自负。这些规矩，接受救济的人没有敢不遵守的，至于那间密室里发生过什么，被救济的人都绝口不提。这件事常常被人怀疑：诡老板能有那样的好心帮别人？这事莫不是和鬼生意有什么联系？但这些都是猜测，没人亲眼见过什么。

两肋栈就是这么个地方，充满了谜团和规矩，不过只要正常打尖住店，不去坏规矩，两肋栈就和普通客栈没什么不同。况且庄子里只有这么一间客栈，不住两肋栈就只能去野地里喂狼，所以来往客商还是选择了两肋栈。两肋栈的人鬼两门生意，就这么并存了。

两肋栈独家经营，只赚不赔，诡老板本该是个富甲一方的人物，然而诡老板本人的做派，和"富"这个词一点不搭边。他吃住都在客栈里，除了这间店，别说深宅大院，就连茅草屋都没一间，平日里，一年到头穿一件粗布衣服，似乎从来没有换过。

不过，别看诡老板的生意十分诡异神秘，他的身世来历却十分清楚，毫不神秘。诡老板是两肋庄本地人，自幼丧母，他父亲是当地著名的地痞，靠坑蒙拐骗混日子，诡老板十岁那年，父亲得罪了北洋政府的徐县长，被徐县长找个由头杀了，诡老板成了孤儿。幸亏两肋庄民风淳朴，诡老板也就吃着百家饭长大了，十五岁那年，他去商道上闯生活，后来的事，就没人说得清了。总之，过了那么十几年，诡老板忽然腰缠万贯地回来了，他把两肋庄大大小小的客栈买下，合并成了两肋栈，办起了鬼生意，一直到现在。

诡老板的那几年空白期，一直是

人们争论的焦点，很多人认为诡老板就是在那几年里和鬼勾搭上了，更有甚者说，诡老板那几年已经死在外头了，现在这个回来开店的是啥？当然是个鬼了。议论虽多，但没法证实，具体怎么回事，只有诡老板本人清楚了。

2. 李客商

鬼生意这种事，不是红口白牙一说，别人就能信的，诡老板刚和人提起的时候，商道上的人把这当笑话听，直到出了李客商的事。

李客商出身商业世家，传到他这一辈，却已家道中落，幸好李客商是个经商奇才，他又回到了当年祖上发家的商道上，亲力亲为，十几年后，李家的声望又立起来了，李客商也成了一方首富。他发家后，依然常常亲自跑商，一来他不喜欢就那么养着，二来他也怕手下人和他玩猫腻，所以他要掌握第一手情况，于是事情就这么出了。

这是两肋栈刚开张的那年春天，天刚刚回暖，李客商就带上本家一个年轻人小李跑商了。一路上李客商向小李传授他这些年的跑商经验，一来二去，误了宿头，到两肋庄时，已经半夜了。小李跟着李客商走到两肋栈门前，小声提醒了一句："听说这家新开办的两肋栈，讲究尤其多，夜里还要做什么鬼生意，我虽然也不信，但

多一事不如少一事，我们还是按规矩办吧。"

李客商笑了两声，问道："都有什么规矩？"

小李答道："半夜一到，两肋栈北面就会打开一扇小门，这门千万不能进，普通客商住店得敲正门，还得等上一刻钟，据说店老板要先把鬼生意那头交代清楚了，才顾得上咱们。要不，我先去敲正门？"

李客商听完这话，显得十分不高兴，说道："我就不信这世上有什么鬼神，要敲你去敲，干吗放着开了的门不走？"

小李拗不过，只好跟着李客商走北边小门。一到小门口，只见门中透出几许绿色的幽光，一股凉风从门里吹来，耳中还传来几声奇怪的声音，大半夜的，小李心中有些发虚，腿肚子也有点哆嗦，就慢了一步，眼见着李客商先一步进去了，他刚要抬腿跟上，就听里头一声惨叫，接着是"咕咚"一声倒地的声音，小李吓得拔腿就跑。

第二天，神志不清的李客商被抬了出来。小李在客栈外头熬了一宿，根本没怎么合眼，见这架势，他不敢做主，赶紧雇了辆大车把李客商送回了家。李夫人见自己的丈夫竖着出门，横着回家，心里顿时开了锅，但她毕竟跟着李客商大风大浪多年了，马上镇静下来，详细询问小李是怎么

一回事。

小李前言不搭后语地把经过一说，李夫人总算明白了，头件大事不必说，当然要先找大夫，可一连找了七八个大夫，结论一致：李客商根本没病。李夫人气得大骂庸医，李府的大管家见状，试探着说了句："不行就找苏先生来看看吧？"

苏先生是本地的一个算命先生，和李客商是老朋友，早在李客商没发家的时候，两个人就有交情。眼下，死马当作活马医，也只能找苏先生来看看了。

苏先生来到李客商休养的卧室，看了看李客商的气色，又摸了摸李客商的脉门，眉头就皱了起来，他转头对李夫人说："这病不简单，我也只听师父说过，以前从没见过，一般大夫更不可能知道，所以才说没病。这病源不在人，李老板最近去过什么奇怪

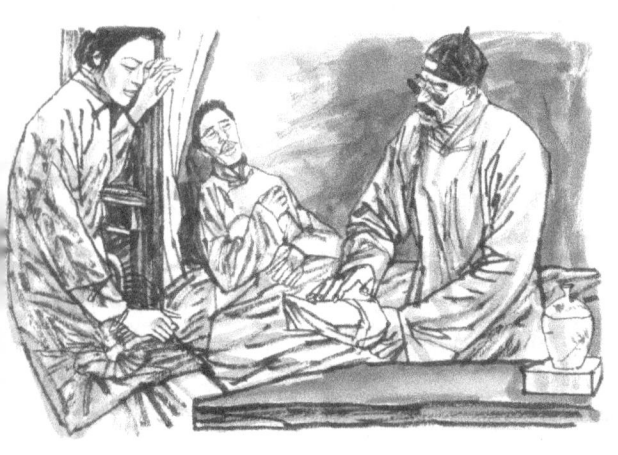

的地方没有？"

李夫人听了这话，心里就是一惊，想起小李的话，头上不禁冒出了汗，小声说道："老爷最近去过两肋栈，听说那里有什么鬼生意，不过这都是骗人的吧？"

苏先生点了点头，说"两肋栈我也去过，确实有些邪门。解铃还须系铃人，问题出在两肋栈，除了去找他们，别无他法。"

一旁的大管家气愤地说："对，得去告两肋栈伤害人命！"

苏先生晃了晃脑袋，说："可是，以什么名义告他们？纵鬼伤人？官府能受理吗？何况这官司一起，和两肋栈撕破了脸皮，就没人能救李老板了。"

李夫人本不信鬼神，但听苏先生这么一说，也觉得别无他法，只得说："好吧，我亲自去求两肋栈。"

李夫人没等到第二天，当即出发，赶到两肋栈时，正是中午人多的时候。有个伙计见了李夫人，迎上来说道："是李太太吧？我们老板早吩咐了，您先坐，我马上叫我们老板。"

客栈里正在吃饭的客商们都已经听说了李家的事，见李夫人来找诡老板，都撂下筷子准备看

好戏。没多久，诡老板出来了，李夫人心中焦急，赶忙上前说道："我们老爷在您这里出事了，我不多说别的，求您救救他。"

诡老板一向少言寡语，这次也没例外，只见他从破袍袖里伸出三根干木棍似的手指头，说道："三万块，保李大老板平安，如果没钱，我无能为力。这钱不是我要的，谁叫李大老板得罪了他们呢？"

李夫人听说过诡老板的行事作风，所以没还价，答应道："好，就给你三万块，不过你得先去救我们老爷，我没权动这么多钱。"诡老板却一笑，说"我相信李太太的承诺，放心，李大老板已经没事了，回去准备钱吧。"李夫人还想说什么，诡老板却已转身走了。

围观客商见了这一幕，无不倒吸了口凉气，这一笔，诡老板就敲了三万块啊！

李夫人回到家，李客商果然已经清醒过来了，李夫人大喜过望，把两肋栈的事说了一遍，李客商听完，赶紧派人把钱送了过去。不久，这事就在客商中传开了。自此以后，没人敢把诡老板的话当成玩笑，两肋栈的规矩，再没有谁敢不遵守了。

3.张善人

李客商的事发生后，没人敢出来主持公道，只有一个人公开大骂诡老板为富不仁。要问这人是谁？那就是两肋庄赫赫有名的张善人。

张善人是善人，大善人，商道上的人遇到麻烦，本来都去找张善人求助，没人喜欢找两肋栈。张善人为李客商抱不平，与他耿直的个性有关，更因为，李客商和张善人是世交。

有人见此情形，就给张善人出主意说，您何不也在两肋庄开一间客栈，把他两肋栈比下去？张善人点头称是。张善人是真善人，从不说空话，择了个吉日，请工买料，破土动工，几个月后，张善人的"张家客栈"就在两肋栈对面开张了。

开张当天，张善人亲自到场，迎接来往宾客。诡老板白天很少出门，今天却像预感到了什么似的，一大早就站在两肋栈门口，冷眼看着对面新开张的张家客栈。

两肋庄开了第二家客栈的事让客商们颇感兴趣，纷纷驻足观看。张善人见自家门前已聚集了一批人，便当众说道："做生意就是要伺候客人，两肋栈把客人弄得不舒服，张某人看在眼里，十分不满！今天本号开张，价格和两肋栈一样，但只做干净买卖，希望大家能有所决断。"

张善人这话说得很不客气，说到"干净"二字时还提高了声调，特意让对面的诡老板听清，显然是要和诡老板唱对台戏了。诡老板听了，却不阴

不阳地一笑，没说话。张善人并不理他，只一摆手，请来往客商入店休息。平时热闹的两肋栈，顿时冷冷清清，就连门口的乞丐也随风而倒，改在张善人门下安家了。诡老板看着眼前发生的一切，并不争辩，嘴里嘟囔了一句什么，就转身进屋了。他说那句话时声音很低，但边上几个伙计还是听到了，后来有人去问，伙计们说，诡老板只说了四个字：这事没完。

张家客栈开张头几天，形势一片大好，而两肋栈这几天几乎就没开张，可这几天一过，事情就有点不对了。

这天，在商道上混日子的刘秃子

准备去办一批货，路过两肋庄，就住进了张家客栈。睡到半夜，刘秃子不知被什么声音吵醒了，他骂了声娘，翻个身继续睡，这声音却又来了，刘秃子很不高兴，仔细一听，这声音好像是哭声，呜呜咽咽，三分不像人，七分倒像鬼，刘秃子猛地想起了李客商的事，不由心中发虚，头上也冒了一层汗。

不管对方是人是鬼，人在暗我在明，刘秃子不敢乱动，突然一声鸡啼，声音骤然消失了。刘秃子借着太阳初升，一骨碌翻下地，打开门窗四处乱看，却什么也没找到，再一瞧，张家客栈大门关得好好的，根本不可能有外人进来！刘秃子不由一阵后怕。

不一会儿，客商们陆续起来准备出发，刘秃子赶紧问大伙，昨晚听见怪声没有，可问了一个又一个，大家都摆手说没听见。刘秃子头皮发麻，把昨晚的事说了一遍，几个客商一听，都笑他发神经。

客商们并没在意这件事，没想到当天早上，客商们吃完张家客栈的饭，突然集体上吐下泻，在客栈躺了五六天。张善人只好负责医药费并包赔了一切损失。这时，很多人才想起刘秃子的话，都怀疑是诡老板使了什么手脚。张善人听了大伙的分析，点头称是，但因为没有证据，也不好拿诡老板怎么样。

就在大家失望的时候，人们发

现，张善人开始亲自负责采买粮米菜肉，还雇了几个保镖，夜间在客栈附近巡视。在如此严防死守之下，人们又恢复了对张家客栈的信心。然而老天却好像故意和张善人作对，接下来的日子，半夜里的鬼叫愈演愈烈，几乎天天都有，还常常莫名其妙丢东西。不但如此，就连张善人亲自负责的厨房也常常出事，中毒事件时有发生，就好像闹鬼的不是诡老板那边，反而是他张善人这边。

几个月后，人们发现日益衰落的张家客栈正式倒闭，还挂出了白绫子。人们一打听，原来张善人莫名其妙地死了，张家已经举家迁离了这块鬼地方。

4. 王大胆

张善人死后，没人和诡老板作对，两肋栈又顺风顺水开了一年多。自打日本人搞华北事变，中日开战的风声越传越紧，诡老板的生意多多少少受了点影响，不过他却一点不急，按他的话说：人间的仗打得越激烈，我的鬼生意就做得越红火。这话一出，没少被人痛骂，诡老板却泰然自若。

这天下午，诡老板忽然召集伙计，宣布说："我明天要出远门，三个月后才回来，你们先领三个月工钱，我走之后照常营业，一切事务由掌柜负责。"说完，背着手走开了。伙计们

一听，都颇感惊讶：自从两肋栈开张，别说出远门，诡老板连衙都没怎么上过，不过既然老板要走，按吩咐做就是。

当天半夜，住在两肋栈的客商们正蒙头大睡，突然被两声"啪啪"的枪声惊醒了，客商们还没回过神来，就听一个尖细的声音大喊："王头领驾到，不想死的都出来拜见！"客商们一听，王头领，那就不就是王大胆吗？

俗话说：撑死胆大的，饿死胆小的，这话在商道上尤其适用，王大胆人如其名，胆比天大，所以他撑得着，饿不着。不过王大胆干的是没本买卖，他是商道上众多土匪中最大的一伙，而且有第一，没第二。"王大胆"当然是个外号，至于他本来姓甚名谁，没人知道，人们只知道他是几年前忽然出现的。王大胆迅速兴起的重要原因是有钱，按说穷得走投无路了才会落草为寇，王大胆却有八辈子花不完的钱，他把这些钱用来买枪买马拉山头，似乎把"落草"当成兴趣爱好来做了。

这时，听说王大胆来了，几个客商吓得"妈呀"一声，就要跳窗逃命，打开窗子一看，外面火光冲天，两肋栈早就被土匪包围了，往哪跑？客商们没办法，只好穿上衣服来到客栈大堂。

到了大堂，众人一看，诡老板坐在一张桌子旁，对面站着一个人高马大的汉子和两个随从，其中一个随从

端着的枪还在冒烟，显然，刚才喊话的就是他。

领头的汉子一拍腰上的盒子炮，说道："大家不要害怕，鄙人就是王大胆。我今天来不是和大家过不去的，单和诡老板谈点事，诡老板要是不卖我个面子，也就怨不得我王某人了。"

有个客商一听，心想：诡老板要是不开面，自己也得跟着完蛋啊，赶紧对诡老板说了句："诡老板，王头领的话都说到这份儿上了，您可千万别惜财啊！您不为我们想，也得为自己的身家性命想想啊！"

诡老板摆摆手，示意他别说了，然后沉默半晌，叹了口气，道"好吧，我明天出门要带的东西都在我房里，你随我看看吧，如果满意，任你带走。"说完诡老板转身进了房。王大胆跟了上去，两个随从刚迈开腿，王大胆说了句："不必了，谅他一个，也干

不出什么。"随从一听，也就站住了。

王大胆在诡老板房间里看到了什么，没人知道，客商们只知道王大胆出来的时候，原本面沉似水的脸居然笑成了一朵花，只见他连连招手，示意手下快搬。很快，一个个手下进进出出，搬出了十几口大木箱子。

王大胆笑道："早就听说诡老板人鬼两门生意富得流油，今日一见，果然名不虚传。"诡老板没有回答，只笑了笑，笑得有些不自然。

箱子搬完，诡老板说道"王头领既然已经拿到了想要的东西，可以走了吧？"王大胆没说话，上下打量了诡老板几眼，说道："先别急，兄弟我总觉得诡老板有些话还没说透，不妨来山上一叙如何？"

客商们一听这话，心里都"咯噔"了一下，暗想：诡老板这回算混到头了，落到王大胆手里，必死无疑啊！

果然，诡老板的脸色有些变了，王大胆不容分说，叫了声："来人！请诡老板到山上聚聚。"几个手下立刻遵命把诡老板架到了马上，王大胆冲着客商们一抱拳，道声"再会"，转身上马，带队绝尘而去。

这事发生后，客商们后怕了好几天，但又暗自庆幸，一是自己没

受什么损失，二是诡老板叫王大胆给办了，两肋栈准得倒闭，到时候可就天下太平了。两肋栈虽然一时没了老板，但由于之前的吩咐，伙计们已拿了三个月工钱，这三个月倒也照常营业，只不过谁也不认为诡老板能活着回来。

三个月过去了，这天下午，两肋栈的掌柜召集大伙，商量散伙的事，他讲了几句，看大家不说话，都盯着自己身后看。掌柜正纳闷，忽然背后传来了一个声音："你准备一下，回头跟我交账。"

掌柜回头一看，当时就坐到了地上，原来诡老板回来了！他非但没死，连头发都没少一根。掌柜哆嗦着问了一句："老板，你是人是鬼？"

诡老板边走边说："大白天的，说什么胡话？有时间拢一拢账，我要查。"说完，转身就进了屋。

从那以后，商道上多了两个新闻：一是诡老板被王大胆抓去后，毫发无伤地回来了；二是王大胆一伙从此人间蒸发，再也没人听说过有关他们的任何消息。

5. 徐县长

自从王大胆一伙消失后，两肋栈又恢复了平静。没几年，日本人入了关，两肋栈受到了不小的冲击，不过日子该过还得过，所以乱了一阵后，随着战事的僵持，商道反而又平静了。

日本人新委派的县长姓徐，名叫徐茂德。这个徐县长，两肋庄上的人们可不陌生，所谓识时务者为俊杰，徐县长就是商道上的一大"俊杰"。早在清朝那会儿，他就是徐知县，到了民国，他成了北洋政府的徐县长，如今日本人来了，他又成了南京伪政府的徐县长。徐县长有一套见人说人话、见鬼说鬼话的本事，所以他认为自己能和诡老板打交道。他又听说，当地的日军长官喜欢中国古玩，所以他认为值得和诡老板打交道。

徐县长来两肋栈的那天早上，诡老板忙了一夜的鬼生意刚躺下，听伙计通报徐县长来了，诡老板轻声道："到底来了。"示意伙计请徐县长进来。

徐县长进了诡老板的居室，左右一看，不觉大吃一惊：无论墙上的字画，还是架子上的玉器，那都是精品啊！看来诡老板平日节俭，却用赚来的钱收了不少好货，徐县长一看，就知道这回自己没白来。

诡老板见徐县长盯着墙上看，笑了一笑，道："徐县长光临寒舍，必有要事吧？"

徐县长没直接回答，而是另找了个话题："听说诡老板平日过得清苦，原来有此雅趣，这屋里的摆设，可都是价值连城啊！"诡老板没有搭话，

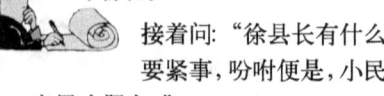

接着问："徐县长有什么要紧事，吩咐便是，小民一定尽力照办。"

徐县长听了，哈哈大笑："对对对，咱还是先办正事。世侄啊，这次我来，可不是为了我自己。"徐县长说着，左右看了看，诡老板见状，笑道："放心，这里说话方便。"

徐县长尴尬地一笑，接着说道："世侄，你有麻烦了！"诡老板问"什么麻烦？"徐县长沉着脸回答："日本人已经盯上你这里了，你这里干着财源滚滚的买卖，日本人眼红啊，他们打算找个由头把你处置了，然后让一个日本商人接管两肋栈。"

诡老板听罢笑了，道"就算日本人想办我，他们有什么理由呢？我一向守法经营，谁也不得罪。"

徐县长有些不高兴，说道"我还能害你吗？没错，你爹当年是我杀的，可我那也是依法行事，世侄你不能记仇啊！这次我来，是真心实意地想帮你。你说你没毛病，那是白天的买卖，可你那鬼生意呢？听说日本人就打算以'蛊惑民众'的理由办你。"

诡老板听了，眉头一皱，说道："那依您说，我该如何是好呢？"

徐县长听到这个问题，表情顿时放松了，道："说简单倒也简单，我听说，本地的日军长官喜欢古玩，我到你屋里一看，这不就好办了吗？你从这屋子里随便拿出一件来交给我，

代你送给日军长官，再帮你说点好话，两肋栈不就保住了？这种关键时刻，你可不能惜财啊！万一日本人发火，把你这小小的两肋栈拆了，到时候，这些东西，一样也保不住。"

诡老板听到这里，不觉大笑，说道："好好好，我明白了，那依您说，我这里哪样东西合适呢？"

徐县长煞有介事地转了一圈，看看这样，又动动那样，最后在一件玉器前停下了脚步。那是一整块和田玉雕成的物件，分为三个小件，彼此相连，巧夺天工，徐县长看上了这件，足以证明他眼光毒辣。徐县长指了指这件玉器，说道："我看啊，它就合适。"

诡老板道："徐县长好眼力！可惜我这屋子里，别的都可以拿，单单这件，不可以。"徐县长听罢，脸色就是一沉，诡老板解释说"这件东西不是我的，是一个朋友寄放在我这里的，以我这个朋友的身份，本不该贪恋这些东西，但独独这件是他的心爱之物，说不定还要找我拿回去。"

徐县长大大咧咧地问道："哪个朋友这么阔绰？他还挺相信你的。"

诡老板颇有深意地一笑，答道："我这个人，哪还有什么'人'跟我做朋友啊？都是那边的朋友……他们也不是相信我，只是不管我逃到哪，他们都能找到我罢了。"

徐县长听了，长叹一声，道："世侄还是不相信我啊，编出这种理由搪

塞。世侄非要坚持，日本人若对你有什么动作，我就说不上话了，到时世侄莫要怪我。"

诡老板犹豫了片刻，终于说道："好吧，东西您拿去便是，只不过我那个朋友要是问起，我只好说是您拿去了，到时候他来找您讨要，我也拦不住，您只好自己解释了。"

徐县长哈哈大笑道："放心放心，我和他解释。"

徐县长说完，拿着玉器走了。诡老板看着他远去的背影，摇了摇头。

第二天清晨，人们在一条小巷里发现了徐县长的尸体，已经死去多时了。后来据日本人调查，那天晚上，徐县长府上的门房看见徐县长拿了一件玉器出门，说要去拜访本地的一个日军长官。根据验尸结果，徐县长是被吓死的，至于那门门房口中提到的玉器，最终也没有找到。

这件事发生后一年，诡老板忽然找了和尚道士，办了个水路全台的道场，足足超度了七七四十九天。有人问诡老板这是给谁办的，诡老板回答说，是给一个朋友办的，一年前那个朋友帮了自己，现在那朋友有了好归宿，就以此感谢他。

6. 赵市长

徐县长死后几年，抗战胜利了，紧接着又是三年内战，两肋庄解放后，日趋衰落的商道终于有了些复兴的兆头。

如今，两肋庄被划入了市里，人民政府新委任的市长姓赵。赵市长上任前就听说过两肋栈的鬼生意，作为老共产党员，他是一个坚定的无神论者，但两肋栈的传说实在太真切了，不少亲身经历过这些事的客商还清楚地记得他们当年的所见所闻。

于是，赵市长亲自走访了那些传说的亲历者，不厌其烦地听他们一遍一遍讲述那些故事，时不时询问一些细节，然后又派人四处翻查当年留下的资料，终于，赵市长的嘴角泛起了一丝微笑。

这天傍晚，赵市长来到两肋栈，

伙计们已经下工了，诡老板正收拾东西，准备开始晚上的鬼生意。赵市长进了门，见有人在忙，就问了句："是诡老板吗？"诡老板耳中闻听，手上没停，回道："是我。"赵市长接着说："鄙人赵志远，诡老板若有时间，可否和我详谈一二？"诡老板抬头看了看，惊讶道："原来是赵市长，赵市长和我这个乡野小民有什么可谈的呢？"赵市长笑道"什么小民不小民的，大家都是平等的，何况你这个'乡野小民'可着实不简单啊！"诡老板摇头道："什么不简单，都是误传罢了，要不没事您先回吧，我晚上还有生意。"

赵市长大笑，说道："不用演戏了，诡老板，根本就没有什么鬼生意！"诡老板也是一笑，说道："当年李客商他们也不相信鬼生意。"

赵市长听到这儿，就不打算兜圈子了，说道："好，那我们就谈谈李客商。李客商深夜误闯北小门，当场昏倒，给了你三万才苏醒，这事不假，可奇就奇在，当时好几个大夫给他看病，诊断都是没病！要不是苏先生出现，说他是中邪了，这事会如何发展呢？我查到，后来这个苏先生参加了民主党，现在已经是某地的政协委员了，确实是个人才，这主意自始至终都是他出的吧？恐怕连李夫人都被你们瞒在鼓里。我只是不明白，李客商本人为什么要参与这个骗局呢？"

诡老板听了这番话，头上渗出了汗水，连忙说道"我不知道您在说什么。"

赵市长继续说"没关系，我们再说张善人，都说他死了，可有谁见过尸体？"

"他全家都搬走了，当然没人见过。"诡老板好像有些沉不住气了，慌忙反驳。

"对，问题就在这里！举家搬迁，就无迹可寻了。可是，据我查到的一个记录，张善人'死后'，居然给八路军捐过两门炮。"

诡老板搪塞道："这我不知道。"

赵市长没理会，继

续分析道:"我们再说说王大胆。王大胆和他的队伍消失了,可是消失并不代表死了。我查到资料,王大胆后来参加了东北抗联,七七事变后,又去过很多地方,参与了不少敌后行动。至于那个伪县长徐茂德,他确实死了,那场除奸行动的负责人,正是当年的匪首王大胆。可惜抗战胜利前夕,王大胆牺牲了。至于王大胆为什么早年参加土匪,徐茂德为什么是被吓死的,就得由你诡老板回答了。"

诡老板听赵市长说到这个份上,长叹一声,慢慢说道:"我还以为这件事要带到棺材里去了,赵市长果然聪明。主意是苏先生出的,自始至终都是,我和李客商是这个局的实施者。其实我开两肋栈之前就认识李客商,我们当年跑商的时候就是生死之交。而李客商和张善人本来就是世交,所以张善人也参与了。张家客栈为什么有那么多防也防不住的怪事?因为这些事都是张善人自己搞出来的。至于王大胆,他小时候徐茂德看上了他家的古董,去找他爹讨要,他爹不答应,徐茂德就暗地里找人把他一家都放火烧死了,只有年幼的王大胆一个逃了出来,但也受了重伤。他跑到商道上,刚好被我和老李救了,我们对他有救命之恩,所以我们设局时,他也主动加入了这个局。"

赵市长听到这里,点了点头,原来如此,根本就没有什么"鬼生意",发生在李客商、张善人、王大胆身上的奇事,其实都是诡老板和他们合谋在故弄玄虚,但赵市长还有一个最大疑问,他问诡老板:"那么,你们设计这个局,到底是为了什么?"

诡老板突然显得有点激动,他答道:"为什么?为了保一方平安!这么多年了,土匪和汉奸都不敢来两肋庄捣乱,不正是因为两肋栈有鬼吗?我想用这个客栈,报答当年吃百家饭的恩情。我办起两肋栈后,先用李客商的事树立了客栈的权威,而张善人的事使别人不敢再和两肋栈抢生意,张善人也借故脱身,全家搬去了国外,置办枪炮,支援抗战。至于王大胆,他拉山头的钱,是我、老李连同张善人资助的,他的队伍兴起后没伤过人命,反而限制了其他土匪的发展。抗战爆发后,王大胆想带队伍去打日本人,又怕自己走后,其他土匪对两肋栈不利,就在临走前和我演了一场戏,王大胆都吃了亏,别的土匪就更不敢靠近了。"

赵市长听后笑道:"果然是好计策,难怪这么多年来,没人看破两肋栈的真相。只是,既然没有什么鬼生意,那个伪县长徐茂德怎么会被吓死呢?"

诡老板喝了口水,说道:"徐茂德作恶多端,为了不让两肋栈以后受他挟持,我们决定除掉他。除奸的就是王大胆,王大胆本想一刀杀了他,没

想到徐茂德以为王大胆早死了，加上他平时就做了不少亏心事，所以那天夜里见了王大胆，以为是鬼魂索命，王大胆还没动手，他就被吓死了，也算是罪有应得。后来我听说王大胆在抗日战场上牺牲了，那次道场，是我特意办了祭奠他的。"

赵市长点点头，正要说话，诡老板却接着说"赵市长，两肋栈虽然独家经营，赚了些钱，其实这些钱都用来救助落难客商了。之所以救助他们时要搞什么密室，是要记下他们的长相，然后吓唬他们一番，说这些钱是鬼放债，必须有借有还。我怕有些人是骗救助，就如同我爹当年似的，害人害己啊！两肋栈有鬼，那些心虚骗钱的就不敢来了。我们费尽心力演这么一出，其实目的很简单，就是想保护这条商道，保护大家在乱世中生存下去。"

赵市长听罢，沉默了一会儿，问"那么，你这鬼生意，还想继续做下去吗？"

诡老板叹道："其实这取决于您！如果没有土匪，没有那么多骗子，谁还会求什么鬼神呢？这鬼生意，自然也就消失了。"

赵市长又是一阵沉默，然后说了一句："明白了，我知道该怎么做了。"

赵市长说完，头也不回地走了。

(题图、插图：杨宏富)

猜不到的结局

@桃子夏张蓓 她离乡打工，独子豆豆交给爷爷带。豆豆调皮，经常跟隔壁的妮妮打架。她春节回家，训斥豆豆："不准打架，跟妈妈去隔壁道歉！"豆豆委屈地哭："谁叫她骂我是骗子。"母子到了邻居家，一见到妮妮，豆豆攥紧妈妈的手，骄傲地对妮妮说："哼，你看，我没骗你吧？我也有妈妈！"

@足球报赵震 结婚50年了，他们似乎把抱怨印在骨子里了，几乎每天一睁眼，对彼此的抱怨声就会马上响起。儿女们甚至不敢单独去看望他们，因为每一次都会是一场耳朵的灾难。又是一个早上，当他又开始抱怨她的晚起时，突然发现她已经去了。沉默了好久之后，他说出了最后的抱怨："为什么不等我一起走……"

@黄毓斌 他看着桌子上忙碌的蚂蚁，伸出手指，一下捏死一只。蚂蚁们大惊，四下乱窜，稍停，又排成一字继续工作。他又伸出手，再捏死一只。蚂蚁大乱，稍顷还是排成一字。等到第10次时，蚂蚁们已经熟视无睹。当他向第11只下手时，轰隆一声，巨大的天花板砸了下来。他最后一眼，只看到推倒他房子的那只怪手。

@吉良先生 世界突然爆发一种健忘流行病。我和你都不幸被传染，并且越来越严重。第一天，我们都忘记带钥匙出门，于是只能半夜叫锁匠；第二天，一起做饭结果做出了咖喱牛排，其实我爱吃的是咖喱饭，而你爱菲力牛排；第三天，商场拒绝我的付款，因为我在信用卡的回执上，不管怎么回忆，都只签得出你的名字。

@金一宁 失明后他脾气暴躁。妈妈呵斥道，你这样自暴自弃，从今后我只喊你起床、吃饭、睡觉，不再管你。果然，从那以后妈妈每天只跟他说这三句话。这让他很愧疚，也渐渐平静下来配合治疗。一年后，他终于复明了，却没看到妈妈。家人告诉他："妈妈一年前就去世了，去世之前录下那三句话，不想影响你的治疗……"

@玛姬 我每天都打扮得极尽精致，连买菜遛狗也是，从和他分手的那天起就一直这样。我想，说不好会碰到他，一定让他感到后悔！5年过去了，都没有遇到他，我却成了名媛，上了大小N多杂志。50年过去了，他还是无半点音信。在此生最后一个采访中我倒出心声：杂志发行量到底他妈的有多少啊？

以上选自2010微小说大赛获奖作品，由新浪微博（http://t.sina.com.cn）独家授权刊登。本刊今年将与新浪微博合作推出全新活动，敬请关注。

新浪微博
t.sina.com.cn

这笔钱该归谁

□ 张善军

林娟的儿子方小勇该上高中了，为了让儿子能进重点高中，林娟决定出一万五千元赞助费，结果在学校财务室交钱时，碰到了一个熟人佟大康。

林娟一看到佟大康，心就不由自主跳起来，她低下头不想打照面，佟大康却已经看到了她，他拦住林娟的去路，说："嘿嘿，方嫂，你有钱啦？你家小勇以后跟我儿子是同学了。"

林娟没答话，回到家，她心里隐隐觉得很不安。果然，几天后佟大康就找上门来，开门见山地说："方嫂，恭喜你有钱了。不过实在不好意思，方哥欠我的那些钱是不是该还了？"

林娟一听，为难地说："我哪有钱？我只是打打零工，糊口都不够。"

"别蒙我了，我问你，你儿子读书的赞助费哪来的？我都打听过了，你

在银行里的存款快有这个数了吧？"佟大康说着伸出三根指头。

听佟大康说起这些存款，林娟一阵心痛，这可是丈夫的卖命钱啊！

原来，林娟的丈夫方松几年前举债二百多万买了一条渔运船，用来收购贩运海产品，没想到亏损严重，几位借钱给他的债主多次讨钱不成，就将他告上了法庭。判决下来后，他的渔运船连同住房都被拍卖抵债，可即使这样也只能抵一部分债，还有一百多万未能还清。佟大康也是债主之一，至今还欠着他几十万元，他已经多次来方家讨要过。

一个多月前，方松夜里骑摩托车回家，不料半途出了车祸，连人带车

翻倒在路基下，待别人发现，送到医院已没救了。噩耗传来，林娟哭得死去活来，家里的顶梁柱倒了，对这个本已贫困的家庭来说更是雪上加霜。好在丈夫生前投了三十万元的人身保险，受益人是儿子方小勇，保险公司调查清楚后就全额赔付了。就在前几天，林娟拿到了这笔钱，她先拿出一万五付了赞助费，其余的都存进了银行。

现在佟大康不知从哪儿打听到了这些，他说的就是这笔钱。林娟曾听保险公司的人说过，这笔钱属于受益人，就是她也无权随便处置，可林娟是个老实人，不怎么会说话，她只能以沉默来应对佟大康的责难。佟大康见她好久不吱声，便狠狠地抛下一句话："想不到你还会玩这一手，好！如果你存心欠债不还，没有好果子吃的。"

佟大康果然说到做到，第二天傍晚，林娟的家门口来了几个男人，一直吵到半夜才散。一连几天，吵得街坊四邻不得安宁。

无奈之下，林娟打电话给佟大康，恳求先把存款的一半还给他，另一半留着给儿子读书用。佟大康却不同意，说只有把存款一分不留都还给他，才会撤兵，不然这事没完。

林娟走投无路，只得去向弟弟林洪求助。林洪是个机关干部，他听了姐姐的讲述，觉得佟大康的行为太过分了，他立马去律师事务所咨询，一问，心中有底了，这天，林洪来到了佟大康的公司。

佟大康依旧是那一套说辞，坚持必须把存款全给他。林洪解释说，保险单已明确指定方小勇为受益人，保险金是赔付给受益人的，并非遗产，所以不能用来清偿死者生前的债务。

佟大康嘴一撇"笑话，自古欠债还钱，就算是方小勇的钱，父债子还，我要这笔钱也是天经地义。"

林洪说"你说的貌似合理，但法律有法律的规定，你无权超越法律。"

佟大康恼了，嗓门提高了八度："你当我是小孩呢？难道欠钱不还就

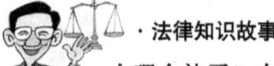

合理合法了？有理走遍天下，别忘了，我手里还握有一份判决书呢……"

见谈不拢，林洪代姐姐将一纸诉状递到法院。庭外调解时，佟大康辩解说"方家欠我的钱没归还，以前没有钱，你们法院说无力执行，现在有钱了，还给我有什么不对？"

法官解释说："我们对你的情况也表示同情，但此一事与彼一事不能混淆。如果是家庭财产，或者是遗产，确实可以偿还给你，但关于保险金，国家保险法有规定。保险金是被保险人指定给受益人的，是受益人的合法财产，应受保护，任何人不得以任何理由侵占。"

见佟大康还要纠缠，法官严肃起来："该听明白了吧？你讨债时用了非常规手段，性质有点恶劣，如果要追究你敲诈勒索罪，麻烦会更大。"

佟大康头上的汗下来了，但他还不甘心，有气无力地说："欠钱不还，我想不通，想不通……"

佟大康最终没拿到这笔钱。

律师点评：

故事《这笔钱该归谁》主要说明了一个法律问题：保险赔付受益不等同于遗产继承，故由此产生的法律后果截然不同。如果林娟的丈夫确实留有遗产，其死前又存在债务，则林娟的儿子方小勇在继承遗产时应当以他的遗产实际价值为限，清偿债务。然而保险金却不具有遗产性质，其受益人具有独占特性，任何人不得以任何理由侵占。

（题图、插图：安玉民 梁 丽）

您手中有没有得意之作？本刊辟有二十多个原创性栏目，如新传说、我的故事、情感故事、职场故事、16岁故事和中篇故事等；您读到或听到什么有趣事可以和大家一起分享吗？3分钟典藏故事和快乐辞典等都是本刊推荐性栏目。热忱欢迎来稿，本期责任编辑信箱：lujia411@yahoo.com.cn。

"岳阳杯"幽默故事创作大赛征文选登
本活动由上海市松江区岳阳街道与本刊共同举办

唯一的功劳

□ 上 清

传说阎罗殿有台公平秤，可以称出人一生的是非功过。这不，熊县令刚满六十，就扛着一包文书匆匆赶来报到，他有些兴奋，又有些紧张，毕竟掌管县印二十年，在自己看来，哪一印不是扣在重要文书上？

到了公平秤前，熊县令把批阅过的一捆文书往秤上一放，怪了，竟一点重量都没有！赶紧再放一捆，还是没有丝毫动静，熊县令的冷汗下来了：难道自己批阅的文书竟没一点用处？

一连称了十几捆，公平秤都没有反应，只剩最后一捆了，熊县令小心翼翼地把文书放上秤盘，天啊！秤终于动了，而且斜向了功劳的那一边。熊县令又惊又喜，赶紧把这捆文书拆散，一张一张放上秤盘，他想看看到底是哪张文书起了作用。

折腾了半天，终于找到了有重量的那张文书，熊县令一看，却皱起了眉头。原来这张文书也没什么特别的，只是边上多盖了一个印，这个印盖的位置有些古怪，是个骑缝章，那么印的另一边盖在哪里了呢？

熊县令将所有文书都翻了一遍，也没找到印的另一边，小鬼有些不耐烦了，说"你数完了没有啊？我可要把你平生的功过轧账了。"熊县令大喊"等一等，我那有功的印章还盖过一个地方，现在找不到了！"

阎王爷闻听，就命调出当天的记录查看。小鬼取出地府特制的监控录像一放，当天的情景立刻历历在目：那天，熊县令盖了好几次印，却没一次是骑缝印。这时他好像累了，呆坐着出神，突然一只蟑螂从桌上爬过，熊县令顺手一印盖了过去，那只蟑螂当场毙命……

大家终于明白了，原来熊县令做官这么多年，唯一的功劳就是用官印盖死了一只蟑螂，好歹算除了一害。

孟子他妈

□ 尘世伊语

白晓丽刚到房地产中介所上班没几天，就有"大客户"上门了。"大客户"姓钱，她在电话里说："白小姐，你就叫我钱姐吧，我要买四中的学区房，你帮我好好挑挑。事成之后，好处费不会少你的。"

四中是省重点高中，那里的学区房自然炒得高，白晓丽好不容易找到两套，就约钱姐来看房，钱姐忙得没时间，她妈妈钱老太一个人来了。

钱老太跟着白晓丽到了第一套房，一看就说："这不行，临窗就是大马路，太吵了，孩子怎么学习啊？"白晓丽一看，果然，房子下面车水马龙，她只好带钱老太去了第二家。

第二套房子环境不错，可老太太还没进门呢，就指着远处的一个变压器说："这不行，它的摆放可有讲究了，向东南，就是聚财箱；对着西北，就成了药箱。不行，绝对不行！"

可白晓丽再也找不到四中的学区房了，她急得抓耳挠腮。一次老同学聚会时，白晓丽听在教育局的同学说：四中马上要和十中合并了。这可是个天大的内部消息，白晓丽立马打电话给钱姐，钱姐一听忙说："快，给我买十中的学区房。"这次，白晓丽先下手为强，物色到了一套好房，钱老太看后终于点头了。

白晓丽趁热打铁，对钱老太说："孩子进了四中，等于一只脚进了清华呢！"钱老太满心欢喜地说"就是就是，选房子要向孟母学，我家已经买好了幼儿园、小学、初中的房子，再加上高中的，就四套了。"白晓丽奇怪地问："您家宝贝现在多大了？"

钱老太哈哈笑道："我女儿还没结婚呢。"白晓丽吓了一跳，说道："那、那你们也太能提前准备了。"

钱老太自豪地说："那当然！想当年我就是千挑万选，买了好的学区房，我女儿现在才这么有出息。"

看你往哪跑

□ 范雨昕

王大强是个急脾气，因为这脾气，闹出了不少笑话。

这天，他带着自己新买的相机，约女朋友去枫叶林拍照，可因为照相技术不过关，拍了好几张，效果都不理想。

王大强四下一打量，只见边上有个人也在拍照，这人用的相机可不一般，是那种单反镜头的专业相机，王大强心想，能玩转这种相机的，大都是专业人士，照相技术肯定没话说，就上前说："劳驾，您能帮我们拍张照吗？就在这条枫林道上，给我俩拍个手牵手的背影，行吗？"

那专业人士很热心，说："行，没问题！你们就牵着手，和平常一样往前走就行。"

于是王大强把相机交给专业人

士，然后拉起女友的手，转过身去，深情款款地往前走去。没走出几步，王大强突然感觉身后有动静儿，他赶忙回头一看，只见那专业人士腋下夹着自己的新相机，正往反方向一溜小跑呢。

糟糕，遇上小偷了！眼看着自己的相机就要被人拿走，说时迟那时快，王大强二话不说，从地上捡起一块石头，猛地向那个专业人士扔去，一边扔一边说："看你往哪跑？"嘿，别说，王大强扔得还真准，那石头正砸中专业人士的脑瓜！

只见专业人士应声倒地，手里还举着王大强的新相机，王大强赶紧跑过去，一把夺回自己的相机，就要拉专业人士去派出所。

这时，专业人士已经被砸晕了，昏过去前，他最后说了一句话："哥们，我、我就是想往远处挪挪，给你俩取个远景……"

真是好车牌

□ 楚天舒

丁旭当了十年科长，还没有被提拔的迹象。这日，他的顶头上司韩处长心脏病发作，去世了，丁旭感到机会来了。要想争到这个位子，必须打通局长这一关，可是简单的请客送礼分量太轻，该怎么办呢？

下班后丁旭走出办公楼，一眼看到门口停了辆新车，那是局长新开回

来的，还没有挂牌呢。丁旭立刻有主意了，自己在车管所有朋友，何不托他给局长弄个好车牌？

于是丁旭请车管所的朋友喝酒，终于以5000元的优惠价拿到了一个连着6个"8"的好牌。丁旭把车牌送给局长，局长看了，从眉眼里透出一股笑意，丁旭顿感自己仕途有望了。

几天后，办过了韩处长的追悼会，选任新处长的事也提上了议事日程。这天，丁旭上班，老远看见局长，刚想打招呼，局长却像没看见他一样，转个弯走了。丁旭有点发懵：局长怎么不理我了？

好不容易等到了人事任免通知，果然，公布的人选不是丁旭，他那个恼啊，可又不敢去问。熬到下班，他没精打采地下了楼，经过司机室，隐约听到屋里有人闲聊，似乎在说，局长要将自己的新车牌换掉。丁旭一惊，忙推门走了进去，见局长的司机小王在屋里，丁旭就问："小王，听说局长要换车牌？这么好的车牌，怎么刚挂上就换呢？"

小王不知这车牌是丁旭送的，道出了实情："那天，局长去韩处长那吊唁，发现门前放着不少花圈扎彩，其中有一个豪华轿车，做得挺精致，还糊着车牌号。巧了，那车牌号和局长的新车牌一模一样！局长当时脸就黑了，回来就说要换掉车牌。"

丁旭听到这里，顿时傻了……

在朝与在野

□ 亮 坡

汤和是明朝的开国大将，天下一统后，朱元璋想封他为大元帅。汤和深知伴君如伴虎，到底留不留在朝廷当官，他辗转反侧多日，还是举棋不定。

这天，汤和听说城郊慈云寺有位得道高人，能洞察天地玄机，便决定去向他请教。来到慈云寺，只见松树下坐着一位老者，鹤发童颜，仙风道骨，汤和忙上前拜道："弟子汤和，想请教在朝与在野之事……"

老者上下打量了他一番，说"当然是在野好了，在朝虽然吃得好住得好，终究难免挨一刀啊！"

汤和本以为很难问到真话，没想到对方答得这么直接，顿时惊出一身冷汗，暗想：是啊，开国杀功臣那可是惯例，看来还是辞官为妙！于是他告老还乡，每天以饮酒下棋为乐。

果然，坏消息一个接一个传来，开国功臣大都惨遭杀害，汤和庆幸自己急流勇退，可在野时间一长，他还是有些不甘心，于是他决定再去拜见那位高人，征求一下意见。

汤和再次来到慈云寺，见面后就给老者行了一个大礼："弟子感谢法师指点，救命之恩，没齿难忘！"

谁知那位老者顿时慌了："我不是什么法师，我只是个农民，法师又进山采药去了，叫我帮他照看这里。"

汤和纳闷了："可你给我讲在朝在野之事，却讲得完全正确呀！"

"哎！"那农民有些不好意思起来："你问在'槽'里吃食好，还是到野外找吃的好，这畜生的事，小的当了一辈子农夫，当然比你清楚啦！"

汤和一听哭笑不得：原来老者辨音不清，把"在朝"听成"在槽"，可转念一想，这话粗理不粗啊！于是他回乡静养，终于得享天年，成为大明为数不多得以善终的开国功臣。

救援专家

□ 陈 琪

圣诞前夕，超强暴风雪突袭了纽约，引发了高速公路大塞车。长达几十公里的车龙好几个小时都没挪动半步，当局启动紧急救援行动，让警察为饥寒交迫的司机们派送食品和水。因为所有救援车辆都被堵死在路上，分发食品的警察只能徒步工作。他们艰难地在车辆空隙间来回穿梭，司机们接过冰冷的干粮，一个个愁眉苦脸、痛苦不堪。

这时，一个警察听到前面有辆车上传来欢快的歌声，他快步挤了过去，只见一辆旅游巴士上，一群中国人正有说有笑。警察刚要拿出派送的食品，突然他闻到一阵香味，往车里一看，他简直不敢相信自己的眼睛：天啊！中国人正吃着热腾腾的炒菜，喝着酒，车里竟然还有一个小火锅！

警察大惑不解："这些热腾腾的菜是哪来的？魔术师变出来的吗？"

车上的翻译笑着答道："六公里外的出口处，有家中国餐馆，我们派了一个人去购买。"

警察觉得不可思议："什么？这么拥挤的路况，这么多救援人员挤来挤去，他一个人竟然轻易地徒步来回了十二公里？还带着酒水和火锅？他是怎么做到的？"

翻译笑了："我们派去的人是经过精心挑选的。"说着他把一个貌不惊人的男子介绍给警察，"这位王先生，他是在极度拥挤环境下运送食品的专家！这里的拥挤程度，对他来说，只是小菜一碟。"

警察震惊了，他钦佩地看着眼前这名不起眼的中国游客，好奇地问："请问您从事何种职业？是在中国的特种部队工作吗？"

王先生听罢翻译的问话，憨厚地笑了："哪儿呀！俺以前在春运的 火车上卖过方便面……"

（本栏题图、插图：包丰一 顾子易）

90

487 2011 SEMIMONTHLY 下半月刊 5月

STORIES

欢迎登录本刊主办"故事中国网"（www.storychina.cn）

故事会
—STORIES—

2011 年 5 月
下半月刊·绿版

何承伟：社 长、主 编
夏一鸣：副社长
吴 伦：常务副主编（兼绿版负责人）
姚自豪：副主编（兼红版负责人）
本期责任编辑：颜轶超
电子邮箱：yanyichao1004@sina.com

绿版发稿编辑：
朱 虹 杭 帆 黄美舟（见习）
美术编辑：李宝强
电脑制作：郭瑾玮
通 联：归依玲
本社办公室电话：021-64375030
上半月刊编辑部电话：021-64332325
下半月刊编辑部电话：021-64336469
（上海市绍兴路 74 号 邮编：200020）
主管、主办：上海文艺出版（集团）有限公司
出版单位：《故事会》编辑部
发行范围：公开

制作、发行总监：张 凯
电话：021-64313938
广告业务：上海故事会文化传媒有限公司
广告总监：张 淮
广告业务：021-34010383
广告投诉：021-64333738
广告经营许可证
沪工商广字 3100320080016 号
发行：中国图书进出口上海公司

谁最好

有一天，爸爸检查儿子的作业，其中有一篇作文《我最喜欢的家庭成员》。作文一开始，儿子像列家谱似的，提到了喜欢妈妈、爷爷、奶奶、外公、外婆、大舅、二姨、三姑……可到了这一页作文本的末两行，他文笔一转写道"要说家里，我最喜欢的是谁呢?当然是我的爸爸。其他人对我要求都是那么严格。只有爸爸最好……"

爸爸读到这里，不禁心花怒放。可等他迫不及待翻到下一页，却见行首还写着——"欺负。"

（唐笑）

（本栏插图：包丰一）

聚会之前

老婆为了参加大学室友聚会，特地去商场购置了全套行头，连衣裙、头饰、高跟鞋、化妆品一个都不落。东西买回家后，她又在镜子前反复折腾。

老公看不惯老婆这么折腾，便不屑地说："都一把年纪了，还要在打扮上和人较劲呀?"

老婆听了，气呼呼地反问："我找老公已经输给别人了，难道还要在打扮上再输一次?"　（平静）

警觉的老太

有个刑警为追查通缉犯，去走访目击证人。目击证人是一个老太，看上去颇为警觉，她上下打量着刑警，一脸的戒备。于是，刑警赶忙掏出自己的证件，以证明自己的身份。

老太接过证件，翻来覆去地看了几分钟之后，指着证件上的照片，很认真地说："我从没见过此人!"

（蓝昌科）

华丽变身

妻子新买了一条白色连衣裙，自我感觉非常良好。她赶紧给丈夫发了一条短信：新买裙装一条，今晚请期待我的华丽变身吧。

等晚上丈夫回了家，见妻子穿着白色连衣裙躺在沙发上，他不禁露出了惊叹的表情。

妻子一边摆出各种诱人的姿势，一边柔情地问丈夫："怎么样？"

"的确是华丽蜕变！"丈夫叹道，"现在你就像一只胖胖的蚕，也许再过几天就会变成胖胖的蛾子啦！"

（唐育铮）

大灰狼来了

桃花一人在老家带儿子，有个相好的。相好每次来桃花家，总会先摇摇窗边的竹枝，桃花听到响声便会出来接应。

这天，桃花的老公正好回家探亲。睡到半夜，桃花听到窗外的竹枝又"哗啦啦"地响了起来，她知道是相好的来了，如果被老公撞上可不好啦！危急关头，桃花狠狠地拧了下熟睡中的儿子，儿子痛得大哭起来。于是桃花对着儿子哄了起来："宝贝，别哭啦！再哭大灰狼就要进来啦！"儿子仍旧哭闹不休，桃花又趁机对窗外大喊，"大灰狼，我谅你也不敢来，孩子他爸在家呀！"

（张建华）

省油妙招

同事搭老李的车回家，开到半路，油没了，老李便去加油。同事见老李只加了半箱油，就奇怪地问："为啥只加半箱油，你不嫌麻烦？"

老李回答说："把油箱加满的话，就会增加汽车的重量，这样费油！现在油价暴涨，能省就省！"

同事一听，不乐意了，心想：你这是暗示我搭你车浪费油钱吧？于是就嘲笑老李说："要省钱，我支你几招：今后要勤理发，少吃饭。另外，找女朋友也要找苗条的，减少吨位……"

老李边听边点头，最后他说："你给我打开了思路，以后我应该把多余的座位也拆了，等有人坐的时候再装上。"

（雨 人）

劝吃

四岁的孙子是个体育迷，经常为看比赛不好好吃饭。这天吃午饭，他扒了几口饭，就和爷爷奶奶说要去看比赛。爷爷劝他再吃几口，孙子扭来扭去，就是不肯吃。

奶奶见了，对老伴说"你靠边，我来。"说完，她拿着一个大饼坐到孙子旁边，说，"宝贝，你看，这是射击比赛中的靶子，你咬一口边，是五环，你吃到中间，那可就是十环了！还有插在筷子两头的藕，像不像举重比赛中的杠铃？你想不想再加点重量？"

孙子听了，张开嘴吃了一大口饼，还指着藕说："给我在'杠铃'上加重量，我要破纪录，破奥运会纪录！"

(李小林)

啥都不说了

老赵开着他的桑塔纳去洗车，刚要往里停，"嗖"的一下，从后面插上来一辆宝马，硬是抢在了老赵的车前面。

宝马车门打开，下来一个胖子，不屑地对老赵说："就你这老爷车，好意思挡我的路？连个天窗都没有，扔到路上都没人要！"

老赵想说什么但忍住了。胖子见此情景，就催促洗车工快洗自己的车，然后走到一边打电话去了。

老赵见洗车工打开高压水枪，开始喷射那辆宝马，便慢慢踱到胖子身边。胖子满脸戒备地问："你想干什么？"

只听老赵轻声说"兄弟，我只是想告诉你一声：你宝马的天窗没关。"

(曹有心)

寻找计算器

近日，一所大学布告栏里贴出一张启事，上面写道"本人在118教室遗失CFA专用计算器一台，此计算器无操作说明书，将无法使用。拾到者敬请交还至数学系办公室。面谢。数学系：某某某。"

不久，下面就有人跟着贴出一张启事，上面写着："本人有CFA专用计算器的操作说明书，价格可议。商学院：某某某。"

(李学文)

单纯的爱

黑子新交了一个女友，女友是个出名的拜金女。于是黑子的朋友便问他说："你怎么会看上她了呀？"

黑子脱口而出道："主要是因为她单纯。"

朋友听了嗤之以鼻，说："她单纯？真没看出来！"

黑子进一步解释道"她说，只要谁能给她买房，她就嫁给谁！你看她没其他女人那么难猜，是很单纯的！"

（李彦锋）

一定要洗碗

有位博士，为了学业，废寝忘食，生活上常常丢三落四。一日，他做完实验去食堂打饭，一路上他再三告诫自己说："吃饭后一定要洗碗，切记切记！"

后来，博士果然没有忘记洗碗。他拿着洗得干干净净的碗回到宿舍。可还没坐下一分钟，博士忽然捶胸顿足，自责起来。

室友忙问博士出什么事了。

博士拍着自己的脑袋，懊恼地说："我只记得要洗碗，却忘记要吃饭了！"

（平 静）

新人妙语

——对新人在一个风景秀美的公园里拍婚纱照。新娘为了防止弄脏婚纱，就吩咐新郎把拖在地上的裙摆提起来。

当新郎跟在新娘后面，提着婚纱走时，突然想幽默一下，便说："我怎么感觉像套着头驴在走？"

新娘听完，笑骂道："再胡说八道，我踢死你！"

（赵幽幽）

本栏欢迎来稿，读者、作者可将有新鲜感、有精彩细节的笑话佳作投寄给我们。来稿一经采用，最高稿费为一则100元。本期责任编辑电子信箱：yanyichao1004@sina.com。

我

□ 张伟明

要借宝马

我是一个普通的小白领，没有背景，只有背影，奋斗几年，终于在城里拥有了一个"蜗居"，女朋友小雅也答应了我的求婚。

平心而论，小雅真的是个很不错的姑娘，美丽大方，踏实善良。现在的姑娘动不动就说："嫁人要嫁双 B 男！"意思就是非开"Benz（奔驰）"或者"BMW（宝马）"的男人不嫁。我的前女友就是因为宁可在宝马里哭，也不要在自行车上笑，所以才和我分的手。

而小雅却愿意和我一起白手起家，还说婚事可以从简，冲着她这份善解人意，我暗下决心：我要让我的女人在宝马的后座，笑得像朵花似的。就算我现在买不起，但总可以借辆宝马做婚车吧？

于是，我开始到处去找能做婚车的宝马。我先找亲戚朋友打听，没有如此富贵的。

过了几天，有个给老板开车的远房表哥听说我要借宝马的消息，便给我打电话，说"兄弟，我也没啥优点，就是乐于助人！我也没啥本事，就是能借几部车出来耍耍！要不，我们明天就开宝马出去兜兜风？"

我听了别提有多高兴了。隔天，我就带上小雅，请这位表哥吃晚饭。到了饭店门口，我一眼就看到了一辆宝马轿车，豪华款的，横在饭店门口最显眼的位置，颇为霸气。

这时，宝马车门打开，下来的不是别人，正是我那远房表哥！表哥打量四周，确认路人都在看自己之后，才"砰"的一声，重重关上车门。这还没完，他又露出一脸无所谓的表情，好像是说：这宝马就是哥随便开着玩玩的。

"表哥！"这时候，我早已忍不住朝表哥大叫起来。

表哥听到我的呼唤，朝我们挥了挥手，率先进了饭店。等我们进了饭店，表哥早已坐下，服务员恭立在一旁。表哥先招呼我们坐下，他也不点单，而是掏出车钥匙，"啪"的一声拍在了桌上。我一看，车商标没翻在面上，表哥赶紧又把车钥匙翻了个身，让大家都能清晰地看到那个宝马的商标。

这顿饭自然由我来请，等结完了账，表哥又大声嚷嚷道："走，我用宝马送你们！"

大半个饭店的人听到了这句话，都羡慕地看着我和小雅。架不住表哥的热情和自己的好奇心，我和小雅坐进了宝马。

"哇，名车就是不一样！"我小心翼翼地坐进车里，由衷地发出了一声感叹。

"那是当然！"表哥从后视镜里看着我们，得意地说，"这皮椅是意大利工匠手工制作的！"说完他还特别嘱咐我们小心牛仔裤上的撞钉，不要磨伤了皮椅，不然还要排两个月的队才能重新定制。

我俩面面相觑，小雅不自在地挪了挪。表哥见了，却是更为得意，就在他夸夸其谈的时候，手机响了，表哥一接，马上跟换了个人似的，他忙不迭地说："老板，是是是！马上来！"挂了电话他连说几声"抱歉"，就把我和小雅扔在了路边。

我和小雅半天才回过神来，唉，给老板开车必须是随叫随到的，如果结婚那天遇到这种情况可咋办？

我抬头看看四周，也不知道这是哪儿，一阵风吹过，身上凉飕飕的。我自责地把小雅揽在怀里，心说：要不是我那不靠谱的表哥，小雅哪需要和我受这份罪？

这时候小雅却仰起脸，甜甜地说"自从开始筹备结婚，我们好久没空这样一起散步了！还要谢谢表哥呢！"

回到家，我对小雅说："这样不行，结婚是一辈子的大事，如果婚礼当天表哥不靠谱，我们可要出大洋相啦！"当晚我就婉拒了表哥的帮助，决定第二天去找专业婚庆公司租车。

市面上有宝马出租的婚庆公司倒是有的，但是价格都高。小雅看了报价单心疼地说："这都抵你小半个月的工资了，再说上次我都坐过宝马了，结婚那天就借便宜点的车吧？"但她越是懂事，我便越是想给她挣脸，我梗着脖子说："别，你就嫁这一

回，我也想让你风光一回。"

很快，便又有高人给我支了一招，何不去宝马车友会论坛求助呢？据说曾经就有个有钱人开帖晒车，并且表示愿意免费借做婚车。

我一听"免费"两字，眼睛都亮了，抱着姑且一试的心理，我立刻就在宝马车友会论坛上注册，然后开帖，向各位有钱人征婚车。

很快，我这个征车帖就成为了论坛里的热帖。这里原来是宝马车主交流，主要是炫富的场所，突然来了个要借婚车的愣小子，大家都觉得挺新鲜的。众网友你一言、我一语讨论得

是挺热闹，但就是没人跳出来说一句：兄弟，我的车借给你了！

眼看着婚期一天天临近，我的心情越来越焦躁，郁闷之余又在论坛里发了个新帖《借不到宝马的人伤不起啊伤不起》：

宝马不是大白菜，想买就能买，结婚这天想来借部宝马开。各位都是有能耐，宝马随便开，面子甩开，受我一拜，宝马借出来！我不是个富二代，想开宝马就能开！

没想到，这个纯粹发泄情绪的帖子比前面那个征车帖更红，被疯狂地转载。

没几天，有位名叫"宝马的享受"网友回应了我的求助，他详细地询问了我的婚期、还有联系方式，然后就很豪爽地表示愿意出借婚车，费用嘛"请随意"！

我把这个好消息告诉了小雅，小雅却有点开心不起来，她小心地说："世上没有免费的午餐！人家为啥平白无故地帮我们？"

被小雅这么一说，我也有点怀疑，但是要放弃这样的好事，我又心有不甘，于是便在网上联系了"宝马的享受"，提出想约个时间见面、试车。

"宝马的享受"倒是爽快，他答应见面，时间地点还随我。等到了约定的时间，我邀上小雅同去，兜里揣着两百元现金和一包中华牌香烟，虽然

10

人家说随意，而且也不在乎这点东西，但我得有点表示。

等我们兴冲冲来到约定的地点，我和小雅都傻眼了。咦，我们约的"宝马的享受"居然是表哥！

表哥见到我们，却一点也不惊讶，他对我说："我经常混汽车论坛，那天正好看到你发的帖子，再一问婚期和联系方式，就知道是你小子！"

我和小雅对视了一眼，一时不知该如何应对。

表哥看穿了我们的顾虑，直爽地说："我知道你们有啥顾虑，你们放心，结婚那天，我一定会保证你们的用车的！不就是辆宝马吗？包在我身上！再怎么说，你们叫我一声'哥'，我也不能害你们呀！怎么，难道你们还信不过我？"

见表哥这么说，我也不好再推辞！于是我稍作考虑，就郑重地说："那就拜托您了！"边说边把香烟和钱双手奉上。

这之后，时间过得飞快，我们的大喜之日很快就到了。我们说好，表哥先去扎车花，再到我家来接我，然后一起去接新娘。到了约定的时间，我听到家门口传来了清脆的汽车喇叭的声音，是表哥来了！

我走到门口一看，乖乖，七大姑八大姨早把我的婚车团团围住了，里三层外三层，后赶来看热闹的人都看不见车了。这让我觉得脸上很有光

彩，心说：没见过这么豪华的婚车吧，这就对了！于是我一边嚷嚷着"请让让"，一边分开人群，往我的婚车走去，等看到了婚车的全貌，我却觉得自己快要昏过去了。

只见眼前是一辆宝马，一辆豪华宝马，一辆我生平罕见的豪华宝马。

在人群中央的表哥得意洋洋地指着他身后的鲜红色宝马跑车说："怎么样？很惊喜吧！这可是最新款的宝马双座跑车！"那流线型的车身配上抢眼的车头花，真的非常拉风！但这不是我上次坐的那辆啊！我一把攥住他的手着急地问："哥，我要的是我们上次坐的那辆宝马！"

表哥见我神色不对，便把我拉到一边，邀功似的说："你不懂，这部更贵更新！我知道你想风光地迎娶小雅，这才死乞白赖地求我老板，借了辆宝马跑车来啊！"说完，他还把车钥匙甩给我，"等接到了小雅，你就能自己开跑车啦！"

"哥，可我不会开车！"表哥也不想想，我一个小白领，能攒够结婚的钱已经不易，哪还有钱学车买车呀！

"啊，你不会开车？"表哥显然没料到，他说，"那你那个帖子里，老是什么开呀开的？"

我哭笑不得地说："那不是为了押韵嘛！唉！"

事到如今再换车已来不及了，表哥只好先开了再说。

在去接小雅的路上，我真的很懊恼，这部宝马跑车一共才两个座位，我不会开车，必然只能和小雅分开坐两部婚车！世上哪有这样窝囊的新郎？

等接到了小雅，她看着宝马跑车也傻了。没办法，我们只好强颜欢笑，在宝马跑车里假模假样地摆了几个造型，拍了几张照片，便要分开了。

我一把将小雅按在宝马里，说道"小雅，抱歉让你今天一个人坐在这部跑车里，但是我发誓，以后一定会让你坐上真正属于我们的宝马！"

说完，我就和摄像师一起坐进了后面的面包车。就在面包车准备发车的时候，小雅却跳下了宝马，一把拉开了面包车车门，她说"嫁鸡随鸡嫁狗随狗。我是嫁给你，又不是嫁给宝马，自然是要和你一起的！"

众人都劝不住，这时表哥又乐呵呵地出了个主意。

于是后来就出现了这样一番奇景：一部拉风的宝马跑车在前开道，后面跟着一辆面包车，面包车上坐着一对奔向幸福之路的新人。

（题图、插图：安玉民　梁　丽）

妈妈欠我一千万

□ 刘洪林

芳芳是个正在实习的师大毕业生，刚到学校，就被任命为三年级（1）班的代课老师。都说现在的孩子生活优越，果然没多久，芳芳就见识到了其中的厉害。

这天放学后，芳芳班上的几个同学因为赶着画黑板报，耽搁了晚饭，芳芳便领着学生，到她家里随便吃点东西。

饭后，一个叫杨雅静的女孩抢着洗碗，其他几个不甘落后，也一窝蜂地钻到厨房里去了。不料，碗还没洗完，里面却传出了激烈的争吵声。

芳芳进去一看，几个同学正在指责杨雅静吹牛，有人抢着向芳芳告状说："杨雅静说谎，她说她在家里洗一次碗，她妈会给她一千块钱！"

"老师、老师我没说谎，我妈真的给我一千块！"杨雅静挥舞着满是泡沫的手，又气又急地辩解着。

一次一千！芳芳惊讶地看着杨雅静，但小姑娘的表情很认真，不像在说谎。

"那你们家……"芳芳本想问她家是不是非常有钱，但话到嘴边又打住了，因为她觉得这事透着蹊跷，按理说，一般鼓励孩子做家务活，偶尔奖个五块十块，最多也就几十块吧，哪能一下给这么多？她决定做一次家访，把这事弄个明白。

几天后，芳芳来到杨雅静家，这

是一幢独门独院的两层小楼，这种地方不是一般人住得起的，果然是有钱人家啊！但奇怪的是，整座院子冷冷清清，只有杨雅静和她外婆两个人，她外婆还坐在轮椅上，显然是行动不便之人。

祖孙俩都很热情，尤其是杨雅静，跑进跑出端茶倒水，像是一只蹦蹦跳跳的小兔子。当芳芳问起孩子的父母时，外婆的笑容顿时少了很多，她告诉芳芳，杨雅静的爸爸死了，妈妈在国外，自己身体又不好，家里很多事都靠着杨雅静操持。

原来如此呀，难怪孩子小小年纪，家务活已经做得像模像样了。于是芳芳又试探地问："听杨雅静说，她在家里帮着干活，妈妈会给她很高的奖励？"

外婆尴尬地说："这个，嗯……也算是吧。"

见外婆说话含含糊糊，杨雅静急了，跑到房间里捧出一个盒子，递给芳芳说"老师，我真的没说谎，您看，盒子里都是妈妈打给我的欠条，外婆说，等妈妈欠我一千万时，她就会回来还账。"

什么！居然还有给自己的女儿打欠条的吗？芳芳好奇地打开盒子，里面果然有厚厚一沓纸条，随手拿起一张，只见上面写着：今欠女儿杨雅静人民币一万两千元。欠款人：王霞。姓名下面，竟然还有一枚"王霞"的私章。

"王霞是我妈妈。欠条虽然是外婆写的，但上面有我妈妈的私章，她会回来还的，是吧？"杨雅静问。

"雅静放心，你妈会还，一定会还的。"外婆说完这话，若有所思地望着窗外，仿佛在思念万里之遥的女儿。

家访结束，芳芳有点清楚杨雅静家的情况了：因为外婆行动不便，妈妈又不在身边，所以很多家务活落在了年幼的雅静身上，为了让小孩高兴，她每做完一天的家务，外婆就郑重其事地写一张"欠条"。这一切，应该是祖孙俩的一个游戏吧。

然而，事情却远非芳芳想的那么简单。几天后，校长把她叫到办公室，开口就问："听说你前几天去了杨雅静家？"

"是啊，我去家访，怎么了？"

校长又问："那，她家的情况你都了解了？"

芳芳想了想，还是摇了摇头。从校长严肃的表情里，她看出了一点微妙的东西。

校长沉吟了一会儿，低声说："告诉你吧，杨雅静是遗腹子，她妈妈又是在逃犯，两年前携千万巨款潜逃，至今下落不明。"

啊！校长的话让芳芳目瞪口呆。见她又惊又怕的样子，校长又说："你也不用太紧张，现在政府正在加大力度，争取劝归外逃人员，杨雅静的妈妈就是工作重点。为了配合此次行动，这段时间你要特别留意，一要注意孩子的情绪变化，二要更加关心孩子的学习和生活。"

知道了这个天大的秘密后，芳芳开始留意杨雅静的一举一动，期末考试前，突然发现她有点心事重重。

放学后，芳芳把杨雅静叫到一旁，再三询问下，这个坚强的小姑娘突然哽咽起来，哭着说，她想妈妈了！原来，不久就是她的9岁生日，两年没看到妈妈的她，非常希望生日那天能见到妈妈。可让她沮丧的是，她现在还没有存够钱，盒子里的欠条还不够一千万。

芳芳心里一动，问她"那……你还差多少？"

"还差一百多万，可是时间不够，只有半个多月了。"杨雅静说完，忽然又想起了什么，急切地补充道，"但是外婆说了，如果期末考试，我得了全班第一和三好学生，妈妈就会奖我一百万！"

多好的孩子啊！她这么努力，就是为了看妈妈一眼！芳芳一阵心酸，噙着眼泪说："放心吧，老师一定会帮你的！这样好不好，你回去跟外婆说说，老师帮她请个保姆，这十几天你就住在老师家里，老师为你制订一个学习计划，争取考上全班第一！"

"真的？"杨雅静惊喜地看着芳芳，眼里瞬间充满了渴望。

让芳芳没想到的是，第二天一早，杨雅静就带齐了换洗衣物，跟着芳芳一起吃住了。十几天里，杨雅静非常认真地复习功课，她成绩本来就不错，加上这次准备充分，答题认真，门门功课几乎全是满分，如愿以偿地取得了全班第一的好成绩。

带着三好学生的奖状，芳芳陪着杨雅静一起回家报喜，不料还没进门，邻居就匆匆跑来告诉她们，外婆住院了，听说情况还很严重！当她们赶到医院时，外婆正安静地躺在急救

室里，样子非常虚弱。

在医生那里，芳芳了解到，其实外婆两年前就患了不治之症，能够熬到今天，完全是靠着惊人的毅力！

芳芳回到急救室，外婆把杨雅静支走后，轻声问："老师，我们家的情况，你都知道了吧？"

芳芳点点头，说："知道，您老安心治疗吧，我会照顾好杨雅静的。"

外婆感激地看着芳芳，让她帮忙打开病床旁边的抽屉，里面又是一张"欠条"，上面的金额是整整一百万元！

外婆欣慰地笑着说："我知道雅静能考第一，这孩子什么苦都能吃，为了这一天啊，她和我一样，都盼了好久了！"

"那您为什么要这么做呢？如果她存够了一千万，到时候还见不到妈妈，不是会更加伤心吗？"

外婆没说话，好一会儿，突然问芳芳："老师，你觉得雅静这孩子，能照顾自己了吗？"

照顾自己？噢，芳芳忽然间明白了，两年来，外婆之所以让杨雅静挣这一千万，是为了让孩子尽快地学会生活自理啊！因为，老人知道自己病情严重，活不了多久，不能继续陪着孩子等妈妈了！

想到这里，芳芳一阵心酸，眼泪一瞬间涌了出来。

外婆见了，伸手替她擦了擦，说："别难过，我相信我女儿一定会回来的。她现在一定很后悔自己当初犯下的错误。就让雅静继续等吧，要知道，女儿想念妈妈，妈妈更会十倍百倍地想念女儿啊！"

回到学校后，芳芳把杨雅静家的情况，和这一千万的"欠条"交给了校长，校长非常重视，当即向上面汇报了此事。

后来通过各方努力，杨雅静的妈妈终于主动回国自首。雅静妈妈是被女儿一千万的"欠条"打动了，她醒悟过来：不管是欠国家的还是欠女儿的，她都必须偿还！

（题图、插图：安玉民　梁　丽）

自己的
房子

□ 刘江波

卖房帮忙

老陈家在乡下,老伴去世后,他一个人住在二百平米的小楼里,觉得空落落的。他得知在城里的儿子儿媳要买房,而城里的房价不停往上涨,就决定卖掉乡下的小楼支援一把。

老陈拿到二十万卖房款,挺得意的,估计这给儿子买套新房总不成问题吧!儿子拿到卖房款也是喜出望外,连连向父亲保证:房屋产权有父亲的一份,只要房子一装修好,马上

接父亲进城。

老陈在乡下满怀憧憬等了几个月,儿子却没一点要接自己的意思。他打了几次电话,儿子总推说房子还没装修好呢。时间一长,老陈感觉不对劲了,这即便是装修皇宫也该差不多了呀,该不会是儿媳不同意接自己过去吧?他越往深处想,肚里越有气,心说:如今我可是在乡下租房过日子,你们不接我去城里,这后面的日子可没法过了。

老陈越想越不踏实,就搭上火车进了城,找到了儿子工作的公司。儿子一看父亲来了,又惊又喜,但一听说父亲要回家看房子,表情立刻变得不自然起来,还找了好几个理由推托。老陈实在忍不住了,他板着脸质问说:"你到底买没买房?我那二十万去哪儿了?"

儿子见父亲发火,连忙赌咒发

誓，房子已经到手了，房产证上也有父亲的一份，就是没收拾好，乱糟糟的，不好让父亲去。老陈却不听那套，既然是自己家，乱怕什么，该不会是儿媳不欢迎吧？

一听父亲越说越难听，儿子赶紧打电话向儿媳汇报情况。见儿子果然是"妻管严"，老陈的脸色越发难看起来。好在儿子放下电话就满面春风地说："爸，您儿媳一听您来了，高兴得不得了，让我先带您去旅馆休息一下，下班后我们一家三口先去饭店庆

祝一下，然后再回家。"

没多会儿，老陈就躺在了儿子给他安排的旅馆里。这时他心里已经舒坦了，想想儿子和儿媳都挺孝顺，自己真不该怀疑他们。

晚上儿子儿媳带老陈去吃饭，老陈一见是家高档酒楼，就坚决不肯进去，说什么也要回家去吃。但儿媳却很热情地说："爸第一次来，今天就算破费点，也得让您老高兴啊！"

这顿饭花了好几百，老陈吃得既高兴又心疼，他一看表：哟，快七点了，应该回去了吧。可儿子和儿媳却不着急，他们到老陈住的旅馆，又磨磨蹭蹭聊了一个小时，这才领着老陈回了新家。

买房真相

老陈打开新家的房门，这是套五十平米，一室一厅的老公房，房间里有点乱，朝向也不好。老陈惊讶地问儿子："这就是咱的新家？"

儿子忙拿出一把钥匙，又拿出房产证让父亲看，上面果然有老陈的名字。老陈悬着的心终于放了下来，看来儿子没乱用自己卖房的钱！但是老陈有句话忍住没说：这城里的房子也太贵了，自己那宽敞的小楼咋才换这么屁股大块地方哩？这让老陈更加心疼儿子，又掏出了身上所有的钱让他们收好。晚上，老陈终于躺在了自家的床上，心情又舒畅起来，他安慰自

己：这房子小归小，但好歹也是自己的啊！

第二天早晨，老陈原想睡个懒觉，谁知道儿子早早就把他叫了起来，一家三口匆匆吃了饭。儿媳又嘱咐儿子道："还带爸去旅馆休息，那里条件好！"

什么？老陈愣了，自己有家，怎么还要去住旅馆呢？

儿子和儿媳对视一眼，笑着解释说："您别误会，因为我们家装修材料里有一种特殊的化工材料，白天在阳光的照射下，会产生化学反应，对您的身体不好。这样，您白天在旅馆休息，等晚上危险期过了再回家。您别担心，再过阵子它就挥发干净了！"

老陈听他们说得这么严重，只好又回到了旅馆。可他在旅馆里实在坐不住，出去一打听房间的价格，一个白天就要二百多块钱，气得他直骂儿子败家。老陈是个倔脾气，他也不通知儿子，马上退了房，气呼呼直奔家中。他用钥匙打开房门，换上拖鞋刚走进卧室，只听得一声尖叫，原来有一个陌生女人正在换衣服。

老陈吓得转身就跑，这时屋里又蹿出一个男人，一把抓住他，开口就骂"老流氓"。这男人嗓门大，吵得对面邻居都出来看热闹。

老陈开始还连声道歉，后来猛然想起来：自己没走错门，钥匙就是证据，没准是两个贼钻进了家门，被自己撞破了，在贼喊捉贼！想到这儿，老陈也硬气起来，举起钥匙让邻居评评理，这里究竟是谁的家。

这时，刚才卧室里的女人也出来了，没好气地说："我知道你是谁了，你儿子没跟你说清楚是不是，昨天晚上是你的家，但现在不是了，现在是我们的家。"

男人也恍然大悟，他掏出一份协议书给老陈看，原来老陈的儿子有了父亲的资助，又从银行借了一大笔钱，这才勉勉强强付清了房款。碰巧这两口子买不起房，他们两个常年上夜班，晚上熬通宵、白天睡大觉，和儿子两口子上下班的点正好能错开，于是两家私下里达成协议：晚上八点到隔天早上八点，房子归老陈儿子两口子，其余时间租给这两口子。

老陈搞清楚这一切之后，低着头离开了新房。他步履蹒跚地走在街上，这样屁股大的房子，还要和别的夫妻"共享"，难怪儿子一直不肯接自己来！但老陈不怪儿子，刚才那两口子也说了，当初多亏他儿子下手快，否则现在这套房子又涨了二十多万。

老陈恨不得现在就回乡下，可又怕儿子伤心，想了半天，他决定：假装不知情，住几天再说。可一想到儿子还欠着银行的债，老陈就更加心疼住旅馆的钱了。正在他烦心的时候，

耳边突然传来叫卖声："临时休息，一楼一天十五块，二楼一天十块！"

租房休息

一天才十块钱？老陈一听，两眼放光，这可比旅馆便宜多了！可等他循声走去，才发现所谓"临时休息"的地方，就是一处闲置工地上堆着一大堆水泥管子。有个小胡子正在水泥管子旁边吃喝着，陆陆续续还真有人交钱。

老陈也走累了，他从兜里掏出钱来，坏了，昨天把钱都给儿子了，身上只剩下五块钱了，这可怎么办呀？

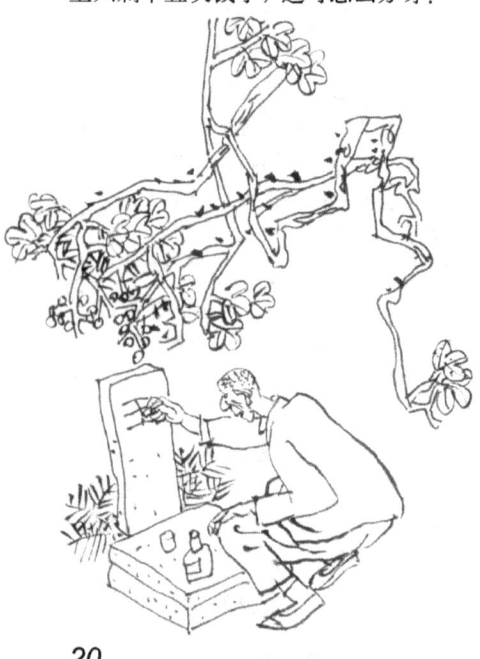

那小胡子看看他手上的钱，嘴一撇说："上去吧，二楼第二间。"

小胡子口中的二楼，其实就是水泥管子的第二层，老陈小心翼翼地爬上去，低头刚钻进去，就听里面有人叫起来："你看着点，差点踩着我。"

老陈吓了一跳，怪不得小胡子只收了五块钱，原来这水泥管子还是合租的呢！但既然好不容易爬上来了，他也只好硬着头皮钻了进去。只见水泥管子里铺了一层稻草，稻草上还躺着一个老头，年纪比老陈还大。

两个人就这样聊了起来，老头自称姓王，是个流浪汉，以前是在候车室或者公园借宿，一分钱也不用花，但是这几天各处都在清理流浪汉，他只好到处找地方住。恰巧这个工地停工，小工头用这些水泥管子来挣钱，王老头每天花上五块钱，租了这"二楼"的半间房子安身。

两个老头同病相怜，很快就无话不谈，一直聊到天都黑了，王老头指指工地，叹了口气说"这里下个月就开工了，我又要挪窝了，我这辈子怕是盼不到自己的房子喽！"

老陈听了，也是一阵心酸，但他还是拍拍王老头的肩膀安慰说："别想那么多了，等明天我拿副象棋来，咱老哥俩杀上一盘。"

等老陈到了家，儿媳已经做好了饭，正等着他回来吃呢。儿子试探着问老陈白天去了哪里。原来他下班去了旅馆，发现父亲把房间给退了。

老陈含糊地说了句："我找到更合适的旅馆了。"便不肯再说。

第二天早上，还没等儿子叫，老陈就起来买了早点，扒了两口，拿上象棋便往外走。

等老陈兴冲冲地奔到工地的时候，他惊呆了，工地上围了一群人，小胡子正在打电话叫救护车，说是有人从水泥管子里跌下来了。

老陈扒开人群挤了进去，看到王老头摔倒在地上，满脸鲜血。老陈上前叫了几声，王老头吃力地睁开眼睛，嘴里嘟囔着什么。老陈连忙伏下身子，把耳朵凑在王老头的嘴边，只听他断断续续地说："我的全名……

全名叫王……"等报清楚自己的全名，王老头就断气了。

相关部门调查不出王老头的身份，便按照无主尸体处理，给了王老头一个廉价的骨灰盒，还给他提供了一小块墓地。下葬那一天，老陈去了王老头的墓地，他见墓碑上没有名字，便找来一支粉笔写上了王老头的全名。

老陈一边写，一边还笑了，喃喃地说："老伙计，我的房子从二百平米变成了五十平米，这五十平米白天还不归我！再看看你，倒是先混上自己的房子了。"

（题图、插图：魏忠善）

被打扰的美眉

□ 神暄

娜娜今年二十出头，漂亮又时尚，属于走在街上回头率很高的那种美女。

一天，娜娜挎着一只名牌包，去银行办理业务。这天银行办业务的人特别多，娜娜前面还有二十几个人在排队，一时半会儿轮不到她，娜娜便先玩起了手机游戏。

这时不知是谁喊了一句："小姐，这是我的包！"娜娜顺着喊声望去，发现一个打扮时髦的中年女人正指着自己的包喊呢！

娜娜立刻就急了，说："这怎么是你的包呢？明明是我的！"

"我不会看错的，"中年女人很肯定地说，"这就是我的包，金来利牌的，今天一早忘在我的车篓里的，肯定是被你给捡去了。"她这么一闹，吸引了很多人过来看热闹。

这指控让娜娜一肚子委屈，她说："用金来利包的人多着呢，凭什么说这是你的包？"

中年女人不肯罢休，手一指，说包上有一道划痕，大家可以检查。

众人一看，娜娜的包上的确有一道划痕。但娜娜并不买账，她冷笑一声说："这个划痕就在外面，谁都看得见，这也算证据？"

两人话不投机吵了起来。就在这时，有个大爷出了个主意，他对中年女人说："既然你说这个包是你的，那就说说，这个包里有什么？"围观的人都纷纷说这是个好主意。

中年女人一听，也来了劲，她竹筒倒豆子般地说了起来："这包里有一支口红，一把梳子，一本杂志，一条羊毛围巾，哦，还有一串钥匙！"

娜娜一脸不屑地说："哼，完全对不上号！"说完她打开包。围观的人都探头去看，包里的东西一目了然：有一部手机，一条丝巾，一副墨镜，一件薄外套，还有一个卡片夹。围观的人发出了嘘声，都说中年女人搞错了。

但是中年女人并不甘心，不依不饶地说："这明明就是我的包，我不会看走眼的，我的东西是放在包里层的，你敢把里层拉链拉开，给大家伙看看吗？"

这个提议让娜娜有些迟疑了。中年女人见她面露难色，便趁势说："我就说这里有鬼吧？不然她为什么扭扭捏捏，不敢开里层的拉链呢？"

娜娜被逼得没了退路，只好一边拉开包里层的拉链，一边说："好吧，为了我的清白，就让大家看个明白。"等她把拉链拉开了，大家定睛一看，里面只有一个鼓鼓囊囊的钱包。

围观的人也都明白了娜娜的苦衷，敢情她是来银行存款的，身边带着这么多钱，自然会有所顾虑。他们都帮着娜娜说话，让中年女人别再无理取闹。

见犯了众怒，中年女人只得灰头土脸地离开了。

等围观的人都散开了，娜娜一琢磨，刚才钱财外露，恐怕惹出别的麻烦，干脆也不办理业务了，把包拉好，转身就出了银行。哪知刚一出门，就听有人在后面喊："小姐，小姐，请留步。"

娜娜闻听，回头去看，就见一个矮个男人在后面追着喊自己呢！矮个男人看看左右无人，便悄悄地对娜娜说："小姐，你可要小心，刚才那中年女人和大爷都是骗子。"

"啊？"

矮个男人接着又说："他们是一伙的，他们猜你来银行，包里应该有

钱，于是便由女的诬赖你，男的来诈你开包，这样就能知道你包里有没有钱了，而且还能知道钱的确切位置，这样他们一会儿就好下手了。"

娜娜一听，觉得有点道理，她忙着急地问："那我可怎么办呀？"

矮个男人进一步分析说："他们可能会抢你的包，或者是跟踪你，然后伺机划包。那你的钱就不能搁在老地方了，你转移一下，我看你的裤袋

挺深的，那里反而安全，他们不容易下手。"

娜娜一听，赶紧按照那个矮个男人说的，把钱包放进了裤袋里，匆匆道谢后转身离去。没走多远，她又听到背后有人喊她："小姐，小姐。"

娜娜一回头，发现又有一个帅小伙跟了上来。帅小伙一来就急匆匆对她说："小姐，你可千万别上当，刚才那个矮个男人是个骗子。"

娜娜有点晕了："他怎么又是骗子呀？"

帅小伙着急地说："那个矮个男人是另有所图！他一定是刚才在银行里看见你有钱，又不好在大街上明抢，所以骗你把钱包放到口袋里，这样就方便他行窃了！依我的经验来看，他是个小偷。"

娜娜一时也不知该信谁好了，她戒备地说："你注意我很久了吗？我被要求开包，甚至那个矮个男人给我出主意的事情都看到了？"

帅小伙见娜娜一脸怀疑，他涨红了脸轻声说："其实我是反扒组织的成员，今天是到这里来义务巡逻的。"

"反扒组织？"

帅小伙害羞地说："我们是在网上自发组织起来的，银行附近扒手多，所以我经常来的……这是我的电话，遇到紧急情况可以打我的电话。"说完他塞了张名片给娜娜，完了还补充一句，"我是单身！可以把你的电

话留给我吗？"

娜娜想了想，就拿出一张便签纸，写了一个电话号码，递给帅小伙。

接过纸条后帅小伙鼓足勇气对娜娜说了声"常联系"就走开了，边走还边回头看娜娜。

等他走远了，娜娜一口气跑出老远，心想：今天可太奇怪了，这么多人盯着我，得跑远点，这才不会有麻烦！她正想着，后面又赶上来一个年轻姑娘，那姑娘没头没脑地对娜娜说："小姐，你上当了。"

这下娜娜是彻底蒙了，她嘟囔着："这到底是怎么回事呀，还有完没完啊？"

那姑娘对娜娜说："刚才那个帅小伙看见漂亮女孩就上前接近，假装说自己是什么反扒组织，其实他就是个无业游民，是个骗子，专门花言巧语骗人家女孩。"

娜娜反问说："你怎么知道？"

那姑娘忙说："我是附近店里的营业员，我被他骗过的。你要小心，他会一直纠缠你的！"

娜娜头都大了，她看到旁边有个公共厕所，便飞快地跑进去，麻利地钻进一个格子间然后锁上了门。不过她并没有解手，而是拿出了裤袋里的钱包，掏出里面的钱，数了一下，哟，有四千多块，今天没白干！

娜娜随即把空钱包扔进了厕所的纸篓里，她得意地想：他们是不是骗子我不管，反正我把大家都骗了！

原来娜娜挎的皮包确实是那个中年女人的，是娜娜一早在别的地方，从她的车篓里顺手牵走的。没想到她在银行又碰到了中年女人，不过娜娜早就把她包里的东西都扔了。至于包里层的那个钱包是娜娜白天在写字楼里当"白日闯"时到手的，刚才她被要求当众开包的时候，也紧张了一下，还好，没人认出钱包也是偷来的。

娜娜心说：现在危险还没有解除，钱包暴露了，我也许真被人盯上了！不过这也难不倒我！想到这儿，她拿出包里边的薄外套换上，然后戴上了墨镜，系上丝巾，大摇大摆地走出厕所。哪知刚出厕所没几步，她感觉手臂被人抓住了，转身一看，是刚才那个年轻姑娘。

只见姑娘突然掏出一副手铐，说："你被捕了，我是警察！"

娜娜愣了半天，才反应过来"你是谁？凭什么抓我？"

姑娘笃定地说："你上当了！我不是什么营业员，而是便衣警察。你经常变装，戴上墨镜和丝巾到写字楼偷东西吧？知道不，你的行为早被摄像头拍下来了，刚才你没换装我还不敢确认呢！"

娜娜听了瘫在地上，哎，骗来骗去最终还是在骗自己呀！

（题图、插图：谭海彦）

到底
怎么办

□ 丁大明

孟飞在机关里工作，几天前他丈母娘搬家，孟飞脑子挺活，想了个办法把单位的公车借出去帮忙搬家。

但是世上没有不透风的墙，这事儿还是传到了王科长的耳朵里。王科长是孟飞的顶头上司，平时待他不错。王科长把这事压了下来，只是让孟飞在自己面前做了口头检讨。

孟飞做完口头检讨，还觉得不够周全，心中有点忐忑不安。于是当晚，他又连夜写了一万多字的检讨书，深刻地剖析了自己的错误。写到最后，他还特别感谢王科长及时的批评教育等等。

次日一大早，孟飞就找到王科长，双手呈上自己的检讨书。谁料想，王科长瞟了一眼就直皱眉说："不是已经口头检讨过了吗？再看检讨书不是增加我的工作量吗？"说归说，他还是留下了这份检讨书。下午，王科长来电话了，让孟飞把检讨书拿回去。

孟飞挂了电话，终于松了一口气。孟飞拿回了检讨书，闲来无事，又翻了起来。忽然他在检讨书最后一页的背面看到了一串潦草的数字"1494"，这是什么意思啊？

孟飞再读一遍这串数字，就吓出了一身冷汗，"1494"不就是"要死就死"吗？莫非王科长对自己的检讨书不满意？

孟飞赶紧把写着数字的这面翻过

来，仔仔细细又看了一遍，等读到"私用公车是蛀虫的行为，是贪污腐败的前奏"的时候，他的心都凉了，要知道王科长和其他领导，那可是经常私用公车的啊，王科长该不是以为自己在含沙射影吧？

就在孟飞惴惴不安的时候，王科长又打电话来，让孟飞立即把检讨书送到自己办公室。孟飞听了，心里咯噔一下：难道王科长是要找自己算账？突然他眼珠一转，当即就把写着"1494"的那页检讨书撕下来，揉成纸团扔进了废纸篓，再一想，他又捡回来装到裤兜里，心说：还是等会儿到厕所里，把它烧了比较保险。

接着，孟飞又拿一张新的信纸，承接着检讨书前面的内容重写了一遍，送到了王科长的办公室。

等进了王科长的办公室，孟飞又傻了：怎么两个副科长也在？要知道这两位也是私用公车的"惯犯"。按照孟飞检讨中的说法，那也是两条"老蛀虫"了，看来他们应该是闻讯赶来声讨自己的！但是事到如今，孟飞也只能硬着头皮，把检讨书放到了王科长办公桌上。

王科长拿起检讨书翻了几下，忽然说道："不对！这不是你上午给我的检讨书，原来那份呢？"

孟飞故作镇定地说："就是这一份啊！"

王科长把检讨书往办公桌上一甩，不耐烦地说道："少糊弄人！你赶紧去把原来那份检讨书找回来。"

孟飞惊疑不定地望了望王科长，然后拿过那份检讨书一翻，顿时就明白了，原来那份检讨书是在家里写的，用的是普通信纸。但这重写的一页，却是在单位里用公家的信纸写的。怪不得王科长一下就发现了端倪。

孟飞捏捏裤兜里的那页检讨书，有点不知所措。突然他又心生一计，

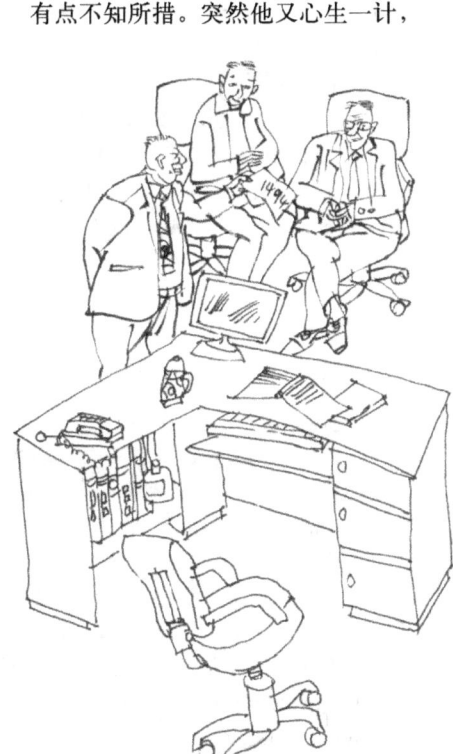

他苦着脸对王科长说"科长，这确实是早上那一份检讨书，只不过最后一页沾上了墨水，所以临时换掉了那一张。"

王科长咬牙切齿地说道："你呀你！赶快把原来那页找回来！"

孟飞听了，赶忙就说回去找。他回到自己的办公室，想想，又跑到外面的商店里买了一叠普通信纸，照着"第二个版本"检讨书的最后一页又抄了起来，抄到一半，王科长的电话又来了，他淡淡地告诉孟飞："不用再找你的检讨书了！"

孟飞心说：这唱的又是哪出呀？他摸摸自己的裤兜，再想从那页检讨书上找出点内容来。可是把裤兜都反过来掏了个遍，也没找到那页检讨书！孟飞一拍脑袋，坏了，准是不小心把那页检讨书带出了裤兜，掉了！

孟飞这个推测没错，那页检讨书的确是被他带出了裤兜，还偏偏掉在了王科长的办公室里。

话说当时孟飞刚离开，王科长就看到了地上的这团皱巴巴的纸。他打开纸团，眼睛就亮了起来，对另外两位副科长说着："找到了找到了！"

王科长看也不看孟飞的检讨内容，直接翻到了背面，嘴上还说："天天被单位的事情折腾，就这么几个数字也记不住！这家酒楼是郑总推荐的，据说口味很好，刚才他打电话来告诉我订座电话，前四位数字居然和我家一模一样，后四位嘛，便是这'1494'，我就随手往孟飞的检讨书上一记……"

几分钟后，王科长和两位副科长就开着公车去酒楼吃饭了。他们哪里知道，此时孟飞还在为检讨书伤脑筋，自己到底应该怎么办呢？

（题图、插图：魏志善）

· 本刊信息传真 ·

法律知识故事征文

本刊推出的"法律知识故事"，通过发生在我们身边的、短小而具体的、在法理上容易混淆的个案，生动、形象地宣传法律知识。这些知识注重现实性、实用性，真正起到解剖一个案例、明白一个道理的作用。

为把这个栏目办得更好，我刊决定面向全国征文。

来稿方法：1. 从邮局寄发，请在信封上注明"法律知识故事"字样，本刊地址：上海市绍兴路74号《故事会》杂志社，邮编：200020。2. 从网上传递，可寄以下信箱：wulun@vip.sohu.net，请在主题上注明"法律知识故事"字样。凡已和我刊编辑有联系的作者，稿件可继续投给原编辑。

退货

□ 路一歌

俗话说：越吃越馋，越耍越懒。有个叫皮勤的男人，是真应了这句话。结了婚，他老婆花花才发现，自己的老公就像过去的地主老财，衣来伸手、饭来张口。

这一天，皮勤又在床上躺了大半天，花花忍无可忍，决定来一次革命！她对皮勤说："今天果园有点活，咱趁风凉去干点活。"

躺在被窝里的皮勤一听这话，立马说："哎呀，花花，我今天的腰好像是伤到了，下不了床了。"说着就直哼哼。

花花"嗖"的一下把他的被子掀掉了，说："那快起床，我送你上医院去。"皮勤说："没有必要去医院，在家里歇歇就行了。"花花说："不！今天必须去医院！"说着，又是拖又是拉地把皮勤绑到了手推车上，又扯了块透明胶带往皮勤的嘴上一封说，

"忍着，去了再拿下来，省得路上哼哼哈哈的叫人家笑话。"皮勤还没有来得及说句话，嘴就被封死了。

花花长得五大三粗，她泼辣能干，推起车子就走，七拐八拐就到了皮勤家。花花说："你先在门口等等，我去跟你娘说一声就走。"皮勤说不出话，又被绑在车子上，只好任花花摆布。

花花进了皮勤家的门，见了皮勤娘的面，第一句话就是："娘，我给您退货来了！"

"退货？什么货？"

花花回答说："在门口呢，你出去看看就知道了，这个货是你们制造的，然后推销给了我，现在他浑身是毛病，干啥啥不行，吃啥啥不剩，我已经没有办法使用了，今天退回原厂，你们大修一次吧。"

皮勤的娘就随花花来到了门口，

一看车子上的皮勤，就什么都明白了。

不过，皮勤的娘也不是省油的灯，她转身对花花说："花花啊，他是我们制造的不假，但他在出厂以前是没毛病的，是不是你使用不当啊？再说了，他出厂时，我们也没说实行三包什么的呀！"

花花听了，也不和婆婆闹，就放下一句话："我现在是强烈要求退货！"说完就自顾自走了。

见花花走了，皮勤的娘戳了皮勤一指头说："准是又在家里耍滑头不干活！不争气的东西！"

皮勤撅着嘴，意思是让娘把他嘴上的胶带拿下来。他娘却说："就这么封着吧，花花退回来就这样，我要叫你爹看看，你也不是我一个人制造

的，关键人物是他啊！"

皮勤的娘也长得五大三粗，她推起车就往村里的娱乐室走，她知道老皮头一大早就去那里打麻将了，皮勤的娘边走还边嚷嚷："老皮家的祖坟冒烟了，还能让人家退回货来，快去找堵墙撞死算了。"

车子推到娱乐室门口，就听见屋里"稀里哗啦"地乱响，皮勤的娘把车子一撂，进门就喊："老皮头啊，快出来接货！"

屋里的人都好奇地看着老皮头，问："接货？接什么货？猪下货还是牛下货？"

皮勤的娘一跺脚："老皮头下的货！"所有的人都跑了出去，看看老皮头下的什么货，一看车子上的皮勤，大家都哈哈大笑起来。

老皮头围着车子转了个圈，便明白出了什么状况，对老伴说："退给我也不太对，没有你，他怎么能有今天？"皮勤的娘觉得当着这么多人的面吵很丢人，一转身就回家了。

皮勤见娘走远了，又撅着嘴巴让爹给他揭开胶带，老皮头也不揭，一边看热闹的给皮勤揭开了。

皮勤长出一口气，气哼哼地说："爹啊，快给我解开绳子，我要回家收拾那个臭婆娘！她把我当货退了，让我光着腚推磨，转着圈丢人，我要回家退她的货！"

老皮头一听儿子的话，觉得儿子

大乱，到处打听福爷和古香炉的下落。

坊间对此议论纷纷，大家都说福爷见利忘义，使一招"狸猫换太子"，取了人家的祖传宝贝，便留下当铺和伙计，自顾自逃跑了。后来王云成顺理成章地接收了福爷的当铺，并继续交由老伙计打点，自己只等月月坐吃红利。

春去冬来，一晃几年过去了，就在大家几乎忘记这件事情的时候，有个人却找到了王云成。来人脏如乞丐，空着一只袖筒，一只眼睛也枯井似的瞎着，看上去格外吓人。

王云成见了，也吓了一跳，再细瞅，自己并不认识此人。他刚想开口，就见来人单手打开了背在身上的破包袱。瞬间，一只再熟悉不过的黑漆木匣立刻呈现在王云成眼前。

也就在王云成一愣神工夫，来人又从木匣中取出那对再眼熟不过的古香炉，紧接着，就见他打火镰、点火绒、燃木炭……刹那间，那久违的奇异景观便再次出现了。

王云成简直不敢相信自己的眼睛，不用说，这分明就是自家的那对古香炉啊。这时就见来人一指古香炉，嘶哑着嗓音道："王掌柜，这对古香炉该是你们王家那对了吧！"

一听这话，王云成又是惊得睁大了眼睛，可再次细瞅来人，未曾谋面。王云成便忍不住问来人，这古香炉从

何而来？

来人一施礼，道："古香炉一直在我手上，三年前王掌柜一定要那对会冒烟的古香炉，我拿不出，只好将自家当铺抵押给你……今日我是特地上门还当来了。"

王云成一听，来人不是别人，竟是福爷，不由吓得倒退几步，脱口问道："福爷又是如何让古香炉重新冒出紫烟来的呢？"

香炉之秘

福爷也不答话，而是用双脚踩住一只古香炉底部，单手去拔炉内托盘，然后就见他一用力，托盘竟一下脱离炉体。原来托盘不但能够拔下，托盘底部还密布有无数比针眼还小的孔。再看托盘下的炉肚内，竟是满满一炉肚锯末似的东西。

这时，福爷才一指古香炉的炉肚，告诉王云成：为让这对古香炉再现往日的奇特景观，尽快还当，这几年他到处寻访，还差点被熊瞎子舔掉半张脸，终于在广西紫荆山中，寻到了古香炉的出处……

说来这对古香炉最早也并不属于王家，而是紫荆山中一客家大院落的镇宅之物，后来被作为礼物，送给了当年在紫荆山中传教的洪秀全……至于后来又如何落在王家手中，便不得而知了。

当地客家族老人告诉福爷，炉内

说的有理，做为一个纯爷们，不能让一个臭娘儿们作践了，我老皮头再不帮儿子说话，儿子以后的日子还怎么过？老皮头啥也没说，推起车子就走。皮勤在车上大叫："爹啊，你还推我干啥？快给我松绑，我自己能走！"

老皮头见儿子气得满脸发紫，怕解开绳子他跑回家和花花干大仗，就说："儿啊，不是爹心狠，我要叫花花看看，她退回的货，我丝毫没修就送回来了，依我看，我们皮家的产品都是优质产品，根本没有毛病。如果你现在自己跑回家，以后日子还咋过？"皮勤听父亲说的在理，就没有再坚持。

此时，花花正在平房上捣鼓一些木头，老远就看见公公一步一跟头地推着皮勤往这里走来，她寻思着，这么快就修理好了？再细看，皮勤还是绑在车子上，就知道了，他们要来干仗！但花花并不慌张，她心说：动口我能，动手我也不怕，谁上灭谁！

花花做好了准备，先对着公公说："爹，咋回事？报废了？怎么原样回来了？"

老皮头听了花花的话，悄悄对儿子说："听见了吧？亏了没给你解绳子！"然后就冲着儿媳妇说，"花花，这台机器出厂的时候，是你相中的，由于你的不当操作而出了问题，厂家是不负责的，这个道理一般人都懂的。"

花花非常有耐心地听着公公的诉说，趁老皮头搜索新词的空档，她问道："爹，您的发言结束了？那轮到我来说两句，这台机器好吃懒做，我怎么加油都无济于事，如果你们不修，那我只有走人了。"说完就去收拾东西。

老皮头听了这话，急了。恰巧花花的爹来了，一见皮勤被绑在车子上，把自行车一扔，扑了上去说："天哪，姑爷这是咋的了？还磨蹭什么，赶快送医院呐。"说罢，推起女婿就跑。皮勤就在车子上咋呼，说他没有病。

这时，只见一辆120的救护车呼啸而来，在皮勤他们跟前急刹车停住。从车上下来几个医护人员，三下五除二地把皮勤弄到救护车上。

老皮头抬头一看，暗说不好，因为他看见救护车上写着：精神病医院。

那边皮勤还在拼死反抗，一个劲辩解说是弄错了。花花的爹在旁边气哼哼地说："我这女婿确实有病，刚才我去娱乐室都听说了，你们又欺负花花，我气不过就打了120。"

老皮头气急败坏地说："可你也不能把他弄去精神病医院啊！"他长叹一声，早知道这样，还不如在家里和老婆子修理呢，到精神病医院去，这维修费太高啊！

（题图、插图：张恩卫）

祖传宝贝

□ 蔡同利

天价当品

清光绪年间，保定城有一家古玩当铺，铺面很小，铺中只有一个半聋的老伙计，掌柜福爷还是个独眼龙，但当铺却是生意红火，甚至还有外乡人带着传家宝贝慕名而来。这是为啥呢？故事得从几年前说起，那时福爷的一双眼睛也还完整无缺：

福爷家的当铺是祖传的买卖，店面一直不大，但贵在诚信经营，在当地颇有美誉。那天福爷刚在柜面前坐定，就有一个年轻人神色匆忙进了当铺。到了当柜前，年轻人也不多话，抬手将一个黑漆木匣往福爷面前轻轻一放，打开让他看个究竟。

福爷一见，忙探身往黑漆木匣内瞧，木匣内是一对古香炉，通身红如火炭，尤其那龟背似的紫铜炉盖竟薄如蝉翼，猛禽走兽雕刻其上，更是栩栩如生……福爷看罢，心中暗叫一声"好宝贝"，他又抬眼细细打量来人，只见那年轻人一脸斯文俊秀，且不失憨厚质朴。福爷冲年轻人点点头，示意他喊价。

可年轻人却不急着喊价，而是极小心地将这对古香炉从木匣内取出，轻轻往桌上一放，随后又从褡包内取出两小块木炭，"嚓嚓"几下点燃。紧接着他伸手将一对薄如蝉翼的紫铜炉盖一一打开，把燃旺的炭火往炉内放。随着炉盖轻轻一合，顿时，令人称绝的一幕出现了。

只见这对古香炉内同时有紫烟冒出，袅袅升腾。福爷跳开几步，远远望去，只见一只古香炉上仿佛有观世音端坐其上；另一只则有弥勒佛微笑其间。紫烟升至两尺来高，烟气渐淡，整个当铺却香气扑鼻。老伙计见了，也连连称奇。而更令人赞叹的是，随着炭火越烧越旺，两个薄如蝉翼的紫铜炉盖上，线刻般的猛禽走兽，竟飘然欲动起来……

福爷见了不由激动万分，他更加确信这对古香炉当属宝中之宝。不过，他毕竟老成持重，面上还是显得波澜不惊。他清楚：接下来该是年轻人开口要价的时候了。

果然，这时年轻人冲福爷一抱拳，笑道："您是懂'古'之人，今日把家中一对祖传宝贝拿来典当，并在福爷面前演示一番，就是想得个好价钱。"接着不等福爷开口问，年轻人长叹一声后娓娓道来：

原来，年轻人姓王，名云成，城北王家庄人。他家在江南开有绸庄，不想近日遭遇火灾，绸庄里数十万两货物损失殆尽，急需一大笔银子周转，他便想用这对祖传古香炉，在福爷的当铺当五万块龙洋，前去救急。

王云成说完，便眼巴巴地看着福爷。福爷听了，再一次仔细验看一遍古香炉，然后豪爽地一挥手，当场让老伙计开了五万块龙洋的当票给王云成。古香炉也被存入了典当铺的密室之中。

转眼，议定的当期说到就到。这日，福爷又是刚在当柜前坐定，就见王云成兴冲冲地赎当来了。

进了当铺，王云成先冲福爷伸手作揖，然后才开口道："这次福爷可是帮了我们王家一个天大的忙啊。"说着，把当票和一沓银票轻轻推到了福爷面前。福爷见了，也只呵呵一笑，随后一摆手，便让老伙计取来黑漆木匣，要王云成验看。王云成打开粗粗一看，又冲福爷一拱手，笑着说："福爷，咱们还是点炭一验吧。"

说着，也不等福爷点头，王云成已伸手从褡包中取出木炭，又是"嚓嚓"几下点燃……不用说，接下来，那难得一见的奇特景观就要再次出现了。

可不料，等了许久，燃旺的炭火都把那薄如蝉翼的紫铜炉盖烧红了，奇特景观却始终不曾出现。王云成又赶忙重试，可几次试过，一对古香炉就像施了魔法，始终不见那奇特景观出现。王云成看一眼福爷，很生气地摇头道："这对古香炉恐怕不是我们王家那对吧？"

见此情形，福爷还没急，老伙计却已急得跳脚了。存放黑漆木匣的钥匙一直由他保管，存入密室之后，自己从未动过，况且这黑漆木匣封存完好，怎么转眼就不是他们王家那对了呢？老伙计一把拿过古香炉，又急急验看起来。

真假难辨

众所周知，但凡香炉都是靠燃烧或烤炙香草、香料产生香气。王家这对虽属珍品，可万变不离其宗。就算炉内布有机关，也得有地方可布才对。老伙计显然也是行家，他沿炉子内外又仔仔细细验看起来。但一切都和当初验看时一样，古香炉内除放置炭火的托盘和一层除不去的细炭灰外，再无其他。一时间，老伙计不由叫苦连天。

福爷也觉难堪，自己经历大小典当无数，还从没有出过任何差错……可事已至此，福爷无奈地冲老伙计摆

手，接着面露愧色，冲王云成一抱拳道："既然说香炉不是你们王家那对，按当铺规矩，我们只有自认倒霉，再赔你一倍银子了。"

没想到，王云成却不干，他告诉福爷：古香炉是王家祖传宝物，代代相传视若性命，这次自己拿来典当，已属不孝，若再在自己手中丢失，就属大不孝。说到最后，王云成还是坚持要赎回自家那对会冒烟的古香炉，否则，就要福爷按当银的三倍价格赔偿。

福爷一听，一时进退两难。一方面他清楚，除了手上这对古香炉，他的确拿不出第二对相同的古香炉了；再一方面，赔一倍银子给王云成，福爷就几乎要倾尽积蓄了，若按三倍银子赔他，福爷就只有倾家荡产了。权衡再三，福爷一咬牙，要王云成宽限三天，自己再想想办法。三天期限一到，如果他再拿不出会冒烟的古香炉，愿把当铺抵押给王云成。

见福爷如此说，王云成也不再坚持，点头同意。

三天期限眨眼即到。第四天一大早，王云成急匆匆赶到福爷当铺。当铺里只有老伙计在，福爷早已悄悄离开了保定城，古香炉也是下落不明。王云成一时也方寸

大乱，到处打听福爷和古香炉的下落。

坊间对此议论纷纷，大家都说福爷见利忘义，使一招"狸猫换太子"，取了人家的祖传宝贝，便留下当铺和伙计，自顾自逃跑了。后来王云成顺理成章地接收了福爷的当铺，并继续交由老伙计打点，自己只等月月坐吃红利。

春去冬来，一晃几年过去了，就在大家几乎忘记这件事情的时候，有个人却找到了王云成。来人脏如乞丐，空着一只袖筒，一只眼睛也枯井似的瞎着，看上去格外吓人。

王云成见了，也吓了一跳，再细瞅，自己并不认识此人。他刚想开口，就见来人单手打开了背在身上的破包袱。瞬间，一只再熟悉不过的黑漆木匣立刻呈现在王云成眼前。

也就在王云成一愣神工夫，来人又从木匣中取出那对再眼熟不过的古香炉，紧接着，就见他打火镰、点火绒、燃木炭……刹那间，那久违的奇异景观便再次出现了。

王云成简直不敢相信自己的眼睛，不用说，这分明就是自家的那对古香炉啊。这时就见来人一指古香炉，嘶哑着嗓音道："王掌柜，这对古香炉该是你们王家那对了吧！"

一听这话，王云成又是惊得睁大了眼睛，可再次细瞧来人，未曾谋面。王云成便忍不住问来人，这古香炉从

何而来？

来人一施礼，道："古香炉一直在我手上，三年前王掌柜一定要那对会冒烟的古香炉，我拿不出，只好将自家当铺抵押给你……今日我是特地上门还当来了。"

王云成一听，来人不是别人，竟是福爷，不由吓得倒退几步，脱口问道："福爷又是如何让古香炉重新冒出紫烟来的呢？"

香炉之秘

福爷也不答话，而是用双脚踩住一只古香炉底部，单手去拔炉内托盘，然后就见他一用力，托盘竟一下脱离炉体。原来托盘不但能够拔下，托盘底部还密布有无数比针眼还小的孔。再看托盘下的炉肚内，竟是满满一炉肚锯末似的东西。

这时，福爷才一指古香炉的炉肚，告诉王云成：为让这对古香炉再现往日的奇特景观，尽快还当，这几年他到处寻访，还差点被熊瞎子舔掉半张脸，终于在广西紫荆山中，寻到了古香炉的出处……

说来这对古香炉最早也并不属于王家，而是紫荆山中一客家大院落的镇宅之物，后来被作为礼物，送给了当年在紫荆山中传教的洪秀全……至于后来又如何落在王家手中，便不得而知了。

当地客家族老人告诉福爷，炉内

之物是一种被称作"紫烟树"的锯末。因这种树被阳光一照，通身冒紫色烟气而得名。不过这种树极为罕见，也只有在紫荆山中才能寻到。用此树干制成锯末，放入这对古香炉内，用炭火一烤，冒出的烟气细密缥缈，香气扑鼻，清肺止咳。再加上古香炉本身的神奇构造，便又会出现那难得一见的奇特景观……不过，客家族老人还告诉福爷，一香炉锯末只能利用一次，

再燃便不再冒出紫烟。要想再冒紫烟，只有再添新锯末，而且据说这对古香炉也只有经常被点燃，才能保持它通身红如火炭一般的颜色，不然，时间一长古香炉就变成了黑色……

说到这里，福爷冷冷一笑道"王掌柜应该记得，您当初把一对古香炉拿来当，香炉通身可是红如火炭呀……那这对古香炉为何突然不冒烟了，王掌柜应该比任何人都清楚才对呀！"

这时王云成早已满脸通红，他只得向福爷说了实情：

当年王家绸庄遭遇火灾，货物损失殆尽，亏空巨大。年轻气盛又走投无路的王云成想尽快补上亏空，便丧失理智，出此下策，拿这对祖传的古香炉去诈骗福爷……等他解决了绸庄的燃眉之急，想再寻回福爷和祖传宝贝的时候，却再也找不到了。

福爷听完长叹一声说："古香炉是你王家祖传宝贝，经我的手有了闪失，我自要追查到底。因为'仗义诚信'也是我们当铺的祖传宝贝，不能断送在我手里。"

福爷的这番话让王云成羞愧难当，当下双手奉还当铺不说，还送上一块金字招牌，上书"仗义诚信"四字。后来当地人但凡有要典当的物件，第一个就会想到福爷的当铺……

（题图、插图：黄全昌）

□ 万里秋风

阿P也绿色

大开眼界

天有日月轮转，人有时来运转。阿P最近当上了农业局的副科长，一上任，就陪上级到农村检查，中午工作餐被当地村干部安排在一家规模不小的生态农庄。

众人落座后，老板奉上菜单，阿P一看价目表，吓了一大跳，他说"天哪，白菜萝卜卖肉价，驴肉都赶上海鲜价了，你也太黑了吧！"

老板诧异地看了阿P一眼，似乎在看个外星人，他说："您是头次来吧，我们这儿可都是纯天然绿色食品，都没遭过核辐射！"

阿P眼见大家都笑看着自己，觉得好没面子，一时涨得满脸通红，他大声说道"我是阿P科长，主抓农业，你说说，你的东西怎么绿色，怎么天然了？"

老板见阿P发怒，忙点头哈腰把大家领到山庄后面的一大片菜地，一边走，一边介绍"现在的绿色蔬菜越来越少，大棚里的蔬菜全靠激素吹起来的。辣椒涂红，黄瓜抹绿，人吃了能不得病？您看这些蔬菜，是我自己包的地，自己种的菜，一点农药都不打，全靠人工捉虫！"

阿P冷笑一声，又说"说得好听，这些领导都是专家，你糊弄谁呀？"

老板连声说"不敢"，他走进菜地，先摘下一根黄瓜给阿P说："您尝尝！"

阿P看看那黄瓜，青白色，顶花带刺，倒是水灵，咬了一口，也挺脆甜。

见阿P脸上有了变化，老板一把抢过剩下的半根黄瓜猛地摔到了地上，赔着笑脸说："领导，这黄瓜这么一摔就碎成小块了，这是出了名的'一刀碎'啊。拍黄瓜不用使劲，两刀下去一盘菜就好了。只有农家肥，太阳地，天生地长的黄瓜才能这样，你到菜市场买的黄瓜弯成弓都不断，一口下去半寸皮！"

俗话说：眼见为实。这下阿P算是服了，但嘴里仍然说："我管的农业开发区里也有施农家肥的，人家的东西可没卖那么贵啊！"

老板扑哧一声笑了出来，他伸手抓起一把土说："您是识货的，看看咱这土，油黑发亮啊，我花钱包了两家海鲜大酒店的化粪池，这大粪里都有鱼翅鲍鱼啊，用这浇的菜别家有吗？"

众人听了，连连点头。阿P见众

人这副模样，更觉得不能败下阵来，他眼珠一转，引开了话题："嗯，这蔬菜就罢了！不过你的驴肉凭什么卖那么贵？难不成也是用鱼翅鲍鱼喂出来的？"

提到驴，老板更是笑得眼睛都成一条缝了，他指着不远处十几头溜达着的草驴说："您看咱这驴，都是纯天然绿色牧草喂出来的。不是常说，酒要喝老，驴要吃小，驴要是太老了肉就硬了，三岁吃口最好。"老板又变戏法似的从口袋里摸出一个漂亮的证书，"这是我这群驴的血统证明。"

驴还有血统证明？在场的人虽然见多识广，但也都被惊呆了，阿P头上冒出了汗。正在尴尬时，旁边过来两个彪形大汉，合力放倒了一头驴。

老板不放心地喊一声："看清楚耳朵，别杀错了！"一个大汉仔细看看驴耳朵上的布条，说："错不了，是建设局张处长的！"

此处留名

大家都愣了，难道驴耳朵上有什么文章？

阿P好奇地看了看离自己最近的驴耳朵，这一看，忍不住大笑起来，直笑得喘不过气来。原来驴耳朵的吊牌上竟然写着："赵成队长"。

忽然，阿P用手捂住了自己的嘴巴，因为他发现自己顶头上司王处长的名字也在一头驴耳朵上随风飞扬，他只好把笑声憋了回去。

老板见大家不明白，就解释道："这都是来过这儿的领导挑中的驴，我们代养，等杀的时候领导拿肉。不光是驴，我这菜地也是有人订的。大家看！"大家顺着老板的指点看过去，果然在地里竖着一些小牌子，上面同样写着某某局长，某某处长的大名。

老板得意地说："这些菜也是专人专供，每过几天，我们就会派人给主人送去一批，这是时尚，也是身份，不瞒各位领导，能在我这里立牌子的可都是有头有脸的人。"

这一来众人都坐不住了，他们也是有头有脸的人，时尚的东西怎能不算一份？于是各自掏钱，包了一块菜地，插上牌子，又把自己的大名吊在驴耳朵上。

阿P也问了一下价格，老板说最便宜的地也要一万。阿P觉得太贵，但当着众人面，又不好意思还价，他假装视察，背着手把老板带到一僻静处，说："你这价可宰人啊，我是吃这行饭的，报实价！"

老板显然是见过大世面，他冷冷一笑，说："这是身份的象征，我还没见过到这儿还杀价的。"

阿P的脸红了红，但很快他找理由说："我很低调，也不能和上级领导攀比，就选一块最小最窄的地，挑一头最瘦最丑的驴，这钱自然……"阿P好说歹说，终于以八千元成交，插牌占地，驴耳留名。阿P觉得自己终于找到了领导的感觉，腰板也挺了起来。

回到家里，小兰听阿P讲完今天的事，气得要命，她说："你是不是傻啊？八千块钱，能买多少菜？能买几头驴？"

阿P争辩道："你懂什么，这是档次，档次你懂吗？我现在是领导，领导得有点脸面。我们虽然是多花点钱，但吃得健康不是更重要吗？你不知道，如果不是你老公当上了领导，就是想花这八千块钱，也花不出去呢！"

过了几天，果然有人找上门来，给阿P送了几根黄瓜，一捆菠菜，都水灵灵的带着露珠。阿P美得不得了，嚷嚷着让小兰来看："快看，快看，这就是纯天然绿色食品！菜市场买不着，大超市见不着，你知道这菜是咋种出来的吗？用大粪！你知道是用什么大粪吗？海鲜酒楼的大粪！"

阿P越嚷嚷越激动，送菜的人走时忘了关门，很多邻居探头出来听阿P嚷嚷，邻居张五凑过来问："阿P，这菜哪里买的，咋知道是纯天然绿色食品？"

阿P巴不得有人来问，胸脯一挺说："现在有头有脸的人都时兴在乡下包地种菜，包栏养驴，人家照顾我阿P科长，让我出八千块钱包了块地。"

张五惊得张大嘴说："八千块钱，那能买多少菜啊！"

阿P拍拍张五肩头，大声说："同志啊，不能光算经济账啊，还要算算健康账，对吧？"说着冲大家一笑，矜持地回到屋里。

阴差阳错

阿P当上领导，还有专人送纯天然绿色蔬菜，惹得大家对阿P另眼相看。

为此，阿P神气了好几天，就等着第二次送菜啦！他连到时该对邻居说什么都操练过了，可就是迟迟没人送菜上门。阿P好生纳闷，打农庄老板电话，老板电话也关机了。

又这么过了几天，一天下午，有

人敲响了阿P家的门。阿P开门一看，是张五，他一进门就神神秘秘地说："阿P，赶紧看电视吧，新闻里说的事好像和你有关啊！"

阿P不知出了什么事，就打开电视，调到了本地新闻，外景主持人身后显然就是阿P他们包地的农庄，他说："据举报，称个别领导干部重金在郊区包地种菜养驴，供家人享用。纪检部门已经介入调查核实，以下是本台记者在现场发回的报道。"

阿P脑袋"嗡"的一声，心想：这下完了，看来这副科长的位置还没坐热，就要出事了。就在他六神无主之时，主持人已经在采访农庄老板了。

老板已然没了面对阿P时的伶牙俐齿，只是垂头丧气地躲着镜头。主持人问："据调查，你们农庄每天要消耗掉大量的蔬菜，驴肉，并且是专人专供的，你们哪来那么多特供产品？"

老板当然不肯说，最后被逼急了，才说出了实话："驴耳朵上的吊牌，是可以任意调换的，哪个领导来就写哪个领导的名字，反正他们也不会直奔驴圈。"

主持人又问："那你们提供给这些人的菜呢？"

老板说："当然是菜市场买的，到时淋些水就看着新鲜了。"

敢情自己花了八千元就买的这绿色产品呀！阿P差点气晕过去，小兰见他无精打采，也不忍心再雪上加霜，劝道："算了吧，就当花钱买个教训，以后别上当就是了。"

阿P哪能咽下这口气，他一跺脚，骂道："哼，不行，我一定要当面教训这小子！"说完，冲出门直奔农庄。

此刻，农庄一片萧条。阿P本以为会有很多人来兴师问罪，没想到只有他一个人。他找了半天，留守的伙计说老板跑了。阿P满腔怒火无处发泄，冲到地里找到自己那块牌子，踹碎了一扔。然后又冲进驴圈，找自己那头驴。伙计说："那头驴本来就体弱多病，前几天死了，被做成菜吃了。"阿P气得说不出话来，头也不回地回家了，一路上不停地想：妈的，老子咋被儿子给耍了？

回到家阿P还有点发蒙。忽然单位领导打来电话，告诉阿P：要他临时代理科长！

阿P又喜又惊，事后一打听，才知道他所在部门的处长和科长都因为"驴耳朵和菜园子"事件受到了牵连。等到晚上重播新闻的时候，阿P再仔细一看，发现原来主持人在采访老板之前，电视镜头扫摄过菜地里的木牌，驴耳朵上的吊牌，很多领导的姓名、职务都一览无余。阿P如梦方醒，原来他那块地实在太不起眼，而那头驴因为早死了，这才让自己逃过了一劫！

看完新闻，阿P高兴得蹦了起来，都说，塞翁失马焉知非福，自己花八千，换了个代理科长，就当是送了礼金吧。想到这儿，他高兴地翻箱倒柜找起西装来，准备明天去当他的代理科长啦！

（题图、插图：顾子易）

·本刊信息传真·

阿P系列幽默故事征文

阿P系列幽默故事栏目开辟二十多年来，深受读者欢迎。阿P是个有多重性格的喜剧人物，他正直、朴实，却又染有许多不良习气；他自作聪明，却又往往事与愿违，弄巧成拙；面对屡屡受挫的现实，他却能自我解嘲，很有点阿Q的精神姿态，让人啼笑皆非。

为了把这个栏目办得更好，本刊再次面向全社会征稿，希望有更多的人来关注阿P，把您身边的阿P故事写得更精彩，更有现实意义和典型意义。

来稿方法：1. 从邮局寄发，请在信封上注明"阿P故事征文"字样，本刊地址：上海市绍兴路74号《故事会》杂志社，邮编：200020。2. 从网上传递，可寄以下信箱：wulun@vip.sohu.net，请在主题上注明"阿P故事征文"字样。凡已和我刊编辑有联系的作者，稿件可继续投给联系的编辑。

·东方夜谈·

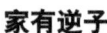

赌　局

□金　麒

家有逆子

陈福贵是一家布庄的老板，陈家三代单传，均经营布庄为生。

陈福贵满心盼望独生子陈耀祖可以将生意发扬光大，谁知道儿子不成器，不到十五岁就成了远近闻名的赌徒。这让陈福贵伤透了脑筋，操碎了心。

这年临近新春，陈福贵在张罗过年的事。突然门外闯进几个壮汉，进门就大喊"陈耀祖出来！"陈福贵料到儿子又惹了祸，赶紧出来挡驾，问壮汉有何事。

一个壮汉手拿欠条，说"我们是来讨债的，陈耀祖还欠我们两千两银子！"

陈福贵听罢，气得脸色铁青，半晌才说"各位壮士息怒，只要是陈耀祖欠下的，我一定全数还上。"说完让

账房先生去拿银子。

好不容易送走那些壮汉，陈福贵怒火攻心，他直奔儿子卧房，见陈耀祖正坐在桌前研究赌具，陈福贵气得一把将赌具夺过来，骂道："你这孽障！过年就三十岁了，怎么还不思进取，莫非你真要把这家败光才肯罢休？"

陈耀祖不耐烦地大喊："我会把输的钱都赢回来的！"

陈福贵只好放低了音量，苦口婆心劝说："耀祖，你醒醒吧！赌场都是出老千的，为了赢你的钱，他们早就设好了套，等你往里钻啊！"

陈耀祖却不听，他一边琢磨赌具，一边自言自语说"我的手怎么就

42

不争气呢？我一定要让它变成世上最厉害的手！"

见儿子痴迷赌博，陈福贵绝望不已。他默默离开儿子的卧房，回到书房，陈福贵心有不甘，他想：家业是几代人创下来的，绝不能毁在儿子手上，可现在该如何是好？儿子从小娇生惯养，请来的几个老师也是平庸之辈，若能遇上高人引导，说不定儿子会改邪归正呢？

于是，陈福贵决定重金聘请名师。他立刻请人拟写一份告示贴到门口，向天下求贤师训子。

转眼两个多月过去了，贴出去的告示一直无人问津，因为大家都知道陈耀祖嗜赌如命，根本不可教化。

就在陈福贵快要绝望时，来了一个名叫苗臣的人，说可以让陈耀祖完全戒赌，走上正路。

陈福贵见他年纪不过四十左右，心里不免产生怀疑。苗臣笑着说道："陈老爷是不是不放心？恕在下直言，贵公子已经是远近闻名的纨绔子弟，还能坏到哪里去呢？不如您就冒一次险！"

陈福贵听苗臣直来直往，说的话虽难听，可也不无道理，便决心放手让他试试。陈福贵略一思索，也开门见山问道："您要收多少银两？"

没想到苗臣却豪气地说："等日后公子成材，再收不晚！"

陈福贵救子心切，见苗臣信心满满，又不贪图金钱，忙许诺道："只要先生能让逆子弃赌，老夫愿给黄金千两！"

后生可畏

陈福贵和苗臣相谈甚欢。打铁趁热，他将苗臣请到后院儿子的卧房前，只见房门被很粗的链条牢牢锁住。原来陈福贵为了不让陈耀祖去赌，将他软禁在此，已达半月之久。此时陈耀祖正在屋内大发脾气，陈福贵无奈地朝苗臣摇摇头，然后打开了房门。

房内的陈耀祖一见有人开门，也不管来人是父亲，撞开他就要往外跑。

苗臣眼疾手快，一把将他拉住，笑着说道："少爷，新朋友来了，您却急着离开。这似乎有失礼数吧？"他转而又对陈福贵说，"老爷尽管去经营生意，少爷就放心托付给在下吧！"

陈福贵见苗臣似乎真有办法，忙说："那好，一切就交给先生了，我会经常来拜访的。"

谁知苗臣却说"不可不可，本人教学方式独特，不能让别人看见，包括您在内。请您在七七四十九天之后，来查验效果吧！"

陈福贵虽觉怪异，但为了儿子能顺利戒赌，也就满口应承下来。

一个月过去了，陈福贵信守承

诺，从未去干涉苗臣的教学。守在儿子卧房外的家仆也传来好消息，少爷不再吵闹要出去，安生不少。这让陈福贵对苗臣更加深信不疑。

转眼到了第四十八天，陈福贵按捺不住好奇心，他蹑手蹑脚来到儿子卧房门外，想一探究竟。等他把眼睛凑近门缝，仔细看去，屋内的景象却让他怒火中烧！只见苗臣和陈耀祖相对而坐，桌上赌具一应俱全，两人竟然是在赌博！

陈福贵气得一脚踹开门，骂道：

"苗臣，你这个欺世盗名的骗子！你这是在教化我儿子吗？"

苗臣冷冷一笑，说道："陈老爷，您来得正好！本人自认赌技不错，便斗胆来教少爷两招。"说着，他拿过数张欠条，"这是贵公子输给本人的银子，总计十万两白银。"

陈福贵见欠条上签着陈耀祖的大名，顿觉天旋地转，良久，陈福贵无力地挤出一句："怪只怪我没教好这个逆子！债我会还的。"说完，他喷出一口鲜血，便昏死过去。

陈耀祖此时才如梦初醒，他想要夺回自己的欠条，却被苗臣牢牢钳住，苗臣嘲笑他说"少爷，早知今日，何必当初！你这双手，功夫尚浅哪！"

后来陈福贵信守承诺，将全部家产，包括布庄抵给了苗臣，父子俩远走他乡，不知下落。而苗臣则摇身成为了富甲一方的财主。

一晃三年过去。这天，苗臣到赌场赌博，因手法高超，银票像雪片一样越积越厚。

正在苗臣得意时，一个十五六岁的男孩走到他身边，对他说"早就听说，苗先生手法不凡，我也想来试试运气。"

苗臣把筹码往前一推，瞟了一眼男孩，问道："你有银子吗？"

男孩回答："我没钱，但很想和你赌上一回，如果我输，便自废双手。如果我赢，就要你的全部家产，不知你敢不敢赌一把？"

苗臣一向自恃赌技高超，在众目睽睽之下，面对的又只是黄口小儿，岂能说不敢？他冷笑一声，说："好，一言为定！"说罢，两人还立据为证。

两人的赌约吸引了很多人围观，只见苗臣和男孩你来我往赌了起来。苗臣开头还狂妄得很，哪知，一回合下来，竟输得血本无归。苗臣吓出一身冷汗，问道："你是何人？"

男孩神秘地一笑，他扬扬手中的字据，说道："我姓段名宛，其实我是谁并不重要，重要的是：你必须将家产悉数奉送。有此为证！"

段宛？围观的人也都没听说过这个名字。这时有人大声说道："苗老板，反正你的家产也是骗来的，就给那姓段的孩子吧。"

围观的人哄堂大笑，苗臣恼羞成怒，但又无可奈何，他拱手对围观的众人宣布说："各位做个见证，今天苗某将家产双手奉上，五年后我会回来挑战，再见分晓！"

再出奇招

就这样，原属陈福贵的布庄又转到了段宛手里。段宛年纪轻轻，本事却不小，五年之间不但让布庄恢复生气，而且还发扬光大，开了不少分店。

这年冬天格外冷，眼看要过年了，段宛把家仆叫来，让他们拿银子布施给乞丐。家仆刚出去不久，就回府禀告说："老板，门外有两个乞丐不肯走，说要求见苗臣！"

段宛听了心里一动，忙让家仆把两个乞丐带进来。只见这两个乞丐一个是老头，一个是中年人，老头骨瘦如柴，连呼吸都困难，中年人只有一只左手。

段宛看到两人惨状，不由身躯一震。他刚要上前，中年乞丐突然跪在他面前，哀求说："公子，为了戒赌，我把右手斩断了，现在我们走投无路，求您给一些银两，给父亲治病，不然他会死的！看在这里曾是我家的份上！"说完，他又含泪给段宛磕了好几个响头。

原来这对乞丐正是陈福贵父子，当年，陈耀祖为表戒赌之意，斩断右手，可这对重整家业毫无用处，相反还给生活造成不便。眼下，陈福贵患了重病，万般无奈之下，才来布庄求苗臣，却未想到这里也已易主。

段宛赶紧扶起中年乞丐，问道："您是陈耀祖？"

中年乞丐点了点头，疑惑地看着段宛，自己并不认识这个年轻人啊！段宛却显得非常激动，他激动地说："您真的不认识我了吗？"

陈耀祖连连摇头，刚要仔细询问。忽然家仆又进来禀告说："大事不好，苗臣回来了！"

说着，苗臣早已不请自入，只见他挥挥手中的赌具，说道："我学艺五年，现在要把家产重新赢回来，姓段的，你还敢不敢赌？"

没等段宛说话，陈耀祖赶紧劝阻他说："小兄弟，你可千万不要上了苗臣的当啊！我当初就因为嗜赌才落得家业败落！"

苗臣闻听，这才注意到屋内有一对乞丐，而且就是陈家父子。可眼下，他一心只想赢段宛，别的什么都不管。

段宛知道躲不过，便点头答应，

问道："以何为赌注？"

苗臣说："这次换你赌全部家产，我赌手，如果我输，就把右手砍下来。"

两人说定，便开始赌局，苗臣苦学五年，本以为会赢，哪想到又技不如人，一连输了三局。苗臣受此奇耻大辱，当即要挥刀砍手。

段宛一把将苗臣按住，朗声说了一句："这大可不必！"然后他又转头对着陈耀祖说，"主人，其实我就是被您砍断的右手啊！如今您诚心戒赌，我也重新为您赢回了家产，就该回到属于我的地方去啦。"

众人听了，都不敢相信，正待细问段宛，却见段宛身体越来越小，最后幻化成手的形状，并迅速长在了陈耀祖的断腕上，接缝处也只留一道淡淡的疤痕。

自此之后，陈耀祖将以前钻营赌术的劲头，都放回了布庄上。陈福贵见儿子走了正道，身体也不治自愈。至于苗臣呢，他侥幸捡回一只右手，从此也不敢再做坏事了。

（题图、插图：谢 颖）

绿版编辑部各编辑邮箱：

吴 伦：wulun@vip.sohu.net
朱 虹：zhong98305@sina.com
杭 帆：hangfan1102@126.com
颜轶超：yanyichao1004@sina.com
黄美舟：piggybank81@sohu.com

木头上漂着的希望

六岁的男孩瞒着妈妈偷偷去河边玩耍，突然脚下一滑，一头栽进了河里。河水很深，他奋力挣扎，大声呼救。妈妈听到了男孩的呼救，迅速赶来。可是，胡乱扑腾之中男孩已经离岸越来越远了，河水像一张大网紧紧将他裹住。妈妈不识水性，也只能扯开喉咙大声呼救。此时男孩已经筋疲力尽，挣扎的动作渐渐缓慢……

忽然，妈妈大喊起来："儿子，快抓住身边的木头！快抓住身边的木头！"

木头，我的身边有木头！已经绝望的男孩听到这个消息后，立即又充满了力量，奋力挣扎起来，四处寻找妈妈说的那块救命的木头。就在此时，终于有一个路人听到呼救赶来，他跳下水将男孩救上岸来。很快，男孩就苏醒过来，他呆呆地看着河面，问妈妈"妈妈，木头在哪里？"

妈妈含泪说："哪有什么木头，我看你快要支撑不住了，故意喊出来激你的，要不，咱娘俩可要永别了！"

这根子虚乌有的木头上漂着希望，让濒临绝望的男孩又坚持了几秒，赢来了生机。

（作　者：羊　白；推荐者：刘文文）

绝不求救

这天，汤姆带妻女自驾游，他们打算在自然保护区里露营。黄昏时，他们到达了目的地，一家人升起篝火，张罗晚餐。

突然，汤姆瞥到远处有几点黄色小花，仔细一看是女儿最喜欢的雏菊，他便想去摘来送给女儿。刚摘到花，汤姆感到脚下一沉，不好，他掉进了沼泽里，沼泽里的污泥像一只看不见的魔手，紧紧吸住他的双脚，不断把他往下拉。汤姆刚想呼救，却硬生生地把话咽了回去。

因为汤姆看到不远处闪着两点绿

光，那是一匹狼，汤姆一家升起的篝火正吸引着它，一步步前进。汤姆想大叫，吸引狼往自己这边走，但又怕把妻女引来葬身狼腹，便赶紧闭上了嘴。想了几秒钟，他毅然摘下帽子，脱掉上衣，裹成团，向狼的方向扔去。他没有扔中，这时污泥已经淹没了他的胸、颈，他赶紧脱下手表，再奋力一掷，这次终于成功了。眼看着狼转向自己而来，汤姆露出了最后的笑容……

事后，警方在汤姆遇难的沼泽，还打捞起了一具狼的尸体。

（作　者：谢晓松；推荐者：刘　淇）

衣服上的补丁

有个男人白手起家，成了大款。一天，他去谈生意，开车被人追尾，幸好人没事，只是西装破了。在等待维修车的时候，他想到父母家就在附近，自己很久没去探望了。于是，他便去了父母家，还住了一晚。第二天一早，他发现西装已经被母亲打上了补丁。看着密密的针脚和母亲通红的眼睛，男人有些感动，但心中又说：我有钱，这件倒霉的衣服回去就要扔掉。

回去后，男人穿着那件补好的西装工作，还谈成了一笔久拖未决的大业务。一直忙到了晚上，他才想起身上穿的是件破西装，就脱下来扔到了垃圾桶里。

隔天早上，男人去公司上班。不一会儿，进来一个警察，他说："昨晚发生了一起绑架案，绑匪落网后交代说原本是要绑架你的，后来临时换了目标。"男人大吃一惊，问警察："那他们为什么没有绑架我呢？"

警察说："一个绑匪看到了你西装上面的补丁，便推想你并不像传说中那么有钱。还有一个绑匪说，你衣服上的补丁就像他母亲给他缝的。因为有相似的母亲，所以他不想绑架你。"

送走了警察，男人又去了客户的公司，为昨天谈成的那笔大业务正式签字。客户问他："你怎么没穿昨天那件打了补丁的西装呢？"

男人想了想，便说："换下洗了。"

那位客户感慨地说："我们就是因为看到你西装上的补丁，才决定和你签约的。因为踏实朴素的人一定会是可靠的合作伙伴！"

男人回到家，从垃圾桶里翻出那件打了补丁的西装，这上面凝聚着母亲的爱，是自己事业成功的护身符，还救了自己一命哩。

（作　者：一　冰；推荐者：赵晓霞）

（本栏插图：安玉民　梁　丽）

学写作文，从读故事开始

"腹黑"一词起源于李宗吾的作品《厚黑学》，兴盛于日本漫画，泛指那些口蜜腹剑的人，生活中这样的人还真的不少呢……

"腹黑"术

□ 吴　嫡

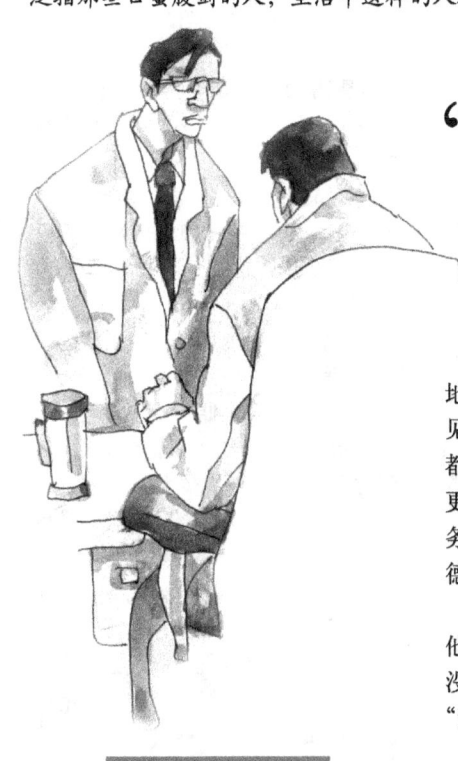

入　围

王德今年大学毕业，因为家在农村，条件并不宽裕，毕业后便想直接工作，为家里"减负"。正好区税务局要招收公务员，王德也报了名。凭着大学四年寒窗苦读打下的坚实基础，王德杀出重围，成了全市十几万毕业生中的幸运儿。

报到的那天，王德穿得整整齐齐地来到办公室。他深知自己是新人，见了每个人都笑脸相迎，可大家对他都不热情。几个年纪差不多的年轻人更是十分冷淡。今年和他一起考上公务员的小李也受到了同样的冷遇。王德深感不安，却又不知其中缘由。

这时，一个中年男子走了进来。他看上去50岁左右，白白胖胖，脸上没有皱纹。大家纷纷站起来打招呼："萧局长，早。"

萧局长笑着点点头，然后冲王德和小李说："欢迎，欢迎啊，咱们的新鲜血液到了，王德，小李，以后你们可就是咱们的生力军了，要好好干啊！"

王德赶紧答应，小李却没反应过来，愣愣地站着。萧局长见小李没有反应，显得有点失望，就转而拍拍王德的肩膀说："好好干，小伙子，我们需要年轻人顶上来啊。"他胖胖的脸

上一笑有两个酒窝，显得十分亲切慈祥。王德心里热乎乎的，使劲点头。

大概是萧局长的态度起了作用，第二天大家对王德的态度有所改善，但对小李依然冷淡。王德也不敢乱问，只是努力地工作。

局里还有个实习女大学生叫小柳，比王德、小李小两岁，长得青春靓丽，是很多男同事追求的对象。王德和小李也对小柳心存好感，但小李家境优越，从送礼物到请吃饭，处处压着王德一头。小柳则对两人一视同仁，看不出明显倾向性。

这天萧局长找王德谈工作，快结束时忽然问："你是不是喜欢小柳啊？"

王德吓了一跳，一时不知如何应对。萧局长爽朗地笑了起来："年轻人谈恋爱是好事，我就看不惯那些板着脸的卫道士。家庭稳定有助于工作的稳定嘛，这没什么。这样吧，你晚上就不要加班了，谈恋爱是需要时间交流的。"

这让王德感激万分，但又有些不安，他支支吾吾地说："可工作那么多……"

萧局长让他放宽心，还说局里没有知心大姐，所以他这个局长自然要为小青年们多考虑考虑。此后，萧局长果然为王德和小柳创造了很多单独相处的机会，这让王德很是感激。

冒 尖

小李把这一切看在眼里，他越想越气，这天还硬说王德做的一份税收表格是错的。王德觉得自己没有做错，两人为此吵了起来，一直吵到萧局长面前。

萧局长拿起表格看了一会儿，冷冷地对小李说："王德的表格有什么错？你看看，分明是你自己统计错了！"

小李走后，萧局长拍着王德的肩膀，语重心长地说："半年之后，咱们局要提拔一个青年储备干部，这可是难得的好机会啊！小王，你好好干，我看好你。"

王德听了，再联系到自己刚进单位时遭到的冷遇，立刻明白为什么那些年轻人对自己和小李如此冷淡。原来大家都眼巴巴地盯着青年储备干部的位置呢！这确实是个好机会，难得的是局长还如此看好自己！看着萧局长笑脸上的酒窝，王德心中涌起一股豪情，他用力点点头说："局长，我一定不会辜负您的希望！"

从这以后，王德明显能感到萧局长对自己的关心。在月末开总结会之前，萧局长甚至私下找来王德，亲自看一遍他写的总结材料，然后摇头说："你呀，就是刚毕业，太年轻啊。这材料上一点成绩也没有，别人干什么你干什么，怎么能脱颖而出呢？你可以略微美化一下嘛！"

王德不安地说："这，合适吗？我刚参加工作，还没有什么成绩——"

萧局长听了，笑着说："你呀，真是书生气，等你慢慢做出成绩，那位置早就被人坐了。放心，听我的，没错！"

王德回去，听话地把材料又整理了一遍，添枝加叶，写得精彩无比。果然，月末总结会上数他的发言最精彩，萧局长带头鼓了掌，其他人自然也跟着热烈鼓掌。

还有一次，税务局全体出动，抽查偷税漏税的企业。有些企业不好对付，态度恶劣不说，甚至还发生过辱骂和殴打税务人员的情况。就在出发前，萧局长又临时决定，王德不用出外勤，留在局里和小柳一起值班。局里的人把这一切都看在眼里，心说：王德这小子背靠大树好乘凉啊！

结果这次抽查遭遇了暴力抗税，税务局好几个同事都被打伤了，小李还被打破了脑袋。看着大家的狼狈相，王德暗自庆幸，心说：多亏萧局长照顾，否则脑袋开花的说不定就是自己了。

就这样，半年时间很快过去了，王德在萧局长的照顾下，犹如搭上了顺风车，做的都是轻松和体面的工作，工资和福利却一点也不少。王德感恩图报，经常给萧局长送些自家种的新鲜蔬菜，萧局长坚决不收，看王德急了，才勉强收下，但坚持按市价付钱。王德感动之余，暗暗发誓，等自己将来发达了，一定要回报萧局长！

真 相

选拔青年储备干部的日子终于到了，小李、王德和几个年轻人都在候选之列。为此，市委组织部的领导特地到税务局进行现场办公。

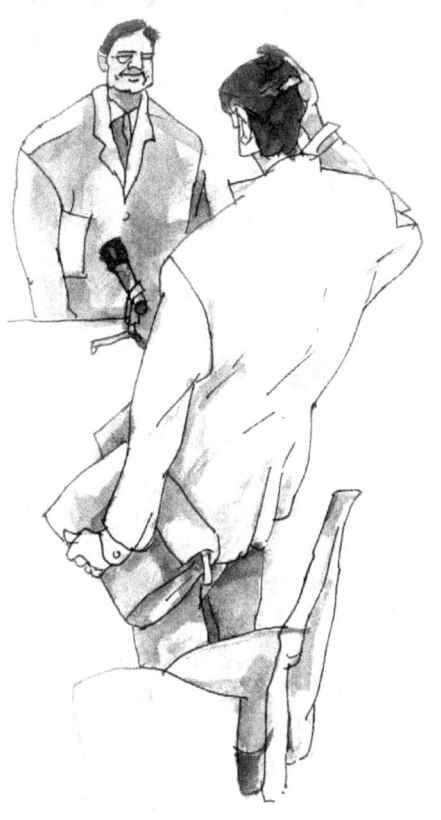

选拔首先是进行投票,结果出来,众候选人票数接近。

然后是领导评价环节,大家都心知肚明,这才是至关重要的一环。只见萧局长清了清嗓子,从容不迫地说:"在过去的日子里,大家的工作成绩是有目共睹的,我比较满意。但我个人觉得,相对老同志而言,年轻同志身上都存在着一点不足。就比如今年进来的王德,他在生活作风上不够注意,恋爱谈得连班都不加,都推给同事去做。出了错还不承认,和同事争吵。工作上不能坚持原则,写工作总结夸大成绩,干工作又拈轻怕重,这些都是酸秀才习气嘛,应该改啊!还有,王德啊,你没必要总给我送礼,老同志们都知道,我是不吃这一套的!"

听完这些,王德只觉脑袋"嗡"的一声,好像整个世界都爆炸了一样。他不敢相信自己的耳朵,一脸不可思议地望着萧局长。

萧局长接着说:"至于小李,这个,我就不好说了吧。"

市领导笑着问:"怎么,因为他是你外甥你就不评价了?内举不避亲嘛。我还是希望你能客观地评价一下他的工作。"看着大家惊讶的表情,市领导这才反应过来,"怎么,他们不知道你们的关系?"

萧局长的脸上浮现出笑意,他说:"为了不给同志们增加压力,也为了不让小李得到特殊照顾,在他入职之前,我就告诉他,不许以我外甥的身份自居,到了局里就是普通的一兵嘛!"

市领导听到这里连连点头赞许道:"不错,年轻人,能这样不容易啊!我看他的材料,还因公受过伤,也就是立过功!"

锣鼓听声,听话听音,听到这儿,大家都自发地热烈鼓掌,表示赞同领导的评价。

在这如雷的掌声中,王德看着萧局长脸上的笑容,平日里象征着慈祥关爱的酒窝这时看来是如此邪恶。他暗自叹口气:只怪我太嫩了,一步步钻进了这个腹黑领导设的套。

三天后,小李当选为储备干部,王德也被打回原形,干起了局里最累最不讨好的活。

但没想到,过了两天市里又来了消息:王德被上调,调到市政府里做秘书!这可是青云直上啊,所有人又开始猜测,莫非这小子上面还有人?

只有萧局长明白这里面的奥妙,谁让自己当初评价王德:精于男女关系,写工作总结夸大成绩,没事总给领导送礼……

(题图、插图:谭海彦)

(本栏目欢迎来稿。来稿可从邮局寄发,也可从网上传递。如为电子邮件,请发以下信箱:yanyichao1004@sina.com)

有条汉子叫杨郎

□ 赵荣发　搜集整理

晚清年间，古镇上住着一个读书人，人称杨郎。他是个老实人，不善辞令，平日里每遇急事，还会结结巴巴地说不出囵囵话来。

这一年，正是农历五月二十，三更已尽，月色时隐时现。杨郎读罢一卷书，方熄灯宽衣，忽觉得窗外有条黑影一闪，他忙凑到虚掩着的窗前。只见一个家伙蹑手蹑脚溜到井台旁，朝井里扔下一包东西，随后抬头四下打量。刹那间，杨郎不由得倒吸一口冷气：这尖嘴猴腮的家伙，不正是半月前在这里偷东西，被乡邻们抓住痛打一顿的盗贼吗？此番，他八成是潜来下毒，以报宿怨的。

杨郎当即追出门去，但那盗贼已逃得无影无踪了。

偏巧这时，街东头做豆腐的张阿二打着个灯笼，挑着一对水桶匆匆赶来。杨郎一见慌了神，一把拉住张阿二："别、别……"

张阿二如坠云里雾中，笑问："别什么啊？"

"水、水……水不、能喝！"杨郎好不容易挤出一句话。

张阿二不以为然地说："嘿，我黄昏时还来这儿挑水做饭吃呢，怎么这会儿就不能喝了呢？"

"真、真的。"杨郎急得直咂嘴，"有、有人，朝、朝、朝……朝井里扔东西。"杨郎说罢，朝那口井指了一指。

张阿二把手里的灯笼移到井口，探头一望，只见水面上空荡荡的，什

么也没有。他忍不住又笑道："呸，有个屁！杨郎，你大概看书看昏了头，眼花了吧！"说完腾出手，毫不在乎地放下了吊桶。

按说，此时杨郎只要讲一句"有人下毒"就行了，但他越是心急越是讲不清意思。再者，杨郎也不敢完全确认对方是否真的投了毒。

张阿二自然没有多想，只管拎起一桶水，倒进水桶里。杨郎一把按住张阿二的水桶，就是不肯让他离开。

张阿二见了，火急火燎地说："你

个书呆子，耽误事！再不走，我家灶头上的锅要烧穿啦！"

杨郎急得捶胸顿足，突然，他猛地弯下腰，趴到水桶边上，"咕咚咕咚"喝了一通！

张阿二愣住了，这才觉察到事有蹊跷。他一把扶起杨郎，想再细细盘问一番，只见杨郎摆手示意，让他稍等片刻。张阿二无奈，只得摇摇头。

不到一袋烟的工夫，杨郎就皱起了眉头，紧接着又捂着肚子呻吟起来，头上冒出一阵虚汗。张阿二慌忙大叫，等到乡邻们赶来，杨郎已七孔流血，救不过来了。

没几日，那投毒的盗贼因在别处行窃被衙门捉住，严刑逼问下，连带着招出此事，真相由此大白。

为救乡亲，牺牲自己，这就是义！为了纪念杨郎，乡邻们在镇东头修了一座"杨王庙"，庙里供了杨郎的坐像，还养了两只羊。因杨郎是中毒而死，周身发黑，所以，不仅杨郎被漆成黑脸，那两只羊也是纯然乌色，无一丝杂毛。

每年农历五月二十，镇上的百姓都自发集合到杨王庙前，恭恭敬敬地搬下杨郎的坐像，抬着绕街游行，一路鸣锣敲鼓，吹笛奏乐。那只三尺的铜锣不是提在手里，而是用一只铁钩挂在木杠上，由两人抬着，"当、当、当……"的声音传出数里之外。

（题图、插图：黄全昌）

□ 翁明杰

爱"拼"才会赢

"拼"的中介

赵爱是个"剩女",她独自在外地打拼,打算和同事康倩合租一套房。这天逛街,她们瞥见一家名为"浪漫满屋"的中介公司。这家公司打出了这样的广告语:房屋中介+婚姻中介,让您的房子和婚姻一步到位!

两人觉得有趣,便走进了这家公司。老板自称洪娘,介绍说,他们这家中介针对有住房需求的未婚男女,设置了三套方案,分别是"拼租"、"拼婚"和"拎包即住"。这"拼租"呢,就是男女双方合租的同时,顺便把恋爱也谈了;"拼婚"呢,就是合买一套房子的同时,顺便把婚也给结了;还有最高境界叫"拎包即住",店里提供有房、有车、有事业的成功人士的征婚信息,配对成功,即可拎包入住。

赵爱和康倩都来了兴致,各交了一百块钱资料费。洪娘便打开两台电脑,教她们在"浪漫满屋"的网站上搜索资料。

赵爱想了想,还是选择了"拼租",很快她看到了一个名叫吴方的青年的资料,他二十八岁,性格内向,没交过女朋友,租了一套两室户,正等待有缘女生"拼租",共同拼搏。

康倩则点击了"拎包即住"的链接,她看上了一位成功男士。赵爱也看到了他的照片和资料,惊呼:"我的妈呀,他已经五十了!"

康倩不屑道:"才五十嘛,我们不也三十了?你看看人家的条件——资产五千万,房子好几套,一结婚先送一套房子给老婆……倒是你,妹子,这个叫什么'无房'的小帅哥,你敢'拼'吗?"赵爱听了,点点头。

不久，赵爱便和吴方在"浪漫满屋"中介的监督下，签了中介特别拟定的"拼租"协议。

等真正"拼租"了以后，赵爱才有点后悔：原来这个吴方是个"宅男"，又有点神经质。没过多久，赵爱还发现，吴方最爱做的事就是站在窗前，往楼下看，一站就是好久。赵爱心说：天哪，你要寻死千万不要拉上我啊！无奈她早已预付了三个月的租金，只好硬着头皮先住下。

这天夜里，赵爱准备早睡，睡前还不忘把卧室门反锁。因为这几天吴方两只眼睛老在她身上打转。赵爱告诉自己：一定要加强警戒，必要时，拖把扫帚一起上，和他拼了。

赵爱刚躺下，就听见有人敲门，她听到门外是吴方在喊"赵爱，你睡了吗？我有事找你商量。"

赵爱逼自己冷静，她跳下床，抓起扫帚挪至门口道："我睡了，有事明天再说。"

没想到吴方却隔着门说："其实也没什么，只是这件事在我心里想了很久了。你看我们也'拼租'一段时间了，我想问问你，咱们能不能住一间屋子，不不不，我是说……"

赵爱听了，又气又怕，嚷道："你别乱来，你敢乱来，我就报警了！"说罢，她费了九牛二虎之力，推了一张桌子挡住了门，又一溜烟上了床，用被子蒙住头。吴方后来说了什么，她

根本没听清，再后来门外就没动静了，赵爱就这么战战兢兢过了一夜，心说明天一定得搬走！

第二天早上，赵爱竖起耳朵，听到吴方出门，才敢走出自己的卧室，这时门铃响了，她忐忑不安地用猫眼一瞧，外头竟是"浪漫满屋"的洪娘。

"拼"出火花

赵爱像是找到了救星，赶忙开门。洪娘走了进来，笑容满面地说："我是来回访的。恭喜啊，赵小姐，不但租到了实惠的房子，还找到了甜蜜的爱情，像吴先生这样的，可是打着灯笼都找不着啊！"

赵爱听了气不打一处来，说："什么爱情？本小姐差点'殉情'……"

"您这是哪儿的话？"洪娘乐呵呵地说，"你们俩不是已经发展成男女朋友了吗？吴先生昨天刚替你交了'爱的代价'呀！按照我们的'拼租'协议：客户如互生好感，成为男女朋友，每人要额外向我店交纳五百元'爱的代价'中介费的……"

此时赵爱可管不了这么多了，她坚持要退租。洪娘见她态度坚决，便答应回去处理手续，说完就走了。

赵爱前脚送走洪娘，吴方后脚就回来了，还带着一对手牵手的母子，母子俩都蓬头垢面的。赵爱仔细一瞧：咦，这不是住在楼下车棚里的那对流浪母子吗？

吴方见赵爱不说话，连声道歉："对不起，赵爱，昨晚吓着你了。其实啊，我是想让他们母子俩暂住你那一间，然后呢，你跟我住一间，咱们隔断一下。我那屋只有张单人床，实在没法给他们住，你放心，我只要隔出一小块工作的地方……"

赵爱又问："你整天站在窗边往楼下看的，就是他们母子俩？"

吴方点点头说："你真厉害，这都能猜到。你要是实在不放心，就让他们在我那间挤挤……"

赵爱摇摇手道："你也真是，也不早点说清楚……"看着抓耳挠腮的吴方，她"扑哧"一声笑了，第一次觉得吴方有点可爱。

然后，两人一起招呼那对母子洗漱吃饭，还及时联系了公安局，帮他们寻找失去联系的亲人。

到了晚上，吴方早早弄来屏风，隔出自己的床给赵爱，自己则猫在角落里加夜班，加完班又蹑手蹑脚出了门，在厨房里打起了地铺。

没几天，来了个女民警，说找到母子俩的亲人了，要带他们走。

临别时，女民警不忘凑到赵爱耳边说："真羡慕你，这年头，像吴方这么善良的男友，可是比大熊猫还珍贵！"

赵爱心说：他可比大熊猫呆！咋还人见人爱呢？几天前，"浪漫满屋"的洪娘不也夸过他？

说曹操曹操到，这时洪娘的电话又来了："赵小姐，您再考虑一下，确实要放弃吴方这么优秀的男士，退租吗？"

赵爱此时对吴方已经有了改观，她想了想，就说愿意再考虑一下。挂了电话，赵爱心说：眼下那对母子走了，晚上我得赶紧搬回自个儿屋去！

"拼"的真情

这天晚上，正在赵爱和吴方一起收拾屋子的时候，门铃又响了。

赵爱打开门，眼前站着的竟然是披头散发的康倩，只见她拎着个旅行包，一脸狼狈。

赵爱喊了声"天啊"，忙把她请进了屋子，问："康倩，自从上次在'浪漫满屋'分开之后，你就辞职了，像失踪了一样，到底发生什么事情啦？"

康倩苦笑道："可找到你了，我的命好苦啊！"

赵爱忙问："你不是跟了那个'拎包即住'的大款吗？"

"什么'拎包即住'！什么狗屁大款！骗子，全都是骗子，说什么结婚就送房，其实是拉我当'小三'！"康倩咬牙切齿地把让自己"拎包即住"的大款痛骂一顿，又苦着脸说，"你是知道我的，我怎么愿意当'小三'呢？但我也无处可去，只能投奔你来了。这就是你的'拼租'人？"她指指在旁边端茶送水的吴方。

赵爱这才想起了吴方的存在，她见康倩一双眼珠子贼溜溜地打量着吴方，忙说："没错，这是吴方！"

康倩热情地和吴方握手之后，将赵爱拉到一边问说："你们有戏？"

赵爱支支吾吾说不清楚。康倩一听，眼睛都亮了："他看上去不错啊！你当真不考虑他吗？"赵爱见她这副模样，想是对吴方一见钟情了，心中酸酸的。

这天以后，康倩就大大方方地住进了吴方和赵爱合租的房子。吴方是个好人，听说了康倩的遭遇之后，不仅同意收留她，还对她非常照顾。赵爱看在眼里，急在心里：敢情康倩来者不善，是来"拎包即住"再"鸠占鹊巢"的！

这天赵爱下班回家，又见康倩和吴方在一起说说笑笑，她一把将吴方拉进卧室，狠狠摔上了门，说："我问，你答，你只要说是或不是！"吴方一脸惊愕，鸡啄米似的点着头。

赵爱先问："你当初在'浪漫满屋'中介写的简历上说，等待有缘女生'拼租'，共同拼搏，这话还算不算数？"

吴方点点头。

赵爱又问："那我们'拼租'了这么久，我们到底有没有缘？"

吴方继续点头。

赵爱接着问："那次你替我交了五百块'爱的代价'，是不是真心？"

吴方仍是点头。

赵爱松了一口气，最后问了一句："那你现在到底是和我'拼'还是和康倩'拼'呀？"

吴方听完，着急地说："我当然是和你'拼'啦，难道你要毁约？"

赵爱听了，乐得一把抱住了吴方，许久才说："傻瓜！"

这时，赵爱的手机响了，是"浪漫满屋"的洪娘，她说："赵小姐，你还要不要和吴先生'拼租'啊？刚才康倩给我打电话，她说，如果你退租，她非常愿意和吴先生'拼租'！"

这时吴方醒悟过来，抢过手机说："赵爱不退租，我们不仅要'拼租'，以后还要'拼婚'呢！"

（题图、插图：张恩卫）

你是了解我的

◇ 分针对秒针说 亲爱的，你是了解我的，我择偶是不怎么挑剔的，所以你没有费多少周折便把我"追"到了手。

◇ 汽水对瓶盖说 大哥，你是了解我的，不管我的性格脾气多么刚烈，都对你挺服。没有你天天"罩"着小弟，小弟过不了几天便变成了一瓶糖水。

◇ 电话对手机说 兄弟，你是了解我的，我挺宅的，天天都待在家里，哪里也不去。

◇ 自行车对小汽车说 款哥，你是了解我的，虽然我们都是在"道"上混的，但我一直都比较低碳，过去是这样，现在是这样，将来也是这样。

◇ 钥匙对锁说：宝贝，你是了解我的，我对你的感情绝对是专一的，"一把钥匙打开一把锁"，说的就是我对你的忠心。

◇ 电子眼对违章汽车说 帅哥，你是了解我的，我只要一看到你，就挺来"电"的。

◇ 音响对麦克风说 领导，你是了解我的，我百分百服从你的命令，百分百将你的指示大声传达下去。

◇ 纸对笔说：搭档，你是了解我的，我就是喜欢搞搞"按摩"，如果没有你长期给我"按摩"，我就成不了报纸，成不了书本，是一堆废物。

◇ 热水器对水说：小家伙，你是了解我的，我这人啥也没有，就是有一颗热血澎湃的心。所以，你一靠近我，我就让原本冰冷的你变得格外温暖。

◇ 手电筒对路灯说：老大，你是了解我的，虽然我没有你高大伟岸，但我和你一样，都是上夜班的。虽然我的身价没有你高，却比你自由。

◇ 面包对面团说：老乡，你是了解我的，无论我身上的价签标得有多高，无论我身上的"彩绘"有多漂亮，我永远也不会忘记，我就是一个身材比较丰满的面团。

◇ 牙签对筷子说：老姐，你是了解我的，我也想像你一样，天天成双成对，但因为工作原因不能如此。

◇ 吸管对牛奶说：大兄弟，你是了解我的，我一向视钱财为粪土，你天天问我借道，我从来都没有收过过路费。

◇ 电视机对遥控器说：老婆，你是了解我的，我是"气（器）管严"，你叫我干啥，我就坚决干啥，脚踏实地听老婆的话。

◇ 电梯对楼梯说：大师兄，你是了解我的，我的性格向来都是直来直去的，不像你这样爱绕弯弯。

（**作者**：代淑蓉；**推荐者**：陈玉昆）

招生办老师的幽默

◇ **考生**：老师，请问我可以在宿舍申请表里注明期望的舍友名字吗？

答：除了异性，可！

◇ **考生**：老师，你好，我是往届的。未婚，身高1.6米，现户口在市人才交流中心。我的婚姻状况登记表是在本市盖章？回老家盖章可以吗？

答：可，你有征婚之嫌。

◇ **考生**：老师，你们学校现在是否只发录取通知书呢？凭录取通知书即可报到吗？

答：只发录取通知书，不发钞票；报到除了录取通知书，还要钞票！

◇ **考生**：尊敬的老师，我已荣幸地通过贵校的复试，时间就像一道深深的海峡，把录取通知书搁在那头，而我却苦苦守候在这头。我的电话号码有变动，会不会影响录取通知书的收取呀？

答：还好我们都在"外头"，通知书啊，就是那一湾浅浅的"乡愁"。

◇ **考生**：老师，您好！我是一个女生，请问哪个朝向的宿舍住起来最舒服？另外可以满足对住宿楼层的要求吗？谢谢！

答：朝向男生宿舍或者大明湖的房子，前者是人文景色，后者是自然景色；可以满足。

◇ **考生**：老师，您好！我发现那个结婚生育调查表，对我们未婚的人来说，没什么实质性内容，除了学生情况和婚姻状况两栏，其余各栏统统写"无"，不知道您是否同意我的观点？望指教。

答：抱歉，我没有调查就没有发言权。

（作者：明　明；**推荐者**：小　青）

卫生间趣称

网上有帖子，征集各种卫生间趣称，得到网友热烈回应——

◇ 一家老北京炸酱面馆，卫生间门楣上写了：安腚门。

◇ 一个酒吧的卫生间叫：泉水响叮当。

◇ 一间寺庙的公厕，上书：离尘院。

◇ 一处旅游景点公厕：男卫生间叫：观瀑亭；女卫生间叫：听雨轩。

◇ 一个森林公园的公厕外面写着几个字：曲径通幽处。

◇ 一个农家风味饭庄的卫生间名曰：高粱地。

◇ 一家海鲜酒楼的卫生间叫：轻松一厦。

◇ 一家创意菜馆给自己取名：排出所。

（**推荐者**：周文彦）

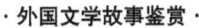

彼得鲁舍夫斯卡娅生于1938年，是俄罗斯当代最富盛名的女作家之一。2002年获得俄罗斯"凯旋奖"（该奖有俄罗斯"诺贝尔文学奖"之称）。在小说创作中，她将戏剧、寓言等体裁与现代小说有机融合，扩大了小说的艺术表现力。本作品根据她的同名小说改编。

手表的故事

□ 恩 雅 改编

手表停了

从前，有一个贫穷的母亲，丈夫死得早，与一个女儿相依为命。

这天，小姑娘放学回家，在一只盒子里翻出了一块小手表。小姑娘惊喜万分，戴上手表，哼着歌儿出了门。走着走着，前面走过来一个老太婆，问道："小姑娘，现在几点了？"

"现在吗？"小姑娘抬起手腕，响亮地答道，"现在是4：45。"

"谢谢。"

小姑娘又开始玩了，还不时地抬腕看手表。一会儿，那个老太婆又走过来了，问："现在几点了？"

小姑娘答道："4：45。"

"什么，还是4：45？哎呀，你耽误我时间了！"老太婆说完跑开了。

天一下就黑了。

小姑娘看到天色已晚，这才意犹未尽回到家中，想了想，把手表依旧放进盒子里。吃晚饭时她问母亲"妈妈，怎么给手表上劲呢？"他们那里都是把给手表上弦说成上劲的。

母亲愣了一下，问道："怎么，你有小手表了？"

小姑娘撒了个谎，说同学有一块手表，要借来戴戴。母亲叹了一口气，说以前外婆有一块手表。可打从外婆去世后，那块手表就不走了。她告诫女儿，不要随便给手表上劲。否则会发生巨大的不幸。半夜里，母亲睡不踏实，就起来把那只装手表的小盒子藏到床下。然而小姑娘根本没睡着，母亲的一举一动她全都看在眼里。

第二天，小姑娘戴上手表来到外边。又碰到那个老太婆，问起了老问题，小姑娘把手表藏到背后。老太婆笑了，说："手表还走吗？如果不走，就不是一块真手表。"

"是真手表，是我外婆的！"小姑娘把手表拿出来，"只是手表停了，我不知道怎么给它上劲。"

"是的，我知道。"老太婆说，"她是4：45死去的。哎呀，我该走了，要不然我又迟到了。"说着她就走远了，外边的天黑了。

晚上，小姑娘把手表放到枕头底下。可醒来后，她发现手表戴在母亲手上。小姑娘急忙说："把手表还给我！"

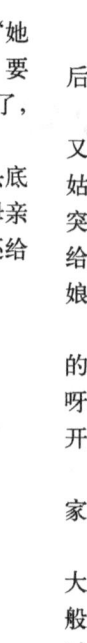

母亲坚决地答道："不给！"小姑娘受委屈似的大哭起来。她对母亲说，她马上就离家出走，说别人有皮鞋，有裙子，有自行车，可自己什么都没有……

母亲一句话都没说，默默地把手表摘下来，交给了女儿。

手表走了

小姑娘戴着手表上了学。放学后，她跑到外边，高兴地走来走去。

"小姑娘，你好啊！"老太婆不知又从哪冒了出来，"哎，几点了？"小姑娘抬起手腕答道："6：30。"老太婆突然浑身哆嗦了一下，大声说："是谁给手表上了劲？""我不知道。"小姑娘惊慌起来，把手放到了口袋里。

"哎呀呀，哎呀呀，是谁给手表上的劲？"老太婆大声说，"哎呀呀，哎呀呀，怎么办啊？说不定是手表自己开始走的？"

小姑娘害怕了，低头就打算跑回家。

"站住！"老太婆说话的声音更大了，"别把手表打碎了，这可不是一般的手表，记住：从现在起，你每小时都得给它上劲！要不然就会发生巨大的不幸！你最好现在就把手表交给我！"

"我不给。"小姑娘说完就要跑，可是老太婆拦住了她，说："等等。谁给这块手表上了劲，谁就给自己的生

小姑娘歪着脑袋沉思了一会儿，最后说："我要一个王子！""去吧，快到你母亲那里，问一问是谁给手表上了劲，然后把答案告诉我。你会有一个王子的！"老太婆大声说着，把小姑娘推回了家。

小姑娘没玩够，很不情愿地回到家中。只见母亲躺在床上，闭着眼睛，把自己紧紧地裹在被子里。

"妈妈！"小姑娘扑了过去，说，"我最亲爱的妈妈，你告诉我，是谁给手表上了劲？"

母亲说："是我给手表上了劲。"小姑娘从窗户里伸出头，对老太婆喊道："是我妈妈给手表上了劲，放心吧！"老太婆点了点头就不见了。天变黑了。

命上了劲。明白吗？比如说，如果你母亲给手表上了劲，那手表就会测量她的寿命，她就得每过一小时给手表上一次劲，要不然手表就会停下，你母亲就会死去！不过这还不是全部的灾难。如果表是自己开始走的，那它就会计算我的寿命。"

"那关我什么事？"小姑娘说，"这不是您的手表，而是我的。"

"如果我死了，那就没有白天了，你真的！"老太婆喊道，"是我每天晚上让夜幕降临，让白天休息！如果我的时间停止了，那世界的末日就来临了！"

老太婆哭了起来，她不让小姑娘走："你要什么？连衣裙？自行车？要什么，我给你什么！但你得让我知道，是谁给手表上了劲！"

手表快了

这时，母亲对小姑娘说："把手表给我，我要给它上劲。要不然我过几分钟就会死去，我感觉到了。"

小姑娘把手表递过去，母亲给手表上了劲。小姑娘说："现在怎么办，你难道每过一个小时就问我要手表吗？我不能戴着这块手表去上学了？"

"只好这样了，孩子。"母亲回答。

"你永远都是这样，给我什么东西，然后又要回去！"小姑娘大声说，"那我现在怎么睡觉？你每隔一个小时就叫醒我一次？""怎么办呢，不这

样我就会死去。以后谁给你做饭？谁来照顾你？"

小姑娘说："要不，我自己给这块手表上劲。"母亲回答："不行啊，你那么爱睡懒觉。孩子，没什么可怕的，只要你还活着就好。我就是为你而活着。听话，把手表给我吧。"

母亲从小姑娘手里夺过手表。小姑娘又是哭，又是闹，但拿母亲一点没办法……

一眨眼，很多年过去了。小姑娘长大了，如愿嫁给了一个王子，拥有她所向往的一切，而她的母亲还像从前一样生活着。

一天，母亲打电话给女儿，说要见一面。见面后，母亲说："孩子，我的生命快要结束了。这手表越走越快，每隔五分钟就得上一次劲，你外婆就是这样死去的。以前，我对这块手表一无所知，后来来了一个老太婆，告诉了我这块手表的事情。现在我要死了，把这块手表和我埋在一起吧！永远不要让任何人，包括你的小女儿，知道这块手表的事情。"

女儿点了点头。

三分钟过去了，女儿感到母亲的手松了下来。突然，母亲睁开眼睛，看见女儿已把手表戴在腕上。母亲眼泪刷地流了下来："孩子，你为什么给这块手表上劲？你会死去的！"

"没什么，妈妈，我现在已经学会不睡觉了。我的小女儿一到晚上就哭，我已经习惯醒来了。我不会睡过去的。妈妈，你活着，这是最重要的。"

母女俩久久地坐在一起，窗户后面闪过那个老太婆的身影……

（题图、插图：佐　夫）

故事会 ■ 新浪 微故事大赛

4月优秀作品选登 （主题：相亲）

@尘昆 这是第38，还是39次了呢？我坐在她面前，竟有一见如故的感觉，这是相亲至今从未有过的呀。她对我似乎也很满意。我俩的感情迅速升温，见家长、领证、结婚。婚礼上，姨妈偷偷把我拉到一边，问："两年前，我把她介绍给你时，你只见了一次就说没感觉，现在……怎么还是和她结婚了？"

@浪迹微山湖 香烟相亲回来，经过一番思考，终于下定决心嫁给火柴。热恋多年的打火机很不服，问："我时尚新潮，你高贵不凡，我们才是绝配啊！你为何选择土得掉渣的火柴呢？"香烟说："因为你的爱只能是一刹那的，一旦我香消玉殒，你肯定会移情别恋，而火柴一辈子只会爱我一个。"

@石高杰 某相亲节目上，两男争一女。女犹豫不决。男甲说："我在市中心的黄金地段买了三居室的婚房，就等你来入住。"男乙说："我虽无房无车，但有祖传墓地，依山傍水，属私人财产，无公墓二十年租期之忧。嫁给我吧，让它来见证我对你的爱，地久天长！"女孩喜极而泣，与男乙牵手离去。

@赵守玉 馄饨刚端上来，小丁就喊自己这碗比她的少一个，摊主无奈，只好补上。小丁吃完，发现自己没带钱，只好由她付账。当晚，介绍人回话，说她同意和小丁处。"怎么可能？"小丁吃惊地说，"我嫌她胖又不便说，就故意那么做，是想让她拒绝我。"介绍人回答："她想找个会过日子的，说你正好！"

@宝应书剑 媒人介绍丁山和一个叫杨梅的女孩相亲，丁山却喜欢杨花。所以他没去相亲，而是外出打工，等挣到足够的钱再来迎娶杨花。等丁山挣了好多钱回来，杨花却哭了，她说："我已经结婚了，上次你为什么不来相亲？我一直等着你……我嫌杨花这个名字土气，改叫杨梅了。"

@男女对白 一男一女在网上相遇了。男问："你多大了？"女回答："我是90后。"男又说："太好了，我也是90后。"两人决定见一面，男看着眼前的女，不解地问："你是90后？"女不好意思地说："我是90年毕业的。"女看了看男问"您老也是90后？"男坚定地点着头说"我是90后离婚的。"

@勤奋悟语 拜金女跟着媒人去富豪家相亲，见到豪宅名车，她暗自祷告："神啊！请保佑我相亲成功！"见到富豪英俊帅气的儿子，她又无比虔诚地祷告："神啊！不管付出什么代价，请让我嫁入豪门！"后媒人介绍："这是你未来的孙子。"她如遭晴天霹雳，便第三次祷告："神啊！婚后快点把我老公带走吧！"

（大赛启事请见P21）

有些人，不要等远去了才知道思念；有些情，不要等失去了才知道可惜……

妈妈在远方

□ 钱岩

1．接母进城

孙学文是省城二十七中的一名教师。这天，他突然接到老家邻居打来的电话，说他母亲到地里干活，不小心从高坡上摔了下来，要不是有棵树挡着，很可能一条老命就没了。

邻居说："这人上了岁数，身边没人照应就是不行。我看你还是劝劝你娘，让她跟你到城里去吧。"

放下电话，孙学文双眼模糊了，他仿佛看到母亲正在悬崖上痛苦地挣扎，一声接一声"文仔，文仔"叫着他的乳名。这么想着，他的心都要碎了。

孙学文的老家在几百里外的农村。十多年前，他大学毕业后留在了省城。现在老家只有母亲一个人了。他知道，当年母亲结婚后不孕，四处求医，苦药喝了两大水缸，直到三十六岁才生下了他，而且生他时又难产，差点把命都给丢了。孙学文六岁那年，他父亲去山西挖煤，不幸死于矿难。从此母子二人相依为命。母亲含辛茹苦才把孙学文拉扯成人。

如今母亲上了岁数，孤单一人在农村，孙学文一心想把她接到身边，尽尽孝心。谁知跟老婆陈露露说了一次又一次，陈露露就是不同意，还嘴一撇嘲笑他说："你看这巴掌大的房子，你妈来了住哪儿？只要你孙老师能买栋大房子，我陈露露绝不反对你当孝子。"孙学文哪能买得起大房子？当初他们结婚时，就是因为缺钱，只能买个一居室，这就还是按揭，每月还得还贷呢。

孙学文明白，养儿防老，自古就是天经地义的事。可是真要和老婆闹翻了，硬把母亲接来，母亲在家也呆不安宁。为了这事，这些天来孙学文可是愁得吃不下饭，睡不好觉。

有个朋友知道孙学文的苦处后，唏嘘不已。正好，他在离孙学文家不远的地方，有一间老房子空着，于是他建议孙学文把母亲接到省城，暂且先住那儿，方便照顾。

孙学文很感激朋友帮了他一个大忙，心想：母亲接来了，不和老婆住在一个屋里，朋友又不要自己一分钱房租，老婆就没有反对的道理了。

为了怕节外生枝，孙学文还是决定先瞒着老婆，等把母亲接来安顿好了再跟她说。到时候，老婆闹就让她闹一下吧，反正他孙学文不能再让人家戳脊梁骨，骂他是不孝了。

这天，孙学文又背着老婆来到朋友借给他的那间老房子，打扫卫生，粉刷墙壁，正忙得热火朝天时，突然感觉身后不对劲，回头一看，顿时吓得目瞪口呆，只见老婆陈露露不知何时站在了他的身后……

陈露露的突然出现让孙学文慌了手脚，一时间只能"我、我、我……"不知说啥好。

陈露露撇了撇嘴角，冷冷地说："怪不得这几天我见你鬼鬼祟祟的，敢情是在布置新房啊！是不是嫌我人老珠黄，在外面找了个小三呀？"

孙学文尴尬地说："老婆，你、你胡说什么呀！"接着，孙学文只好把母亲跌倒，差点丢了命，以及朋友把老房子给他母亲住的事，一一跟老婆汇报。说完后，孙学文便紧张地看着老婆，等着她大吵大闹。

但让孙学文没料到的是，陈露露听他说完，既没吵，也没闹，她平静地在屋子里转了一圈后问孙学文"你是铁了心要把你妈接到城里来？"

孙学文忙说"是的。我妈就我一个儿子，人老了，再不把她接到身边，我良心不安啊！其实，我妈到城里来，吃得少，住的这间房子又不要钱，老家的房子好歹还能卖点钱，足够她生活好几年的……"

没等孙学文说完，陈露露便打断他说："你别说了，我知道你是孝子，我成全你。只是这房子，又暗又潮，不适宜老人居住。你给我把这房子还给人家，这人情债可不好欠啊！"

孙学文一听，急了："还给他？那我妈接来后住哪？"

陈露露瞧着孙学文那着急的样子，"扑哧"一下笑了出来，她说："你说住哪？你妈来了，当然要住在她儿子家里了。我想好了，你妈接来后，就和我住一间房。不过这样一来，就要委屈你了，我决定给你买个行军床，晚上你睡在客厅里。你觉得如何？"

孙学文简直不敢相信自己的耳朵，自己的老婆怎么一下子变了个人似的？他又小心翼翼地问："老婆，你说的是真心话？不会是逗我开心吧？"

陈露露生气道："你不信？好，那

就算了！你就继续在这打扫这破屋子吧。"说完抬腿就要走。

孙学文顾不上多想，忙上前拦住老婆，赔着笑脸说："信，信！老婆的话我哪敢不信？老婆，你今天让我好感动。你真是我的好老婆！"

陈露露用手指点了点孙学文的额头，嗔道："傻瓜，我不需要你甜言蜜语，我这么做，还不是为你好？你好歹是个人民教师，名声要紧。这样吧，过几天你抽空回趟老家，把你妈接来吧！"

孙学文哪还等得及过几天？第二天就向学校请了假，立马赶回老家去接母亲。

开始时，孙大娘以为儿子在骗她。孙学文见母亲不信，就拨通了电话，让陈露露在电话中亲自邀请母亲进城同住。孙大娘接了儿媳妇的电话，立马感动得热泪盈眶。

为了让母亲进城后不再牵挂老家，孙学文卖了家里的老屋和不能带走的物件，在乡亲们的夸赞声中，欢欢喜喜地把母亲接到了省城。

孙大娘接来后，陈露露待她还真的不错，又是给孙大娘买衣服买鞋，又是带孙大娘去做头发，甚至还给孙大娘买了瓶瓶罐罐的化妆品。陈露露说，她要让婆婆脱胎换骨，做个时髦的城里老太太。

一开始，孙大娘感到很别扭，又不好拒绝，只得听任儿媳妇摆布。可是经陈露露这么一打扮，孙大娘顿时显得年轻了许多。孙大娘自己都不敢相信镜子里的那个怪洋气的老太婆，就是她自己。

这一切，孙学文是看在眼里，喜在心头啊。不过，他心里一直有个没解开的疙瘩：老婆以前一直反对他把母亲接来，现在咋会突然来了个一百八十度的大转弯呢？难道她有什么别的打算？

2. 推销"包袱"

其实陈露露会同意孙学文把母亲接来，的确是有她的算计的。

这陈露露在一家超市上班。她脾气躁，心眼小，但她勤俭会过日子。孙学文是在苦水里泡大的，所以他很珍惜自己好不容易组成的家庭，而且他很看重老婆会持家的优点，所以事事处处都让着她。

刚开始，当陈露露得知丈夫背着自己准备把他母亲接来时，是很生气的。陈露露之前反对孙学文把他母亲接到城里来，除了因为住房小，更觉得多一个人，就多一笔开销。如今，一分钱对陈露露来说都是好的，她要拼命攒钱，将来换个大点儿的房子，要不结婚后她咋连孩子都不敢生呢？

那天，陈露露怒气冲冲要去找丈夫算账，在小区门口碰上了一位姓马的大爷，态度便来了个一百八十度的大转弯。

这马大爷七十多岁，几年前老伴去世了，唯一的女儿还在美国，他就成了孤家寡人。然而这个马大爷是个幽默有趣的老人，这么大岁数了，人却很新潮，就那几根花白的头发，还束成一个小马尾辫拖在脑后，穿的衣服也是花花绿绿，色彩鲜艳的。因为马大爷经常去陈露露上班的超市购物，一来二往，他们就熟悉了起来。

那天，马大爷见陈露露满脸怒气，知道她肯定遇到什么不开心的事了，为了逗她开心，就上前拦住她，装着生气的样子问："我说丫头，你干吗躲着我呀，你不是答应帮我介绍个老伴吗？我都请你吃过美国的巧克力了，但是你答应的事，怎么到现在还没影儿呢？"

帮马大爷介绍老伴，这是陈露露以前和他开玩笑时说着玩儿的。现在听马大爷这么一说，她脑子里突然闪出一个念头：这马大爷有钱又有房。只要我把婆婆这"包袱"，好好包装一下，然后"推销"给马大爷，那所有的问题不就迎刃而解了吗？

这么一想，陈露露顿时转怒为喜，笑道："马大爷，我不是正在物色嘛，您老要求高，我总得给您找个适合的人选呀！"

告别了马大爷，陈露露的心情一下就明亮起来了，她决定这就去跟丈夫说，同意他把母亲接来，而且就住

在家里。

婆婆接来后，陈露露除了打扮婆婆，还教会了婆婆使用各种家用电器，教会婆婆烧几个马大爷爱吃的菜。

一个月后，陈露露觉得自己已经把婆婆"改造"得有模有样了，她便准备开始行动，给婆婆做媒了。陈露露决定行动前，还是先和丈夫通通气。

孙学文听老婆说了她的计划，惊得嘴都合不拢，他有点生气地说："我说陈露露，敢情你同意我把妈接来，是心里早就有了这么个馊主意？亏你想得出来呀！"

陈露露一听就拉长脸嚷道："什么，我这是馊主意？孙学文，那你想个不馊的主意呀！我这么多天委曲求全，可是给足了你面子，你别不知好歹！你觉不觉得这一个月，咱家已经不像个正常的家了？两口子连个亲热的机会都没有，这一切还不都是因为你把你妈从乡下接来了？孙学文，没钱买大房子，就别想着当孝子！再说了，马大爷怎么了？有钱有房，难道还配不上你妈？我现在担心的是人家看不上你妈呢！"

见老婆火了，孙学文只得忍气吞声，他可不敢跟老婆争吵。他解释道："我是说，我妈都这么大岁数了，思想又传统，年轻时都没改嫁，你现在让她改嫁，她肯定不会愿意。我们要是强迫她，这传出去，那不让世人耻笑了？反正，这话我开不了口……"说着说着，孙学文眼睛就红了。

接着孙学文告诉老婆，在他念小学那会儿，母亲曾和邻村的一个姓王的木匠有来往，后来母亲问他，同意不同意这个王叔叔来给他做爸爸？可他就是梗着脖子不答应，还说那姓王的前脚进他家的门，后脚他就离家出走！母亲忧伤地说："儿子，你以后翅膀硬了，肯定是要飞走的，那留下妈妈一个人多孤单！"他就安慰母亲说："妈妈，儿子不走，一直陪着妈妈。就是走，走到天边都把妈妈带着，让妈妈跟着自己享福。"听他这么一说，母亲搂着他嚎啕大哭，说："妈妈什么人都不要，只要儿子！"从此，母亲不但和那个王木匠断绝了往来，而且任何人跟她提改嫁的事，她都坚决拒绝。等到孙学文考上大学，离开母亲时，他才明白自己当年多么幼稚，多么自私，竟一手葬送了母亲的幸福！说到这儿，孙学文已是泣不成声了。

听孙学文说了这些，陈露露动情道："我理解你的心情，不过，这事还得要说，由我找机会来说。你不要担心你妈会怪你。这一个月相处下来，我发现你妈其实也是个通情达理的人，只要是为了我们好，我想，她肯定会答应的！"

3. 含泪应允

再说孙大娘来到城里儿子家，原先最担心的是儿媳妇陈露露嫌弃她，不给她好脸色，让她吃受气饭。没想到，陈露露却是难得的孝顺，对她好得没话说。

孙大娘来之前就知道儿子家房子小，但没想到会这么小。为了她，儿子儿媳妇小两口不能睡在一起，这让孙大娘很内疚。她提出让她睡客厅，可儿子儿媳妇就是不同意。孙大娘很难受，她觉得自己这个"累赘"害得

儿子儿媳妇不得安宁了。所以，表面上孙大娘有说有笑，可她心里头却压了一块大石头。

孙大娘曾悄悄问儿子："当初买房，咋不买个稍微大一点儿的？"

儿子苦笑道"房子贵啊，大了根本买不起！"

孙大娘问："有多贵？"

儿子指了指面前的一张报纸说："这么说吧，你养十头大肥猪，才能在城里换这么点大的地方。"

"什么？十头大肥猪只能换这么巴掌大的地方？"孙大娘惊得眼珠都快掉下来了。

除了房子，还有一件事情让孙大娘揪心，那就是儿子结婚两年多了，陈露露的肚子咋就没动静呢？难道儿媳妇和自己一样，身子有病？要是不能生养，那得趁早看医生啊！于是，她试探着把这事跟陈露露一说，逗得她哈哈大笑。陈露露告诉孙大娘，不是她不能生，而是她不敢生。

这下孙大娘不理解了，她说："女人结婚哪有不生孩子的？想当初我为了生孩子，苦药可是喝了一缸又一缸！"

陈露露叹气道："原来我和学文是计划着今年要个孩子的，可现在您老从乡下来了，这计划咋实施呀？唉，我也想早点为您生个孙子呀，只是这房子太小了，孩子生下来放哪儿啊？人又不是画，能贴在墙上！"

孙大娘听了长叹一声说:"唉,看来怪就怪我这个老不死的,让你们跟着遭罪了!"

陈露露笑道:"妈,您不能这么说,哪个人没有老的时候呀。要是将来我们生个儿子,我们老了他也不管我们,那还不如现在不生呢!"

第二天陈露露下班回来,孙大娘突然兴奋地对她说:"露露,今天我下楼去,发现楼下花坛边有块空地,你让学文星期天捡些砖头、木棍,在那搭一个棚,我住进去。这样,你们就能按计划生个孩子了。"

孙大娘见儿媳妇听了捂住嘴乐个不停,就急了,她说:"真的。我特意用脚量了一下,那地方够搭一个棚。你不要担心我,我们农村人结实,住进去保证一点事也没有!"

陈露露笑道"妈,你以为城里和你们农村一样,想在哪搭个棚就在哪搭个棚?我这么跟你说吧,你前面搭,后面立马就有人来拆,还要罚你款!"

听陈露露这么一说,孙大娘顿时像泄了气的皮球一样,她苦恼地说:"这也不行,那要怎么办呢?千万不能因为我,耽误了你们生孩子,这可是大事啊!"

陈露露心中一喜,觉得给婆婆做媒的时机已经成熟了。于是她亲热地坐到婆婆身边,甜甜地说:"妈,有一个两全其美的法子,既能让您有地方住,又能让您抱上孙子。只是,我们做晚辈的,也不知这话能说不能说?"

孙大娘急忙问:"还有这么好的事?你快说出来听听。"

陈露露这才不紧不慢地说:"是这样的。我认识一个马大爷,是个退休工程师,今年七十多,身体还硬朗得很。他有一个独生女在国外。几年前,老伴去世了,一个人住着一套大房子,孤孤单单的,连个说话的人都没有。前一阵子,他托我

帮他介绍个老伴。我在想，妈您要是不嫌弃他的话，我就介绍你们认识认识？"

孙大娘一听，涨红了脸说："闺女，你就别逗我开心了！我都快七十了，是黄土埋到脖颈子的人了，还要改嫁？丑死人了！这事要是传到我们村上，还不把乡亲们大牙给笑掉？"

陈露露"咯咯"笑道："妈，您这是老观念！七十算啥，现在城里好多八九十岁的老头老太，为了追求幸福再婚的呢！"

孙大娘眼眶一红，对陈露露说："闺女，你不知道，学文命苦啊，他六岁就死了爹，从小受人欺负。在他念小学那会儿，我曾想给他找个后爸，可他不同意。从此我就打消了改嫁的念头。你说，小时候我想给他找个后爸，他都不同意，现在我再给他找个后爸，他咋会同意呀？"

听婆婆这么一说，陈露露放心了，于是问："妈，你是说，要是学文不反对，你就愿意？"

孙大娘长叹道："唉，我这后半辈子就为儿子活着，当然一切都听儿子的。别说儿子让我改嫁，就是让我去死，我也没怨言。"

听婆婆这么说，陈露露顿时心花怒放，她心里说：他孙学文要是敢反对他妈给他找个爸，那他自己一辈子也休想当爸！

孙学文回来后，陈露露把这事跟他一说，要他当着母亲的面表个态。孙学文心里难受啊，但是他也不能反对老婆。反复思量之后，他就低着头红着脸，眼含泪水对母亲说："妈，为了让您晚年幸福，我不反对您找个老伴。儿子小时候不懂事，曾经糊涂过一回，现在，我不能再糊涂了……"

听儿子这么一说，孙大娘一时也乱了方寸，只得答应考虑考虑。孙大娘好心酸啊！她悄悄流了一夜泪。孙大娘不傻，她终于明白了，怪不得儿媳妇待她好，还打扮她，原来心里藏着这想法！现在要是不答应，儿媳妇还会继续待自己好吗？还有，只要她住这儿，儿媳妇就不能生孩子，孙家就会绝后啊。看来只有改嫁，给自己找个住的地方，让自己早日抱上孙子，才对大家都好。这么一想，孙大娘把心一横，就答应了儿媳妇的提议。

第二天，陈露露带着婆婆的照片，还特意用手机给她拍了做菜的视频，兴高采烈地去了马大爷家。

当时，马大爷正在练习画画呢，他见陈露露热心地要把自己的婆婆介绍给自己做老伴，觉得很有趣。他笑呵呵地说："其实我也愿意谈个农村老太太，纯朴又善良，我不在乎她有没有退休工资，但我在乎我们有没有共同语言。你婆婆大字不识几个，我们两人肯定话不投机。你瞧，我

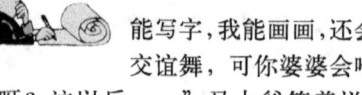能写字,我能画画,还会交谊舞,可你婆婆会啥呀?这以后——"马大爷笑着说,"丫头,多谢你操心了,我看呀,我和你婆婆好像没有认识的必要啊!"

听马大爷这么一说,陈露露好像被迎头浇了一盆凉水。敢情她忙活这么多天,是瞎子点灯——白费蜡!

4. 两情相悦

现在,陈露露为没推销掉家里那个"包袱",大为气恼。她在心里骂说这老头,要求还挺高,白送给你一个免费的保姆,你还嫌人家是文盲!你以为,人家有文化的老太太会看上你这糟老头?

陈露露沮丧地回到家,一打开门,就见婆婆正用剪刀在剪着什么,地上洒满了碎纸屑。她生气了,阴着脸问:"你这是在干什么呀,看把地板弄得一团糟!"

孙大娘正聚精会神在剪呢,见儿媳妇脸色不对,便赶忙停下,一边慌里慌张去收拾,一边解释说:"我见你扔在垃圾桶里的彩纸鲜亮好看,就拾起来剪着玩儿,剪了个老虎,没注意把地板给弄脏了……"

陈露露不经意地瞥了眼婆婆剪的老虎,这一瞥顿时惊呆了:只见这老虎昂首长啸,威风凛凛,栩栩如生……陈露露一下转怒为喜,问婆婆:"这真的是您剪的吗?"

孙大娘见儿媳妇不生气了,也高兴起来,谦虚地说:"是我剪的,没剪好,好多年没剪了,手有些生。"

陈露露把纸老虎拿在手里,左瞧右看,嘴里啧啧赞美道:"这太漂亮了,简直就是艺术品!妈,您这是跟谁学的?"

孙大娘腼腆地笑了起来,她说:"做姑娘的时候,跟我妈学的。那时农村穷,过年买不起年画,于是大伙就用红纸剪一些喜庆的图案,贴到窗户上或者墙上……"

陈露露问:"那您除了会剪这老虎,还会剪什么?"

孙大娘不好意思地说:"应该是看到什么,或者心里想着什么,就能剪出什么吧。不过有时也剪得不太像。"

真没想到婆婆还有这本事!陈露露当即找出不少花花绿绿的纸,兴奋地让婆婆来剪。

孙大娘见儿媳妇这么喜欢看她剪纸,也来了劲头,于是剪刀上下翻飞,很快,一幅幅艺术品就在孙大娘的手中诞生了:有喜鹊登梅、五谷丰登,还有鸳鸯戏水……一幅幅精美的剪纸,把陈露露看得眼花缭乱,喜得小嘴咧开。

后来,陈露露跑到文具店,买来一卷彩纸,让婆婆再精心剪两张大的。干啥?她决定明天拿给马大爷看看,他马大爷不是瞧不起人吗?那就好好让他开一下眼，让他明白：什么叫文化！什么叫艺术！

第二天，马大爷看到了陈露露拿来的剪纸，顿时眼放光芒："天哪，这可是精美绝伦的工艺品啊！你瞧这喜鹊登梅，你瞧这鲤鱼跳龙门……"说完，马大爷有点不相信地问陈露露，"这些真的都是你婆婆剪的？"

陈露露看到马大爷那爱不释手的样子，心里乐开了花，脸上却装着不经意地说："是我昨晚看着我婆婆剪的。她听说您马大爷也爱好艺术，于是就随手剪了两幅，想和您切磋切磋……"

听陈露露这么一说，马大爷不好意思地挠着脑袋，自嘲道："嘿嘿，我画画那是涂鸦，根本不能叫艺术，和你婆婆那是没法比。你婆婆才是真正的民间艺术家，我只有学习的份了。"

接下来，还没等陈露露开口，马大爷便红着脸求陈露露："我说露露啊，能不能安排我跟你婆婆见个面，我想跟她学剪纸……"

好一个柳暗花明！陈露露喜不自禁啊。经陈露露牵线搭桥，马大爷和孙大娘终于见上面了。

见面一聊，马大爷对孙大娘，那是百分百的满意。孙大娘呢，除了看不惯马大爷的小马尾辫，对他也有好感。这马大爷是个急性子，当即跑到理发店，把自己心爱的小马尾辫给剪了。

而且马大爷和孙大娘只交往了几次，就迫不及待地把孙大娘介绍给他的那些老哥们，说这是他刚结识的老伴，民间艺术家，不久他们就要结婚。这弄得孙大娘很不好意思。马大爷解释说"你剪纸剪得那么好，叫你民间艺术家，没加'著名'两个字，已经够委屈你了。还有，我们岁数都这么大了，过一天就少一天，追求幸福生活就必须加快速度。人嘛，就是要活得舒畅快活。当然了，咱俩结婚后，我跟老师学剪纸也更方便了。嘿嘿……"

陈露露见婆婆的婚事朝着圆满的

方向迅速发展，也特别高兴。现在，她动不动就对孙学文夸耀说："老公，你老婆有能耐吧，给妈这媒做得多好！"

一开始，孙学文对老婆这么做，很有意见，但现在看来，这的确是个好结局。后来，孙学文真诚地对马大爷说："大爷，您和我妈这么大年纪还能走在一起，这是缘分啊。您要是不嫌弃，从此以后，就把我当儿子吧，我会好好照顾你们二老的，让二老安度晚年。"

按照孙大娘的意思，两人都这么大岁数了，悄悄走到一起也就行了，别闹出多大声响。可马大爷不同意，说："光明正大的事，干吗搞得偷偷摸摸的？我们不但要拍婚纱照，而且还要到酒店办婚宴！"

马大爷的这个想法，得到陈露露的大力支持。她双手一拍，说："就是，结婚是件大事，一定要办得风光喜庆，最美不过夕阳红嘛！"

这天是星期天，是马大爷和孙大娘拍婚纱照的日子。陈露露特意调了休，在家等着。可是过了约定的时间，还不见马大爷来。这下她急了，就给马大爷打电话，他就是不接电话。陈露露风风火火赶到马大爷家去敲门，可敲了半天，也不见马大爷来开门。她心想：难道马大爷在家出了意外？就在她掏出手机准备报警的时候，她收到了一条马大爷发来的短信，打开

一看，一下就傻眼了。

短信是这样写的：露露，很对不起，我人已在外地，我和你婆婆的事，到此结束！

5.妈在何处

马大爷跑了！陈露露真是气炸了肺：你这死老头，一会儿急吼吼要和我婆婆结婚，还把事情张扬得全世界都知道了；一会儿又反悔，跑得没了人影儿！你要猴呀？陈露露越想越气，恨不得立马抓到这马老头，把他吃了才解恨！

孙学文也很不满马大爷这举动，但更担心母亲受不了打击。没想到孙大娘知道马大爷跑了，不但不生气，反而显得很轻松坦然，还劝儿媳妇不要气伤了身体，说马老头跑了更好，其实，她才不想和这怪老头结什么婚呢……

听孙大娘说出这话，陈露露像是一下明白了什么，她冲着孙大娘大嚷起来："怪不得马大爷好端端地突然跑了，肯定是你跟他说了什么，其实你就没想过要和他结婚！你是不是想一直赖在这个家里？那好，你不走我走，我让你！"说罢，也不听孙大娘解释，摔门而去！

这下孙学文头大了，接来了母亲，气跑了老婆，万万不行呀。于是他急忙追了出去，终于赶在老婆上出租车之前，截住了她。孙学文苦口

婆心地劝说，说这次婚变，肯定是马老头在反悔，怪罪他母亲，那是冤枉她了。依他母亲的性格，她答应的事绝对不会出尔反尔！孙学文还说："他马老头有什么了不起？没他地球就不转了？城里不是还有牛老头、羊（杨）老头嘛，老婆，你不要生气，只要有心，再给妈重新介绍一个就是了！"

等孙学文费尽口舌把老婆劝回了家，竟然发现母亲不见了。开始时，孙学文以为母亲是受了委屈，躲到哪个旮旯抹眼泪去了，估计要不了多久就会回来。谁知到晚上，也不见母亲的身影。

这下，孙学文慌了。他急忙四下寻找，拿着母亲的照片，跑公园，跑车站，到处问人，可就是没人知道！接着他又跑到交警队去查，当天有没有哪儿发生交通伤亡事故。最后迫不得已，孙学文只能到派出所报案，等警察问到母亲的身高样貌时，孙学文难掩愧疚伤心，像是被触动了什么开关，哭得像个孩子似的。

回到家，孙学文发现母亲连衣服也没带，他但愿母亲只是出门迷路了。因此，他一面到处张贴寻母启事，一面骑了自行车，走街串巷去找。可是，一天，两天，三天过去了，母亲仍然杳无音信。他这才断定，母亲不是迷路，而是因为寒心，有意离家出走。甚至有可能……想到这里，孙学

文不寒而栗。

陈露露却不以为然地说："你妈还能往哪里去？肯定是回老家去了呗！"

孙学文失魂落魄地摇了摇头，说："去哪都有可能，就是不可能回老家！我妈是个极要脸面的人，再说，老家房子都卖了，回去住哪儿？"但为保险起见，他还是打了个电话回老家，孙大娘果然没有回去。

孙学文继续疯狂地寻找母亲。这天，他突然接到派出所电话，说江边发现一具溺水而亡的老人尸体，让他去认认。

顿时孙学文像头上挨了一闷棍，他昏昏沉沉赶到江边，一见老人的尸体，扑上去就嚎啕大哭。直到警察提醒，他才仔细辨认起来，发现自己哭错了。这个老人不是母亲！

孙学文转悲为喜。是啊，这么多年来，母亲什么样的苦没吃过？什么样的委屈没受过？坚强的母亲绝对不会寻短见的！

找不着母亲，孙学文心如刀割。为了扩大影响，他先是在当地电视台播寻母启事。接着他含泪在网上发了个帖子：《妈妈，你在哪里？》，他在帖子中附上母亲的照片，并乞求各地网友，谁要是看到他的母亲，请收留她，给她一口饭，给她一杯水，给她一件衣，他定涌泉相报……

孙学文每天都把自己的寻母经历发到网上，声声情，句句泪，感动了很多网友，大家纷纷跟帖，有感叹的，有安慰的，有热心提供信息的……对于网友提供的信息，哪怕有一点儿价值，不管多远，孙学文都赶过去确认。

短短半个月，他一共见了十多个和母亲差不多的流浪老人：有捡破烂的，有乞讨的，有住在破桥洞里没人管的……虽然这些老人不是自己的母亲，但每次孙学文都流着泪，把口袋里的钱掏出来，留给流浪老人，甚至帮助她们回家。他相信将心比心，他对别人的母亲好，别人也会对他的母亲好啊……

一周过去了，半个月过去了……孙学文仍然在坚持着寻找自己的母亲。每天，他都在顶自己的帖子，目的是想让更多的人看到母亲的照片。

一个月后的一天，孙学文一如既往地在电脑前顶着自己的帖子，抒发自己对母亲的思念："妈妈，您还好吗？天冷了，您有衣服穿吗？生病了，您有药吃吗？饿了，您有饭吃吗？渴了，您有水喝吗？妈妈，儿子好想您呀！妈，回家吧……"

孙学文边写边哭，边哭边写。突然，手机响了，掏出一看，是一个陌生号码发来的短信：

妈妈在远方，很好，不要牵挂……

孙学文以为，这肯定是一位网友看到了他的帖子，发来短信鼓励安慰他的。于是他把手机捂在心口，这则特别温暖的短信，给了他巨大的力量，他发誓要继续寻找母亲，他相信精诚所至，金石为开，奇迹一定会出现……

6. 远方来信

孙学文根本没想到，其实这则短信就是他母亲发给他的。这究竟是怎么一回事呢？

原来，就在马大爷准备和孙大娘拍婚纱照的前几天，陈露露悄悄找到马大爷，她说：马大爷要想和她婆婆结婚，必须在结婚前，把她婆婆的名字加到他的房产证上。

马大爷一听，大吃一惊。马大爷想，原来这个陈露露这么热心地把她婆婆介绍给自己，是别有用心，打他房子的主意呀！

这让马大爷既为难又生气。马大爷很想早日和孙大娘结婚，可如果不答应陈露露的条件，她阻止孙大娘和自己结婚怎么办？

马大爷反复思考后，想了一个办法，于是就对孙大娘说："你不是反对拍婚纱照吗？你不是想到山西给你死去的丈夫上上坟吗？好吧，那我们婚纱照就不拍了，省下钱，我陪你去山西。只是，这事先不能对你儿子儿媳妇说，我要演一场戏，看看他们心中，到底有没有我们俩。"所以就有了在准备拍婚纱照的那一天，马大爷故意不接陈露露的电话，却给她发了个短信的事。

谁知这一试，真让陈露露原形毕露，她不但对孙大娘大发雷霆，而且还用离家出走这招，威胁孙大娘和丈夫。孙大娘的心在滴血，于是就在儿子去追赶儿媳妇的时候，她按照和马大爷的约定，抹着眼泪，悄悄离开了家。他们一起来到火车站，坐上了去山西的火车。

马大爷主动提出陪孙大娘去山西，给她死去的丈夫上坟，这让孙大娘很感动。但孙大娘呢，在了却了自己的心愿后，就想着要回家了，她实在放心不下，不知道这几天儿子是怎么过来的。

马大爷却说："山西离北京很近，既然出来了，那我们就到北京玩玩，散散心，看看天安门，爬爬长城。你真要放心不下儿子，那我就给他发个短信，报报平安吧。只是，我该写什么好呢？"

孙大娘想了想，就说："那就写：妈妈在远方，很好，不要牵挂……"

于是马大爷掏出手机编发短信。马大爷的手机是双卡双待，常用的那

张卡早已被他取下，现在用的只是和女儿联系用的那张卡。马大爷装模作样，拨弄一番，然后对孙大娘说，发好了。其实他根本就没发，反正孙大娘不会用手机。他倒想看看，孙大娘失踪后，她的儿子儿媳妇是怎么表现的。

在北京呆了十多天，每天，马大爷应孙大娘请求，都是这么给孙学文"发"短信报平安的。

准备离开北京时，马大爷接了一个电话，又提出带孙大娘去大连看海。这下孙大娘急了："还玩啊，这要糟蹋许多钱呢！"

马大爷笑着说"在北京，是我请你。这到大连，换你请我了，你可不能小气哦。"

"我请你？"孙大娘疑惑道，"我可是一分钱也没有，怎么请你？"

马大爷告诉孙大娘，刚才他在美国的女儿给他打电话，说她要带着洋女婿回来参加父亲的婚礼。她还告诉马大爷说，父亲寄来的孙大娘的剪纸，她非常喜欢，还特意装裱了一下，挂在办公室的墙上。谁知，她的美国同事看上了这精美的艺术品，硬是用一千五百美元把它"买"走了。这钱，她已经汇到马大爷的账户上，要他转交给孙大娘。

马大爷兴奋地对孙大娘说："一千五百美元，那就是一万多块人民币啊！你说，你是不是很有钱了？你应

不应该请我去大连看海？"

孙大娘不敢相信，她的一幅剪纸，竟然赚了美国人一万多块钱！于是两人又高高兴兴地来到大连，玩了半个多月才决定回家。

每天，马大爷都按孙大娘的要求，给孙学文"发"短信报平安。不过，最后一天，马大爷真的把那句话发给了孙学文。发完之后，他还特意把信息发送成功的标识给孙大娘看。

孙大娘看着看着，突然控制不住，两行泪水夺眶而出。她知道，此时她的心已经随着那短信，飞到了远方儿子的身边……

（题图、插图：杨宏富）

故事看过瘾了吗？轮到你出手了，给我们的中篇故事栏目投稿吧。在这个栏目里，我们欢迎这样的故事：1.题材新颖，视角独特，能引起读者的兴趣，尤其欢迎反映当代生活的作品；2.情节曲折生动，线索脉络清晰，故事性强；3.人物形象鲜活生动；4.篇幅在10000字至15000字之间。热情期待您的来稿。优秀作品除了能得到优厚的稿酬，还有机会拿到千字千元的奖金。来稿可从邮局寄发，邮寄地址：上海绍兴路74号《故事会》杂志社，邮编：200020；也可从网上传递，本期责任编辑邮箱：yanyichao1004@sina.com。

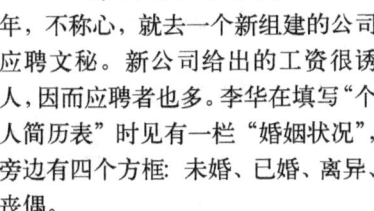

领过结婚证
能算未婚吗

□ 刘和根

李华大学毕业后，进了一家公司，干了几年，不称心，就去一个新组建的公司应聘文秘。新公司给出的工资很诱人，因而应聘者也多。李华在填写"个人简历表"时见有一栏"婚姻状况"，旁边有四个方框：未婚、已婚、离异、丧偶。

这家公司招聘文秘的首要条件是"未婚"，所以李华自然在"未婚"的方框里打了勾。

李华的应聘之路通畅，公司对她的专业素养、容貌气质、言谈举止都很满意。李华毫无悬念地成为第一候选人。

眼看万里长征就要到达终点，不料，李华被竞争对手举报了，说她欺骗了公司，说她不是未婚，而是领过结婚证的!

公司很不愿意淘汰李华，但既然有约在先，就不能言而无信。怎么办?

公司为慎重起见，专门派人对李华进行了详细调查。调查的结果是：她确实领过结婚证。

原来在两年前，李华父亲得了重病，李华母亲为筹钱，逼迫李华嫁给一个五十多岁的富商，李华当然不同意，李华母亲便以死相逼。李华迫于无奈，只好去和富商领了结婚证。他们的婚礼办得很隆重，搞得半个城的人都知道了。但李华被送入洞房之后，趁人不备，成功脱逃了。李华父亲因此受了刺激，没几日就气绝身亡了，很快她母亲也喝农药随夫而去。

李华悲痛地安葬了父母后，向法院提起了诉讼，法院依照《婚姻法》第十一条规定，撤销了她和那个富商的婚姻。此后李华在找工作时，认为自己是单身，所以填表时也总是填的"未婚"。

听完汇报后，公司老总叫大家发

表意见。调查人员说："根据调查，从实际情况来说，李华是未婚，可从法律的角度，她领过结婚证，说什么也不能算未婚。"另一人则在旁边进一步补充说："填表不诚实，以后在工作中难免也会弄虚作假，这样的人不能用！"

这时公司老总笑了，他是学法律的，说的话自然有分量，他说："我认为李华填写'未婚'是正确的。"听老总这一说，大家都怔住了：领过结婚证还算未婚？

老总接着说："从法律角度来说，她也是未婚。中国的《婚姻法》第十二条规定：'无效或被撤销的婚姻，自始无效。'既然自始无效，就不能算已婚，所以，法院不是判离，而是撤销。在我们给出的四个方框中，她只能填'未婚'，也就是说，李华没有欺骗我们，我的意见，录用李华！"

律师点评：

《领过结婚证能算未婚吗》这个故事所反映的内容关键是可撤销婚姻的法定条件及由此产生的法律后果问题。因为故事中主人公李华的婚姻确有"胁迫"之实，符合法定撤销的规定。既然她的婚姻已经依法撤销而无法律效力，那么，无论是否领过结婚证，均不能影响认定她"未婚"这一客观事实。

（题图、插图：安玉民　梁　丽）

这个女儿
很奇怪

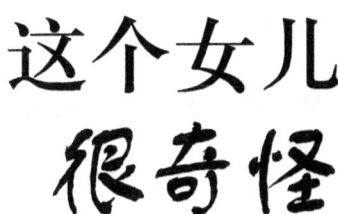

老李是个"的哥"，为了多做生意，常常不按时吃饭，日积月累，便落下了胃胀气的毛病。其实这病也无大碍，就是爱放屁。就为这，老李可遭罪了，每天只要一开车，就得夹紧屁股做人！

这天下午，老李在市中心医院载了一对父女。

女儿先拦下老李的车，然后小心翼翼地把爸爸安排到后座落座，再到后备箱塞进大包小包，安顿好一切，她又里里外外扫视了一眼，才从另一侧车门上车，坐进了后座。

女儿上车后，对老李报了一个住宅区的地址，末了还特意补充一句：

"师傅，您要小心驾驶啊！"

老李听了，有点不快，心说：这还要你这黄毛丫头交代！这么想着，老李从反光镜里打量起这对父女来。

这个爸爸应该年纪不大，只是干瘦干瘦的，脸色苍白，应该是大病了一场，现在他正半靠在女儿的肩头，闭目养神呢！女儿虽然穿着高中校服，但却像个娘似的，不时摸摸爸爸的额头，为他拨弄、整理头发。

老李有点感动，偏巧这时胃里升起一股气，是要放屁的前兆。老李实在是不想将屁放给这对父女，于是深吸口气，就这么一走神，车子压过一个小坑，重重地颠簸了一下。

那爸爸就从反光镜里缩了下去，过半天，才又坐直。

女儿一脸惶恐，颤声问着："爸，还好吗？还好吗？要不要开回医

·情节聚焦·

院？"见爸爸连连摆手，她又严肃地对老李说，"师傅，您小心啊！"

老李没作声，因为经过这一颠簸，刚压下去的屁又被激了起来，此刻他的肚内"咕噜咕噜"一阵翻江倒海，他一只手扶着方向盘，一只手按着肚子。那女儿看老李居然只用一只手开车，气呼呼地抿紧了嘴巴。

这时候老李有点憋不住了，他放下车窗，然后微微翘起一边屁股，偷偷地放一点，等风吹一吹，再偷偷地放一点。

后排的女儿有点坐不住了，又开口说："师傅，请关上窗，我爸爸不能吹风！"突然她像是闻到了气味，皱鼻子，认真地分辨说，"这、这是什么味道？"

老李抬头看了一眼反光镜，只见那个爸爸注视着自己，而女儿又狐疑地看看爸爸、看看自己。老李一紧张，肚中又是一阵翻揽。这次来势凶猛，老李使足了劲，但还是偷偷溜出半个屁。

"是屁！"这时后座上的女儿叫了起来，她没有不快，反而兴奋地抱着爸爸嚷嚷着，"爸，是你吧，你放屁了！"

这算什么反应？老李虽觉得奇怪，但也不敢再看反光镜，怕对上那个爸爸的视线。好在目的地很快就到了，车刚停稳，女儿"砰"地跳下车，往一栋老公房里跑去，一边跑一边还喊着："妈，妈，快来接爸啊！爸爸放屁了！手术成功了，真的成功了！"

老李方才明白，想必这个爸爸是刚动了一个大手术，女儿就等着他"排气"（即放屁）来证明这个手术成功了。

很快，一个中年妇女和女儿一起出来，她们一路小跑到老李车旁，将爸爸扶出车。

那爸爸转过脸，对老李点了点头，很轻很轻地说了句："谢谢你让她们高兴！"

（根据刘墉作品《屁仙》改编）
（题图、插图：安玉民　梁　丽）

84

"岳阳杯"幽默故事创作大赛征文选登
本活动由上海市松江区岳阳街道与本刊共同举办

不能说的秘密

□ 风 云

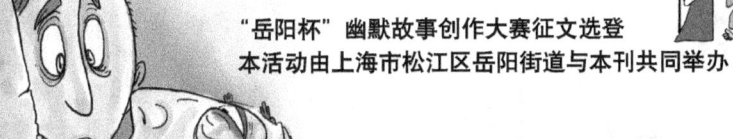

李甲出自一个吝啬的家庭，他们家吃的用的都比别家省，甚至都不搞祭祖。

长大后，李甲忍不住问父亲"我们为了节俭，不搞祭祖，那我去认认爷爷的祖坟总行吧？"但他父亲瞪了李甲一眼，说："别问，这是秘密！"

父亲越是不让去，李甲越是好奇，有一天他便偷偷去祖坟，决定看个究竟。到了墓地，李甲便按墓碑寻找，找了半天，他都没找到刻着"李"字的碑。直到快天黑，李甲才发现一座无字碑。他想：就剩这一座了，肯定是爷爷的，可为什么只立一座无字碑呢？

回到家，李甲把自己去祖坟的事告诉了父亲，还问："那块无字碑是咱家的吗？"见父亲点头，李甲又问，"难道有什么秘密吗？"

父亲说："等我死时你就知道

了！"说完，又不再说话。

多年后，父亲得了重病，在弥留之际，他把李甲叫到跟前说"去把墓地里那块无字碑扛回来。"

李甲大吃一惊，这墓碑哪有随便往家里扛的？可他又不能违抗父亲，只好把墓碑扛回来。李甲哭着说："爹，这里头到底有啥秘密？您就告诉我吧！"

这时父亲一动不动地盯着墓碑，就像要把墓碑吸到自己眼睛里一样，半晌才说："以后这碑就是我的了，等我死后，你就把它立在我的坟前。"

李甲听了，不解地说"可这是爷爷的墓碑啊。"

父亲说："这块墓碑是我们代代相传的，原本属于你爷爷的，我死后就成我的了，将来也会传给你，然后你再传给后人。只有这样代代相传，才不用浪费钱买新墓碑！"

鬼讨钱

□ 魏 东

从前有个孤魂野鬼，因为没人烧纸钱给他，只好三天两头饿肚子。走投无路之下，他便去找阎王爷，求阎王爷指一条明路。

阎王爷见这鬼可怜，便借给他一个金箍圈，并告诉他："你先用腿绊倒一个路人，然后将金箍圈戴在他头上，此人就会头痛不止。你当晚再托梦给他，让他给你多烧纸钱。这样你就有用不完的纸钱了。"

鬼听完，欢天喜地地拿着金箍圈

走了。当晚，鬼拿着金箍圈守候在路边，很快就走来一个人，鬼赶紧将腿横在路中央，想要绊他。来人是个壮汉，气势汹汹满脸杀气，好像要和谁打架一样。眼看壮汉就要踩到鬼横放的腿。鬼却心虚地收回了腿，眼睁睁地看着壮汉走远。鬼虽然觉得有点遗憾，但是心说：幸亏及时收腿，要不然肯定会被踩成断脚鬼的！

第二天，鬼又守在路边，很快又有人走了过来。但此人走起路来东倒西歪，嘴里还嚷着："我没醉，再来一杯！要钱没有，要命一条！"鬼心说：愣的怕横的，横的怕不要命的！他都喝得不要命了，哪还会给我烧纸啊？于是鬼又神色黯淡地收起腿。

第三次鬼的运气不错，遇上的是一个走路都在打瞌睡的人。鬼很轻松地将金箍圈套在了他的头上。那人马上痛醒过来，抱着头一路跑回家。

鬼紧紧地跟在后面，开始盘算向他要多少钱。很快就到了那人家里，他老婆正在剁肉。那人哀声叫着头疼，他老婆立刻火冒三丈地吼道："头痛头痛，再偷懒不干活，老娘砍了你那猪脑壳……"说着，将手中的菜刀在菜板上拍得"啪啪"作响。

鬼一见，吓坏了，赶忙上前摘下金箍圈溜之大吉。他一边跑一边嘟囔着："你砍了自己男人的脑袋不打紧，把阎王爷借给我的金箍圈砍坏了，我可没钱赔啊！"

无巧不成书

□ 李 华

比尔是一位棒球明星，数次参加国际大赛，捧回了好几座奖杯。但是呢，谁都不知道，其实比尔是个迷信的人。在每次比赛前，他都要去星相学家那里，占卜一番。

很快比尔又要出赛了。比赛前一天，他照例来到星相学家那里，说："请您为我明天的赛事占卜一下！"

星相学家闭起眼睛，凝神定气，过了很长时间，才睁开眼，一字一句地说："我看到一个穿着白大褂的男人。"

比尔一听紧张起来，追问说"那您看到了我吗？"

"看到了，你躺在一副担架上。"

这可把比尔吓坏了。他想了又想，便说"看来我明天一定会在比赛中受伤，我知道该怎么做了！"

从星相学家那里出来，比尔直接来到棒球队，他和教练说明天不能参加比赛。教练听后非常恼火，因为比尔是一位优秀的选手，他的缺阵对全队来说是一个灾难。但是比尔说什么也不肯参赛，教练也拿他没辙，他必须尊重队员的选择。

当晚比尔回到家中，他想起星相学家提到白大褂、担架之类的，这莫非是暗示自己要去一次医院？他一拍脑袋想起来了，自己有一个队友数周之前负伤住院，至今还没出院，不如明天就去探病吧！于是第二天一早，比尔叫了一辆出租车直接去了队友所在的医院。

在医院咨询处，他打听到队友的病房，就风风火火赶了过去。没想到，病房门猛地被推开，比尔先是"砰"的一下撞在房门上，然后他又脚下打滑，仰面倒地，头重重磕在地上，失去了知觉。数分钟后，比尔被放在担架上，抬进了急诊室，里面一个身穿白大褂的男人正等着他……

别逼我吃肉

□ 北方雪

老张血脂高，去了趟医院，回来对老伴宣布：今后不吃肉。老伴满口答应。

可第二天老伴把饭端上来，老张就觉得味道不对，他气呼呼地说："饭里怎么会有肉的味道？"

老伴赶紧笑着说："唉，你的鼻子可真灵，这都能闻出来！这是猪油拌饭，没有肉！"本以为夸夸老张，便

能让他消气，可他犯了倔脾气，说什么也不吃。

老伴只好再去炒个鸡蛋。

把鸡蛋炒好，老伴端给老张，笑呵呵地说："这里面没有肉，也没放猪油。"老张拿起筷子就要吃，可突然又生气地把筷子扔下，说："你是不是故意和我过不去？你这不是害我吗？"

老伴觉得冤枉，忙说："这又犯什么忌讳了？"

老张不耐烦地说："鸡蛋属于动物性食品，和肉差不多，不能吃！"

老伴就说："干脆你列一个清单，哪些是你能吃的，哪些不能吃，说个清楚，以免我白费力气。"

老张便列了一张清单交给老伴。老伴看了看，竟然笑说："从此咱家省钱了，除了青菜就是青菜，有的生吃就行，连电费都省了。"

老张说："少和我贫嘴，你快做饭去，我还等着吃呢。"于是，老伴只得又去炒了一盘白菜。

老张看里面没有肉，闻了闻，也没有猪油的味道，便放心地大吃起来。可刚嚼了几下，老张的脸又变了颜色。老伴忙问又咋了。

老张就是不说话，但眼泪都快下来了，他说："我又吃到肉了。"

老伴吃了一惊，说："这是按照你的清单做的，其余什么都没放。"

老张说："这肉是我自己放的，我把舌头咬破了。"

老爸的杰作

□ 黎 静

汤姆有一辆红色跑车，他对此非常自豪，但由于他车技一般，经常转弯时忘了打方向灯，或者胡乱变道，便常常发生撞车事故。更可气的是，法院每次判下来，都是他的过错。

汤姆的老爸看在眼里，急在心中，他想：儿子老是闯祸，每次都要支付一大笔罚金，这样下去可不是办法！

一天，汤姆开车又闯祸了。回到家中，老爸把汤姆拉到一边，问："为什么每次撞车都是你的错啊？"

汤姆双手一摊，无奈地说"我也不知道。警察来调查时，大家都指责我，说我的不是，连律师也无法帮我开脱。"

听到这里，老爸忽然心生一计。他拎了一桶喷漆来到车库，汤姆跟了过去，还问："老爸，你这是干什么呀？"

老爸头也不抬，说："我来给你的跑车上漆啊。"说完，便自顾自喷起了油漆。

喷完之后，老爸显得非常满意。他点燃一根烟，像是欣赏什么杰作似的，围着跑车左看看，右瞧瞧。汤姆心存疑惑，指着车子问道："老爸，你为什么要把右半边车身漆成绿色呢？"

老爸得意地说："这你就有所不知了。"说完，他深深吸了一口烟，接着说，"在交通事故法庭上，法官通常会找两个目击证人，然后问他们'肇事车是什么颜色的？'一旦两个证人的证词一样，法庭就会根据他们的证词来判决。"

汤姆听到这里，才恍然大悟地说"我知道了。以后，我要是再闯祸，证词就有矛盾了：一个说是红色车，另一个却说是绿色车。"

"是的，"老爸笑了，说，"这样法庭就无法追究你的责任了。"

这不现实

□ 陈信友

雪莉和艾伦是一对恋人，两人谈恋爱好多年了。

几乎每个周末，雪莉和艾伦都要去电影院看电影。每逢夏天，他俩还要去海滨，或者乡下度假。

雪莉心里很清楚，艾伦非自己不娶，而自己也非他不嫁。然而，这么

多年来，艾伦却从没向自己求过婚。一想到这儿，雪莉便感到不快，她可是很想早日披上婚纱呢！

一个周末，雪莉和艾伦从电影院出来，两人静静地走在回家途中。雪莉率先打破沉默，问道："艾伦，你在想什么？"

艾伦想了半天才答道："没什么。"其实他心里也知道雪莉想说点啥。

雪莉急了，便说："我不想再等下去了，我们岁数不小了。"说到这，她停下来，眼睛盯着艾伦，"我们已经谈了十年恋爱了，难道你就不想娶我吗？"

"亲爱的，"艾伦显得很激动，他上前一步，紧紧抓住雪莉的手，说，"我做梦都想娶你，但现在我们还不能结婚。你想，结了婚，我们住哪里呢？我没有钱，你也没有钱，买不起房子啊！"

雪莉思索了片刻，说："这不是问题。要不，我们跟你父母住一起吧。"

艾伦听了摇摇头说："对不起，这不现实。"

雪莉有点生气了，说："为什么？"

艾伦双手一摊，说"因为我父母跟他们的父母，也就是我爷爷奶奶，还住一块儿呢！"

本栏插图: 顾子易 包丰一

488
2011 SEMIMONTHLY 上半月刊 6月·
STORIES

欢迎登录本刊主办的"故事中国网"（www.storychina.cn）

故事会
STORIES

2011 年 6 月
上半月·红版

何承伟：社 长·主 编
夏一鸣：副社长
吴　伦：常务副主编(兼绿版负责人)
姚自豪：副主编(兼红版负责人)
本期责任编辑：叶小萌
电子邮箱：xiaomeng.ye@gmail.com

红版发稿编辑：
姚自豪　郑继文　吕 佳　李天然
美术编辑：李宝强
电脑制作：郭瑾玮
通　联：归依玲
本社办公室电话：021-64375030
上半月刊编辑部电话：021-64332325
下半月刊编辑部电话：021-64336469
（上海市绍兴路 74 号 邮编：200020）
主管、主办：上海文艺出版（集团）有限公司
出版单位：《故事会》编辑部
发行范围：公开

制作、发行总监：张　凯
电话：021-64313938
广告业务：上海故事会文化传媒有限公司
广告总监：张　淮
广告业务：021-34010383
广告投诉：021-64333738
广告经营许可证
沪工商广字 3100320080016 号
发行：中国图书进出口上海公司

苹果牌笔记本

有家公司举行新年晚会，一位员工从抽奖箱里抽出一张兑奖单，交给主持人。

主持人看了后，惊叫道："哇，是苹果牌笔记本耶！"

顿时，场上一片喧哗，那位员工更是激动不已。

这时，主持人捧着一个礼品包，走上前来，缓缓地递上。

那位员工颤抖着手接过包，兴奋地打开一看，愣住了，包里放的是一个苹果、一副牌和一本笔记本。

（张子奥）

（本栏插图：包丰一）

儿子放学后，妈妈对他说："今天学校发成绩单了吧？你拿出来给我看看。"

儿子扭扭捏捏的，耷拉着脑袋，显然不愿意拿出成绩单。

妈妈见儿子这样，只得走上前去，想从儿子书包里拿出成绩单来，这时，儿子大叫起来"不要再过来了，要学会远程教育！"（张涛）

远程教育

旅游

妻子正在计划去俄罗斯旅游，丈夫一边看报纸，一边无奈地说"我们一定要出去旅游吗？待在家里挺好的呀！"

妻子摇摇头说"不，我想去俄罗斯，就算不买东西，呼吸一下他们国家清新的空气也好！"

丈夫看着报纸，笑着说："好消息，你不用出国就能呼吸到俄罗斯的空气了，天气预报说，一股西伯利亚寒流明天就要入境了！"

（丛渊）

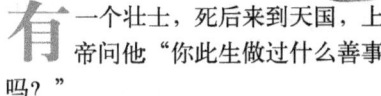

发 明

妻子正在学习做菜，她拿着一袋面粉，对丈夫说："今天我要学做冰糕，配方上说要准备100克的面粉，家里又没有秤，怎么掌握啊？"

丈夫信心满满地说："这个简单，交给我来弄！"说着，他拿出一根筷子，在筷子中间部位绑了一根细绳，又找了一根100克的香肠，绑上细绳，挂在筷子的一端，然后得意洋洋地对妻子说："为了配合你的工作，我发明了史上最牛的秤。"　（节节高）

舍不得你走

丈夫因为对门的小夫妻要搬家了，显得依依不舍，妻子十分不解，问有什么舍不得的。

丈夫说："我舍不得对门的大哥，他以前帮过我。"

妻子更疑惑了，问："他帮过你什么？"

丈夫小心翼翼地说："每次你跟我吵架，把我赶到走廊睡觉时，那位大哥都会借沙发垫给我。"

妻子一听火了："好啊，原来早就有人暗中帮你啊！"

丈夫可怜巴巴地说："我哪敢啊！只是特别巧，我每次被你赶出门时，总也碰上他被老婆赶出来，他比我聪明，每次都夹着个沙发垫出来……"　（张晓晖）

唯一的善事

有一个壮士，死后来到天国，上帝问他"你此生做过什么善事吗？"

壮士想了想，说"好像有这么一件——我到镇上去，看到一群流氓在闹事，决定上前阻止。"

上帝问："那结果呢？"

壮士说："我主动跟一个家伙单挑，因为他身上的刺青最多，我揍了他几下，然后吓唬他，让他带着那群家伙立刻离开。"

上帝问："这是什么时候的事？"

壮士说："大约两分钟前。"

　（科 荷）

钉子户

儿子感冒了，母亲为了照顾他，让他睡到自己的大床上。

没几天，儿子的身体康复了，母亲对他说："现在你的病好了，该回你的小床睡啦！"

儿子一听急了，嘟囔道："不，我要睡大床，大床比小床舒服！"

母亲命令道："不管你愿不愿意，我都要给你搬家！"说着，她要把儿子从床上拖起来。

不料儿子四仰八叉地躺在床上，坚决地说："哼，我是钉子户，你这是暴力拆迁！"

（曹彦巧）

因材施教

有个士兵第一次进行跳伞训练，他看到同伴一个个跳出了机舱，心里感到十分害怕。

那士兵正在犹豫不决时，一阵风吹过，将指挥员的眼镜吹出舱外，这时，指挥员将那个士兵推出舱外，命令道："去捡眼镜！"（蓝昌科）

记得来接我

有个六岁的小男孩，上学第一天，来到学校，却不愿意进教室上课，他问妈妈："我一定要上学吗？"

妈妈严肃地说："小朋友满六岁，就要去上学，一直要上到十五岁。"

小男孩听了后，进了教室，满含热泪地问："妈妈，等我十五岁的时候，你会记得来接我吗？"（从　渊）

重装假牙

有个病人到了牙科诊所，对医生说："医生，你昨天帮我装的假牙掉下来了。"

医生觉得很奇怪，因为他从未遇到过这样的事，不过，他还是帮病人重新装上假牙，并表示了歉意，说"这次的假牙装得很牢固，不会再掉了。"

这时，病人说："肯定不会再掉下来了，因为我找到了开瓶器，不会再用牙齿去开汽水瓶了。"（肖　进）

白肚子

自然课上，老师问同学："为什么企鹅的肚子是白色的？"同学们纷纷摇头，表示不知道。

老师说："发挥一下你们的想象力。"

一个同学想了想，说："因为企鹅的手太短了，只能洗到肚子。"　　　（常宝军）

搭车回家

一位女士因为在公司加班，错过了回家的末班车，只好步行回家。走到半路时，女士发现有一辆车停在自己跟前，车上的司机正是她新结识的朋友。女士大喜过望，拜托那位新朋友送她回家。

到了家门口，女士对那朋友说："真是太感谢你了，你家离这远吗？"

那位朋友答道："不近，你上车的时候，我就在家门口。"（蓝昌科）

智能手机

买家：你给我说说智能手机和非智能手机有什么区别。

卖家：就以手机上的闹钟功能为例，非智能手机到点只能提醒你"该起床了。"能不能闹醒你，它都不管；智能手机见闹不醒你，马上就会打电话给你们单位领导请假。

买家：哦，那我买一个。

　　　　　　　　　（张金平）

减肥效果

妻子减肥已有半个月，那天，她站在镜子前，问丈夫："你看我是不是瘦了点？"

丈夫看了她一眼，说："不明显。"

第二天早晨，妻子又站在镜子前，问丈夫："我觉得我好像有点瘦了，你看是不是？"

丈夫没有搭理她，于是妻子不满地说："你今天不回答，我就一直问下去！"

丈夫冷冷地说："参考昨天的答案。"　　　　　　（张子奕）

本栏欢迎来稿，读者、作者可将有新鲜感、有精彩细节的笑话佳作投寄给我们。来稿一经采用，最高稿费为一则100元。本期责任编辑电子信箱：xiaomeng.ye@gmail.com。

苹果的
故事

□宋珈篆

世界上的一切物质都可以实现"能量交换"，就说这个城市吧，在那里就有这样一种说法，说是苹果被人吃了之后能转化为人身上的能量，人有高贵贫贱之分，所以，能量也有高贵贫贱之分，一只苹果，被高贵的人吃了就转化成高贵的能量，被贫贱的人吃了就转化成贫贱的能量。于是，每年苹果成熟后，农夫们就会将苹果分类，大的、漂亮的是一类，小的、丑陋的是一类，好的会被送到宫殿里供王公贵族们享用，差的被留下来在民间买卖。

苹果们都希望自己能长得又大又漂亮，这样就能被皇家、贵族吃了转化为高贵的能量，它们的一生也算有价值了。

果园里长着一棵苹果树，表面上树上这些苹果很平静，实际上却是暗流涌动、竞争激烈。

有一个苹果，很大很漂亮，而同一根枝上，却长着一个又小又丑陋的苹果，那天，大苹果对小苹果说："你每天都在干什么啊，你看你那么丑，没有希望了，一定会被最贫穷的人吃了，转化成最低贱的能量。"

小苹果泰然自若地说："我不知道低贱的能量和高贵的能量有什么差别，我只知道眼前的风景多美啊，我每天都看着这些美景，还有人们有趣的生活。你看，那些孩子们在玩捉迷藏，那个小孩子躲在谷堆里，别人都找不到他，他真聪明，还很善良，我看见他将自己家的谷子偷偷地给隔壁

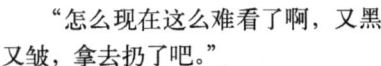

老爷爷送去……"

那个漂亮的苹果用鄙视的目光瞄了小苹果一眼："低贱，悲哀，真为成为你的邻居而羞耻！"

其他苹果也随声附和，大家都希望离小苹果远一点。

日子一天天过去了，那个漂亮的苹果终于长成了有史以来最大、最出众的，到了采摘的季节，一个农夫小心翼翼地用双手将它摘了下来。因为忙着摘漂亮的苹果，那个丑陋的小苹果完全被农夫忽略了，还在树上静静地挂着。

这时，附近的那群小孩子正在玩捉迷藏，见农夫走了，一个小孩偷偷地翻进了果园，这个小苹果见他来了，高兴极了，对了，他就是那个又聪明又善良的孩子呀！男孩走到了苹果树下，一阵风吹过，那小苹果自然地脱落下来，砸在男孩的头上，男孩捡起苹果，咬了一口，很甜很甜……

那个漂亮的苹果理所当然地被送进了皇宫，但是，因为它长得太大太漂亮了，人们都舍不得吃它，它被静静地放在精致的架子上供人欣赏。

每天，那个漂亮的苹果都在人们的赞美声中度过，它高兴极了，可是时间一久，人们渐渐忘记了它的存在，突然有一天，皇帝无意间看见了架子上的它，便问："咦，那是个什么啊，那么难看。"

仆人答道："尊敬的陛下，那就是当初您让我放在那里供人观赏的漂亮苹果。"

"怎么现在这么难看了啊，又黑又皱，拿去扔了吧。"

于是，仆人将苹果拿出来，趁没人看见，他咬了一口，可是，因为苹果放太久了，味道实在难吃，里面也已经长虫了。

仆人把吃进嘴里的苹果全吐了出来，把剩下的扔进了垃圾箱。

在垃圾箱里，这个漂亮的苹果被蠕虫、蚂蚁、细菌吞食着，它生平第一次感到了害怕和难过，大哭了起

来，在哭声中渐渐睡去、死去……

多年后，那个吃了小苹果的男孩长成了英俊、威武的少年，他叫亚斯塔。

一天，亚斯塔和几个朋友坐在山包上聊天，看见远处果农们正在往马车上装苹果，一辆一辆、一筐一筐，全是又红又大的苹果，旁边有很多士兵护卫着。

亚斯塔对朋友托米说："你说那车上的苹果是不是和我们吃的不是一个味道？"

"不知道，真想尝尝是什么味道的。"托米望着远处的车队，嘴里咽着口水。其他几个人也跟着附和道："是啊！"

亚斯塔望了伙伴们一眼，说"真

的想尝，那我们就去尝尝！"他说完，站起来就往山下走，其他几个人连忙抓住他，"你想死啊，士兵在押运嘞！"可亚斯塔还是不听他们的，独自往山下走去。伙伴们不明白平时聪慧、冷静的亚斯塔今天怎么会做这样的蠢事，大家一起跑上前去，将他拦了下来。

亚斯塔笑着说："你们干吗？我只是要回家而已，真的要尝也得等到晚上。"

"哎呀，你吓死我们了！"

当天晚上，亚斯塔带着小伙伴们去仓库偷苹果，他们趁着士兵换班的十几分钟里，从仓库的房顶上放下绳子，放一个人摸进窗户，爬进去偷。

爬进去偷的是托米，因为他个子最小，身手敏捷。一切按计划进行，托米将一个苹果包在衣服里，敏捷地爬出窗户，就在这时，不知怎么的，巡逻的士兵突然半途返回，他发现了托米，掏出了弓箭……托米将苹果抛给了屋顶上的亚斯塔，与此同时，士兵一箭射中了托米的心脏，托米摔倒在地上，一动不动了……

大伙儿摆脱了追兵后，来到了一个山洞里，他们点亮了一盏灯，围着那个苹果，谁也没有说话。亚斯塔拿出了刀，将苹果分成了几份，将最大的一份放在中间，说"吃吧，兄弟们，托米正看着我们，他希望我们吃下这

民中暗中召集队伍，人们早已受够了暴君的压迫，纷纷加入了亚斯塔的军队。

终于，在一个凌晨，亚斯塔带领贫民发动了起义，皇帝的军队无法应对突如其来的起义军，亚斯塔率队冲入了皇宫，他们要活捉暴君。

队伍冲入皇宫后，却没看见皇帝，正当亚斯塔他们搜查一番准备撤离时，只见桌子晃动了一下，桌上一个很大很漂亮的苹果掉了下来。

亚斯塔听到苹果落地的声音，转身一看，见一个大苹果滚到了自己的脚边，于是便俯下身去捡苹果，这时，亚斯塔大叫道："桌下有人！"

原来皇帝吓得躲在桌子下，身体哆嗦，碰动了桌子。

就这样，暴君被活捉了，亚斯塔的军队成功地占领了这座城市。

在这个城里，人们不再有贵贱之分，不管是商人还是农民，不管是科学家还是修鞋匠，一切东西按需分配，真正做到了人人平等，人人有尊严。

说来也奇怪，从此以后，这里的苹果都长得一般大，再也没有大小美丑之分。国王的宫殿里挂着一幅画，画的是黄昏时分，一个小男孩坐在一棵苹果树下吃着苹果，阳光撒在他身上，很幸福，很温暖，仿佛一切都停在了那一刻……

（题图、插图：安玉民 梁 丽）

苹果，他也会回来和我们一起吃的。"说完，大伙儿便开始咬苹果，而后哭声一片……

有人含着苹果，哭着说"这苹果的味道和我们平时吃的一样，托米为了这苹果而死去，太不值了！"

亚斯塔神色凝重地说："不，虽然苹果的味道是一样的，但是性质绝对不同，我们吃下这进贡给王公贵族的苹果后，将不再是贫民，我们和王公贵族平等了，托米不能白死，我们要用争取平等来祭祀我们死去的兄弟！"

"亚斯塔，我们大家都跟随你、拥护你！"大家都随声附和。

于是，亚斯塔和他的朋友们在贫

阿P出名记

□ 高　菁

阿P又一篇故事《闹剧》发表了，他十分高兴。说实话，每次看到自己的名字变成铅字，出现在报纸杂志上，阿P都像第一次进洞房一般乐和。这回也不例外，为了庆祝，他约了一帮文友去喝酒。

席间，阿P特地端起酒杯对一个叫阿旺的文友说："兄弟，我这篇故事能发表，一大半的功劳是你的，来，干了！"原来以前喝酒时，阿旺吹了个包二奶的故事，引发了阿P的灵感，据此写出了《闹剧》。

阿P脖子一仰，一杯白酒便下肚了，再看阿旺，只见他端着杯子没喝。阿P正要再劝，阿旺却说："包二奶？我什么时候和你讲过，你记错了吧？"这才几个月的事啊，阿P虽然有点扫兴，但一想，也罢，来时他心里还斗争了老半天，要不要给阿旺分一半稿费？现在他不认账，正好，稿费自己独吞！这样一想，阿P忙乐呵呵地说："对，对，是我记错了，记错了。"

过了几天，1200元稿费寄来了，阿P得意洋洋地想，自己是一个成功的男人，多少也得让老婆小兰沾点光吧！于是他给小兰打电话，约小兰在"梅西百货"门前等。

小兰不知出了什么事，满头大汗地赶过来，阿P一见她，财大气粗地说："瞧你，公交车都舍不得坐，没公交就打的呗，你老公现在有钱！"小兰瞅瞅阿P，疑惑地问："怎么，你抢银行啦？"阿P一听这话，赶紧把自己写故事挣稿费的事说了，并且发誓："你老公是只潜力股，以后我每月写它七八个故事，你天天都可以穿名牌了。"

两人说说笑笑进了商场，小兰看中了一双皮靴子，一问价格，打完折还要 1250 元。

阿 P 惊得直喘气：什么？这也太贵了，但看到售货员轻视的目光，阿 P 豪气顿生，干吗，我阿 P 也是经过风浪的，刚领的稿费，外搭 50 元钱，这不是小事一桩嘛！

阿 P 很有腔调地拿出皮夹，大声说："给我发票！"服务员赶紧忙活起来。小兰更是欣喜万分，抱着阿 P 夸耀了几句。

就在这时，阿 P 的手机响了，阿 P 一看是编辑大伟打来的，忙不迭接起来说："您好，我阿 P 啊，什么……抄袭？"接完电话，小兰问他什么事，阿 P 尴尬地笑笑，伸伸脖子说："有人抄袭我的作品，具体情况咱回家说。"阿 P 拉了小兰飞似的跑出了百货店。

回到家，小兰见阿 P 魂不守舍的样子，就说："别瞒我了，到底怎么回事？"阿 P 看看小兰，知道这事难瞒，才悻悻地说："大伟编辑说，有不少读者举报，《闹剧》是我抄袭了别人的小说，网上都传开了。"

小兰忙打开电脑，很快在网上查到那篇小说，阿 P 仔仔细细看了一遍，不由惊出一身冷汗，我的娘啊，自己的故事果然与那小说相似，幸好没有完全按照阿旺讲的写，要不然，就真跟那小说一样了。

阿 P 十分气愤，马上给阿旺打电话："阿旺，你那天讲的事是你自己身上发生的？"阿旺在电话那头吞吞吐吐，好半天才说："那天喝酒时，为了吸引你们的注意力，我就将读到过的一篇小说当自己的说了，我哪知道你真会去写啊？"

阿 P 又羞又气又急：自己爬了半辈子格子，怎么就没想到去核实一下素材的来源。如今一切都晚了，在读者眼里，我阿 P 就是可耻的小"窃"！怎么办啊？

见阿 P 耷拉着脑袋，小兰气哼哼地说："哼，现在除非原作者站出来证明你不是抄袭的，否则没别的办法了。"小兰的话让阿 P 一激灵，他赶紧给大伟编辑打电话，好不容易搞到了小说作者小杜的电话。拨通电话后，阿 P 怀着激动的心情跟小杜说了一通，哪知道小杜油盐不进，还拖长声调在电话中说："要是当初你找到我，要改写我的小说，我也许会同意，但现在晚了，我决不会给你作伪证，证

明你改写稿子是经过我允许的。我最讨厌剽窃者了，我要告你！"

"别，别，有话好商量……"尽管对方看不到，阿P还是连连作揖，希望能感动上帝，但对方已经挂了电话。

这下阿P真的害怕了，如果真被小杜告上法庭，那我阿P不就臭名远扬了？

那天晚上，阿P彻夜难眠，第二天天没亮，他就起床，拎起挎包要出门，小兰忙问："你要去干吗？"

阿P说："我去会会小杜。"

"什么？小杜离咱们这地儿要坐一天火车啊！我看你真是疯了！"

阿P态度很坚决"我一定要和小杜说清楚，这可关系到我阿P的声誉！"想想阿P今后还要在这个圈子

里混，小兰点头了："好吧，但不能空手去给人谢罪吧，把这两罐茶叶带上吧。"阿P想说这是准备孝敬老丈人的，但到嘴的话又咽回去了，谁让自己犯错误了，就把小杜当老丈人吧。

坐了一天火车，阿P终于赶到小杜的城市，好不容易找到小杜家，阿P厚着脸皮，说了一箩筐好话，人家却再三不要他的茶叶，不过小杜说："看在你跑了800多里路的诚意上，我答应不告你啦，但我还是不会给你证明的。"

阿P把《闹剧》放下，希望小杜能看看，然后拎着茶叶垂头丧气又坐了一宿火车回到家。打开门，小兰正在接电话，见了他，忙说："等一等，他回来了。"

小兰把电话递给阿P，小声说是北京的长途。阿P愣愣地接过电话，只听对方说："我是电影厂的李默编剧，我想把你的《闹剧》改编成电影……"

阿P一心想出名，如今出名的机会来了，可他一听却急忙说："对不起，我不是原作者，我的故事是根据小杜的小说'改编'成的，人家的小说写得更好，你们跟小说的作者小杜联系吧。"

放下电话，阿P松了口气，这次自己没再犯糊涂，如果真把他的故事改编成电影，名倒是出了，那人可就彻底完了。

哪知第二天，李默编剧的电话又

· 多重性格 憨态可掬 ·

真要赶着鸭子上架了，没办法，阿P只得战战兢兢地拿起电话，又给小杜打去。

这回，小杜听阿P说完事情的来由，心里倒是很感动，这个小"窃"，实在，可爱，能结交这样的文友，值！

不几天，阿P就给大伟发了份传真，是小杜手书的同意阿P改编他小说的证明。

一年后，电影《闹剧》首映，阿P和小杜被邀请参加了首映式。黑暗中，阿P看到片头出现了"根据小杜、阿P的作品改编"这几个字，别提心里有多美了，这才叫因祸得福，真正出了一把名啊！

来了，他说："阿P先生，我们看了小说，觉得还是你写的故事情节更曲折，更吸引人，我们还是决定改编你的故事。至于你和小杜之间的关系，请你自己协调好行吗？"

（题图、插图：顾子易）

· 本刊信息传真 ·

故事会 ■ 新浪 微故事大赛

小故事大智慧，1字10元等你挑战！

让你的脑细胞兴奋起来，一起跳个舞吧！

这是一次对灵感、睿智、情感和文字驾驭能力的挑战——

用1条微博，讲完1个故事。

《故事会》杂志和新浪微博（weibo.com）联合主办2011微故事大赛，邀请各路故事名家、草根英雄和世外高人展开较量！活动持续全年，每月产生一名金奖得主。

本次大赛所有作品通过新浪微博平台征集，分为"命题故事"和"自选故事"两部分，命题故事每月一个主题，当月设金奖1名，奖金1字10元（字数低于120的按120字计），银奖2名，奖金1字5元；自选题故事由作者自由命题，全年评出金奖1名（5000元），银奖2名（2000元）。优秀作品将在《故事会》上刊登，并结集出版。更多详情请登录新浪微博页面搜索"故事会微故事大赛"或故事中国网（www.storychina.cn）了解。4月获奖作品名单已在网上公布。

本月微故事主题：手机

请您根据该主题构思一篇微博故事，力求情节出人意表，立意隽永深远，文字鲜明生动，本月的微故事达人或许就是你！（本期刊物特别选登4月微故事大赛优秀作品，详见P94）

故事会 ■ 新浪 微故事大赛

4 月优秀作品选登 （主题：相亲）

@秋霞禾月 五十多年前，大爷和大婶是在一个偶然的机会被安排相亲的，两人一见钟情，交换了定情信物，交换的什么大爷却只字不提。多年后，大婶去世他才说起"当时都没准备，实在拿不出东西交换，最后我说换腰带吧？心想我的是草绳肯定换根好的，没想到她的更糟是根南瓜藤，怕她害羞一直没说，哈哈！"

@宁若荷 有人给小妹介绍一对象，据说是做生意的老板。小妹自然要打扮一番，陪小妹到夜市里买条镀金项链，黄灿灿的，问会不会掉色，摆小摊的小伙子信誓旦旦地说假一赔十。相亲现场，对象正是夜市的小伙子，小妹尴尬出汗了，项链一摸竟然褪色了……相亲当然未成，小妹得到了十条项链。

@冯晓潇 她把见面地点定在街心公园。他知道她是为给他省钱，他的确贫穷。一早，街心公园晨练的人很多，为了不引人注目，他俩也装模作样随队伍打着太极拳聊着天。他们聊得很好。他提出见她父母。她说："我爸我妈我大姑二姨都对你印象不错。"他惊愕。她扑哧一声笑了："我们一家子都有晨练的习惯。"

@牛森森 年轻夫妻遇车祸，妻亡，他失忆。后来他家让他去相亲。姑娘旁坐了她一朋友，粉衣肤白却一直微笑。他和姑娘郎才女貌互相满意。末了，他对

姑娘说："你朋友挺内向的啊！"姑娘诧异"我就一个人来的啊！"那一袭慢慢变淡的粉衣依旧满含笑意"老公，我们也是相亲认识的啊！好好相，这次我真走了啊！"

@杨信社 《幸运鞋》穿上布鞋，大刘来到酒吧相亲。女孩感觉大刘老土，敷衍几句便拜拜了。后来大刘又相亲好几次，对方都因为那双布鞋避而远之。说不清是哪次相亲，终于女孩问大刘穿布鞋的原因。大刘说："这双布鞋是母亲临终时留给我的幸运鞋，让我遇到人生大事一定要穿上。"女孩听后，眼圈红了。

@刘希娣 小王坐在咖啡店等朋友，一位女孩走过来问："你是通过王阿姨来相亲的吗？"小王抬头打量一下她，正是自己喜欢的类型，心想何不将错就错，于是忙答应道："对，请坐。"结婚那天，小王坦白当时自己不是去相亲的。女孩笑着说："也不是去相亲，只是找个借口和你搭讪……"

@齐天小二 他和她同年同日生，在朋友安排的相亲中一见钟情。几十年后，满头白发的他微笑着对她说，这辈子我很幸福，希望下辈子还能遇到你，她也微笑着点头。他们不知道，原来……几十年前他们在同一家医院出生；几百年前他们成亲那天他上了战场，她在家等了他一辈子；几千年前他们只是相互望着；几万年前……

无心之过

□ 杨
格

我是一名小报记者，年前策划了一期龙洋村"留守老人"的专访，读者反响挺热烈的。今年第一期的报道，我决定继续跟踪这个主题，做个后续报道。新年上班第一天，我接到一个报料电话，说龙洋村有一个留守老人，昨天到省城找儿子算账来了，他现在人在龙腾制鞋厂，估计里面有故事。

我挂了电话，跟主任汇报了情况后，就驱车赶到龙腾制鞋厂，巧的是，厂里正好有一个我发展起来的报料员，类似于公安的线人，这人姓朱，朱先生听完我的来意，说："没错，昨天是发生了这么一件事，有个老汉来找员工刘山水，说是他父亲，之后，老汉见了儿子没说三两句话，就把儿子一顿棒揍。"

我提出要见一见当事人，朱先生说："你来晚了，刘山水送他父亲到医院去了。"

我问怎么回事，朱先生说"刘老汉揍了儿子后，气还没有消掉，就晕过去了，刘山水只好送他到医院去喽。"

我又问刘山水到底做了什么错事，让刘老汉不远千里追过来，揍了儿子后还消不了气。

朱先生说："就是手机短信什么的，具体我也不太清楚，你到医院看看吧！"

我转身要走，朱先生"哎"了一声，我停住看着他。朱先生说："报料费啊，你得给我！"

我连声说对，便给他50块钱。

到了医院，我亮了记者证，医生热情地接待了我，我向他了解刘老汉的情况，他连连点头，说："是有这么两个人。老头子好像是突发脑溢血，正在抢救室里。不过看情况问题不大，没什么生命危险。他儿子在门外等着呢，我领你去见他们吧。"

医生领着我来到抢救室门外，找到刘山水，医生扯虎皮做大旗地说："领导要来采访你，希望你好好配合。"刘山水看起来不想接受采访，但是因为有了医生的命令，担心不从会惹来麻烦，就"嗯"了一声，勉强同意了。

我问刘山水："听说你老父亲不远千里来找你，好像是因为手机短信

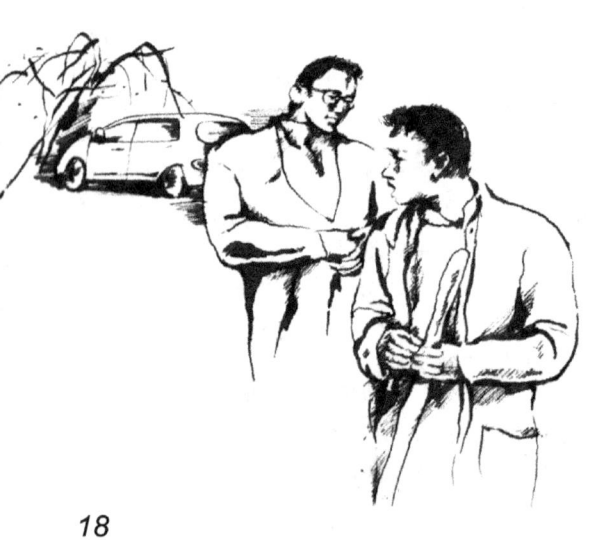

的事。请你详细说说，到底怎么回事？"

刘山水低着头，瓮声瓮气地说："不错，就是因为一条短信。春节那天，我爸手机里收到一封短信，具体内容我记不得了，无非就是转发的那些春节拜年短信，什么拜年啊祝福的。我老爸看了短信，激动得不得了，更是感动得热泪盈眶，说这城里人多实诚啊，仅仅是一面之交，过年了还不忘给他这个糟老头子拜年，得好好谢谢人家。哦，对了，那短信就是咱们省城的一个人发的。我一看就知道是随手群发的，或许人家发短信的时候，根本不知道接收者是谁。"

刘山水这话我相信，每年短信拜年，我就是先选好一条短信，然后群发给手机通讯簿里所有人。像我这样跑江湖的，手机通讯簿里躺着不少一面之交甚至没有一面之交的联络人。群发条短信过去，费不了我什么精力，图的就是避免挂一漏万，礼多人不怪。

刘山水又说："我当时想回个短信算了，可老爸就是不答应。"

"他为什么不答应？"我有些好奇。

刘山水说："老爸说人家发短信是给他拜年的，我这个当儿子回短信，

不合适。”

我问：“那他自己回个短信不就得了。”

“咳！”刘山水叹了一口气说，“麻烦就出在这里，老爸眼睛不好，看不清手机按键，打不来字，自然就按不出短信。我和老婆都在外面打工，常年不在家，担心老爸有个三长两短的，就给他配了个手机，手机主要功能是用来接听电话的，他平时基本不用。春节期间，老爸就收到那一条短信。”

“这老爷子很有性格啊！”我笑着说，“发短信不行，回个电话不就得了。”

我这一说，刘山水气不打一处来：“打了，前几天打的，因为农村整天整夜放鞭炮，信号不好，打不通。后来又打几个，提示都是欠费，估计是

人家手机换号了。”刘山水气恼地说，“老爸为这事急疯了，说人家给他拜年，他没个声息，就是天理不容。我回城里打工前，他千叮咛万嘱咐，要我带上土特产当面感谢人家。我告诉他没有那个必要，人家城里人就是随手群发的，可老头子就是听不进去。昨天我打电话回去，他得知我还没去感谢人家，气得赶过来骂我，逼着我带他一起去拜访给他拜年的人，我坚持不去，我要是去，人家不骂我脑残吗？没想到把他气晕过去了，唉！”

我沉吟着，思考着。老实说，如果把我换成小伙子，我也会那样。如果仅仅是因为一条群发过来的、无关痛痒的短信，让我隆重地去拜访仅有一面之交的人，我怕被人笑话为“二”得离谱。

我们一时无话了。冷场了一会，刘山水忽然说“对了，那人和你们同行，也是记者，他曾给我老爸留过一张名片，名片在我这里呢，你看看你认识不？”

刘山水说着话，递给我一张名片，我定睛一看，我的妈呀，这名片是我的！

我忽然明白，刘山水的爸爸是谁了，他叫刘永善！

年前我采访刘永善时，储存了他的手机号码，还给他留下一张自己的

名片。春节期间，我群发了拜年的短信，打死我也没想到，短信还发给了他，我甚至记不清还存着他的手机号码。春节过后，报社给我配了一部新手机，连手机卡都弄好了，卡里还充了1000块钱的话费，我就停了原来的手机卡。我哪里想到，一条无心发出去的短信，会扯出一个不大不小的灾祸来。

唉！都市已经把很多东西压榨得变了形，变了味。比如拜年的短信，看

起来情真意切，文采飞扬，可是，有几个人在短信里存储了真情呢？你有吗？起码，我没有！

这时，手机响了，主任打电话来："大杨，一个小采访还没弄妥吗？赶快回来，中午有个饭局，有家公司要我们做广告，你快回来，咱们好好宰他们一把。"顿了顿，主任开玩笑说，"宰人这种事，你最在行了，哈哈。"

我想都没想，说："主任，中午我不回去了，我叔在医院躺着呢，我得等他醒来，要向他说声对不起。"

"怎么啦？怎么啦？"主任咋呼着，"你叔？你要向他说对不起？你干了什么缺德事？"

"一言难尽，等我做完这个专题，你就知道了。"我说完，挂断电话，和刘山水一起等着我"叔"醒过来。

（题图、插图：张恩卫）

　　您手中有没有得意之作？本刊辟有二十多个原创性栏目，如中国新传说、我的故事、情感故事、东方夜谈、幽默世界、16岁故事、海外故事、职场故事和中篇故事等；您读到或听到什么有趣事可以和大家一起分享吗？3分钟典藏故事、外国文学故事鉴赏和快乐辞典等都是本刊推荐性栏目。热忱欢迎来稿，可从邮局寄发，也可从网上传递。邮寄地址：上海绍兴路74号《故事会》杂志社，邮编：200020；如为电子邮件，本期责任编辑信箱：xiaomeng.ye@gmail.com。

惹祸的

花盆

□ 向曙红

的一盆月季已经打蔫了。他知道，大儿子特别喜爱这盆花，平时精心侍弄，可是花儿怎么还打蔫呢？老王看看阳台前端大好的阳光，明白了，这盆花总呆在阴影里，日照的时间太少了啊！所以他伸手去端花盆，想将它移到有阳光的地方去。

老王随手将那花盆一端，但那小小的花盆却像生了根似的，纹丝不动，害得老王一下子失了重心，人往前打了个趔趄，花盆当即就翻了，直直地跌下楼去。

老王慌了神，生怕花盆落下去砸伤人，他赶紧将头伸出阳台往下望，还好，这幢楼在二楼的地方往外伸出了一个防护平台，那就是为了防止高空落物伤及行人的。那只花盆"咚"地一声砸在防护平台的楼面上。

还好，伤不了人。老王一口气刚

到底是谁的花盆

首饰匠老王靠为人翻新首饰，供两个儿子念完了大学。现在，两个儿子都出息了，大儿子在市里当了局长，二儿子当了建筑老板。两个儿子住在同一个小区的同一个单元，大儿子住12楼，二儿子住5楼。老王高兴住哪家就住哪家，自在得很。儿子儿媳们上班去了，老王就帮他们拾掇拾掇家，日子倒也充实。

这天下午，老王去大儿子家拖地，他到阳台拿拖把时，发现阳台上

刚叹完，就听楼下传来一阵闹腾声，好几个人同时大叫起来："天啊，楼塌了！这幢楼塌了！"

楼塌了？老王吓得一激灵，转身就往外跑。等他来到空地上，发现几个老头将一个老太太从平台底下抬出来。受伤的是张老太，老王知道，她和她老伴以前都在市电视台工作。

老王打听是怎么回事，老头们七嘴八舌地告诉他，防护平台上有一块水泥板掉下来，砸在张老太的头上。这时，几个老太太连推带搡地将物业公司的经理拽过来了，张老头一见物业公司的经理，顿时暴跳如雷："这是什么破楼？楼顶自个儿塌了，砸伤我老伴了，你们得负责！"

物业经理面红耳赤，看完受伤的张老太又跑进平台底下看现场，嚷嚷起来"不是我们楼顶自个儿塌了，是被东西砸的，你们看，有个圆圆的东西卡在平台窟窿里。"

有人喊道："是花盆——"话刚出口，老王心头一凉，一下子捂住了嘴巴。他认出来了，那就是自己刚才碰落的花盆，它将平台砸出个洞来。

物业经理终于找到说辞了："不是平台顶自个儿塌了，是被那个花盆砸的，扔花盆的人才是肇事者！"

救护车来了，将张老太和张老头接走了。物业经理要找到担责任的人，所以留下来，挨个地问在场的老

头老太们，这花盆是谁家的。问到谁谁摇头，问到老王时，老王当即否认了。老王倒不是怕承担责任赔一点医药费，他是怕闹出人命来。张老太要是有个好歹，自己算不算过失杀人？

物业经理问不出结果，有些沉不住气了，说："要是大家都不承认，我就只能报警了，警察一来，自然知道这花盆是谁的，那花盆上，一定有主人的指纹不是？"

一句话说得老王胆战心惊，如果警察来鉴定指纹，自己是怎么都躲不过的。他一时间不知怎么办才好。就在这时，有人在轻轻地扯他的衣袖，他一回头，就看到了大儿子。大儿子不知什么时候回来了，他轻声对老王说："爸，你跟我过来一趟。"

兄弟俩的花盆

大儿子一直将老王领到停在不远处的车里，关上车门，紧张地问他："咱家的花盆怎么会打翻了？"

老王只得苦着一张脸，将事情的经过一五一十地说了。大儿子越听脸色越难看，责备他："你糊涂啊，你干吗不承认？早点承认了，早点将花盆搬回去，事情不就完了，你真要等人家找警察来？"

儿子这么一讲，老王只得去承认。临要下车时，儿子又扯住了他，说："你别说那花盆是我的。"

"为什么不能说是你的？不是你

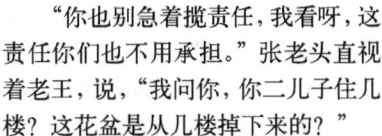

的，我去承认了，又能说是谁的？"

"你就说是弟弟的好了。反正我俩都住这个单元，你说是谁的大家都信，但意义却不一样，他是私企老板，我不同，我是个局长，要注意影响。刚才物业经理问我那花盆是不是我的，我没承认，现在听说人家要报警了，我又去承认了，那影响多不好。"

老王明白大儿子的难处，说是二儿子的，也害不了二儿子，反正碰落花盆的是自己，又不是二儿子。于是，他下车找到物业经理，承认那花盆是他二儿子的。大儿子也跟着上前帮腔，表态道："不管那花盆是怎么掉下来的，终归是我弟弟的，是它造成了张老太受伤，责任我们承担，张老太治疗要花多少费用，我们全出。"

物业经理的目的就是要有人出来担责任，现在有人来承担了，目的也就达到了。大儿子赶紧去物业公司借来一架梯子，搭在防护平台上，打算将那只肇事的花盆搬回去。

他的手还没够着那花盆呢，底下猛地就有人大喊起来："别动那只花盆！"喊话的是张老头，他赶回来了，而且，他的身后跟着两名扛着摄像机的电视台记者。

大儿子怔在那里，这工夫，一个记者已经到平台底下摄像去了，另一个记者扛着摄像机顺着梯子爬了上来。老王见状，赶紧上前向张老头解释："那花盆是我二儿子的，是它弄伤

了你老伴，我们承担责任……"

"你也别急着揽责任，我看呀，这责任你们也不用承担。"张老头直视着老王，说，"我问你，你二儿子住几楼？这花盆是从几楼掉下来的？"

"五、五楼呀。"老王结巴了一下。

"这就是天下奇闻了！"张老头扯开嗓子，喊道："是花盆砸穿平台，让平台上的水泥板砸中我老伴的，花盆是谁的谁就该担责任，但真是这么回事吗？这平台是干吗的？它不就是为了防高空落物的吗？一个从五楼掉下来的花盆，落下来不过十米的距离，竟将一个防护平台打出个窟窿来。最可笑的是，这花盆还好好的，一点破损都没有。连防护平台的质量都那么差，那么，我们住的房子呢？"

张老头的一席话，让现场炸开了锅，张老头继续说："所以，我通知我们单位的记者过来曝光，可不是闹着玩的，这幢楼有严重的质量问题，我们住得不踏实啊，得要个说法。"

一时群情激愤，大家围在一起你一言我一语，谁也不肯散去。老王心中的大石头终于落了地，这么说来，是这幢楼的质量有问题，不用他担责任。

就在大家闹闹嚷嚷的时候，老王的二儿子开着车回来了，他铁青着脸听人们议论纷纷，听明白了，他便嚷嚷起来："谁说那花盆是从五楼掉下

来的？五楼是我家，我从来不养花！"

张老头更正："那花盆是不是你的又有什么关系呢？重点是，咱们这幢楼还不及一个陶瓷花盆结实！"

老王的二儿子不答腔，顺着梯子上了防护平台，他也不顾记者的阻挠，一上去就搬那只花盆。第一把，他没搬动，第二把，他才将花盆抱了起来，这一抱起来，他便乐了，抱着花盆一直走到平台边，高声大嗓地冲下面的人群叫起来："我郑重申明两点：

第一，这花盆根本不是从五楼我家掉下来的；第二，这花盆也根本不像你们想象的那样是……"他的话还没说完，他的哥哥从背后一把捂住了他的嘴巴，轻声喝斥："你给我住嘴！"

"为什么？"

大儿子看看身边的记者，又看看底下的人群，欲言又止，只得一扯弟弟的衣袖，说："你跟我来一下。"说完话，他便率先下了梯子。二儿子只得放下花盆，跟着下来了。两人经过老王身边，大儿子轻声说："爸，你也来一下。"于是，父子三人一齐走向停在不远处的大儿子的小车。

引出秘密的花盆

父子三人上了车，关上车门，大儿子才开口了："那花盆是我的。"

"我就说嘛，"二儿子喜形于色，叫了起来，"从五楼掉下来，绝对不会砸穿平台的。从十二楼掉下来，就说得过去了。"

大儿子正色说"弟弟，你没明白我的意思，我是想让你将那花盆认下来，说是你的。"

二儿子瞪大眼睛叫起来："我傻呀？那花盆从五楼掉下来和从十二楼掉下来，意义完全两样。"

大儿子只能求救地望老王，老王劝二儿子："意义有什么两样？你哥是当官的，怕人说他家的花盆砸伤人，影响不好，你不过是私企老板，不用讲究这么多。"

二儿子梗着脖子叫起屈来："爸，你知道什么？这幢楼是我承建的，当初验收房子时人家就怀疑有质量问题，我费了九牛二虎之力才让它通过验收的。现在这件事一曝光，说从五楼掉下个花盆就将防护平台砸穿了，质检单位还不要重新对这楼的质量进行评估？到时我就麻烦了。"

老王愣住了，好半天才回过神来："你是说，这幢楼是你建的？你是说，真的有质量问题？"

二儿子低下头，不吱声。

"你怎么能……"老王生起气来，本想训斥二儿子几句，但话说到一半，哽住了，他想到了一个切身的问题："有质量问题，你当初还帮你自己和你哥一人买一套？你傻呀？"

二儿子咕哝着："这不是没办法吗？当初人家怀疑有质量问题，我这个承建人自己都在这里买房子，那质量一定是信得过的，用这招可以堵住别人的嘴。"

老王现在知道问题的轻重缓急了，对于二儿子来说，那个花盆越是从更高的楼层掉下来越好，他不能因为这件事让二儿子栽跟头，他只能转头，以家长的身份对大儿子说"这花盆不能让你弟弟认了，从十二层砸下来，总比从第五层砸下来要好。"

二儿子立即接腔"对呀，更何况那可不是普通花盆，只要我跟住户们

说清楚，住户们会理解的。"

大儿子像被人踩了尾巴似的叫起来"你可不能跟人们说，那是不会追究你，但那会害死我的！"

老王越听越糊涂："等等！我怎么听不明白，什么不是普通的花盆？那花盆到底怎么了？"

二儿子张了张嘴，看看他哥，没吱声。

就在这时，外面传来了一阵发现新大陆似的惊叫声："天啊，是金子，是金疙瘩，怪不得这花盆将水泥板砸穿了，自个儿还没破呢。"发出惊叫的，是在平台上的那名记者。

"金子？"老王一时回不过神来，他忙问大儿子，就见大儿子听到外面的叫声，眉毛情不自禁地挑了一下，然后，是一脸的紧张。老王逼问："到底怎么回事？那花盆成金子的了？"

大儿子哭丧着脸，点了点头，不得不说话了："现在反贪抓得厉害，钱放进银行和家里都不安全。我也是没辙，想到小时候爸经常将金粉化成金块拿出去卖，我才想到将钱拿去买金子，再将它们化成一个金疙瘩，做成花盆的样子，在外面涂上油漆，就摆在阳台上，这样不怕纪委查，也不怕小偷惦记……"

老王身子一阵晃荡，他看看大儿子，再看看二儿子，越看越绝望，他不停地摇头，叹道："你们两个好儿子啊，一个贪，一个昧，怎么都做出这

样的事来？从小我是怎么教育你们的？你们怎么就不听呢？"他数落起来没完没了，数落到后来，大儿子终于耐不住了，小声顶嘴："爸，你也别再骂我们了，我们也是跟你学的。"

"跟我学？我是这样教你们的吗？"老王快被气翻了。

大儿子挺委屈："你口头上不是这么教我们的，但你行动上是呀！从小，我们就看你不停地将别人首饰上的金粉给锉下来，回到家里再将那些金粉化成小金块，聚起来卖给别人。我们从小就佩服你的精明，所以……"

老王整个身子僵住了，儿子的话戳中了他心底的隐私，也是他最为得意的生财之道。家里有两个孩子念书，靠他为别人翻新首饰的微薄工钱，是支撑不过去的，他有时真恨不得将别人拿来让他翻新的首饰截一段下来拿去卖钱，但来找他翻新首饰的人，谁不多长个心眼，大家都是在跟前监督他的整个翻新过程，怕他调包或克扣。他后来终于想出了办法，那就是翻新首饰时不停地锉那些首饰，抛光了再抛光，这样就会锉下很多的金粉，积少成多，再将这些金粉拿来熔化成块，转手卖掉。这一直是他的秘密生财之道，想不到，他的两个儿子从小就看在眼里，记在心里了。

二儿子却耐不住了，说"说这些

都没用了，现在关键是眼前的局面怎么处理。"老王一脸茫然，一边是大儿子，一边是二儿子，手背手心都是肉，他不希望他们中任何一个出事啊！

这时，外面已经闹腾起来，记者联系了质检单位，上面派人来了。二儿子被迫下了车，一再向质检人员强调，一个十多斤重的金疙瘩从十二楼砸下来，砸破水泥板也算正常，但质检人员并不认同他的说法，重新的质量检查开始了。

当天晚上，市电视台播了一个花盆砸穿小区防护平台的奇闻。第二天，纪委来了人，带走了老王的大儿子，后来，又来人将大儿子阳台上的另一只沉甸甸的花盆端走了。

到晚上，大儿子也没能回来。老王神思恍惚，担惊受怕，去了二儿子家。结果，二儿子也没回来，只有二媳妇在家里，二媳妇干嚎了起来："爸，你怎么能害自己的儿子呢？你的二儿子，只怕回不来了。"

老王的心一沉，结结巴巴地辩解"不是我害的，是、是那花盆……"话说到一半，他噎住了。真是被花盆害的吗？他想到大儿子在车里说的那段话，也许，他从客人的金银首饰上往下锉金粉的时候，就为今日的结局埋下了伏笔，言传不如身教，这么说来，两个儿子，真是被他这个做父亲的给害的。

（题图、插图：刘斌昆）

找保姆

□ 王兴菜

尹青是一家外企的主管，平日里加班到半夜是常事。这天凌晨，她拖着疲惫的身子回到家，打开了客厅的灯，冷不丁地吓了一跳：保姆刘阿姨居然还没睡，黑灯瞎火地一个人坐在沙发上，一副愁眉不展的样子。

尹青心里有点不快，说："刘阿姨，都几点了，你怎么还不睡？"

刘阿姨红着脸，站了起来，一副欲言又止的样子，老半天才从牙缝里挤出几个字："小青啊，那个……俺想……辞职回家。"

尹青一听，头立刻大了。三年前，尹青的儿子毛毛刚出生，当时，她老公刚好被提拔为区域经理，事业刚起步，国内国外飞来飞去，根本没时间照顾家里，她自己又是外企里的顶梁柱，自然舍不得这么早就放弃事业。好在有个热心的朋友，给她介绍了一个保姆，就是这刘阿姨。自打这个保姆进了家门，带孩子、洗衣服、做饭，算是把这个小家给撑起来了。一晃三年过去了，刘阿姨早成为这个家的一分子了，尹青也从不拿她当外人，给她的报酬也非常可观，一个月3000块，在保姆这个行当中，一个月能拿这个数的也算是"高薪"了，所以，刚才刘阿姨毫无征兆地提出辞职，把尹青吓了一跳。

尹青赶紧放下包，拉着刘阿姨的手坐在沙发上，问她究竟怎么回事。

刘阿姨揉着眼窝说："小青，我也舍不得离开你们呀，说实话，我丈夫去世早，三年前，我出来当保姆，其

实是为了挣钱，帮助孩子上大学。如今我孩子大学毕业了，不需要我再供了，我也该回老家了，这城里毕竟是城里，我早晚都要离开的，您说是吧？"

就这样，无论尹青怎么劝，刘阿姨还是铁了心要离开，最后，她言辞恳切地说，她走后，尹青肯定忙活不开，她认识一个小姑娘，可以先过来试着用用。

尹青正在为刘阿姨突然辞职而着急，听刘阿姨这么说，自然求之不得。

第二天下午，刘阿姨背上一个小包袱，红着眼圈，告别了毛毛，离开了尹青的家。与此同时，一个名叫小花的姑娘来到了尹青的家。一见面，尹青吓了一跳，这个小花实在太年轻了，浑身上下又收拾得光鲜、体面，尹青心里不禁嘀咕起来："这么年轻，又穿得这么干净，脏活累活她能干得来吗？"

几天过去了，尹青发现自己完全多虑了，小花虽然年轻，但干活十分卖力，加上手脚勤快，又能看得懂尹青的脸色，凡事都拿捏得很有分寸，而且毛毛这个小家伙也很喜欢她，尹青对她十分满意。

转眼快一个月过去了，一天下午，尹青下班回到家里，毛毛立刻摇摇晃晃跑过来，突然对尹青说了句："hello（您好）!"

尹青当然没想到毛毛会说英语，

她下意识地抬头看了看小花，小花的脸早红了，她紧张地说："尹姐，昨天我没事时随口教毛毛的，没想到他居然记住了。"

尹青疑惑地问："你会英语？"

小花红了脸，连连摆着手说："不会，我哪会什么英语，我看电视剧里人家见面都这么说，所以就记下了……尹姐，我以后再也不教毛毛了。"

尹青笑笑说："小花，你多想了，其实毛毛马上该上幼儿园了，我巴不得让他多学点呢，你要真的会英语，那真是太好了。"

小花一听，脸上立刻露出羞涩的笑容，就在这时，毛毛跑到客厅的落地窗前，冲外面高兴地拍着手，开心地喊着："奶奶，奶奶……"

尹青听了，禁不住又愣住了，毛毛刚会说话，只知道把一个人叫成"奶奶"，那就是以前的刘阿姨，今天小家伙怎么会突然想起喊"奶奶"呢？尹青看着毛毛开心的表情，回头问小花："咋了，刘阿姨今天回来了？"小花神情十分紧张地说："没、没回来，她上个月就、就回老家了。"

尹青心里虽然有些疑惑，但也没再追问下去，她蹲下来，拉着毛毛的手说："毛毛，是不是想你刘奶奶了？刘奶奶是个好人，一辈子没享过几天福，等咱们毛毛长大了，挣钱了，你要买好多好吃的，送给奶奶吃啊！"

毛毛似乎听懂了，开心地跑到落地窗前，拍着玻璃，乐呵呵地喊着："奶奶，奶奶。"而小花听了这番话，眼圈立刻红了，背过身去，轻轻擦掉眼窝里流出的泪……

第二天是星期六，尹青在常去的美容院预约了个号，然后开车去做美容。刚出小区的门，尹青透过车窗一看，突然看见街边有个中年妇女，挎着个菜篮子，快步往前走着，从背影看，她很像刘阿姨……尹青不由多看了几眼，越看越觉得熟悉，举手投足，简直就跟刘阿姨一个模子里刻出来的。在好奇心的驱使下，尹青赶紧踩了一脚油门，等车子超过那人时再回头一看，天哪，居然真是刘阿姨！

尹青当即踩了脚刹车，把车子缓缓停到路边，与此同时，刘阿姨也发现了尹青的车，她赶紧一扭头，惊慌失措地钻进了街边的一个小胡同。尹青连忙停好车，打开车门，追了过去，等她跑到那个巷子口，往里一看，哪还有人影？

在这样的场合，突然遇到刘阿姨，不知怎么回事，尹青觉得自己的心猛烈地跳了起来，站在巷子口等了老半天，不见刘阿姨的人影，她只得怏怏不快地回到车中。

坐在车里，尹青盘算着：刘阿姨说要回老家，怎么会在这里出现呢？还有，为什么她见到自己的车会这么紧张？难道她……她有什么不可告人

的目的？联想到昨天毛毛没头没脑地喊着"奶奶"，以及小花紧张、奇怪的神情，尹青断定这里面肯定有问题，天哪，她们不会想着把毛毛拐走吧？想到这里，她顿时觉得脊背发凉，越想越害怕，哪还有心思去做美容，当即把车头一调，直奔家里。

到了家，尹青没敲门，直接掏出钥匙开了门，门一推开，尹青发现小花正坐在客厅的地板上，手里拿着一本英文书，一边看，一边教毛毛说英

语，而毛毛则十分乖巧地坐在她的旁边，正叫得起劲——"hello（您好），byebye（再见）"。

冷不丁地见尹青开门进来，小花紧张极了，连忙把英语书藏到了背后，结结巴巴地说："尹姐，您……这么快就做完美容了？"

尹青冷着脸，坐到客厅的沙发上，说："我刚才见到一个人，这个人你认识，我也认识，就连毛毛也认识，你猜猜她是谁？"

小花顿时明白过来了，低下头，一声不吭。

尹青看小花这副神情，心里大致明白了，看来刘阿姨辞职和小花来她家当保姆，这背后一定有一些特别的缘故，想到这里，尹青板着脸说起来："小花，自打你进了这个家门，我就没拿你当外人，我现在只想知道，你和刘阿姨到底什么关系，刘阿姨又是为什么要辞职的，如果你不拿尹姐我当外人，就把实情告诉我！"

可小花咬了咬嘴唇，沉默不语。

尹青顿时急了，不客气地说："好，小花，我告诉你，你不说也行，从明天开始你就不用再在我家当保姆了，连同你们的这些秘密一起带走吧，我不愿意天天和一个藏着一肚子秘密的人生活在一起。"

一句话说得小花的眼泪立刻涌了出来，她哆嗦着嘴唇说："尹姐，其实——刘阿姨是我的妈。"

尹青一听，不由呆住了，她猜到了小花和刘阿姨之间一定有些关系，可没想到眼前的小花居然是刘阿姨的女儿！看着小花痛苦的神情，尹青的语气不由缓和多了，她拉住小花的手："小花，刘阿姨不是说你上了大学吗？你怎么会来我家当保姆呢？"

这句话触到了小花的伤心处，她鼻涕一把、眼泪一把，将事情的来龙去脉讲了一遍。原来小花大学毕业后，手里拿着英语六级、计算机二级等一堆证书，外加三好学生等一堆奖状，可找了好长时间也没找到一份工作。这年头，好成绩不如一个好爸爸，好文凭不如一个好家庭，眼见别的同学在父母亲朋的帮助下陆陆续续找到了工作，小花不由着急万分。

刘阿姨看在眼里，急在心头，可自己也只是个保姆，能有什么路子帮女儿找工作呢？思来想去，最后想出了个办法：让女儿"顶替"自己，来尹青家当一阵子保姆再说，毕竟3000块工资不低，自己再到别的人家找活干；再说尹青一家子心眼都很好，即使当保姆，女儿也不会受委屈，而且这份工作雨不打头、风不吹脸的，总比闲着要强多了啊！当然，刘阿姨觉得这么做，有些对不起尹青，无奈之下决定瞒着尹青，把小花当成自己的熟人。

就这样，小花鸠占鹊巢，从母亲

手中"接了班",而刘阿姨则干起了老本行——小时工，工资很低，每天还要跑好几家。听完小花这番话，尹青心里感慨极了，她抱起毛毛，拉着小花就往外走，小花惊恐地问："尹姐，我们去哪儿？"

尹青温和地说："你这丫头傻啊，去看你妈啊，她住在哪里，你知道吧？"

小花不由热泪盈眶，点了点头。

出乎尹青的意料，刘阿姨住得离她并不远，小花带着她来到对面一个老小区。七绕八绕，来到一栋八层楼的顶楼上，等尹青亲眼看到刘阿姨的住处时，几乎要当场落泪了：刘阿姨住的居然是楼顶的一个大隔板房，是用活动板和石棉瓦搭建成的，十分简陋，大热天的，这小屋里没有任何降温设施，里面少说也有四五十度。

小花刚敲门，刘阿姨就把门打开了，见到尹青在门口不由吃了一惊，张着嘴说不出话来。尹青伤感地问："刘阿姨，你一把年纪了，怎么住这么个地方，鬼热鬼热的不说了，每天还要爬上爬下，你受得了吗？"

没等刘阿姨说话，小花就把尹青叫到小屋的窗前，往对面一指："尹姐，您看看就知道了。"

尹青从窗户一看，泪立刻涌了出来：这栋楼离自家住的小区不远，而这扇小窗又恰巧对着自己八层的家，从这里可以很清楚地看到自家的客厅，原来刘阿姨甘愿住在这里，就是为了每天能从这扇小窗户看到毛毛一眼啊，怪不得毛毛总是喜欢站在客厅的落地窗前，奶奶长、奶奶短地喊着呢。尹青捂住嘴，忍着泪，走出小房子，老半天才回到小屋里，对刘阿姨说："刘阿姨，从明天开始，你还回到我家里来吧！"

就在这时，尹青的老公从外地打电话过来，说自己出差时间延长了，得到下周才回家，尹青一听，故作生气地说："出差，出差，我问你，你究竟心里还有没有这个家？"

尹青的老公赶紧解释说："瞧你说的，我可一直拿这个家当命根子的。"

尹青马上换了说话的口气，轻声说："那好，既然你心里有这个家，你得答应我，帮我办件事。"

电话那头连忙说"什么事，只要老公能办得到，一定办！"

尹青说："帮我替一个优秀的大学生找份工作！"

老公一愣，不解地问："找工作，你替谁找啊？"

尹青拿着电话，看着眼前的刘阿姨和小花，快乐地说"我替一个好人找，替一个好家庭找，当然，也是替我的好妹妹找……"

电话那头，早已是一片笑声了……

（题图、插图：魏忠善）

这次住院真雷人

□ 韩春玲

两次托人住院

梁文雅是个幼儿园教师，前阵子为幼儿园招生的事，忙得焦头烂额，这几天，招生工作结束了，她终于可以清闲下来。这天是周末，梁文雅在家里休息，临近中午时，她的远方表弟突然登门拜访。

表弟坐了没多久，便说明了来意。原来表弟的母亲得了重病，需要尽快住院动手术，可是表弟联系市里最好的骨科医院——启明医院，医院方面说暂时没有床位。表弟住在乡下，省城没有熟人，他想来想去，只有来找梁文雅，求她在那医院找个床位。

梁文雅听了，想了想，说："我给你想办法，找找关系。"说着，她转身拿着一个记事本出来，"我打电话问问。"

梁文雅接连打了四五个电话，直到最后一个，表弟听出那人仿佛表示，要给想想办法。

挂了电话，梁文雅说"这人在邮政局上班，他说他有一个朋友，认识启明医院骨外科的一个护士，如果真是这样，那可太好了，舅妈要住的不正是骨外科吗？"

表弟一下子看到了希望，高兴地说："姐，多亏你了，还是你有办法。对了，姐，那个邮政局上班的人，真的肯帮忙吗？"

梁文雅说："你可能对城里的事

儿不太熟悉，现在，城里的私立幼儿园费用偏高，而公立幼儿园呢，教学质量不错，费用也低，好多人都想往里挤，而我上班的那那花杰幼儿园就是公立的，而且各方面条件都很好，我刚才打电话的那人，正想让孩子进我们幼儿园呢。"梁文雅合上本子，又说，"我们幼儿园呀，一个老师一年发给一个名额。我这个名额呢，一直没舍得用，当时是考虑到，万一有点什么事儿需求人，说不定这个名额就能派上用场了。"

两人等了将近一个小时，一直没见那个人回信儿，梁文雅有点坐不住了，说："我看这样干等着也不是办法，这样吧，我再给其他人联系联系，看看还有没有在启明医院有熟人的。"说着，她拿回旁边的那个记事本，打开，又开始打电话。

这次很幸运，梁文雅只打了一个电话，就找到了一个"最佳人选"，这人姓郭，虽不在启明医院上班，但他的哥哥是医院的副院长。郭先生说，只要梁文雅能保证他们家孩子去花杰公立幼儿园上学，那么，他在启明医院弄张床位，绝对是小菜一碟。

临出发前，梁文雅服了几片药。

表弟看在眼里，问道："姐，你吃的啥药？要不你别去了？"

梁文雅笑了笑，说："没啥，最近时不时就有点头晕，这是多年的老毛病了，没事的。我们走吧，你把舅妈接去医院。"

喜忧参半

半个小时后，梁文雅赶到医院，表弟把母亲也接来了，梁文雅来到约定的地点，找到郭先生，彼此寒暄一下，梁文雅从包里拿出早就准备好的一个卡片，递给郭先生，说："这就是我们幼儿园的一个就学名额，只要我在上面签上字，就生效了。"

郭先生接过卡片，看了看，说："你没在上面签字？"

梁文雅没有直接回答，而是说："床位，没事吧？"

郭先生愣了一下，随即笑了，说："你放心，绝对没事儿，刚才我给我哥打了个电话，也大致跟他说了一下病人的病情，他说你们一到就安排，走，我们去骨外科吧。"

梁文雅朝不远处的表弟招了招手，表弟赶紧搀着母亲跟了过来。

一行人穿过大厅时，梁文雅的手机响了，一接听，居然是第一个答应帮忙找病床的人，那人说："梁老师，病床的事儿，我给你们办妥了。"

"怎么会是这样？"梁文雅有点慌乱地对郭先生笑了笑，说，"一个电话……你们先走，我随后就来。"说完，梁文雅赶紧走到一个僻静的角落，对那人说了现在的情况。

那人一听急了，大声质问道"梁老师，你怎么能这样？你知道不，

我费了很大的劲儿，给那护士送了一千块钱的礼，才办妥这事儿，你现在一句话，就把我打发了？"

梁文雅赶紧解释，说病情很急，见他没有回电，就找了别人……可任凭梁文雅怎么解释，那边就是不依不饶，没办法，梁文雅只好把表弟喊过来，如实说了这个情况。

表弟愣了好久，说："姐，他那边是个护士，而郭先生这边是副院长，所以我觉得咱还是依靠郭先生好些；至于那个人，你把电话号码给我，我跟他说，实在不行，我把他给护士的那一千块钱，给他补上。"

梁文雅怎么好意思把电话号码给表弟，就说："快去骨外科吧，治病要紧，其余的以后再说。"说着，她拉着表弟一路小跑来到电梯前，对正等待的郭先生笑了笑，说："不好意思，一个电话，让你久等了，走，咱们上去吧。"

来到骨外科，病床果然早就准备好了，办了手续，梁文雅就在就学名额的那张卡片上签了字，然后把郭先生送到了电梯口。

回到病房，梁文雅刚坐下，一个护士进来了，口气很生硬地说："9号床，这个病床我负责，以后有事儿找我就行。"

梁文雅赶紧走过去，赔着笑脸说："护士，以后要让你多费心了，谢

谢哦！"

护士看了看梁文雅，说："你就是那个花杰幼儿园的？"

梁文雅一愣，说道："对啊，你怎么——"

那护士啥也没说，"哼"了一声，转身走了。

护士这一"哼"，把梁文雅、表弟全都"哼"明白了：刚才那个护士，就是第一个答应给找病床的人说的护士，现在骨外科根本就没有空余的病床，来个加床的，肯定就是花杰幼儿园的呗，可问题是，如果让这个护士护理，就凭她刚才的态度，怎么能让人放心呢？

梁文雅悄声对表弟说："我跟郭先生说说，让他给副院长讲一下，看能不能换个护士。"表弟虽说心里挺疙瘩的，但也只好如此。

到了下午，那个护士又来了，拿了一纸包东西，冷冷地说："把这个冲着喝了，准备明天手术；还有，去交一下钱，最好不要少于两万。"说完，那护士就走了。

下午快下班时，梁文雅和郭先生取得了联系，提及了那个态度冷淡的护士，郭先生先是很痛快地答应帮忙想办法，可等他问清楚那个护士是谁时，态度一下子变了，只是说如果这样，事情就难办了，末了还说了句让梁文雅摸不着头脑的话，就把电话挂了。

争取一个名额

梁文雅来不及多想，慌忙赶到了医院，进了病房，正好赶上主刀大夫交代明天手术需要注意的事项。那大夫交代完毕，一转身，看到了梁文雅，说："你就是花杰幼儿园的梁老师吧？"

梁文雅点了点头。

那大夫说："你们幼儿园挺难进的哟，就说我那宝贝孙子吧，到最后，还是去了一家私立的幼儿园。"

梁文雅猛地想起了郭先生刚才电话里说的那句话——"躲得过护士，躲不过大夫"，莫非这个主刀大夫……这么一想，梁文雅的心一下就蹦到了嗓子眼，她急巴巴地问大夫："您、您是——"

那大夫说："我儿子想了好多办法，都没把事儿办成。哎，对了，你们是郭副院长的熟人吧？"说完，他转身出了病房。

大夫一走，表弟更担心了，语无伦次地说："姐，这可、可是他主刀呀，看他刚才很不高兴，话里有话，他这个样子做手术，万一……"

梁文雅也很担心，赶紧拨打了郭

先生的电话，接通后一问，还真如梁文雅猜测的那样，那个护士不是别人，竟然是这个主刀大夫的儿媳！可事到如今，已经没有什么好办法了。

梁文雅想了一会儿，说："这样吧，我现在就回去，看我们幼儿园其他老师还有没有名额，如果有，就送给主刀大夫一个。"

表弟问了一句："那如果没有呢？"

梁文雅也不知道怎么回答，事情已经成了这样，再空口说大话，到时候办不成就更没法交代了。

梁文雅想了想，只好说："我回去看看吧。"说完，梁文雅就急忙赶了回去。

一路上，梁文雅就忙着打电话，接连问了几个老师，人家都说名额已

经用了。怎么办呢？回到家后，梁文雅给园长打电话，园长说自己出差了，最早也要到第二天中午回来。梁文雅就把情况给园长说了，说希望能把明年的名额提前支出来，一开始，园长不同意，后来架不住梁文雅的苦苦哀求，总算同意了。

第二天中午，园长一回来，梁文雅就拿了名额，然后打车直奔医院，到了以后，意想不到的情况又发生了：表弟把舅妈接走了！一问，护士说，可能去了别的医院。

梁文雅赶紧打电话，电话接通后，表弟说："姐，让那个大夫主刀，我实在不放心，于是我就另找一家医院打了个电话，人家说有病床，来了就可以安排手术，所以我就——来了以后一直忙，还没腾出空儿给你打电话呢！"

挂了电话，不知咋的，梁文雅心里酸酸的，她不明白，这两天来，她跑前跑后，忙这忙那，还搭上那个连自己都没舍得用的名额，得罪了一个熟人，还有那护士和主刀医生，最后竟落得个这样的结果，这事儿，到底是错在哪儿了？

快到楼梯时，梁文雅的手机响了，是第一个答应帮忙的熟人打来的，他说"喂，梁老师，你想好了吗？我给护士的那一千块钱怎么解决？都是熟人，送出去的礼，我是没脸再要回来了；可不要回来，我啥事儿都没办成，总不能白搭一千块钱吧？"

还没听完，梁文雅就觉得眼前一黑，双腿一软，一头栽倒在楼梯上，随后整个人骨碌碌地滚了下去……

不知道过了多少时候，梁文雅醒来时，发现身边站了几个穿白大褂的人，老公伏在床边，焦急地说"老婆，你可醒了……"

这时，一个穿白大褂的人说："准备一下，然后转到骨外科做手术。"

去骨外科？梁文雅惊恐极了，她大喊一声："不，我不去——"随后又昏了过去，恍恍惚惚中，她听到身下病床的车轮发出了"吱呀吱呀"的声响……

（题图、插图：黄全昌）

由上海故事会文化传媒有限公司主办的《金色年代》
——中国第一本介绍退休后精彩生活的杂志

《金色年代》——开启新生活的大门
《金色年代》——向长辈敬献一份爱心
《金色年代》——向退休员工以示关爱

□ 老 三

意外来客

老尹是市商业局的退休干部，一天上午，他正坐在家中看电视，忽然听到门铃响……若是平常人家，这门铃响也不是什么特别的事，可老尹家里，儿女们在国外，老伴又外出旅游了，会是谁来找他呢？他起身快步走到门前，拿起墙上可视门铃的话筒，看着屏幕说："你好！请问你们是……"

屏幕里显示，站在楼道门外的是一对时髦男女，男的英俊女的标致，男子手中还提着一箱和乐酒。

那女孩儿一笑俩酒窝，冲楼道门上的对讲器亲昵地说："尹大伯吗？我是小云，顾乡云啊，您不记得我了？"

老尹登时就想起来了，1987年春节联欢晚会上，歌手费翔以一首《故乡的云》，唱红了大江南北，打那起，老尹就成了费氏的骨灰级粉丝。五年前，老母过世，他回乡下老家奔丧，为老人发丧在农村是件不得了的大事，需要众人齐心协力，同村一个叫顾乡云的十六岁女孩儿也来帮厨，因为她的名字与费翔的成名曲雷同，加上那姑娘长得白净漂亮，笑靥可人，干活卖力，给老尹留下了深刻印象。发完丧，临回来的那晚，等探望的人都走了，老尹去院子里收拾，忽然看到顾乡云从院门外树荫下走出来，怯生生地说："尹大伯……我想跟您讲句话。"老尹闻声忙说："什么事？小云。"

顾乡云吞吞吐吐地说"大伯，我

听说你在你们市商业局里当官，我想进城里找一份工作，想请您帮帮忙……"

老尹在商业局只是个中层干部，想给顾乡云安排个好工作，自己位卑权轻，无能为力；给随便找个活，又觉得可惜了这么个好女孩儿……他只得搪塞道："等有机会……有机会吧，我会为你留意的，好吗？"

这一晃五年过去，自己都退休了，也没给顾乡云帮上忙，老尹心中一直隐隐地感到愧疚，谁知她今天竟然亲自登门拜访，老尹真有些喜出望外，连忙招呼她上楼。

片刻工夫，顾乡云和那个提着和乐酒的帅小伙走上楼来。寒暄过后，顾乡云介绍小伙子叫江枫，是她的助理及恋人。

士别三日，刮目相看，老尹得知，他从老家发丧回来后的第二年，十七岁的顾乡云便辍学出外打工，经过几年奋斗，颇有建树，如今，她通过竞标，成为了和乐酒在本市的总代理商。现在，代理工作步上正轨，她这才抽出时间，来看望他。

老尹心中充满了欢喜，没想到这小妮子这么能干，如此出息。

他们闲聊了几句，转眼就到中午了，老尹说，家里没人，请他们出去吃。他穿上大衣，借花献佛，从那箱和乐酒中抽出一瓶，锁了防盗门，下了楼。他家楼下就是小区大门，顾乡云指着大门对过一家装潢古色古香的饭店，说"尹大伯，咱们也别走远了，就那家吧，我请客！"

老尹一笑，说"一顿饭我还是请得起的。"

江枫在旁边热情地帮着说："一定得我们请，小请老，越来越好嘛！"

三人进了饭店，到了二楼包房，江枫殷勤地帮老尹脱下黑呢子大衣，挂在屋角的衣帽架上。

顾乡云唤来包房女服务员，拿起菜单，不由分说，从最贵的菜开始，一口气点了十多道，听得老尹心惊肉跳。这时，他心里已经不再坚持要请客了，就他那点退休金，可架不住这么个吃法。

菜陆续上来，三人倒上和乐酒，对干了几杯后，老尹说："小云呐，大伯我也不是外人，俗话说：无事不登三宝殿。大伯我虽然退休了，可关系都还在，你们有什么需要帮忙的，尽管讲。"

顾乡云说："今天主要是来看望大伯，本来不想讲，大伯既然问到了，我就顺便提一下吧。大伯您能帮就帮，不能帮也没关系，千万别为难啊！"

"讲，讲，我听听看。"

盛达连锁超市，是本市官办超市，除去五个大店外，全市所有住宅小区都开有分店，现在更是向农村及周边县市扩充，是本市商业销售领域绝对的巨无霸，全市政府及企事业单位，逢年过节所发购物卡，全是盛达的，它想不发达都难。顾乡云希望老尹能帮忙，把她的和乐酒进入盛达超市的"入场费"降下些来。

她诚恳地说："尹大伯，我也不跟您撒谎，'入场费'不管每瓶能降下多少，我把降下的50%提成给您。有钱咱们自己人赚，干吗让他们超市去赚？"

老尹还真有办法，现任的商业局局长，曾是他的老部下、把兄弟，关系非常铁。凭他这张老脸去找那局长，降点"入场费"，这点面子肯定能给。

顾乡云、江枫一听，真是大喜过望，两人各敬了老尹三杯酒，其中江枫敬的那三杯，是恭恭敬敬、双膝跪下把酒顶在头顶敬的，让你不得不喝。

老尹并非贪财的人，他说："小云，你听我说一句——等事办成了，你给我提成的钱，我分文不要。咱老家还有不少贫困户，上不起学的、看不起病的、打光棍的……我想用这钱，成立个小基金，用在咱老家的帮贫扶困上，你看好不好？"

话音一落，席上霎时安静下来，再看那顾乡云，眼中竟然涌出了泪花，她激动地说："尹大伯，我万万没料到您是这样一个人！那好，我再追加10%，算是入股您这个慈善基金。"

江枫也是激动不已，他举起酒杯，说："尹大伯，您太让我感动啦！来，我再敬您一杯！"

眼瞅着一瓶和乐酒见了底，这时

江枫接到一个电话，是他们供货的一家超市打来的，说有顾客从这买了和乐酒，现在来退货，非说是假酒，正在超市闹呢！顾乡云很重视，叫江枫立即去处理。

江枫走后，顾乡云陪着老尹，老尹见她有些六神无主的样子，便提出散席，一切以工作为重，让她也去处理"假酒"事件。顾乡云没有马上就走，又陪了一会儿，这才站起了身，说她去结账，先下了楼。老尹嘴上客气着要请客，可挡不住年轻人腿脚快，只得作罢。

老尹慢慢穿上黑呢子大衣，在包房女服务员陪同下，下了楼。下楼一看，顾乡云并不在大厅里，老尹以为她结完了账在饭店门外等，就朝旋转门走去。

老尹刚走到旋转门前，账台里的女服务员就叫住了他："大伯，请问您是208包房的顾客吗？请您买单！"

老尹一愣，问："账还没结吗？"

女服务员说："你们三个人在208房用餐，半小时前先走了个小伙子，十多分钟前又走了个女孩儿，她说由您买单。"

老尹呆立了片刻，什么也没说，默默地掏出银联卡刷卡付账，总共花了2030元。他把卡放回衣兜里后，他又摸了摸黑呢子大衣的口袋，果然，放在大衣口袋里的钥匙串不见了，他什么都明白了。

一刻钟后，老尹拖着沉重的脚步，回到自家楼下，按邻居家的门铃，请他帮忙打开楼道门。

老尹到了4楼自家门口，还不错，那串钥匙在锁眼里插着呢。他打开门进了房，挨个屋检查了一遍，总共丢了几千元现金、一台笔记本电脑、老伴的所有首饰、两块比较名贵的手表，以及一些烟酒。丢失的酒中，甚至还包括他们刚送来的那箱少了一瓶的和乐酒。

老尹急忙用家中的座机，拨打了老家弟弟的电话："喂，是弟弟吗？我问你——你还记得咱娘发丧时，来咱家帮厨的那个叫顾乡云的小丫头吗？她现在干什么了？"

弟弟说："噢，给咱娘发完丧不久，那丫头和她娘吵了一架就离家出走了，至今四五年了没音讯，她娘都快急疯了……她家已经上派出所给她报了'失踪'，怎么，哥，你见着她了？"

老尹握着话筒，说不出一句话来。

"哥……你说话呀……怎么了？有啥事吗？"

老尹缓缓挂了电话，他伫立在那里，脑海中又回响起费翔《故乡的云》中那经典的歌声：

"天边飘过故乡的云，它不停地向我召唤……"

（题图、插图：黄全昌）

编读聊天室：众手浇开故事花

故事中国网·尚兆利： 在3月（上）的刊物中，我特别喜欢《永远的白房子》，读着读着，就被融入了情节当中，随着行文情感起伏，动人处，催人泪下，这是一篇很难读到的好故事。

故事中国网·曾之： 每一个好故事都会有征服读者的独到之处，你可以凭借精湛的故事技巧收买读者，你也可以利用丰富的知识智取读者，但还有一种故事它没有过多的技巧，也没有独特的知识，却非常感染人，因为它源自生活，带有草根的味道。3月（上）的《雷管未响》正是这种从泥土里钻出来的故事，它像一根青青的小草从红壤里钻出，展现着生活的艰辛与生命的坚韧，并闪烁出人性的光亮。

故事中国网·寒雪： 4月（上）的故事《谁来埋单》发人深省、催人泪下——生活中，确实有想贪便宜、走捷径的人，当然其实也是形势所迫，只可惜天不遂人愿，到头来只会付出得更多，而在另一方面，当然也存在着一些太精明的人，对于他们而言，金钱才是老大，至于别的，尤其是什么情谊，说穿了，只是他们谋财赚钱的手段跟方式罢了！所以，生活再难，我们也只能选择尽量靠自己，纵然于事无补，起码也不至于无谓地失去太多。

故事中国网·无名001： 我觉得，4月（上）的故事《阿P回家》是现实生活的真实写照。大多数人一辈子都是为了面子而活着，面子固然重要，但是也要看具体的情况，如果因为面子而给自己带来更多不必要的麻烦，那这个面子还不如不要。

·本刊信息传真·

2011年"岳阳杯"幽默故事创作大赛征文启事

为进一步繁荣幽默故事创作，《故事会》杂志社与上海市松江区岳阳街道决定联合举办2011年"岳阳杯"幽默故事创作大赛，并面向全国征文。

一、征文内容： 1. 内容贴近生活，健康向上；2. 情节生动有趣；3. 语言活泼，具有口头文学特点；4. 作品尚未在公开出版物上发表；5. 篇幅在2000字以内。

二、奖项设置： 本次大赛设一等奖2名，奖金各3000元；二等奖5名，奖金各2000元；三等奖10名，奖金各1000元；创作奖10名，奖金各500元。优秀作品将陆续在《故事会》上发表，并结集出版。

三、征稿时间： 2011年2月1日—2011年12月1日。

四、征稿方法： 1. 从邮局寄发，请在信封上注明"'岳阳杯'幽默故事征文"。本刊地址：上海市绍兴路74号《故事会》杂志社，邮编：200020。2. 从网上传递，可发至各责任编辑信箱，请在主题上注明"'岳阳杯'幽默故事征文"。

本期责任编辑的信箱是：xiaomeng.ye@gmail.com。

小泉喜美子是日本著名的推理作家、翻译家。本篇故事根据她的推理小说《复仇》改编。

酒 后

□杨 君 改编

酒后意外

罗拉是一位歌手，长得十分漂亮，她和三位异性朋友组成了一支爵士乐队，在酒吧里驻唱。长期以来，他们合作得非常愉快，但是，自从罗拉和萨克斯手狄克恋爱后，意想不到的灾难发生了。那天，狄克和鼓手查理斯，以及贝斯手比尔在酒吧喝酒，由于醉酒的缘故，狄克与比尔发生了争执，比尔一怒之下将狄克杀害了。

罗拉得知真相后，痛不欲生，她发誓要将比尔送进监狱，可是令人吃惊的是——开庭当天，法庭竟然宣判比尔无罪。

罗拉简直不敢相信这是真的，她对法官大声喊着、抗议着，却被身旁的查理斯制止了，罗拉提高了声音，对查理斯说："他们说谎！我有生以来头一回听到，杀人凶手会被判无罪！"

查理斯看着罗拉愤怒的样子，心里有些恐惧，他说话的语气很小心，却又很坚定："审判长已经在判决书上阐明理由了。比尔血液酒精浓度超过了0.40%，属于饮酒过量，在行凶的时候失去了主观意识，他根本不知道自己做了什么，所以……"

罗拉反问道："所以法官就判他无罪？那照这样说，酒后过失行凶不算犯法吗？"

查理斯顿了顿，说："是的，目前的法律是这样规定的，更何况比尔也只记得自己在酩酊大醉时，和狄克发生了争执，至于杀人经过，他却完全没有印象，一直到第二天早晨，他发

42

现狄克倒在自己身边，才意识到似乎是自己闯了大祸，但是，说实话，他并没有要杀死狄克的动机和理由啊！"

罗拉更加气愤了："那又怎么样，狄克已经死了，再也回不来了，可是杀人凶手却逍遥法外，这样不公平，我一定要找出证明！"

查理斯问："什么证明？"

罗拉坚定地说道："证明不管喝了多少酒，也不可能对行凶杀人的事毫无印象。"

查理斯紧皱双眉，表示怀疑。

罗拉又说："我认为即使饮酒过量，人的意识也不可能完全混乱不清。无论检察官、律师怎么说，也不管专家学者和医生怎么证明，我都不相信会出现比尔所说的情形。"

查理斯接着她的话说："你这么说是因为你很少喝酒，更没有喝得烂醉过，而且……"

"不要再说了。"罗拉甩了一下头，转身走出法院大门，"我会有办法证明的。"

查理斯看着罗拉的背影，感到一种说不出的失望，他原本以为罗拉会伏在自己的胸前放声痛哭，可是现在，罗拉似乎很坚强。

酒后体验

当天晚上，罗拉和查理斯回到酒吧，罗拉点了一杯纯威士忌酒，一饮而下，问查理斯："你知道我现在血液的酒精浓度是多少吗？"

查理斯被问得一时语塞，罗拉接着说："现在只有 0.02 — 0.04%，按照法庭上的证明来说，饮酒者现在会感到全身舒服，头脑也很清楚，我现在是这么觉得的。"说完，她又要了两杯纯威士忌酒。

查理斯看在眼里十分心疼，他对罗拉说："现在你的酒精浓度很高了，别再喝了。"

罗拉微微说道"也许吧，血液里的酒精浓度大概有0.07%，这种情况下，饮酒者会开始出现朦胧的醉意，感到全身温暖。这个时候，要注意控制自己，防止意外发生。"

查理斯有些紧张，急忙制止住罗拉："不能再喝了，罗拉！"

"不。"罗拉低语着，"这可能是对酒量非常小的人做实验得出的结论。我现在没有温暖的感觉，头脑也很冷静，在这种情况下，怎么可能发生意外呢？"她又继续喝了好几杯。

查理斯看着罗拉独自买醉，心里既内疚又恐慌，他回忆起出事的那天晚上，他和狄克、比尔三人约好在酒吧喝酒，查理斯因为酒量不好，很早就倒下了。等他的意识稍微清醒时，发现自己已回到比尔的房间。当时，狄克双手紧握着酒杯，大声说道"我要同罗拉结婚了！"狄克说这些话

时，引起了查理斯的妒意，同样把比尔也给激怒了，比尔醉醺醺地扑向狄克，两人在地板上扭打着，嘴里还不住地讽刺着对方。而这时，查理斯却没有力气阻止两人，他躺在沙发上，不久又昏睡过去。等他醒来时，发现四周很安静，比尔和狄克躺在地板上，狄克的脖子上缠绕着一条领带。查理斯注视着狄克，突然产生了一个邪恶的念头。他摸索着衣袋里的软皮手套，接着走近了狄克，迅速用力拉紧狄克脖子上的领带，然后，自己偷偷地从比尔的房间里溜了出来。

查理斯回想着当时的情景，不知不觉中，罗拉已经喝下了八九杯威士

忌酒，她笑着对查理斯说："你瞧，现在我血液里的酒精浓度已经超过了0.40%，跟比尔一样，可我依旧很清醒呀，我的证明是对的！好了，我该回家了。"

查理斯回过神，想搀扶罗拉，可是被罗拉拒绝了，罗拉要求一个人回家，她坐上出租车，回到房间后，小心地换上睡衣，洗了脸，刷了牙，然后进了被窝。

罗拉没有立刻睡着，而是思考着：今天晚上她很清醒，这足以证明法庭宣布的结果是错误的，如果比尔可以在神智不清的时候杀人，而且不用负责任，那么，她也要在"醉酒"后杀人，不过和比尔不同的是，她要让法庭知道，她是在头脑清醒的情况下杀人的，她要证明之前对比尔的审判是错误的！

酒后报复

自从判决书下来后，比尔就被送往医院，作为期半年的酒精及麻醉药物中毒的治疗。在这六个月里，罗拉经常和查理斯在酒吧见面，每次总是默默地喝酒，所以罗拉的酒量与日俱增。

一天，查理斯打电话给罗拉，说比尔出院了，要当面向她赔罪。罗拉暗喜，她终于等到复仇的这一天。于是，她约查理斯和比尔晚上在酒吧碰头。

晚上，罗拉准时来到酒吧，一进屋里，就发现了比尔，比尔满含着歉

尔刚刚戒了酒出院，要不让他喝别的吧。"

罗拉见比尔有些为难，语风一转，说："好吧，我也不勉强你。你可以喝果汁，陪陪我就行了，好吗？"

"当然好。"比尔露出一脸苦笑，"我不喝酒，不过我不反对别人喝，只是希望你保重身体。"

罗拉举起了装有威士忌的酒杯，比尔举起了装果汁的杯子，说"让我们干杯，为我们的新生干杯。"她说着闭上了眼睛，一口气喝干杯中的酒。

这个晚上，罗拉喝下了十几杯威士忌酒，查理斯和比尔为她担心起来，其实，罗拉十分清楚自己的酒意，她暗想着：现在血液里的酒精浓度已超过了0.40%，而且她的头脑非常清醒，清醒得能够举起一只花瓶砸向比尔。

就在这时，查理斯小心翼翼地对罗拉说："我们该走了吧？我看你喝得可不少了。"

罗拉顺从地点着头，说"我们走吧，你们送送我。"她站了起来，有意装作跟跟跄跄的样子。

查理斯和比尔连忙扶着她。

一切都按罗拉的计划进行着。

他们三人坐进了出租车，回到了公寓，查理斯和比尔要扶她上床，她却笑着推开了他们的手，说："我没事，谢谢你们送我回家。你们等一会儿，我去冲咖啡。"

意，对罗拉微笑着，等罗拉走近他时，他双眉紧蹙，并低下了头，一边绞着双手，一边愧疚地说："罗拉，实在对不起，我非常抱歉，请你原谅。"

比尔说得很诚恳，罗拉差点被他动容了，但想到狄克的死，她又坚决起来。

比尔恳切地看着罗拉，罗拉故意装出释怀的样子，对他说："都过去了，比尔，我们今晚要喝个痛快！首先是庆祝你顺利出院，接着是庆祝我们重获新生。"

比尔听了更愧疚："你这样说，我实在是……"

罗拉打断了他的话："比尔别说了。如果我们还是朋友的话，今晚就陪我喝酒吧！"

比尔和查理斯互看了一眼，查理斯有些迟疑地说："当然可以，不过比比尔和查理斯不得不坐下了，就在此时，罗拉举起了一只花瓶，朝眼前一个晃动着的脑袋猛力砸去，只听"嘭"的一声，她眼前一片昏暗，失去了知觉。

第二天，等罗拉醒来的时候，发现自己在医院里，她知道自己昨晚杀了比尔，因为她看到有个人，像是警察，来给她录口供。她镇定地对警察说："我有罪，我存心要杀死比尔，他是我爱人的敌人，他杀死了我的爱人却逍遥法外，所以我要惩罚他。"她不住地急喘着。

罗拉知道自己没有生病，不愿躺在床上说话，于是起身用坚定的语气告诉警察："我一点也没醉，我很清楚自己的所做所为。我愿意受到法律的制裁，判我刑吧。"

那人说道："明白了，我明白你的话，现在你休息一会儿吧。"

罗拉顺从地闭上了双眼，沉沉地睡去。

那人反手把门关好，走出病房。这时，坐在病房外的比尔忙迎上来，问他："医生，罗拉的情况怎么样了？"

医生说："她再过几天就能出庭了，到那时你再跟她见面吧！这几天你就别来了。"

比尔微微点了下头，面色显得凝重。

医生拍了拍比尔的肩，说"你振作点吧，我明白你的心情，可事已至此了，你这样折磨自己又有什么用呢？"

比尔用期待的目光望着医生。

医生接着说："不管怎么说，她会被判无罪。尽管她自己坚持说是在头脑清楚的时候杀的人，其实，酒精已使她的意识混乱了。你看，她口口声声说她要为爱人报仇，可她杀死的却是查理斯，可见，她根本搞不清自己杀死的是谁。"

比尔无言地点着头，又回头望了一眼病房门，接着，与医生一起沿着走廊向外走去。

（题图、插图：佐　夫）

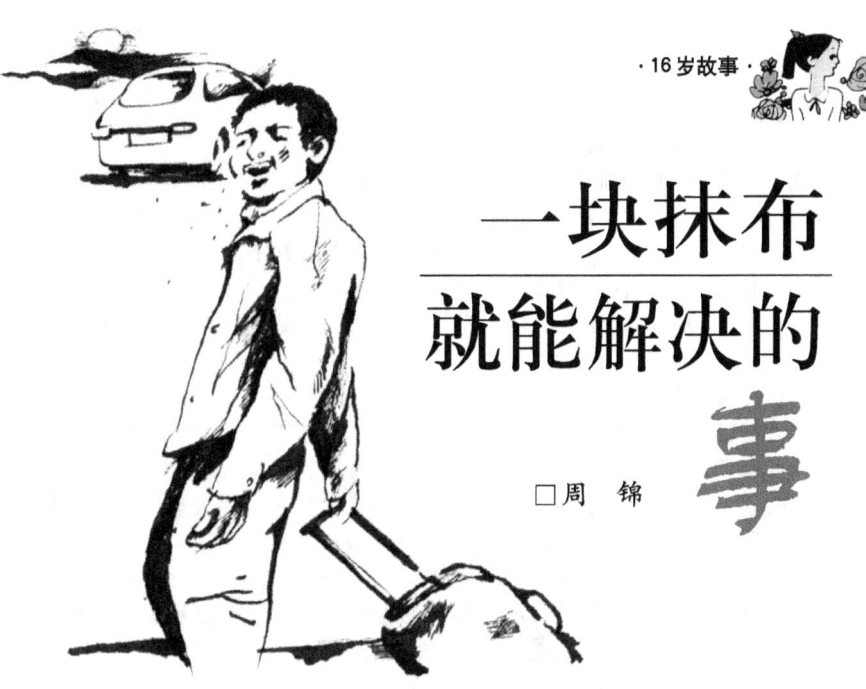

一块抹布
就能解决的
事

□ 周　锦

赵一凡和妻子李亿都是一家银行的中层干部，虽然小权在握，可他们很讲原则，基本只依靠工资生活。上个月他们的儿子赵小宇要读初中了，为了让他接受最良好的教育，他们听从了一个关系户的建议，决定送儿子去"培帝"学校念书。

这"培帝"学校，是一所著名的寄宿制私立中学，号称"贵族学校中的贵族"，学生非富即贵，任教老师也都是各学科的顶级人才，校园管理也是一流的，因此即使一年学费高达二十多万，而且至少得三年一交，赵一凡夫妇也咬咬牙决定了下来。毕竟儿

子成材是大事嘛，而且儿子在"培帝"读书，说出去多有面子！

开学了，赵一凡夫妇又花了万把块钱，为儿子置办了豪华的被褥和高级学习用品，高高兴兴地送他上了学。

谁知才过了一个星期，赵小宇回家后就闹着不肯返校了，赵一凡连忙问他原因，赵小宇哭着说："谁叫你们开着破车接送我的？我的同学坐的车不是宝马就是奔驰，有几个家里还有法拉利呢！他们看我的眼神就像你们平时看路边的乞丐似的，我实在受不了，要不是学校大门看得牢，我第一

天就跑回家了！"

赵一凡红着脸为难地直挠头，也难怪儿子闹了，他在"培帝"门口接送儿子时也有一种抬不起头来的感觉。

你想啊，学校门口的停车场犹如在办名车展，他这部十万出头的车停在那里，怎么看怎么像鸡立鹤群，把他以往心底的那点子小小的优越感扫荡到西班牙去啦！他也想换一部好车，可为了交学费，他们已经把父母留下的老房子都卖了，现在拿什么去买宝马呢？

李亿见丈夫为难的样子，不满地说："有什么好为难的？现在别人都知道咱小宇进培帝了，他要退学我们脸往哪里搁！何况我们已经交了三年的学费，可不能打水漂了。依我看，咱们把这破车卖掉，再分期付款买部好车得了！"

赵一凡以为李亿发高烧了，用手摸摸她的额头，却不觉得烫，不由地发起火来骂她有病，说买车不是买萝卜白菜，他们一个月的工资加起来才几万块钱，现在小宇每月的生活费就要一万块钱，还要还近万块的贷款，再加上其他的开支，还过不过日子了？

李亿毫不客气地回骂道："亏你大小还是个干部，没听过'再穷不能穷教育、再苦不能苦孩子'的道理啊？"

赵一凡顿时没词了，李亿知道他是默认了，于是赶紧找关系户帮忙，他们很快以最优惠的价钱买了一部1系宝马。

李亿乐得是见牙不见眼，可赵一

凡摸着崭新的方向盘却高兴不起来。

不过不管怎么说，买了辆好车的效果立竿见影——儿子赵小宇不用爸妈哄着上学了，星期天下午，他早早地钻进新车催赵一凡送他上学去喽！到了学校门口，儿子下了车，神气地向豪华的校门飞奔而去，看着他的背影，赵一凡心里很是欣慰，觉得这宝马买得还真值！

没想到赵小宇的满足感还没维持一个星期，第二个周末，赵一凡夫妇去接儿子时发现又出状况了：儿子耷拉着脑袋，好像又受了莫大的委屈。

夫妇俩都急了，问儿子是谁欺负他了，赵小宇委屈地说是同学笑他家穷，家里的宝马准是租来的，不然怎么连个"古驰"的限量版拉杆书包都买不起？让他别来"培帝"丢人现眼啦！

李亿一听火了，她气呼呼地骂道："这群小毛孩真没家教，也不知道得意什么，他们谁家有我经手的钱多啊？儿子别难过，妈妈这就带你去买！"

赵一凡一听，不肯开车啦，他急了：这"古驰"的包是出了名的贵，一个限量版的拉杆书包至少得两三万！

见丈夫一副猴急上火的样子，李亿不高兴了，她说，"人要脸，树要皮"，小孩子的自尊心强，不能让儿子受委屈！以后省她的，她不去做美容也不买新衣服啦！

话说到这份上，赵一凡还能怎么样呢？他犹豫了半天，还是找了一个帮得上忙的关系户，打了折扣，买了一只最好的古驰拉杆书包，整整花了两万五！

关系户本想分文不收，可赵一凡坚决地拒绝了，作为一个银行干部，他深知必须得守住底线！

回到家里，想想自己身上背的债，赵一凡觉得心都在滴血。

星期天下午，赵一凡目送儿子拖着新书包，欢天喜地地走进了学校的大门，他暗暗祈祷着：但愿下星期来接时，儿子还能这么开心！

可现实是严峻的，赵一凡的祈祷不但没起作用，那个星期情况反而更糟糕了！

星期五下午，"培帝"学校的大门一打开，赵小宇就拖着书包冲了出来，上车后气呼呼地命令爸妈带他去买笔，他要买20支"万宝龙"钢笔！

原来，赵小宇买了新书包后觉得扬眉吐气，回学校时特地拖着书包在校园内溜了一圈，谁知道反被几个同学笑得半死。

那几个同学还狠狠地挖苦了一顿，说人穷也就算了，偏偏爱装富，用个新书包都满世界炫耀，也不嫌丢人！

赵小宇红着脸和他们争辩，一个同学就说如果星期一他能拿出10支万宝龙钢笔就算他家有钱。

赵小宇一听哪肯服软？你不是让买10支万宝龙吗？老子偏偏买20支给你们看看！

知道了事情的来龙去脉，赵一凡傻了，那万宝龙钢笔什么价？五六千块一支呢！赵一凡什么话也不说了，发动车子就往家里开。赵小宇见线路不对，在车上又哭又闹地撒起娇来，李亿赶紧骗他说爸爸是上家里取钱去呢。

到了家，赵一凡把自己关在房间里生闷气，过了一会儿，李亿走了进来，小心翼翼地说："你别生气，儿子还是懂事的，我劝过他了，他答应只买10支了，我们去找找那些关系户，看看能不能叫他们打个两折三折的……"

赵一凡狠狠地抓起烟灰缸往墙上砸，嘴里大声吼道："买买买，你就知道买！就算打一折，那些笔得多少钱？看看这些天我们过的是什么日子！天天参加那些无聊的饭局，应酬那些庸俗透顶的商人，就为了省些伙食费还分期付款的钱！现在这小子一张口就要20支万宝龙，保不定下个星期还要亿宝龙呢，你拿什么给他买？你打算卖房子呢还是做假账？要不然，我们也谋划一下抢运钞车？"

李亿气得脸上红一阵白一阵的，她也不服软，伶牙俐齿地回敬道："儿子是我一个人的呀？送儿子去'培帝'是我一个人的主意吗？苦日子是你赵一凡一个人过的吗？你有什么资格冲我撒气？有种就想办法弄钱去呀，让老婆孩子跟着过苦日子还算什么男人呀！"

他们夫妻两人，平时习惯了过两人世界的生活，一吵起来，完全忘记了坐在客厅的沙发上等着上街的儿子，两人越吵越凶，后来竟厮打了起来。

李亿被赵一凡扇了一巴掌，越发不依不饶，大叫着日子没法过了，要拉着赵一凡一起跳楼一了百了。

正在不可开交的时候，房门被推开了，赵小宇走进房间，泪流满面地说："爸，妈，你们别打了，都是我不好，我不去'培帝'读书了！"

这怎么行？赵一凡和李亿赶紧停止了打闹，强颜欢笑地解释说他们刚才是在闹着玩呢，马上就带他买"万宝龙"的笔去。

赵小宇摇着头说他都听到了，他是真的不想在"培帝"读书了，同学个个都比他家有钱，都瞧不起他，他要转学到乡下去读书，要像小学时一样当班长。

李亿双手一摊，无奈地叹了一口气，说"儿子，妈交的是三年的学费，你只能在'培帝'读初中了，不然爸妈交的七十多万都得打水漂。你别急，别人有的你都会有，爸妈哪怕抢银行也委屈不了你，你只管读好书就行了，啊？"

赵小宇吓得又哭了起来，他不要爸妈抢银行，那样会挨枪子的，到了那时候，别人就更不理他了。

赵一凡夫妇知道，儿子有一个小学同学，那同学的爸爸贪污巨款，被判了刑，从此，那同学在班里成了过街老鼠，儿子怕自己也会变成那样呢！

多懂事的孩子，赵一凡赶紧安慰他，说爸妈是讲着玩的，哪会抢银行呢，要他放心。

赵小宇还是咬着嘴唇不肯说话，赵一凡夫妇看着他那样子，心里七上八下的，他们知道儿子这一次是真的受刺激了，在他眼里，这个家一直是温情脉脉的，爸妈哪会撩胳膊动腿地打架呢！

一家三口沉默着吃完了晚饭，赵小宇也没像往常一样去玩电脑游戏，而是呆呆地站在厨房里，看着李亿收拾碗筷。

突然，赵小宇像是想到了什么，他对李亿说，他不买万宝龙的钢笔了，他要爸妈赶快带他去买一件"迪奥"的线衫。

赵一凡和李亿问儿子，买"迪奥"的线衫干吗？赵小宇就是不肯说。

为了哄儿子开心，夫妇俩虽然满肚子嘀咕，可还是开车带他去买了一件"迪奥"最新款的线衫，花了四千多元。

赵小宇把它像藏宝贝一样放进了书包的最里层，星期一的早上，带着它到学校里去了。

送走了赵小宇后，赵一凡和李亿难过极了，他们觉得自己太没用，委屈了儿子，不知道儿子没有买万宝龙钢笔，会不会在同学面前抬不起头来？同学会不会拿新的东西来刺激儿子？赵一凡夫妇只觉得心理越来越不平衡了：都是孩子，为啥别人有的东西他们的宝贝儿子只能干眼馋？那些暴发户的孩子有什么资格笑话儿子？小宇明明比他们聪明多了、优秀多了，为什么只能像个灰孙子那样低声

下气呢？

那天晚上，有人登门拜访，他就是那个当初推荐儿子上"培帝"读书的关系户，是个老板。寒暄了几句，那老板便请赵一凡"帮个小忙"，随即递上了一个大号密码箱，赵一凡掂了掂箱子的分量，半天没有说话。那老板是个人精，当即喜出望外，拍着赵一凡的肩膀说："赵主任果然是个做大事的人，这事帮老弟上心一点，以后有财一起发！"

老板走后，赵一凡把箱子交给了李亿，让她收好，留给儿子过好日子，万一日后出了事，即使要他把牢底坐穿也不能拿出来！

李亿看着满箱的钱激动得心都快跳出来了，一个劲儿安慰他只要小心行事，绝对出不了事儿！

钱壮英雄胆，接孩子的时间又到了，这一次可不同往常，赵一凡夫妻俩站在"培帝"气派的校门边等待着儿子，腰杆挺得笔直，脸上又显出了儿子上"培帝"前那股意气风发的精气神来。

终于放学了，赵一凡和李亿一看，呆了，只见儿子赵小宇居然和几个同伴一起有说有笑地走出了校门，这一下可把夫妻俩看傻了，眼睛全都瞪得大大的，要知道以前儿子都是独自一人出出进进的，班里同学都不太搭理他这个"穷人家的孩子"，更吃惊的还在后面呢，那几个平时眼睛朝天看的小家伙，见了赵一凡和李亿，竟然立刻恭恭敬敬地叫"叔叔阿姨好"，这是怎么啦，总不见得这些小屁孩神通广大，这么快就嗅到了那一箱子钱的气味吧？

上车之后，赵一凡不忙着发动车子，他将一个小箱子递给赵小宇，要儿子打开。

赵小宇打开一看，竟然是一小箱万宝龙的钢笔！

李亿得意地说："儿子，把这些分给你同学吧，我倒要看看谁还敢小看你！"

赵小宇嘴巴张了半天，终于问了出来："送这么贵的笔给他们干吗？"

李亿说："当然是为了给你挣面子呀！"

没想到赵小宇得意地说："不用这个啦，那天，我一回学校，就当着同学的面，把迪奥的线衫剪开，做成史上最贵的抹布带到教室去擦桌子，把他们给镇住了！现在就算是我说我们家没钱都没人信啦，再没人敢瞧不起我啦！"

赵一凡和李亿惊呆了，原来让他们痛苦这么久的事竟然用一块抹布就解决了，他们怎么就没想到呢？是他们教育了儿子，还是儿子教育了他们？但不管怎么说，有一点是必须的，那个密码箱得退回去……

（题图、插图：张恩卫）

致命游戏

□ 无字仓颉

张文是一位塑料模型经销商，这天上午十点多，张文正走在大街上，手机响了，是老客户中医院器材科刘科长打来的，他说："院里要开产品订货会，通知你和赵武参加，他的手机打不通，你回头转告他一声，别忘了啊！"说着，刘科长挂了电话。

张文和赵武是中学同学，后来又成了同行，可张文始终对赵武心存芥蒂，不为别的，就是因为赵武运气好，

傻人有傻福，尽管张文使出浑身解数，在业绩上，赵武总是胜出一筹，次数多了，令张文如骨鲠在喉。

张文打赵武的手机，想告诉他订货会的事，一抬头，忽然看到对面大楼挂着的巨幅电影海报，他心里一动，顿时有了主意，于是，等电话通了，他忙说道："武哥，我知道你是电影迷，最新的美国悬疑大片《致命游戏》上映了，下午有空吗，要不我请你看电影吧？"

赵武早就听说这部片子音画效果俱佳，而今天又正好有空，于是一口答应了。

下午，赵武来到电影院，左等右等，不见张文的影子，眼看电影就要开映了，张文的电话来了，说有点事耽搁了，估计得二十分钟后才能赶到。

赵武一听，急了，看电影错过二

十分钟，那怎么行？反正已经到电影院了，也不差一张票的钱，于是他就说："要不我自己买票先进场吧？"

张文说"好"，在电话里又再三道歉。

赵武买了票走进电影院，坐定，电影放了十几分钟后，赵武的手机震动起来，打开一看，是张文的短信："我到了，找不到你，我在后面坐着。"

赵武会心地一笑，开始投入地看电影。

那电影的情节果然跌宕起伏，扣

人心弦，当看到主人公的妻子离奇失踪时，赵武的手机又震动起来，一看，奇怪，是一个陌生号码发来的短信，说是影片主人公的妻子米娜是假失踪……

赵武一看大惊，他知道，有些无聊的人喜欢搞"剧透"，用短信"群发"，把影视、戏剧的内容事先透露出来，使看的人索然无味，不知是哪个"剧透党"搞的恶作剧，真扫兴！

赵武没有理睬，所幸这条"剧透"对整个剧情影响还不算大，不过，要想从脑海里抹去"米娜假失踪"的影子是难了，这一节看得全无兴味。

不一会儿，手机又震动了，赵武打开一看，还是那个号码，又是一条短信——"钥匙放在花瓶里"！

真要了命啦，恰巧这时电影到了"寻钥匙"的情节，照这样下去，随着情节的推进，这个可恶的"剧透党"总会在每个关键之处发短信过来"剧透"。

事不宜迟，赵武赶紧将手机关了，天王老子的短信也不看了，看你如何得逞！

关上手机后，赵武便放心地往下看电影。接下来的情节更精彩，赵武看得如痴如醉，不愧是名导演的大手笔，影片很长，将近三个小时，但因为情节设置得极为巧妙，一点也不觉得拖沓。

看完电影，赵武和其他观众一

样，大呼过瘾。他准备找到张文，好好聊聊，再一起吃顿饭，可四处寻找，却没有看到张文的影子。

赵武重新打开手机，一看上面有七八个未接来电，还有几条短信，有几个电话是张文打来的，也有几个是中医院刘科长打的；再看短信，有两条还是"剧透"，另外一条是张文发来的："中医院刘科长打来电话，说三点钟要召开产品订货会，打你手机一直不通，影院里黑压压的又找不到人，只好发短信，你收到后速来中医院六楼会议室！"

赵武一看表，都五点半了，早已晚了两个半小时，他怀着侥幸的心理拨通了刘科长的电话，刘科长在电话里一个劲儿地抱怨："你怎么搞的？

上午打你电话关机，会议开始前又给你打了好几个，你都没接。这次本来想用你们的产品，联系不到你，院长又催得急，只好和张文签了合同……"

赵武一拍脑门，连肠子都悔青了：上午手机充电关机是偶然，下午自己没接是活该！

而此刻，张文满面春风，正乐滋滋地走在回家的路上，刚签下了几十万的订单，怎不让人心花怒放？上午接到刘科长电话后，他就从网上下载了那部电影，对所有的情节都了如指掌，接着，他就扮演了"剧透党"的角色，当然，还需要一点成本——他去买了一张手机卡……

（题图、插图：谭海彦）

· 本刊信息传真 ·

2010中国最佳故事杰出故事家评选揭晓

由故事中国网（www.storychina.cn）主办的2010年度中国最佳故事、杰出故事家评选，日前经过各家故事媒体、协办网站和大众评委共同参与的两轮评选，结果揭晓：《奇门三道宴》（作者：梅永远；原载《百花·悬念故事》）获年度最佳中篇故事，《狮子出笼》（作者：宾炜；原载《故事会》）获年度最佳短篇故事，《尴尬的宴请》（作者：刘峰；原载《故事家》）获年度最佳超短篇故事。方冠晴当选2010年度杰出故事家。全部提名名单详见故事中国网。

本项评选由故事中国网主办，自2009年起每年进行一次，力求用更为广阔的视野，更为宽泛的标准，更为客观的眼光，遴选发表在国内各家报刊上的优秀故事，集中展现年度中国故事创作的整体实力和魅力。国内10余家故事报刊参与合作，多家网站提供媒体支持。2011年将继续举办该评选，欢迎广大作者、读者踊跃荐稿。

想不到的证据

□汪培君

李方军是个货车司机，常年跑长途。这一天，他和搭档接了一单货，把一车24吨大蒜头由山东运往黑龙江。由于时间紧，所以货主给的运费比较高。李方军觉得有利可图，就应诺下来了，当晚收拾停当就上路了。

不料这事一开始就不顺，他们这里刚发动车子，搭档的弟弟就打来电话，说母亲得了急病。李方军帮忙把病人送到县医院抢救，直到病人脱离了危险才离开。这么一折腾就过去了六个小时，这让他们的时间更紧了，他和搭档商定，两个人轮流开车，歇人不歇车，争分夺秒往前赶。

两个人马不停蹄，终于进了黑龙江境内，不久又经过一片山地，见不到一个人影。李方军正想再加速猛跑，却突然看见前面有一个箱包，他估计是从前面车上掉下来的，就减缓速度停下来，让搭档下车去看看。谁知搭档刚跳下车，突然间从路两边冒出了几个人，上去抓住搭档，用刀子逼着要钱。原来路下面有一个水泥管暗洞，那些人事先藏在里面，故意放一个箱包引诱车辆停下。

见遇到打劫的了，李方军大脑像风扇似的旋转，目前状况是人生地不熟，而且又是以少对多，硬拼肯定不是办法，只能见机行事了。李方军车

没熄火，从怀里掏出一个皮夹，跳下车朝一个劫匪走去。

几个劫匪见李方军掏钱，怕同伙独吞，眼睛就朝这边望了。李方军朝搭档一使眼色，搭档心领神会，乘机溜回驾驶室。李方军一边从皮夹里掏钱，一边求情，待劫匪稍一松懈，他飞起一脚，踢开地上的箱包，然后飞快上车，一踩油门，大卡车向前飞奔。

虽说摆脱了劫匪的纠缠，但这个阴影总是挥之不去。李方军的车快进某县城时，方向盘突然失控，车子一头栽向路沟，"哄"的一下，竟烧了起来。半小时后，消防队员赶到现场，将火扑灭。可惜的是，驾驶室被烧毁，左前轮被烧焦，车上的大蒜都被烧坏了。

事故发生后，货主要李方军他们按照合同赔偿损失。因为参加了货物运输保险，开始李方军并不太在意，他和货主商量，由他们先向保险公司索赔，收到赔付款后再赔货主。

不久，李方军找到了保险公司，要求保险公司赔付这车大蒜的损失。

保险公司仔细地研究了他们的事故报告，最后却作出不予赔付的决定，理由是：《公路货物运输条款》中规定，蔬菜、水果、活牲畜、禽鱼类和其他动物，不在保险货物范围内，这个条例很清楚，只有货物损失才能赔付。

李方军一听就跳起来，他据理力争："我们运输的就是货物，而且我们投保的就是运输过程中可能遇到的损失。再说了，大家都知道，我们运的大蒜就是货物，是货物你们就得赔付。"

保险公司的人态度很好，一点也不恼，但说出的话无可辩驳："先生，我从懂事起，就拿大蒜当菜吃，它不是蔬菜是什么？"

李方军无论怎么争辩，保险公司就是拒赔。

李方军没辙了，他就去找律师咨询。一开始，"大蒜是不是蔬菜"，律师也被问住了，他也是第一次接触这类案件，所以他实话实说："让我再查查资料吧。"

律师的效率很高，第二天就打电话过来，满有把握地说："李先生，起诉吧，我保证让他们赔付！"

此案经法院审理后认定，李方军履行了投保人的各项义务，保险公司应该承担保险责任。

保险公司提出蔬菜不在保险货物之内，但拿不出大蒜是蔬菜的证据，而李方军的律师却根据《现代汉语词典》中对大蒜的解释，证明大蒜是调味品，不是蔬菜。最后法院采用了李方军律师提出的证据，判决保险公司赔付。

李方军真想不到词典里面还有证据，他回去认真读了一下，不由恍然大悟。

在人们的通常观念中，大蒜就是蔬菜，可是，《现代汉语词典》却是这样解释的：蒜，多年生草本植物，花白色带紫，叶子和花轴嫩时可做蔬菜，地下鳞茎味道辣，有刺激性气味，可以做调味品，也可入药。这种植物的鳞茎，也叫大蒜。而李方军他们运的，正是鳞茎。据此，他才赢了官司。

律师点评：

《想不到的证据》主要反映了这么一个法律问题：即保险合同中的免责条款必须合法且内容明确肯定，否则，就有可能导致条款无效或不适用等情况发生。本故事中，保险单免责约定的内容是蔬菜，然保险公司未能提供大蒜就是蔬菜的法定依据，相反，事实上在人们日常生活中大蒜往往是调味之用居多，而且《现代汉语词典》由中国社会科学院语言研究所词典编辑室编写，具有权威性，故保险公司拒赔的理由难以成立。

（题图、插图：谭海彦）

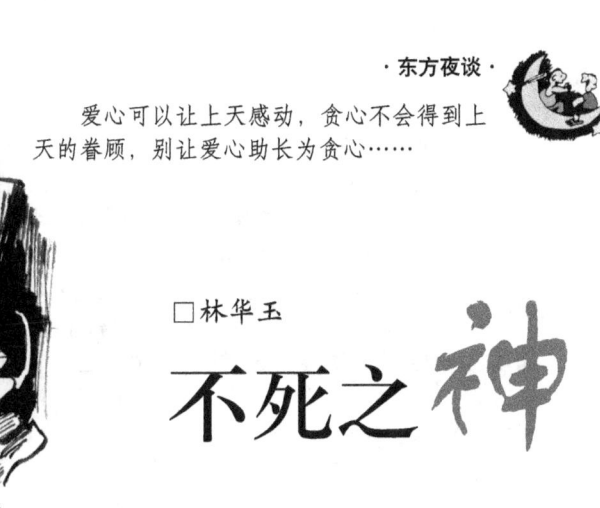

爱心可以让上天感动，贪心不会得到上天的眷顾，别让爱心助长为贪心……

□林华玉

不死之神

有一个地下赌场，赌博的样式五花八门，无奇不有，既有传统的老虎机、掷色子猜大小、斗牌，还有一种极其刺激和残忍的赌法：赌命，也就是赌博者拿自己的性命做赌注。具体方式是——赌场提供一把特制左轮手枪，那枪可以装八发子弹，但是里边一次只装一枚子弹。"赌命"开始时，赌博者拿起手枪，不停地转动弹巢，当赌场方喊"停"时，他就要举枪对准自己的太阳穴射击，如果射出了子弹，他就得见上帝，赌场提供的赌金就由其他人平分；如果放了空枪，那么，开枪人就可以从赌客们下的赌注中提取一万美元，其余的钱则全部归赌场。

这天，赌场里来了一个二十岁左右的年轻人，他找到赌场的老板，说自己要赌命，老板说："先生，您一定是头一次玩这种游戏吧？这可不比斗牌、掷色子，它赌的是你的性命，我看你这么年轻，可要三思而后行呀！"

年轻人说："为了救我妈妈一命，我没有选择！"

年轻人叫迈克尔，很小的时候父亲就去世了，他一直和母亲相依为命。最近，年迈的母亲在一次收拾家务时忽然咳血不止，送到医院后才知道得了胃癌，需要尽快手术，否则只能等死，可是手术费用却要一万美元。迈克尔身上一分钱也没有，只好到街上乞讨，可一天讨不了几块钱，这和手术费相比，实在是杯水车薪，后来迈克尔得知有"赌命"这种赌博方式，运气好的话，一次就能将母亲的医药费赚回来，他心动了，当下就一路打听，来到了赌场。

赌场老板见迈克尔决心已下，就给他安排了一次"赌命"。消息传出，前来观看的人蜂拥不绝。"赌命"开始了，左轮枪递到迈克尔的手上，他头上的冷汗在"滴滴答答"地淌着，浑身都在颤抖，他闭上双眼，暗暗祈祷

"上帝，可怜可怜我妈妈，救她一命吧！"这时，一个温和的声音在他耳边响起："我是上帝，我的孩子，你的孝心让我感动，开枪吧，我会保佑你的！"

迈克尔听了大喜过望，他闭上了眼睛，转动了手枪的弹巢，又将枪抵在自己的太阳穴上，突然，赌场里的人喊了一声"停"，迈克尔扣动了扳机，可手枪没响，下面一片哗然……

就这样，迈克尔领取了一万美元，去医院为母亲办理了住院手续，母亲的手术最终成功了。

一个月后，迈克尔又来到了这家地下赌场，又要参加"赌命"。他这次是为一个流浪汉来的，他要帮助那人回家，因为这一次需要两万美元，迈克尔提出在枪里放两颗子弹，因为那样奖金就可以翻倍，赌场方面答应了。

迈克尔在开枪之前，又闭上眼睛祈祷道："上帝，请保佑我的一点爱心吧！"然后，迈克尔冲着太阳穴开了枪，枪又没响，接着又扣了一下扳机，枪依旧没响，迈克尔的两万美元到手了。

大约又过了两个月，迈克尔再次来到了地下赌场，他对赌场老板说，家乡要办一家儿童福利院，可是还缺三万元美金，迈克尔决定以这种方式为福利院筹款，这一次，他要求在枪

倍，欢迎大家下注。

这简直太疯狂了，这左轮手枪的弹巢内一共只能放八颗子弹，现在放上四颗，一枪毙命的可能性是百分之五十，虽然大家都将迈克尔称之为"不死之神"，但是又有谁会相信他真正拥有不死之身呢？于是，大家纷纷下了赌注，赌迈克尔必定死在枪下。

赌博开始了，迈克尔拿过装着四颗子弹的左轮枪，从容地转着弹巢，将手枪指向自己的太阳穴，片刻后，赌场的人喊了一声"停"，迈克尔扣了扳机，打出一枪，可枪没响，四周顿时一片喧哗；迈克尔微笑着第二次扣了扳机，枪还是没响；第三次依然没响，可就在他第四次扣扳机时，可怕的事情发生了，"砰——"一声枪响，迈克尔脑浆迸裂，当场倒下，死了。

在迈克尔的灵魂即将出窍的时候，他听见一个声音在耳边响起"我会保佑你的孝心、爱心、善心，却不会容忍你的贪心！"

其实，迈克尔的最后一次赌命，并不是要为白内障患者筹款，而是赌场的人找到迈克尔，想要他再赌一次，并答应事情过后，给他20万美元，最终，迈克尔抵挡不住金钱的诱惑，编了一个理由想骗过上帝，结果丢了性命。

（题图、插图：佐　夫）

里放上三枚子弹！

这简直就是在自寻死路，赌客们沸腾了，他们纷纷下注，自然是赌迈克尔死亡，结果，上帝又一次帮了迈克尔，迈克尔胜利而返，同时，他获得了众人送给他的一个称号——"不死之神"。

半年后的一天，迈克尔第四次来到了赌场，一群赌客众星捧月般地围了上来，有人问道："不死之神，你这次又是为了慈善事业前来募捐的吧？"迈克尔点了点头，说："我这次是为那些患了白内障却没钱医治的穷人来的！"接着，迈克尔宣布了令人震惊的决定：这一次，他决定在手枪中放四颗子弹，但是赌资要翻上十

趣味问答

◇ 一颗心值多少钱？答：一心一亿（意）。

◇ 金木水火土，谁的腿长？答：火腿长（肠）。

◇ 9月28日是孔子诞辰，那么10月28日是什么日子？答：孔子满月。

◇ 当哥伦布一只脚迈上新大陆后，紧接着做的一件事是什么？答：把另一只脚迈上去。

◇ 什么样的官不能发号施令，还得向别人赔笑？答：新郎倌（官）。

◇ 如果有一辆车，司机是王子，乘客是公主，那么这辆车是谁的？答：是如果的。

◇ 两个女人与一千只鸭子所说的话有何相似之处？答：无稽（鸡）之谈。

◇ 有位女士离婚数次，打一四字成语。答：前功（公）尽弃。

（推荐者：橙子星）

职 业 病

◇ 火车站站长在车站等车，他发现地上有一烟头，于是把烟头捡起，攥在手中。不远处，他又发现一个烟头，走过去又捡起来。一会儿，他的手中就有了一大把烟头。心想 今天怎么了？地上这么多烟头，成何体统！他正要找当班班长理论，一抬头，发现自己是在公交客运站。

◇ 有个片警喜欢上一个女孩，但不敢表白，同事知道后决定帮他跨出第一步。他们把那个片警拉到路口去等。

女孩出现了，那个片警鼓起勇气拦住了女孩，大声喊道："小姐，请你跟我到派出所走一趟！"

◇ 出租车司机开车送老婆去火车站，到站后他看了下表，很习惯地说了句："小姐到了，一共是55元。"

老婆打盹醒了，揉了揉眼回了句：

"俺老公也是开出租的，到这顶多40块钱，你黑谁啊！"

（作者：大　卫；推荐者：江水碧）

网络术语

◇ 哎哟不叫哎哟，叫矮油。
◇ 幸福不叫幸福，叫星湖。
◇ 沙发不叫沙发，叫杀花。
◇ 你们不叫你们，叫乃们。
◇ 什么不叫什么，叫神马。
◇ 爱你不叫爱你，叫耐你。
◇ 喜欢不叫喜欢，叫稀饭。
◇ 压力不叫压力，叫鸭梨。
◇ 人人不叫人人，叫淫淫。
◇ 带劲不叫带劲，叫给力。
◇ 睡觉不叫睡觉，叫碎叫。
◇ 推荐不叫推荐，叫推贱。
◇ 照片不叫照片，叫真相。
◇ 没有不叫没有，叫木有。
◇ 发现不叫发现，叫花线。
◇ 位置不叫位置，叫坐标。

◇ 激动不叫激动，叫鸡冻。
◇ 手机不叫手机，叫爪机。
◇ 姑娘不叫姑娘，叫菇量。
◇ 先生不叫先生，叫先森。
◇ 大师不叫大师，叫大湿。
◇ 你好不叫你好，叫勾搭。
◇ 倒霉不叫倒霉，叫悲催。
◇ 抚摸不叫抚摸，叫虎摸。
◇ 你怎么了不叫你怎么了，叫你肿么了。
◇ 小朋友不叫小朋友，叫小盆友。
◇ 受不了不叫受不了，叫搜不鸟。
◇ 泪流满面不叫泪流满面，叫内牛满面。

（推荐者：陈富国）

◇ 一个统计学家，一个地理学家，一个长跑冠军在沙漠里迷了路，谁活下来的几率大，为什么？
  答：长跑冠军，因为跑得快。　错！是统计学家，因为统计水分最多。
◇ 什么东西要藏起来暗地里用，用完之后再暗地里交给别人？
  答：照相底片。　错！是潜规则。
◇ 比上大学还贵的是什么？
  答：出国留学。　错！是幼儿园。
◇ 某人第一个月拿1000元工资，第二个月拿800元，第三个月拿600元，请问他的工资是降低了还是增长了？
  答：降低了。　错！是负增长。
◇ 说起来与你时刻密切相关，但需要时却看不见也找不到的是什么？
  答：空气。　错！是有关部门。
◇ 什么植物和动物像鸡？
  答：鸡冠花。　错！是数（树）码（马）相（像）机（鸡）。

（推荐者：郭卫阳）（本栏插图：刘斌昆）

脑筋急转弯

·中篇故事·

有位哲学家说："愿意的人，命运领着走；不愿意的人，命运拖着走。"与其自艾自怨，长嗟短叹，不如好好把握自己的命运……

卖掉昨天的车票

□ 方冠晴

1. 阿巩的奇遇

人受到的打击多了，就开始迷信命运。阿巩就是这样。他从小到大，倒霉的事一桩接一桩，生活过得既艰辛又苍凉，所以，阿巩悲观得不得了。

这天，公司派阿巩去南方一座城市出差，临出发的时候，老板叫住了他，递给他一块金表，让他出差，顺便路过赤坡镇时，把金表给一位朋友。

说是"顺便"，其实却要专程，所以，阿巩只得先买一张专程去赤坡镇的火车票，送完金表后，再去那座南方城市。

阿巩虽说是穷人，但见识还是有的，他认得这款表，值十几万元。这么金贵的东西可不能有闪失，一旦弄丢了，自己好几年不吃不喝也赔不起，所以阿巩上车后特别小心，他特意将那只表装在贴身的口袋里，隔一会儿就摸一摸，看那只表还在不在。

真是越怕什么越来什么。到了赤坡镇，出站时阿巩按了按胸口，那表不在了，他慌忙解开衣扣，天啊，谁

64

在他的外衣上开了个小天窗，直接割破了衣服的内口袋，那只表，连同他的钱包，统统不见了。

阿巩只感觉到头皮发麻，倒霉的事又让他给遇上了啊！他慌里慌张跑到车站派出所报案，接待他的警察满脸同情："车站里人员的流动性大，窃贼八成早就溜走了。你留下个联系方式吧，万一我们抓住了那个贼，好跟你联系。"

很有意思的说法，不是万一没抓住，而是万一抓住，但阿巩知道，警察说的是实话。

走出派出所大门，他的脑袋里彻底空了，他不知道该往哪里去，也不知道能往哪里去，要送的金表没了，口袋里也没有钱，他哪儿都去不了。

车站在镇郊，火车轨道一直通向一座大山。他漫无目的地走着，一直走到路边的山坡上，在一块岩石上黯然坐下，眼泪一滴一滴地往下掉。十几万元钱的金表，他怎么赔？身无分文，他怎么离开这该死的地方？一时间悲从心来，过去的点点经历就像放电影一样，一齐涌上心头——

他八岁丧父，十岁时母亲改嫁，继父不待见他，让他吃尽生活的苦头。高考的时候他本来自信满满，以他的成绩完全考得上一本，但临考试时不知道吃什么吃坏了肚子，上吐下泻了两天，进考场头重脚轻迷迷糊

糊，考第一科时只考了40分钟就没憋住拉在了裤子里，只能匆匆逃离考场，结果，他只上了个高职。

高职毕业，他本来也找到一家不错的用人单位，面试加复试，他被录用了，通知他去报到上班。报到的那天，他兴致勃勃地出门，哪知走出还不到一百米，上来几个警察莫名其妙地将他扣住了，将他带去了派出所，原因是邻居家头天晚上失窃了，警察在邻居窗台上提取的鞋印与他的鞋印相吻合。他莫名其妙地被拘留了两天，后来搞清楚了，是他继父穿着他的鞋去行窃的。等他第三天被放出来再去用人单位报到时，对方遗憾地告诉他，由于他逾期未报到，公司重新招录了别的员工。

他后来只能进了这家半死不活的公司，待遇差得能减肥。这还不说，哪知道现在又碰到这档子事，那十几万元钱的金表，他拿什么赔？

阿巩越想越悲哀，他觉得，总有一双霉运的手在紧紧地扼着他的脖子，让他永无翻身之日。也许，这就是命！他突然想到了死，而且越想越绝望。他抬头看到自己头顶横出一根树枝来，一咬牙解开腰上的皮带，就站在岩石上，用皮带在树枝上挽了一个结。他正要将头伸进皮带挽成的圈子里去，脚下的岩石猛地晃动了一下，他一下子摔了下来。

这真是一桩怪事。那块岩石起码有上千斤吧，这么重的岩石会自己晃动？阿巩气得趴在地上破口大骂："老子就霉成这样了？上个吊石头都跟我过不去？"他骂骂咧咧地扭头去看那块岩石，眼睛顿时瞪得比铜铃还大，那块石头居然不见了，原来有岩石的地方，现在坐着一位白胡子老头。

阿巩唬得一骨碌爬起来，盯着那老头看，但诡异的事情发生了，他无论如何全神贯注，就是看不清老头的脸，老头的脸上似乎没有五官，迷迷糊糊的一片。阿巩以为自己是摔花了眼，眨巴眨巴眼睛再看，他看得清老头身上那套长袍似的旧式麻灰色衣服，看得清老头那灰白的长胡子，但就是看不清老头的脸。

阿巩吓得一连倒退了好几步，见了鬼似的惊叫起来："你是谁？你怎么到这儿来的？"

老头没挪窝，但说话了："悲哀呀，居然没人认得我是谁。"他叹了一口气，接着说，"不过，你要问我怎么到这儿来的，话就长了。我到这儿来少说也有五百年了吧，本来是要接受人间的香火和膜拜的，哪知道五百年来没人来拜我，倒跑来你这么个小子，坐在我的背上哭，弄了我一身的鼻涕眼泪，你说烦不烦？"

老头说话间，并没见他怎么动作，就倏地转过身去，指着自己的衣服下摆给阿巩看，阿巩看到老头麻灰长袍的下摆有老大一块湿痕。他一下子唬得目光都直了：老头就坐在那枝横出的树根下面，背向着他，那模样儿正有些像刚才自己坐过的岩石，那长袍下摆的湿痕处，正是刚才自己落泪的地方……

阿巩吓得汗毛都立起来，双腿软得像面团，跪了下来。

老头哈哈笑了起来："你向我跪拜了？哈哈，五百年来，你是第一个跪拜我的人。行，就冲这，我满足你一个要求吧。你说，你需要什么。"

此情此景，亦梦亦幻，阿巩不由想到了神灯传说，难道自己真碰到什么神仙了？他脱口而出："我当然是要改变命运了。我太倒霉了，这份痛苦我受不了。"

白胡子老头摇了摇头："改变命运？我可没有那样的法力。不过，你说受不了倒霉的痛苦，这我倒可以帮你，帮你忘了那些痛苦的事情。"

"怎么忘？"

老头捻须而笑："人的记忆其实就是一根线，你只要找到线头，抽走它，就行了。"见阿巩不解，老头上前，点了一下阿巩的额头，阿巩只感觉到脑袋里许多的记忆都翻腾起来。老头接着说："现在行了，我将你所有的记忆都理出一根线了，那线头，就是你起点的凭证。譬如你这次遇到的倒霉事吧，都是因你这一趟的旅行而起，那线头，就是你来这里的火车票。你只要将那张火车票卖掉，所有痛苦的记忆就随之消失。除了遇到我的这段经历你抹不掉之外，你仿佛根本就没有过这趟旅行一样，所以今后你想忘掉哪段记忆，你就卖掉起点的凭证。切记，是卖，不是扔。只有卖，才能产生法力。"

老头说完这一席话，倏地转过身去，往地下一扑。阿巩只觉眼前一花，再也找不到那个老头了，随之出现在他面前的，是一块坚硬冰冷的岩石。阿巩战战兢兢地绕着岩石转了一圈，他发现，这块岩石似乎经过雕刻，倒真像一个人的背部。

2. 卖掉车票

阿巩离开山坡时像是在做梦一样，但他坚信，自己是遇到神仙了。他决定，立即按照老头教的方法办。现在的处境就是他没法面对的，十几万元的金表需要他赔偿，怎么赔？身无分文滞留在这异地他乡，怎么离开？这一切他无法面对，既然没法面对，可以选择逃避。

离开山坡后，他就一直往火车站走，他要去那里卖掉那张来这里的火车票，他需要将这一段厄运从他的记忆里删掉。

直到快到赤坡镇火车站时，他才一下子愣住了：卖掉那张来这里的火车票？那是昨天的车票，已经用过

了，也已经过期了，怎么卖？谁会要一张过期的车票呢？

阿巩感觉到自己遇到了一个难题，但这个难题与他目前面对的困境比起来，那就不算什么了。他在心里给自己打气：我一定要卖掉它！

到了火车站，他掏出昨天来时买的那张火车票，逢人就问，要不要买车票。有人将他当成票贩子，不予理睬，倒也有一两个旅客上来搭讪的，一听说他要卖的是一张昨天使用过的车票，都骂开了："脑子有毛病呀，卖昨天的车票？"

正在阿巩无计可施的时候，一个干部模样的中年人主动走了过来，问他："你说你有昨天的车票？"

"是的。"阿巩毫无底气地答。

"从哪里到哪里的？"

阿巩将车票递了过去。中年人看了看车票，脸上顿时放起光来："我就是昨天来的赤坡镇，来时的车票弄丢了，正担心回去后没票据报销呢。你这张给我吧。"

还真有需要的！阿巩大喜过望，赶紧强调："可是，这票我得卖。"他记得老头的话，卖掉才能产生法力。他生怕中年人不要，忙补充："也就是象征性的，只收一块钱。"

"一块钱？"中年人笑逐颜开，当即掏出一枚一元的硬币，递了过来。

阿巩接过钱，还没来得及揣进口袋里，就感觉到一阵天旋地转，人直犯迷糊，一下子失去了知觉。等他睁开眼时，他愣住了，他躺在床上，正窝在暖烘烘的被窝里，盖在身上的，是大红的被子，窗户上挂着的是淡蓝色的窗帘，那就是自己家的窗帘。

自己的家！千真万确是自己的家！他环顾左右，早晨的阳光刚刚从窗帘的缝隙里透进来，就像他每一次从床上醒过来一样。遗失金表，身无分文，困在赤坡镇的事就像是一场梦，一了百了了。老头所说的法力真的灵验了，一眨眼的工夫，一切成为了一场梦，自己的痛苦，没有了！

他一翻身坐了起来，情不自禁地欢呼："太好了！太神奇了！"

他的一句话刚刚喊完，就感觉到身边的被褥里有什么蠕动了一下，接着，一个长头发的女人从被窝里探出头来，睡眼惺忪地娇嗔："大清早的，嚷嚷什么呢，你都吵醒我了。"

阿巩吓了一跳，几乎是蹦下了床，自己的身边怎么还躺着一个女人？他紧张地盯着她，一迭声地问："你是谁？你怎么在我家里？"

散乱的长发遮住了女人半边脸庞，她娇嗔起来"大清早的发什么神经？我是你老婆，我不在你家里还在谁家里？"

"不不！"阿巩慌了，"这话可不能乱说。我连对象都没有呢，哪来的老婆？我可是正经人，你是什么时候爬到我床上来的？快说！"

"无聊！"女人白他一眼，转过身去，"我还想睡会儿呢，可没心思和你犯疯。你哪来的老婆，你就问问你的结婚证吧。"她朝床的另一头努一努嘴，便又拉过被子睡了。

结婚证？阿巩顺着女人努嘴的方向看过去，这才发现，自己的房间确实有些变化，房子的另一边竟不知什么时候架了一个梳妆台。他一下子记起了老头的话，自己只是忘掉了一段记忆。莫非，这忘掉的一段，已经很久很久了？

他狐疑地走向梳妆台，拉开梳妆台的抽屉，果然在里面看到了一本大红的结婚证书，打开，他一下子就傻眼了，结婚证上写着两个人的名字，一个是他，另一个叫刘秀。再看结婚证上的男女合影，男的确实是他，而那女的……

一看那女人的相片，他倒抽了一口冷气。那女人的右半边脸上有一道很长很粗的伤疤，从右眼一直连接到右边的嘴角，而且，她的右眼瞎了，像没有眼球似的瘪了下去……

看着这女人的照片，阿巩只感觉到触目惊心，这样的女人是自己的老婆？他慌忙奔回床前，拂开遮住女人右边脸的长发，这一拂，他吓得一屁股跌坐在地上，那女人的脸上确实有这样的伤疤，而且，比照片上的更突出，更可怕……

女人睁开唯一的左眼，吃惊地瞪着他，问："你今天早晨是怎么了？"她说话时牵动了脸上的伤疤，阿巩吓得不敢再看，岔开目光，喃喃地问："我从赤坡镇回来，有多长时间了？"他想弄清楚，自己被删掉的记忆有多长，怎么他的生活发生了这样大的变化？

女人笑起来："有多长？我们昨天才从赤坡镇回来呢，你今天就忘了？"

昨天从赤坡镇回来，今天自己怎么就有老婆了？阿巩重新去看结婚证上的日期，居然是未来半年之后的日子，他一愣，赶紧去电脑桌上拿自己的手机，一打开，手机屏上显示了时

间，他彻底地傻了，手机上显示的，居然是未来五年之后的日子。

他幽幽地醒过神来：难道自己五年的记忆已经被删除了？他是真的不想与这女人说话，但还是不得不问了："你是说，我在赤坡镇，呆了五年？"

女人从被窝里伸出胳膊来，点了一下他的额头："犯什么傻？赶紧拾掇拾掇，好出去找工作呀，别忘了，咱还欠着我娘家三万块呢！我妈攒那么点钱不容易，咱得尽快还上。"

"什么什么？欠……你娘家……三万块？"

女人恼了，霍地坐了起来，瞪着他"你什么意思？昨天借的钱，今天就想赖账了？就装着不记得了？不是我妈给了你三万块，你昨天能将你们老板的那只金表的钱赔清吗？"

阿巩一下子木了，这么说，自己花了五年的时间，才赔偿了老板的那块金表，而且，自己五年时间并没攒够那么多钱，还从这女人的娘家借了三万元？

他黯然离开房间，去了洗手间，他一下子从镜子里看到了自己，黄皮消瘦，那是严重营养不良的结果，而且镜子里的他也显老了许多。他看到，洗手台上放着一些零零碎碎的东西，这中间，夹杂着两张火车票，他拿起来，看上面的时间，2016

年 5 月 20 日，从赤坡镇起点的。那是他和那个女人的返程票，这么说，真的是五年以后了。

自己在赤坡镇呆了五年？还与这么一个女人在那里结婚了？这女人叫什么来着？对，叫刘秀，结婚证上是这么写着的。自己怎么找这么个丑八怪做老婆呢？他面对镜子里的自己一片茫然。

3. 卖掉结婚证

阿巩早早地就出了家门，与其说他是要出来找工作，不如说，他是要尽早地躲开家中的那个女人。

他在街道上溜达，心里真不是滋味，自己的命运，完全可以用"悲惨"两个字来概括。以前厄运不断不说，将自己的生活"快进"了五年，生活居然没有丝毫的起色，花五年时间赔人家一块表，还借了三万元的债。这些都不算，还娶个丑媳妇。一想到将要面对刘秀那张脸一辈子，阿巩的背脊都发凉了。

"日子不能这样过！我一分钟都不愿意看她，更别说一辈子！"阿巩自言自语，他得改变这种现状，他想到了白胡子老头的话，人家已帮自己将每一种记忆理成了一根线，抽走线头就可以了。他和刘秀的线头，当然就是那张结婚证了，那是他俩起点的凭证，只要卖掉它，这种痛苦的经历和记忆将会消失！

他赶紧返身回家，拿上那张结婚证，又跑了出来。

可是，结婚证怎么卖？车票人家可以买去用来报销，结婚证呢，谁要？

他整整在街上转悠了一天，别说卖结婚证，就是拿出结婚证来问人家要不要的勇气都没有。这根本是不可能卖得出去的东西！

他心情纠结地徘徊了一整天，天黑了，他也累了，在街边的花坛沿上坐下，他的旁边，是一家连锁旅馆，旅馆门前的霓虹灯变幻闪烁。

也不知坐了多久，一对男女从旅馆里走出，往他这边走过来。他并没有刻意去注意他们，但那对男女的对话不经意地飘进了他的耳朵里：

女人说："早知道开房需要结婚证，你该将你与你老婆的结婚证带过来，兴许混得过去。"

男人叹一口气，说："哪知道这家旅馆这么正规？我们到别的旅馆试试吧，兴许别家不要看结婚证呢。"

听到这段对话，阿巩不由一激灵，来了精神，无疑，这是一对苟合的男女，他们就需要结婚证用来开房呀！他当即站起来，掏出结婚证，拦住了两位："二位需要结婚证吗？我这里有，我可以卖给你们。"

那对男女愣了一愣，男人扫了一眼结婚证，迟疑了一下，尔后摆了摆头。阿巩看出了他的心思，赶紧说："你是担心照片不对吧？这好办呀，你将我和我老婆的照片撕下来，再将你俩的照片粘上去，人家住房登记不就是看一眼，又不会仔细检验，很容易混过去的。再说，我又不多收钱，只要一块钱。"

"一块钱？"男人狐疑了。

"实话跟你说，我需要卖掉这张结婚证，不是为了钱，只是为了一个意义。你买了可以帮得上我的忙，也能帮你们自己的忙不是？"阿巩诚恳地央求。男人看了看身边的女人，终于掏出一枚硬币来，递给了阿巩。

像前一次一样，阿巩一接过硬币，只感觉天旋地转，人疲倦得很快就闭上了眼睛。等他睁开眼时，他在心里偷偷地笑了，他又躺在家里的床上，而不是在街道上。不用说，卖掉结婚证，已经产生法力了。

他还有些不放心，赶紧扭头看身边，自己身边的床铺上空空荡荡的，他用脚在被子里摸索了一下，确确实实，床上只有他自己，没有别人。

他长长地吁了一口气，自己总算摆脱那个丑八怪女

人了，但一口气刚刚吁完，他愣住了，自己手里怎么还握着个硬邦邦的证书？他赶紧起身，仔细看手中的证书。谢天谢地，自己手中的不是结婚证，而是离婚证，他与刘秀离婚了。

他点头，漫不经心地扫一眼离婚证上的日期，目光一下子就直了。离婚证上的离婚日期是2048年5月。这么说，自己一下子就过完了33年？他吓得赶紧打量四周，房子还是原来的房子，窗帘换了，但也显得很旧……

真的过完了33年吗？他吓得赶紧下床，下床时动作已没有过去利索了。他趿上鞋，跌跌撞撞地奔到洗手间，那面镜子还在，只是已经破了一个角。他看到了镜中的自己，头发花白，满脸皱纹，老态尽显……

他一下子便傻了。

自己只眨巴一下眼睛就老了？33年的时光就这么没了？可是不对呀！自己难道要花上33年的时间，才能与那个丑八怪离婚？自己看她一眼就恶心，居然忍受了她33年？天啊，自己怎么这么没用，离个婚要耗上大半辈子？

他彻底绝望了，早知道了断一场婚姻有这么难，自己为什么要卖那个结婚证呢？自己已经是60多岁的人了，而且看上去比70岁的人还要老，自己这一辈子有什么意义，一下子就近暮年了。

4. 只活了一票一证

阿巩后悔得直用头撞墙，痛定思痛，他决定，去赤坡镇，找那个白胡子老头，他不能就这样过完了一辈子。这算什么？卖掉那张火车票，自己一下子少了5年的生活，只换回一张回程的火车票。现在，卖掉那张结婚证，自己一下子失去了33年的生活，只换回一张离婚证。38年的时光就这么没了，只活了个一票一证，这还叫什么人生？

他当天就动身，乘上了开往赤坡镇的火车。阿巩下了火车，看到赤坡镇的变化，就慌了，原来的那个山坡，现在会不会建了房子？那块岩石，那个白胡子老头，还在不在？

他沿着火车路基蹒跚而行，走得异常吃力，走到上次到过的地方，还好，这里没建房子，而是成了一座公园，四周围起了栅栏。他绕着栅栏转了大半个圈，总算找到公园大门，进去了。谢天谢地，那块岩石还在，他上去拼命拍那岩石，大叫："你起来，起来跟我说话。"但那石头毫无动静，倒是引得公园里好些人侧目。

他也不理会人们的目光，仍是对着岩石又拍又踢，又叫又嚷，石头仍是岿然不动。他又爬到岩石上不停地踩，下来后不停地对着石头下跪、膜拜，所有能想得到的办法他都一一试过，那块岩石仍然是岩石，毫无动静。

阿巩绝望了，也恼怒了，他跑出公园去买了一把铁锹，心里说，你不是不起来吗？我挖也要将你挖起来。

他用铁锹在岩石的一端拼命挖起来，挖了将近一个小时，挖出了一个大坑，石头一端的底部都显露了出来，他沿着岩石底摸索，并凑近端详，这才赫然发现，这岩石居然是一块经过人工雕琢的石像，他挖出的岩石一端的底部，其实就是石像的头部，这尊石像是脸冲下趴在地上的。只是这块石像显然没有雕完，因为，石像的脸部根本没有五官，而是麻麻花花的一块。

难怪自己看不到白胡子老头脸上的五官，原来，他的五官根本就没雕出来。阿巩正在这儿傻愣愣地琢磨的时候，两名公园管理工作人员跑来了，质问他为什么在公园里乱挖坑，破坏植被。阿巩结结巴巴地解释原因，他的解释在旁人听来完全是天方夜谭，公园管理人员以为遇到了个疯子，死拉硬拽，强行将他架出了公园。

阿巩当然不甘心，他一直在公园栅栏外面徘徊，直到天色已晚，他才扛着铁锹从栅栏上翻了进去。他又开始挖了起来，挖了很久，石像的大半个身子都显露出来，却一动不动。阿巩他伤心欲绝，心如死灰，自己这一辈子就这么完了？他忍不住伏在石像上，伤心地流起了眼泪。

也不知哭了多久，他只感觉手臂下面一松，那块石像突然不见了，代之而起的，是一个白胡子看不清五官的老头，就坐在他的面前。他喜极而泣，欢呼出声："你终于活了！"

老头不悦："什么活了？只能说，我睡醒了，被你的眼泪惊醒了。"

原来，要唤醒他，得靠眼泪。阿巩也管不了那么多，扑通一声跪下，赶紧央求："请您将我失去的那38年还给我吧，我不要一下子就这么老。"

老头更不高兴了："什么叫失去？那38年都是你一天一天过过来的，只是你都不记得罢了。你不是说要忘掉那些痛苦吗？反正你的生活就是一团糟，不记得了不是更好？"

"不记得，就等于我白活了一遭。"阿巩有些想通了，"生活本来就是由酸甜苦辣组成的，再苦，也得让我尝过，让我知道啊！我这38年，好像只活了两天，一天是从这里回家之后发现自己已经过了5年，一天是离婚之后发现已经过了33年。其他的日子，我连知道都不知道，这还叫我的人生吗？"

"你要想知道倒也容易。"老头轻松地说，"我不是说过吗，我将你的每一种记忆都理成了一根线，起点的凭证是线头，那终点的凭证当然就是线尾了。你只要将你的线尾放在前额

上，这一根线就会在你的脑子中过一遍的，就像你们所说的看电影，你可以重新看到，你所忘掉的那些生活。"

老头说着话，也没见他怎么动作，倏地一下就近前来，阿巩的离婚证就被他拿在手里，他将离婚证往阿巩额前一贴，阿巩只觉眼前一阵眩晕，像是在做梦，又像是在看电影，那些失去的生活又重新回到了他的眼前——

最先是一个年轻的小伙子和一个脸上有长长伤疤的女孩子去领结婚证，不用说，那年轻小伙子就是阿巩自己，那女孩，就是他老婆刘秀。接着，是简单而传统的婚礼，婚礼居然是在刘秀的娘家举行的。然后，就是漫长的平淡的日子。两个人在赤坡镇生活了几年，尔后，回阿巩所在的城市。他在一家公司当推销员，刘秀在一家公司当保洁员，日子日复一日、平平淡淡地过，他始终很少与刘秀说话，他明显有些嫌弃她，但奇怪的是，他从来没提出离婚……最后，两个人都老了，家庭却爆发了争吵，刘秀发脾气了，说这样的婚姻她忍受了三十多年，他从来都没爱过她，只是对她尽责任，她不需要这样的责任，也不需要这样无爱的婚姻，于是，两个人离婚了。

33年的婚姻生活，比一场电影还要短暂，回归现实，阿巩彻底傻了，离

婚居然是那个丑女人提出来的，不是他。他真不明白，自己居然同这个女人生活了那么久也没提出过离婚，自己怎么这么傻？

他问白胡子老头："我怎么会跟这么丑的女人结婚？我还是不知道啊！"

老头说"那一段，就是另一条线了。那条线的线尾，就是你从赤坡镇返回去的那张火车票。"说话间，他从阿巩的身上掏出了那张泛黄的车票，贴了阿巩的额前，立即，当时的情景真实地出现了——

他从山坡回到赤坡镇火车站时，接到了车站派出所的电话，说他丢失的金表和钱包找到了。他兴冲冲地跑到派出所，看到了一位绝色的美女。民警将金表和钱包还给他，然后指着那位美女向他介绍，说是这女孩下火车时看到一个小偷割破他的衣服，将他的金表偷走了，然后转手交给了同伙，这女孩就一路跟踪着那个同伙，同时打电话报警。由于女孩一直跟踪着窃贼，准确通报窃贼的位置，民警们很快抓住了那个家伙，并从他身上搜回了表，只是他怎么都不肯供出那个行窃的同案犯。

民警介绍完，他连忙上前向女孩致谢，女孩落落大方地伸出手来与他相握，自我介绍："我叫刘秀……"

她叫刘秀？老阿巩惊呆了：刘秀年轻的时候居然这么漂亮？自己哪里

配得上她啊！可是，她后来怎么变成那副模样？老阿巩直犯傻，而他眼前的"电影"却在继续——

阿巩坚持请刘秀吃饭，以表谢意，刘秀倒也欣然接受了。两个人去了镇子里的一家餐馆，酒足饭饱之后，天色已晚，两人从餐馆出来不久，一个人突然从路边的暗影里冲出来，一把搂住了刘秀，然后，一把刀架在了刘秀的脸上，那人骂道"你居然坏老子的事，将我的兄弟送进了派出所，还将老子到手的金表也弄没了，快将那块表还给我，不然老子捅了你！"

刘秀和阿巩都惊慌失措，最终，刘秀承认，表不在她身上，已经还给了阿巩。歹徒便以刘秀为要挟，逼阿巩交出表来，阿巩迟疑着，歹徒便一刀捅进了刘秀的眼睛里，然后，刀尖从她的脸颊划下……

"不！"老阿巩情不自禁地惊叫起来。他这一叫，眼前的画面一下子便消失了。白胡子老头又重新出现在他面前，淡淡地说："你现在知道你为什么娶了她吧，她为了你破了相，大美女变成了丑八怪，她心如死灰，想寻短见，于是，你答应，娶她……"

"怎么会是这样？怎么会是这样？"老阿巩紧紧揪住自己稀疏的头发，然后号啕大哭起来："我对不起她！是我害她成这样，而我在后来的

日子里明显嫌弃她了，我这人怎么能这样？我怎么这么没良心？难怪她要与我离婚呢！"

5. 如果人生可以重来

阿巩很自责，他觉得自己太对不起刘秀了，他不要这样的结果！他恨不得立即就见到刘秀，真诚地向她忏悔。他"扑通"一声，结结实实地给白胡子老头跪下了，哀求道："求求您，告诉我，刘秀在哪？我要找到她，我不能跟她离婚。"

老头摇了摇头"晚了。你见不到她了，她已经死了。"

"死了？你胡说什么？"老阿巩来气了。

老头认真地说："在你来找我的时候，她已经离开了人世。其实，她早就患上了绝症，她之所以提出与你离婚，也是为了不拖累你……"

"怎么可能？怎么会？"老阿巩一下子瘫在地上，老半天，他终于反应过来，跳起来，一把揪住了老头的长袍："不行！我不能让她连我的一声道歉都没听到，就遗憾地离开了这个世界。我现在见不到她，你就得将我送回去，我要重新和她来过，我要补偿她，我要对她好！"

"将你送回去？让你重新过一次人生？那样挨苦受穷的人生你还要再过一次？"

"要！一定要！挨苦就挨苦，受

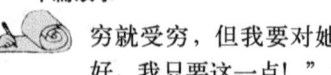

穷就受穷，但我要对她好，我只要这一点！"

架不住老阿巩的苦苦哀求，白胡子老头沉吟半晌，最后松了口："我可以帮你一次，但你得答应我一个要求。"

"行！只要你能让我回去，我什么都答应！"

"我本来是一尊主管遗忘的神，像你们庙宇里的菩萨和神像一样，那里本来有我的位子，我到凡间来本来就是来接受你们的膜拜的，但具有讽刺意味的是，五百年前庙宇请工匠为诸神雕像时，工匠受了我法力的感染，将我的长相给忘了，所以只雕出了我现在的模样，没有了五官。僧侣们请诸位神像进庙宇时，将别的神都请进去了，看我没有五官，以为我是一尊没雕塑好的神像，就将我遗弃在

这里。如果你能答应，我重新给你人生后，你能将我请进庙宇，接受香火，那么，我也就可以帮你一次。"

"行！我一定做到！"老阿巩一口应承。

两人谈妥了条件，白胡子老头这才猛然推了老阿巩一把，老阿巩一下子扑倒在地，当即昏了过去。等他悠悠醒过来，睁开眼，才发现，四周不再是花园，而是山坡，他趴在地上，手上突起的青筋和干枯的皱纹不见了。再看看面前的草丛，那里有一块很像人形的岩石，岩石上空，是一根横逸而出的树枝，树枝上还系了一根挽成圈的皮带……

他一下子回到了初到赤坡镇时的情景，他跪在地上，冲那块石头拜了两拜，然后拔腿就往坡下跑。

真的就像只是经历了一场梦一样，赤坡镇火车站还是老样子，坐落在镇郊，他刚刚来到车站，手机就响了，是派出所的民警打来的，民警说："阿巩，在一个女孩子的帮助下，我们抓到偷你金表的窃贼了，你来将表和钱包领回去吧。"

阿巩愣了一下，他一下子明白过来，不是梦，他真的回来

76

了。他跑去派出所，一眼就看到了刘秀，那么年轻，那么美貌，他一把握住了人家的手："刘秀，是你帮我将表追回来的对吧？"民警愣住了，刘秀也愣住了，刘秀诧异地问："你认识我？"

阿巩心里说，你是我老婆呢，我能不认识吗？但这话他没敢说，他只是双眼定定地看着人家，他知道，这么美的脸蛋很快就要落下伤疤了，他得在她这么完美时一次看个够。

他死死盯着人家的目光让刘秀脸红起来，忸怩着想抽回手。一旁的民警说："既然你们认识再好不过了，阿巩，是人家帮你追回你丢失的东西的，你可要好好请人家吃顿饭，感谢人家。"

"当然，当然。"阿巩知道，该来的都会来，躲也躲不过。他从民警那里领回了金表和钱包，钱包揣进了口袋里，金表呢，他就戴在了手腕上，他已经知道，这块表最终还是被歹徒抢去了，那么，何必藏着掖着呢，戴在手腕上，到时摘下来更方便，这样就能让歹徒少挟持刘秀一段时间，让她少受一点惊吓。

他请刘秀去镇上吃饭，熟悉的餐馆，从餐馆出来，熟悉的夜色，熟悉的街景，刚转过一个街角，一个人跳出来，手里握着一把刀，径直朝他们扑过来。这样的情景太熟悉了，阿巩一直提心吊胆地等着这一刻呢，他一

把将刘秀拉到了自己的身后，用自己的身体护着刘秀，这种敏捷的身手让歹徒扑了个空，不由站在那里愣了一愣。

阿巩一边护着刘秀，一边很快伸出了自己的左手，一抖袖子，亮出了左腕上的那只金表，手表在路灯光的映照下，闪着金灿灿的光。他大叫大嚷起来："你不就是想要这块金表吗？我给你，但你要是敢伤害刘秀，老子跟你拼命！"

他说话时咬牙切齿，一副拼命三郎的架势，这架势将歹徒给镇住了，歹徒握着刀一时不敢贸然上前。

"来呀，你过来呀，将表拿去！你不就是为这块表来的吗？这块表我现在就送给你。"阿巩麻利地从手腕上摘下表，冲歹徒扬了扬。

歹徒也许还从来没见过这样的被抢对象，主动将贵重物品往自己手上交，他不知道这里面是不是有什么圈套，一时间惊呆了，进也不是，退也不是。

阿巩见歹徒愣在那里，手上还紧紧地握着那把刀，他也急了，他最担心的就是那把刀啊，他的双眼一直死死地盯在那把刀上，见歹徒没有动作，他索性将刘秀往身后推了推，推得她离歹徒更远些，然后，他自己跨前一步，将表递到了歹徒的脸前，几乎是央求道："你就是要这块表嘛，表你拿去，但你不能用刀砍她。你实在

要砍也可以，砍我，行不行？来，朝我脸上砍一刀，或者，朝我手上砍一刀也行。我让你砍，表我也送给你。"

阿巩一边说一边往歹徒身边凑，他的本意就是要让歹徒伤害不了刘秀，但在歹徒看来，这人完全是个疯子，哪有将金表往人家手中塞还要央求人家砍他的？这人不是疯子就是吃了豹子胆的浑人，他这样一想倒慌了，阿巩往前逼进，他就往后倒退，退了好几步，阿巩终于急了，嚷嚷起来："来呀，砍我呀，砍我和砍她不是一样的吗？你何必惦记着她呢？"这样一嚷，歹徒再也吃不住劲了，"妈呀"叫一声，惶惶道："还真是疯子。"一把扔下刀，撒腿就跑。

这样的结局倒让阿巩懵了，这与以前自己经历的怎么不一样呢？

6.命运掌握在自己手里

歹徒一逃，一旁的刘秀慢慢从惊吓中回过神来，她顿时笑弯了腰："你可真厉害，瞧你将那家伙吓的。好像不是他要抢劫你，倒像你要抢劫他似的。"阿巩还像是在做梦似的，傻站在那里。刘秀说："你知道吗，就是那家伙偷走你的表的，他拿着刀冲上来，不是想报复我就是想抢走你的表，这倒好，反倒被你给吓跑了。我真没见过你这么胆大的，够男人！"刘秀眼神里尽是钦佩和欣赏的光在涌动。

阿巩心里却不轻松，他是一个相信命运的人，更何况，他的人生他已经经历过一次，他知道，刘秀最终是被那家伙砍了一刀的，既然那家伙今天没砍，那么，今后他迟早会砍的。他得保证，自己随时陪在刘秀的身边，既可以保护刘秀，让刘秀的伤受得轻一些，又可以在一旦刘秀受了伤的情况下，他好第一时间将她送去医院。

所以，阿巩一直将刘秀送回了家，然后，一直在刘秀家的屋檐下坐到了天亮。第二天早晨，刘秀一觉醒来看到守候在门外的阿巩，得知阿巩的真实意图后，刘秀感动得眼睛潮湿了。

这一天，他仍然一直陪着刘秀。刘秀也显然对他很有好感，两人好得俨然像对情侣。

阿巩知道，该来的迟早要来，刘秀迟早要破相，迟早要嫁给他，他没法改变命运，他能做的，只能尽量不亏待了刘秀，所以，他拼命想挣钱。他要让刘秀过好日子，最起码，在刘秀受伤住院时让她吃上好的东西，用上好的药，所以，他送金表给老板的朋友时，顺便找了一份工作，他拼命打工。

他卖力工作的表现很快得到了那家公司老板的赏识，老板提拔他当了主管，薪酬也提高了许多。他一分也不敢乱花，这些钱他得分分厘厘攒起来，给刘秀用。

他拼命工作，拼命攒钱，拼命对刘秀好，刘秀终于答应嫁给他了，而公司也升他当了部门经理。他在刘秀的娘家与刘秀举行了一个与他所知道的不一样的婚礼，婚礼办得很热闹，刘秀喜欢什么他就买什么，他只有一个愿望，一切让刘秀高兴。

危机感始终压在他的头上，刘秀还是那么貌美如花，阿巩知道，这样的幸福不会长久，所以他倍加珍惜。

这样的日子过了两年，他的存折上已经存了几十万元，刘秀还是那么美丽，还没受到伤害。他觉得有点不可思议了，自己的日子与自己过去看到的有点不一样了。有天夜里，他偷偷地顺着火车道跑到了那座山坡上，找到了那块岩石，他想找白胡子老头问问到底是怎么回事。

他已经知道了唤醒白胡子老头的方法，得用眼泪。这两年他有点参悟透了，眼泪可以说是遗忘的克星，有眼泪说明并没遗忘一些痛苦和不幸，所以用眼泪才唤得醒遗忘之神。

他在岩石前拼命想挤出眼泪来，唤醒遗忘之神，但他的生活太幸福太甜蜜了，他真的伤感不起来，他怎么酝酿也流不出眼泪，还是白胡子老头自己跳出来与他见面了。老头一见他就责问他，为什么食言，不将他请进庙宇里去。

阿巩说："你得先回答我一个问题——我现在过的日子为什么与以前的人生不一样？我怎么有钱了？怎么我老婆没破相？是不是你在背后帮了我？"

白胡子老头愣住了："我怎么能帮你？我是遗忘之神，我只能帮助别人遗忘，可没有本事帮助别人改变命运。"

阿巩更糊涂了："可我的命运怎么变了？是不是灾难还要迟些来？"

老头哈哈大笑："我只能说，是

你自己改变了你自己的命运。命运本来就掌握在各人自己的手中。你过去是个悲观的人,遇到一点挫折就以为是自己命不好,你相信了自己命不好的观点,所以既悲观又消极,这影响了你对生活的态度,当然也就改变了你生活的结果。就拿你金表被偷的事来说吧,你总觉得有人要偷你的表,所以你不停地摸装表的口袋,小偷看到了你的举动,当然知道你那里藏有贵重物品,所以朝你下手了。你现在改变了人生态度,命运当然也会跟着改变。有人拿刀来要挟你,你不后退反而上前让人家砍你,人家被你的气势吓跑了,那么,该发生的惨剧也就不会发生了。你努力工作,自然回报和机会也就都跟着来了……所以一句话,你以什么态度对待生活,生活就以怎样的结果来对待你,这也许就是你们所说的命。"

阿巩反复咀嚼老头的话,似有所悟,他兴奋得一下子蹦起来:"这么说,我自己改变了自己的命运?惨剧不会再发生了?我老婆不会破相,我也不会再受穷?"

老头点了点头:"这要看你今后怎么做了。"

"这么说,命运是我自己改变的,你改变不了我?"

"是的。"

"那我可要食言了。我想,我不请你进庙宇了,反正你也报复不了我。"

白胡子老头慌了:"你怎么能这样?你怎么能不讲信用?"

阿巩郑重其事:"不是我不讲信用。我觉得你被遗忘在这里会更好些。你是遗忘之神,你能帮助别人的,就是让人遗忘过去。我想,过去无论是苦是甜,是喜是悲,那总是每个人自己的生活,还是不要忘了好。人生的意义不就在于经历吗,经历都忘了还叫什么人生?我以前的生活,不就是教训吗?所以,我觉得没人需要你。"阿巩说完,嘻嘻哈哈地跑走了,气得白胡子老头直在那里翘胡子。

阿巩跑回家,一把抱住了刘秀,热切地说:"老婆,我们搬走吧,现在该回我老家去了,过我们新的人生,我再也不要在这里担惊受怕了。"

刘秀不解,问:"你担惊受怕什么?"

"我怕——我怕我对你不够好,亏待了你。"阿巩话到嘴边改了词。

"傻东西,你还对我不够好?我可以打赌,全天下再也没有比我更幸福的女人了,连我爸妈都说,我找到你这样的老公,我的命真好。"刘秀紧紧地依偎在阿巩的怀里,满脸幸福的娇羞。阿巩紧紧地拥住刘秀,一脸甜蜜:"我的命,也真好。没办法,这是——命。"

(题图、插图:杨宏富)

□ 王春迪

薄粉刘全

赣榆老城区的人，早餐最爱吃薄粉，薄粉用豆粉制成，如糊似粥，宛如碧玉，绵滑柔软，暖脾舒胃。佐之椒面，趁热入口，含之即化，此时，再续一口刚出锅的油条，更是香辣溢口，口内留芳，别具风味……

薄粉是一种地方小食，据说，这薄粉，是清末民初时，一个戏子带来的。这个戏子名叫刘全，而立之年，长得英俊帅气，他走南闯北，靠卖薄粉糊口，每到一个地方，只要攒够盘缠，就继续漂泊。

刘全卖薄粉和别人不同，每天，等到太阳老高时，他才晃悠悠地打街尾过来，每次都是人未到，歌先到。

这时，老街上那些睡懒觉刚刚起来的爷儿们，就手里拿着碗盆，翘首以待。刘全卖粉，卖完一盆就完了，两个铜板一勺，从不加价，所以吃到薄粉的人，一天美滋滋的。

当然，大伙也不光是为了吃粉，这刘全，不但是个戏精，还会说古，每次说唱到紧要处，总引来男女老少，里三层外三层地围着。刘全唱曲，得住机会就往女人身上抛媚眼，被抛着的女人，心领神会了，脸灿烂得就像桃花。

可街的对面，有一个卖馄饨的年

轻女人，不管刘全这边怎么热闹，却始终静如止水。

女人长得很标致，有一个四五岁大的男孩。男孩吮着指头，时常望着沸腾的汤锅出神，女人总是温柔地抱着他。

刘全私下向街坊打听女人的情况，街坊告诉他："这女人是个寡妇，几年前不知为啥来到这儿，平日很少和邻里交往，总见她眼睛红红的。你来之前，她的生意还算勉强，你来之后，生意就一天不如一天了……"

从此，刘全便将摊子移到女人的旁边，每天来得早，回得晚，只是他

不再卖薄粉了，而是专门说书唱曲。

刘全像是拿出了看家本领，胡琴一拉，醒木一拍，摊子前人山人海，水泄不通。等到太阳竿子高时，大家仍不想回家吃饭，只在周围买了少许饭食，边吃边听，于是，最近的馄饨摊便成了首选，一时间，生意火热，络绎不绝。

女人知道这是刘全在帮她，却很少在话语中表达谢意，只是无论生意再好，她都要留下一份馄饨，等到黄昏时分、听客散去的时候，将馄饨用文火煮熟，盛给刘全。

刘全也不多说，低头吃完馄饨之后，抱拳相谢，转身离去。

后来，盛有馄饨的碗旁，又多了一壶酒，刘全跟女人打招呼时，总善意地一笑，女人抿嘴微笑，一脸绯红。

日子长了，刘全和女人话也多了，女人自然问到刘全家在哪里，刘全往北一指；女人又问他今后去哪里，刘全微微一笑，凝神半响。

女人边擦桌子，边说："别走了，这儿挺好。"

孩子在一旁见了，便好奇地问道："妈妈，桌子刚刚不是擦过了吗？"女人一怔，笑了，刘全也笑了，孩子看大人笑，也跟着笑了。

一天，女人依旧将酒和馄饨端到刘全面前，随后在衣服上擦了擦手，掏出一个鼓囊囊的手巾，小心打

一流情节让你享受高密度、快节奏、强视觉的阅读快感

《古玩街秘藏》：纷繁、隐秘、惊疑、奇趣

直击古玩界内幕　揭秘收藏家传奇

30年前，一部反映地下斗争生活的长篇《特殊身份的警官》曾获得读者的广泛好评，7次再版，印数达80余万册。近日，该书作者姚自豪历经数年的倾力之作《古玩街秘藏》由上海文艺出版社出版。

长篇小说《古玩街秘藏》将告诉你一个云谲波诡、山重水复的收藏界终极秘密：一只御窑瓷瓶，六十年风雨颠沛，七人辗转易手，五人死于非命……小说以古玩收藏、古董市场为人物活动的"主场"，并辅以官场、商场、情场以及刑事侦查的若干现场，对当今古玩收藏这一社会现象进行了独到的解读，背景复杂，场面恢宏。

本书风格独异：作者以高密度、快节奏、强视觉的独特手法表现情节，秘不可测、持续不断的悬疑始终会让你产生一种探幽揽胜的阅读冲动，跨进小说文本的世界，你会感觉到异乎寻常的亲历性和目击力，获得超常的阅读满足。

开，递给刘全，刘全瞟了一眼，见那是几块银元，便将手巾轻轻地推回去："快过年了，你给孩子扯身新衣服吧。"

女人听罢，眼泪簌簌而下，过了好久，女人羞怯怯地说："大哥，要不今晚，我……去你那儿？"女人说话时，低头摆弄着衣角，面红如火，刘全这才发现，女人今天略施粉黛。

刘全对着壶嘴，将壶里的酒一口吞下，然后很肆意地打了一个响嗝，踱着方步，哼着小曲，悠然而去。

那天晚上，女人脚蹬红绣鞋，身着红夹袄，悄然来到刘全家门前，她敲了敲门，然而屋里并无声响，她推门而入，却见人去屋空，屋里的桌子上有一封信，信上写着简单几行小字，是薄粉的秘方。

女人走出屋子，看着远方，不禁泪洒衣襟。

据打听，那天傍晚，有人看到刘全往北离去，他没带家什，一路高歌。因为在北边，有刘全的家和他的儿子，刘全要赶在过年以前回家。

（题图、插图：安玉民　梁　丽）

通情达理的妻子

经过了30年的婚姻，一个男人对他的妻子说："亲爱的，你是否知道30年前，我有一套廉价公寓，一辆廉价汽车，在床上观看黑白电视机，但是那时我每天晚上，是和一个21岁的金发女郎生活在一起。现在，我们有一幢漂亮的房子、一辆好车，还有豪华的大床和等离子家庭影院电视机，但我却和一个51岁的金发老太婆生活在一起，这在我看来，太不公平了！"

妻子是一个非常通情达理的女人，她说"亲爱的，你可以出去寻找21岁的金发女郎，她将确保你再次生活在一套廉价公寓里，驾驶一辆廉价汽车，在一个沙发床上睡觉，如果你是幸运的话，你还将会拥有一台小电视机。"

（编译者：李剑红）

鸡鸣狗盗新传

社会安定，秩序井然，两只狗被主人辞退了。那天，两只狗在发牢骚，赖皮说："现在工作真不好找。"黄毛说："真怀念以前的日子，虽然责任重，但吃喝不愁！"赖皮说："我倒有个长久规划，准备今晚实施。"

晚上，赖皮回到以前的主人家，去偷厨房里的东西，公鸡一看，马上"喔喔喔"地叫起来，而这个时候，赖皮已经叼了一块腊肉，跳墙而走，主人闻声出来，已是望尘莫及。以后只要公鸡打鸣，必有小偷进来偷盗。

又一个晚上，赖皮来到公鸡面前说："你不应该兼职。"公鸡说："这不是兼职，而是职责……"

赖皮不等公鸡把话说完，扑上前去，将公鸡死死捂住，不一会儿，公鸡就窒息而死了。主人发现公鸡被捂死，不免发起愁来，为了防盗，主人只得来到垃圾场，喊了声"赖皮，跟我回家。"就这样，赖皮又光荣地上岗了，它走的时候，豪情万丈地对黄毛说："哥们，有哥一口，也有你一口！"

（作者：李大勇）

大家齐声说"是的，不用了。"

波那说："你们敢签合同吗？"

约翰说："当然，不过有一点要说明，签下合同后，如果阳光照进工厂，那么您就违反了合同，我们要向您收费的。"听了这话，波那一下子愣住了。 （作者：何建新）

禁用太阳光

在南太平洋的小岛上，一位叫波那的商人，把太阳登记为了自己的财产，要求岛上所有的厂主交太阳资源的使用费。大家觉得好气又好笑，坚决不肯。波那说："法律上没有规定，太阳不可以登记为个人财产，所以，你们最晚明天必须得交使用费。"

当天晚上，那些厂主来向聪明人约翰求助，约翰想到了一个好办法。等到第二天早上，波那带着人来砸工厂时，约翰带头说："波那先生，我们决定不用阳光了，因此也就不用向你交钱了。"

波那一愣："你们不用阳光了？"

捐助

这天早上，柱子来到公交车站等车时，给了乞讨的老太太一枚一元硬币。上车时，柱子发现自己没有零钱了，钱夹里最小的面值也只有10元。他请求司机："师傅，我只有一张10块钱，能不能投币之后，站在投币箱前收零呢？"司机一听，立刻拒绝了。

无奈之下，柱子只好转身下了车。他心里明白，如果错过了这一趟车，自己必定上班要迟到的。

就在这时，那位乞讨的老太太连声喊着："等等！"然后她上了车，将原先柱子给的一元硬币，塞进了投币箱，接着对司机说："请稍等一下，钱给了，人还没上来！"老太太冲着柱子喊道："孩子，还不赶快上车，别把钱浪费了！"

车子启动后，在一车厢乘客异样的目光下，柱子看着那位老太太，说不出的感动。 （作者：西岳）

（本栏插图：安玉民 梁丽）

"岳阳杯"幽默故事创作大赛征文选登
本活动由上海市松江区岳阳街道与本刊共同举办

"打理"女朋友

□ 金 波

有一位老板是个工作狂，经常忙得连女朋友都顾不得"打理"，时间一长，女朋友就抱怨起来。

为了讨女朋友的欢心，老板答应周末陪陪女朋友，但不巧的是，老板临时接到通知，周末要去外地开会，正为此事犯愁时，秘书为他介绍了一家"恋爱助理有限公司"，专门帮人进

行约会。

周末一到，老板立即拿起话筒和这家公司联系。在电话里，老板谈好了条件，马上有人来找他了。

老板一看来人，顿时眼前一亮，那人身材高大，风流倜傥，比自己帅气多了。

老板严肃地问那男人："知道我请你干什么吗？"

男人回答："做您的'约郎'，替您同女朋友约会，给她献花，陪她吃饭，带她去游乐园玩玩……"

老板又问："懂得行规吗？"

"约郎"认真地说："完成委托人的一切交代，全心全意为委托人服务，既要表演逼真，又不能有任何肢体接触。我们公司有严格的规定，不能有任何越轨行为，这个请您放心！"

"知道就好！"老板指着一束早已准备好的玫瑰花，说，"一见面就要把花献给我的女朋友，然后按我的要求说好每一句话、做好每一件事。如果你做得让人满意，我会加倍给你赏钱的。"

"约郎"回答道："悉听吩咐！"

接着，老板把想说的情话全写在一张纸上，让"约郎"熟记；把女朋友的喜好、忌讳和注意事项也写在纸

老板急不可耐地问："跟踪得怎么样？"

那人紧张兮兮地说："老板，大事不好啊！这回，您可能要气得半死！"

老板一惊："什么？他们……你快如实说来！"

那人说："他们就像早就认识似的，一见面就非常亲热，那个甜蜜劲儿……不堪入目啊！"

老板听不下去了，怒吼道："胡说！我女朋友是那种人吗？"

那人继续说："老板，我可不敢信口雌黄、无中生有，我有物证啊！这不，照片可是全洗出来了。"

老板接过照片一看，脸上的怒容顿时烟消云散，反而哈哈大笑起来："你真够笨啊！这个女人是我的女朋友吗？我都不认识……不过奇怪，那小子和她是什么关系？"

正在这时候，老板的手机突然响了，他瞄了一眼，是女朋友打来的，赶紧接听，电话里传出女朋友嗲声嗲气的声音："未来的老公，你出差回来了吗？不好意思，周末晚上，我去参加朋友的聚会了，所以临时请了个'约娘'，谢谢你的礼物哦！"

上，让"约郎"小心；需要为女朋友买什么礼物、去什么商场、逛什么花园、玩什么游戏……也一一交代。

"约郎"领命而去。

老板却意犹未尽，他轻轻拍了两下巴掌，侧门内立即走出一个贼眉鼠眼的家伙，手里还端着一只数码照相机。

老板说："暗暗盯住他们！一有违规行为，不管是谁主动的，立刻拍下来，不得有误。"

男人回答："老板您放心，我还等着您回来论功行赏呢。"

交代完毕，老板长长舒了口气，拿着行李包，走出公司，驱车直奔机场……

三天后，老板风尘仆仆地回来了。刚往沙发上一躺，拍照的那个家伙就慌里慌张地闯进来了，他说："老板，您可回来了。"

红版编辑部各编辑邮箱：

姚自豪：yaobianji@126.com;
吕 佳：lujia411@yahoo.com.cn;
叶小萌：xiaomeng.ye@gmail.com;
李天然：chin_poet@163.com.

奖 励

□ 朱玉强

9岁的女儿喜欢喝雪碧，一天晚上，外面正下着大雨，女儿嚷嚷着非要让爸爸去买雪碧。爸爸拧不过她，只好冒雨出门。回来时，爸爸拿了三瓶雪碧，一家三口，人手一瓶。

女儿很快把自己的那瓶喝光了，

她眼巴巴地盯着妈妈的瓶子，妈妈拿着雪碧瓶，有意要给女儿，这时爸爸抗议了："小孩子多喝碳酸饮料，对牙不好，你想让我们闺女长大了成豁子牙啊？"

妈妈听了，觉得有道理，就把没喝完的雪碧放进了冰箱，然后教育女儿，不能偷喝雪碧，不然会变成豁子牙。女儿咽着唾沫表示听明白了，说自己决不会偷喝。

睡觉前，爸爸跟妈妈打赌："等着吧，不用到明天晚上，女儿肯定会把饮料偷偷喝光的！"

妈妈不信，说："女儿最乖了，我跟你打赌，她是不会喝的，你要是输了，下周就做一个星期的饭。"爸爸欣然同意了。

第二天下班，爸爸回到家，发现老婆眉开眼笑地拿着一瓶雪碧，向他示威："怎么样，瓶子里的雪碧没动过吧？"

爸爸见了，大跌眼镜，他又仔细看了饮料瓶一眼，不禁大笑起来"这瓶子里的雪碧肯定变少了，昨天我特意观察了雪碧的容量，这瓶子里可是少了好几口呢！"

妈妈"嚣张"的气焰立刻被浇灭了，她唬着脸问女儿怎么回事。

女儿红着脸说："我也没想到自己的意志力这么强，能忍住不偷喝，所以刚才趁你不注意的时候，我偷偷奖励了自己五小口！"

学会了痛哭

□ 金老歪

有个男青年去乘公交车，刚上车，就看见一个家伙，鬼头鬼脑的，准备偷一个乘客的手机。男青年刚想上前阻止，就听到车里一声尖叫，邻座的一位老太太放声痛哭道："天啊，我的钱不见了！"

此话一出，大家立刻巡视周围，那名小偷只好肃立一旁。男青年上前问老太太："你丢了多少钱？要不要我们替你报警？"

老太太抽泣道："钱也不多，大家都很忙，白耽误了你们的时间。"老太太脸上红红的，车一停下来，她便匆匆走下了车。男青年跟她同一站下车，下车后，他安慰了老太太几句，没想到老太太突然笑了，神神秘秘地说："其实，我的钱没有丢。"

男青年先是一愣，然后兴奋地说："那你是看到小偷了，所以故意这么说的？"老太太说："也不完全是，我根本就不知道车上有小偷。"

男青年一脸狐疑："那是为什么？"老太太说"我以前也被小偷偷过钱，那次还有一个见义勇为的青年人帮过我，结果他被小偷和同伙打得浑身是伤。后来有一次乘车，一个乘客因为丢了东西，在车上放声痛哭起来，顿时周围的人都紧张起来。这件事提醒了我，所以我每次带着钱上车，都要放声痛哭一回，那意思就是告诉小偷，我的钱已经被偷过了，别打我的主意！这样不仅保护了自己，也警醒了别人。"

听到老太太的话，男青年茅塞顿开。告别老太太后，他又转乘另一辆车，巧的是，刚才那名小偷也在车上，他正往一位乘客身上靠，眼看就要动手了，情急之下，男青年"哇"地哭起来，大声喊道："该死的小偷！我的钱丢啦！"

（本栏题图、插图：顾子易 包丰一）

眼色行事

□ 陈立波

董大爷上过几年私塾，知书达理，是当时偏僻山村里少有的"明白人"，村里大事小事都要向他问询。

一天，族里请人来说书，族长专门叮嘱族人："听书时要看董大爷的眼色行事，董大爷笑，我们就笑，董大爷哭，我们就哭……总之，董大爷怎么做，我们就跟着他怎么做，别在外人面前失了礼数。"族人听后，纷纷答应了。

时值盛夏，为方便众人听书纳凉，族长特意选了在池塘旁听书，德高望重的董大爷自然被安排在了最前排，紧靠池塘边、最阴凉的位置上。

晌午时分，说书先生幽幽道来，众人屏气听书，当说到精彩处，董大爷带头叫"好"，众人随声附和。

但是，董大爷毕竟是上了年纪的人，书说得再精彩，时间一长，也容易犯困，不知不觉就打起了瞌睡。正当人们为好长时间没听见叫好声犯嘀咕时，只听"扑通"一声，坐在池塘边上的董大爷一头栽到了水里。

族人虽不明就里，但族长的叮嘱却记得清楚，一个族人小声问族长"董大爷跳水了，我们要不要跟着跳啊？"族长略有所思地说："要跳！跟着董大爷跳准没错，别失了礼数。"

于是，族长和那个族人跑到池塘边，步董大爷后尘，"扑通"一声跳进了水里，紧接着，又听到"扑通、扑通……"一串声音，族人都争先恐后地往池塘里跳去，场面甚是壮观。

说书先生先是被眼前的一幕弄得惊诧不已，继而却拍手叫好："一人落水，全村施救，真是仁厚礼仪之村啊！日后定当编演成书，广为传颂！"

·本刊信息传真·

阿Ｐ系列幽默故事征文

阿Ｐ系列幽默故事栏目开辟二十多年来，深受读者欢迎。为了把这个栏目办得更好，本刊再次面向全社会征稿。

来稿方法：1. 从邮局寄发，请在信封上注明"阿Ｐ故事征文"字样，本刊地址：上海市绍兴路74号《故事会》杂志社，邮编：200020。2. 从网上传递，可寄以下信箱：wulun@vip.sohu.net，请在主题上注明"阿Ｐ故事征文"字样。凡已和我刊编辑有联系的作者，稿件可继续投给联系的编辑。

489 **2011** SEMIMONTHLY 下半月刊 **6月**

STORIES

欢迎登录本刊主办"故事中国网"（www.storychina.cn）

故事会
──STORIES──

2011年6月
下半月刊·绿版

何承伟：社 长·主 编
夏一鸣：副社长
吴 伦：常务副主编（兼绿版负责人）
姚自豪：副主编（兼红版负责人）
本期责任编辑：吴 伦 黄美舟（见习）
电子邮箱：piggybank81@sohu.com
绿版发稿编辑：
朱 虹 杭 帆 刘迎曦 颜轶超
美术编辑：李宝强
电脑制作：郭瑾玮
本社办公室电话：021-64375030
上半月刊编辑部电话：021-64332325
下半月刊编辑部电话：021-64336469
（上海市绍兴路74号 邮编：200020）
主管、主办：上海文艺出版（集团）有限公司
出版单位：《故事会》编辑部
发行范围：公开

────────────

制作、发行总监：张 凯
电话：021-64313938
广告业务：上海故事会文化传媒有限公司
广告总监：张 淮
广告业务：021-34010383
广告投诉：021-64333738
广告经营许可证
沪工商广字3100320080016号
发行：中国图书进出口上海公司

特别提示： 凡本刊录用的作品，即视为本刊已获得该作品与《故事会》相关的网上传播、汇编出版、电子和录音录像制品等权利。本刊向作者支付的稿酬，已包含了上述各项权利的报酬，如有特殊要求，请提前说明。

抽烟的理由

老王被老婆逼着戒烟。这天，他又习惯性地去摸烟，老婆不高兴地说："还抽呢？"

老王一边点烟一边说："我要考虑一个问题，这可是咱家的大事，不抽没思路啊！"

老婆一看老王是在思考大事，也就容忍了。老王抽完烟，满足地眯着眼睛，这时老婆发问："你刚才想啥呢？想出什么结果了？"

老王抿嘴一笑："我刚才在考虑如何戒烟。"

（孙国荣）

（本栏插图：包丰一）

妈妈劝嫁

妈妈想让女儿去相亲，于是语重心长地对女儿说"现在社会上司机要男的，会计要男的，连秘书也指定要男的。妈实在为你操碎了心啊！"

女儿不解："妈，你到底想说什么？"

妈妈很认真地说："妈想说的是：趁现在'老婆'还能是女人，赶紧找人嫁了。要不过几年，还不知道怎么样呢……"

（郝翠英）

病 因

伦克晚上看了一场脱衣舞秀。回到旅馆后，他发觉眼睛很痛。第二天，他不得不到一家眼科医院求治。

伦克如实对医生说："我看完脱衣舞秀，眼睛又红又肿。"

医生摇摇头叮嘱道："下次看这类表演的时候，记得要眨眼。"

（成 宫）

4

一生一次

妹妹大学毕业，她兴奋地向姐姐诉说着自己的毕业舞会计划："我会租一辆豪华加长林肯车，买一件高档的晚礼服，然后在本市最贵的酒店订酒席。"

姐姐瞪大眼睛说："我的结婚典礼都没你这个毕业舞会花费大呀！"

妹妹不以为然地说："毕业舞会一生只有一次，可结婚典礼就不一样了。"

（李淑珍）

老 教 材

爷孙俩都是厨师，一天孙子拿着菜谱学做一道菜，爷爷嘱咐道"这道菜千万别加汤！"

孙子说："书上说要添汤，不然肉不嫩。"

爷爷说："你用的是老教材，现在的肉在屠宰场里就已经被加足水了！"

（吴本慧）

解决问题

警察正在审问一个落网的窃车贼。

警察说："在上个月，你盗窃了十二辆汽车，证据确凿，你还有什么可说的？"

窃车贼说"我只想说，你们逮捕我是个错误。如果再给我几周时间，我敢保证，咱们这个城市的车辆堵塞问题就可以被彻底解决。"（全天福）

郁闷的原因

在幼儿园上学的女儿回家后闷闷不乐，一副不开心的样子。

妈妈很是着急，便问道："怎么了，宝贝，谁欺负你了？有什么事快跟妈妈说说。"

女儿忧心忡忡地说："电视台的叔叔今天到我们班拍电视了！"

妈妈说："好啊！我们家宝贝都上电视了，应该高兴才对啊！"

女儿郁闷地说"可是，我们被拍进去后，怎样才能出来呢？"

（徐德川）

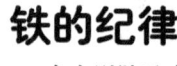

新型牙膏

大学寝室晚上熄灯后，小王想起来自己还没有刷牙，摸了摸自己的牙膏，已经用完了，于是向寝室长借。

寝室长说："我的牙膏放在柜子下面。"

小王轻车熟路地取到牙膏，刷完牙说："寝室长，这是什么新型牙膏？味道好特别呀！"

寝室长打开手电一看，无奈地说："多功能鞋油，味道肯定特别啦！"　（黄 珏）

设计签名

妈妈对女儿说："我当上了财务科科长，少不了要在发票上签名字。要是别人冒充我的签名会出问题的。我要请人专门设计一个签名，让人难以模仿。"

女儿说："让爸爸给设计一下就行了。"

妈妈问："他是医生，哪里懂设计签名啊？"

女儿说："他开的药方龙飞凤舞，病人永远看不懂，想要模仿他的字体，那更不可能啦！"

（李淑珍）

铁的纪律

一天，一个上尉肚子痛，急着去蹲茅房，可是唯一的茅房里已经有一个新兵蹲着了。

上尉十分恼怒，于是恶狠狠地看着新兵，希望新兵识趣点，立刻走人，可是新兵蹲了半天仍没有要走的意思。

上尉终于爆怒了，凶巴巴地对着新兵说："你知道一个新兵在这种时候遇见上级应该怎么做吗？"

新兵诚惶诚恐地回答："一定要让上级知道我在坚……坚守自己的岗位。"

（吴本慧）

污水费

一位老太太去银行交水费，银行工作人员接过钱，核对了一下水费单，说："您这钱不够啊，水费单还有第二页，这个也得交。"

老太太好奇地问："第二页是什么？"

工作人员脱口而出："污水费，也就是……"

工作人员正想解释那其实是排水费，不料老太太气愤地打断道："我家从来不喝污水。"

（陈福国）

系丝巾

男孩送给女朋友一条丝巾，十分麻利地替女朋友系上，还打了个复杂的结。

女朋友见状，顿时拉下了脸。

男孩奇怪地问道："亲爱的，怎么啦？难道是丝巾不好看？还是我打的结不漂亮？"

女朋友嘟着嘴说："你不是说我是你的初恋吗？我看不是。你系丝巾这么熟练，打结这么漂亮，根本不像第一次给女孩儿系。"

男孩一听，连忙把裤腿拉起来，指着运动鞋说："你看我的鞋带，从小系到大。我是用系鞋带的方法来给你系，能不熟练吗？"（旭日升）

最新线索

警察局正努力侦破一起杀人案，但破案期间，又有一个市民被杀。

警察局长愤怒地问警探："现在又有人被杀，你什么时候才能把凶手捉拿归案？"

警探说："又一个人死了，说明我们又多了一条线索。我们已有足够的证据证明凶手有罪，只是还不知道凶手是谁？"

（赵 明）

（本栏目欢迎原创作品、翻译作品，来稿可从邮局寄发，也可从网上传递。如为电子邮件，请发以下信箱piggybank81@sohu.com）

不死的理由

□ 楚横声

下岗工人沈坚强快死了，牛头和马面接到阎王的命令，前往沈家收魂。

牛头和马面赶到沈家的时候，沈坚强正长长地吐着一口气。牛头和马面经验丰富，知道他这一口气吐完了，从此就阴阳两隔，于是准备上前带人。

就在这时，沈坚强的儿子流着泪趴在父亲耳边，不知道说了几句什么，只见沈坚强拼命挣扎，心脏又微弱地跳动起来。

牛头和马面不耐烦了，牛头走上前去，不客气地说："喂，你都这样子，还挺什么挺啊？赶紧跟我们走算了。"

沈坚强见了传说中的这两位，也不害怕，淡淡地说："对不起，现在还不能跟你们走，再等等吧。"

这人不死，牛头和马面也就不能硬来，否则是触犯天条的。

马面只能晓之以理："等你倒没什么，可我得提醒你，到了该死的时候你硬挺着不死，每挺一天，你身上的痛苦就会增加十分，那罪真不是人受的，你这又是何苦呢？"

沈坚强满脸痛苦，但他咬着牙，继续坚持。

转眼一天过去了，沈坚强那像游丝般的一口气眼看着要断了，可他的儿子又趴在他耳边说了几句什么，于是沈坚强马上又振作起来。

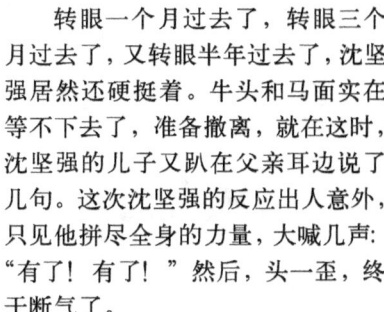

久拘魂的勾当，还真没见过这样的怪人！

转眼一个月过去了，转眼三个月过去了，又转眼半年过去了，沈坚强居然还硬挺着。牛头和马面实在等不下去了，准备撤离，就在这时，沈坚强的儿子又趴在父亲耳边说了几句。这次沈坚强的反应出人意外，只见他拼尽全身的力量，大喊几声："有了！有了！"然后，头一歪，终于断气了。

牛头和马面又惊又喜，赶紧揪住沈坚强的魂，带他越过奈何桥，边走还边问："沈大哥，求求你告诉我们，你儿子到底说的是什么啊，居然能让你变得那么坚强，是什么让你硬撑了那么久？"

沈坚强突然嚎啕大哭起来："还能有什么啊？我儿子告诉我说，墓地价比房价还贵，他还没攒够钱买我的墓地呢。我的魂被你们收走了，可肉身总归要有个去处啊！死无葬身之地，我敢死吗？"

"那你现在怎么又敢死了？"牛头傻傻地问。

沈坚强哽咽着说："我儿子孝顺啊，他千辛万苦，终于借到钱为我买了墓地。"

（题图、插图：安玉民 梁 丽）

接下来的一个星期，天天如此。牛头和马面等得心焦，于是就问沈坚强："你儿子到底跟你说什么啊？他的话怎么跟还魂针似的，你一下子就精神了？"

"啊……"沈坚强只是痛苦地呻吟。

牛头上前动之以情："你这么大年纪的人了，也该为你家人想想吧？为你治病都穷成啥样了？你老婆都熬成啥样了？就算为了他们，你也该赶紧跟我们走了。"

沈坚强疼得龇牙咧嘴，说话都说不顺："我、我都快疼死了，要是能死你以为我愿意挺着啊！"

牛头和马面可气坏了，干了这么

（本栏目欢迎来稿。来稿可从邮局寄发，也可从网上传递。如为电子邮件，请发以下信箱：piggybank81@sohu.com）

女官员和
修鞋匠

□ 辛春华

刘芳是教育局的办公室主任。有一天中午，她的鞋跟扭断了，就到单位大门旁边的修鞋摊去修。摊主王瘸子正在吃饭，见来了生意，赶紧撂下馒头，接过鞋子修了起来。

刘芳见王瘸子的午饭只有一个干馒头跟一块咸菜疙瘩，就打趣说："老板，看你生意不错，干吗这么节省啊？别委屈了自己的肚子。"

王瘸子有些不好意思地笑了笑，说："中午凑合一下就行，习惯了。"

刘芳满怀同情地问："你家庭负担一定挺重吧？"

王瘸子知足地说："还行，我两个孩子都在读书，闺女在读大学，儿子在读高中，再挺几年，就熬过去了。"

刘芳心说，怪不得这么省呢，供两个孩子读书，还真是不容易。她说："你孩子都怪有出息的，先艰苦艰苦，等孩子大学毕了业，你就享福了。"

"我也是这么想的。"王瘸子脸上露出了笑容。

两人又聊了几句，刘芳得知王瘸子还跟自己是老乡，两人的老家是紧邻的两个村。

修好鞋后，刘芳结了账，走出几米后，一回头，看到王瘸子又嚼起馒头来，心中有些不是滋味。

过了两天，刘芳中午接待客人，席散后，照例还是满桌的剩菜剩饭，她突然想起王瘸子干啃馒头的情景，心中一动，就喊过服务员，让她将一盘鸡跟一盘红烧肉打包。等回到单位门口的时候，她让司机停车，自己下车拎着饭盒走到王瘸子摊前，试探地说："王师傅，这是我们剩的菜，没怎么动过，你要是不嫌弃……"

王瘌子有些手足无措，愣了一下，忙起身把饭盒接过来，感激地说："当然不嫌弃，您费心了，真是……真是太不好意思了。"

刘芳忙说："没事，不然也就浪费了，你快吃吧。"她怕对方尴尬，赶紧转身走了。

王瘌子站着目送刘芳走进大门，这才坐下，打开饭盒看了看，又举到鼻下闻了闻，脸上露出喜悦之色，然后重新包好饭盒，放到了三轮车上。

第二天早上，刘芳上班，刚走到单位门口，就看到王瘌子站在路边。王瘌子是特意找她道谢的，他说："刘主任，太谢谢您了，我昨晚把您给的菜带回家，我那小子吃了个精光，美得他直说跟过年一样。"

刘芳心中不由一酸"怎么，你中午没舍得吃啊？"

王瘌子颇有几分得意地说："我那小子早就馋肉了。嘿嘿，我还藏起来一半，留着今天晚上给他吃呢。"

刘芳说："你也别光顾儿子啊，自己也吃点。"

王瘌子笑着说："我习惯了。对了，刘主任，您要是有鞋要修，尽管拿来，我免费修。"他看了眼刘芳的脚，"来，过来坐下，您的鞋该擦了。"

见王瘌子欢欢喜喜的样子，刘芳心里也挺愉快，觉着做了件好事。

办公室主任这个职位，迎来送往的，酒席不断，只要有心，带点剩菜

是很简单的。于是，从那以后，隔三差五，刘芳就会给王瘌子带点剩菜剩饭，每一回，王瘌子都很感激，为了表示感谢，他也经常给刘芳带点鲜货：桃子熟了他就带一兜仙桃，花生熟了就带一袋花生。

这天中午，刘芳赴宴回来，又给王瘌子带了一个饭盒。王瘌子打开饭盒一看，竟是一只完完整整的烧鸡，他一怔，忙叫住已经走出好几步的刘芳，"刘主任，您等一下。"

王瘌子指指手里的饭盒，问："这烧鸡是特意买给我的吧？"

刘芳笑道："当然不是，今天中午点的菜太多，没人吃它。"

王瘌子眼里露出不安的神色，犹

豫一下，小心地说："这、这……吃不了你们可以退掉的啊。"

刘芳一听，就有些不快，心说你管得还真宽，你凭什么教我怎么做呀？她心里不高兴，嘴里说出的话就不友好了："怎么？你不想要啊？"

王瘸子还真就把饭盒还给了刘芳，"刘主任，我吃点剩饭是怕浪费掉可惜，可这只鸡根本就没动过，我可不敢要，你们下次吃饭时再吃吧。"

刘芳忍不住笑了："王师傅，不就一只鸡嘛，不值几个钱。跟你说，连龙虾鲍鱼我们一样……"说到一半，刘芳觉着不妥，忙收口不说了。

王瘸子沉默了一下，还是鼓足勇气说"刘主任，这鸡足够一个穷孩子半个月的生活费啊。我们村现在还有上不起学的孩子，你们……你们这些管教育的，可不能这样糟蹋粮食啊。"

这话可够重的，刘芳听完，像被人打了一耳光，脸上顿时火烧火燎，她强笑道："你说的太对了。以后，我们不会再浪费了。"说完，她拎着饭盒就走，拐进大门，随手将饭盒扔进垃圾筒。

接下来的日子，刘芳当然不会再给王瘸子带剩菜了，每次经过大门，她都目不斜视。王瘸子见到刘芳，依旧笑脸相迎，眼巴巴地看着她，照旧招呼问候。刘芳心里冷笑：你赔笑脸也没用，看你敢不敢再多管闲事！

转眼快到春节了。一天早上，王瘸子看见刘芳走过来，站起来招呼她："刘主任，您过来一下。"

刘芳冷着脸走过去，王瘸子转身从三轮车上拎下一只大公鸡，说"刘主任，这是自家养的土鸡，送您过年吃。下了班，别忘了过来拿。"

刘芳有些意外，因为这种土鸡可不便宜，王瘸子那么节省的一个人，居然舍得拿来送给自己，显然是真心实意，并不是为了那点剩菜残肴。她心中不由一热，说："王师傅，你……太客气了，我不能要，你还是留着给孩子吃或者拿去卖掉换钱吧。"

王瘸子说："家里还有好几只呢。这只是特意送给您的，谢谢您对我那么照顾。"

刘芳心中惭愧，忍不住问："王师傅，这些日子我也没给你带菜，你没怪我吧？"

"当然不怪，我还挺高兴呢！"

刘芳有些纳闷："你为什么高兴？"

王瘸子呵呵笑着说："您不带菜给我那就是没有剩菜，说明是你们吃光了，没有浪费。这样多好啊，不管公家还是私人，过日子就该这样，该节省就要节省啊。"

刘芳的心像是被锤子猛地砸了一下，一时竟不知该说什么好，脑海里只有一句话：咱们的老百姓真善良！

（题图、插图：安玉民 梁 丽）

跟着股神走

□ 滕建军

王 小乐在股海里扑腾了好些年，一直没挣到钱。这天，他听到一个传闻，说他们这儿出了个神秘的老头，买了一只股票，竟然能一直等到涨了近二十倍才抛出。而且这老头选股特准，只赚不赔！

王小乐听得心痒痒的，就想拜股神为师，把以前的损失补回来。但他打听半天，这股神可是神龙见首不见尾。

最近一段时间，因为大盘连续暴跌，原本热闹的交易大厅里几乎看不见人影。王小乐买的股票，也是天天缩水，他感觉像有一把刀子在一刀刀地割身上的肉，眼看再也坚持不下去了，王小乐决定"长痛不如短痛"，一咬牙来到交易大厅，把手里的股票全

抛了。就在这时，一个红光满面的老头走进了交易大厅，王小乐顿时两眼一亮，不知道为什么，他感觉这老头就是他苦苦寻觅的股神。你想，股票都跌成啥样了，除了股神还有哪个股民脸上能有这种表情？

只见老头走到大屏幕前看着一绿到底的各只股票，口中好像还念念有词，王小乐赶紧凑过去想听听他说什么，却见老头已经大踏步走到柜台前。这老头也怪，竟不会用大厅里的自助交易系统，让工作人员帮他填单子买入一只股票。在一旁偷窥的王小乐大喜。在这样的情况下，老头还买进，而且毫不犹豫，这是什么？这就是真正的高手，也就是大家常说的股神！刚才王小乐已经偷听到老头选的股票，他马上刷卡打开自助交易系统，把为数不多的资金全买了这只股票。等他完成交易想找股神聊聊时，怪了，那老头已经神秘地消失了。

接下来发生的事确实是神了，没几天，大盘竟止跌回升，王小乐买的那只股票更是连连上涨。

由于股市回暖，交易大厅里又热闹起来。这一天，王小乐在交易大厅突然看到了那个老头。王小乐精神一振，连忙挤到老头跟前，激动得直喊"大爷……老师……"但那老头神色有些紧张，顾不得多说，径直来到柜台前，让工作人员帮他把股票全抛了出去。王小乐不敢有丝毫怠慢，立马也跟着抛出。等他完成交易再想找老

头时，老头却又神秘地消失了。

后来几天，大盘经过几天盘整后，开始掉头下滑。这让王小乐彻底服了，他赶紧回家翻出房产证去银行抵押贷款，再到亲戚朋友家里把能借到的钱全借了个遍。现在他恨不得卷着铺盖睡到股票交易大厅里，生怕错过了股神再次来这儿交易。

股市再次暴跌，股神也再次像人间蒸发了一样，消失得无影无踪。到最后整个营业大厅只剩下王小乐一个人，像傻子似的盯着绿色的大屏幕发呆。

工夫不负有心人，久违的股神终于出现了。只见老头又精神十足地走进大厅，王小乐看到他，就像是蚊子见了血，连忙叮了上去。老头又像上次一样，口中念念有词，然后快步走到柜台前，王小乐紧随其后，竖起耳朵听股神选哪只股票。可半天也没听到动静，王小乐有些纳闷，一抬头，只见老头正警觉地瞪着他。王小乐不由尴尬地一笑，连忙说："大师，我想拜您为师！"

那老头连连摆手："不敢，不敢，我是瞎捣鼓。"说完匆匆让工作人员帮他买了一只股票。王小乐耳朵竖得比兔子还高，赶紧也跟着买入。

接下来王小乐就兴奋地等着这只股票开始暴涨，可连等了几天，股票却没有一路飙升，相反还有点小幅下跌。王小乐一点儿也不担心，因为这是股神选的，不会错！又过了几天，

这只股票一直在王小乐买入的价位附近震荡，王小乐认定这是庄家洗盘，他意识到新一轮的拉升行情马上就要展开了。一时间只觉得房子、车子都在向自己招手！

大盘真的结束了震荡整理阶段！而后不是向上，却是非常猛烈地展开了新一轮暴跌。王小乐几乎不敢相信自己的眼睛，刚开始他还能强作镇定，不住地安慰自己，跟着股神走绝不会有错，这只是上涨前的最后一次探底，马上就会开始大幅反弹了。

可现实是残酷的，终于有一天，王小乐的股票刚开盘就被跌停，他那颗无比脆弱的心脏再也经受不住了，仿佛一下子停止了跳动，天啊！亲戚朋友的借款、银行的贷款……王小乐只感到天旋地转，眼前一黑，什么也不知道了。

等王小乐醒来的时候，他人已在医院。一想起自己的股票，他挣扎着坐起来，刚想问，就听旁边有人气喘吁吁地说："先别急着给我打针，先跟我说说股票跌到多少钱了？"

王小乐转身一看，差一点再次昏过去，只见那位神龙见首不见尾的股神老头，竟然躺在他旁边的病床上。原来，老头和他一样，受不了股票大跌的刺激，诱发了心脏病，被送进了医院。

王小乐心里这个恨啊，他忍不住问："你不是股神吗？怎么也会被套牢？"老头有气无力地说"谁跟你说我是股神？"王小乐问："你有没有买进一只股票翻了近二十倍才抛出？"老头点点头"有。""那你前几次选的股票是不是只赚不赔？"老头又点点头："不错。"王小乐说："如果你不是股神怎么能这么神奇？"

老头拖着哭腔说"唉，我哪是什么股神啊！我就住在证券市场旁边，对股票先前是一窍不通，证券市场刚在这儿开张时，我还以为是国家发行国库券呢。我觉着买国库券肯定要比存银行划算，就买了一些存着，等到后来知道的时候，这只股票已经涨了快二十倍了。我后来选股更没什么技巧，就是每天站在阳台上看着，看到交易大厅里冷清了些日子，我就去买一只跌得最厉害的股票，等看到大厅里人越来越热闹的时候，我就再去把这只股票卖掉。前几次这法子灵得很，这次你说怎么就不灵了呢？"

王小乐听得是目瞪口呆，半天才喃喃地说："你可把我害苦了，你既然不会炒股，前几次我追着想向你请教时，你为什么窜得比兔子还快？"

老头一脸的委屈，说"这能怪我吗？我一进交易大厅，你立马就像贼似的盯上来，我能不害怕吗？所以我每次一见你就赶紧躲起来。"

王小乐翻了翻白眼，重重地倒在了病床上。

（题图、插图：魏忠善）

□何德铭

浪漫的车贴

这天，女交警杨梳云正在路上值勤，一辆黄色的轿车从她面前慢慢地开过。出于职业习惯，她便朝那辆车的车尾看了一眼，谁知这一眼却发现，车尾的车贴上面写着：本人：男，29岁，非诚勿扰！QQ号是……她不禁暗暗好笑，心想这人也太有创意了，可以说是把车贴演绎到了极致。

杨梳云对这位车主很好奇，回到家里后，她就试着加了这个QQ号。对方的昵称叫"有缘相聚"，头像亮着，加上后立刻就打过来了一行字："谢谢你加我为好友，有什么要问的尽管问，我保证知无不言。"

杨梳云回道："你的车贴字太小了，后面车上的人想看清就得靠近，这样很容易引发车祸，所以希望你能把字写得大一点。"对方呆了足足有两分钟，似乎在奇怪杨梳云为什么会这么说，果然，过了一会儿，打过来的字是"按照逻辑，你应该首先问我的工作、收入、资产等等，而你却说这样的话，你很特别。"

杨梳云又回道："其实这也很正常，因为我是个交警，我有责任清除所有车祸的隐患。"

"有缘相聚"这才知道原来遇上了一个查车贴的交警，出于好奇，他和杨梳云约定，明天就到她值勤的地方去找她，在她的指导下修改车贴。第二天，"有缘相聚"果然来了。杨梳云一见到他便心里一动。他个子很高，差不多有一米八。"有缘相聚"看到杨梳云也吃了一惊，原先在他的想象中，杨梳云是个冷若冰霜的警察，板着一张硬邦邦的脸，没想到竟是如此美丽动人。

"有缘相聚"微笑着自我介绍说："我叫凌正。"说着就把杨梳云领到了他的车旁，用喷枪把原来的车贴涂了，又根据杨梳云的意见，拿出笔来刷刷几下，一幅新的征婚启事的车贴又完成了。杨梳云睁大了眼睛说："怪不得你的车贴说改就能改，原来出自自己之手。"

凌正说："我本来就是搞美术的，画幅车贴还不是小菜一碟？"杨梳云又请他看看自己车上的车贴。她的车贴是一只卡通鼠。凌正看了看说："你这只老鼠虽然可爱，但却懒洋洋的不太有精神。"他又拿出画笔刷刷几下，立刻就出现了一只神气十足的卡通鼠，好像随时都会从车尾跳下来。就这样，杨梳云和凌正就算是认识了，两人不光在QQ上聊天，凌正每天下班路过杨梳云值勤的路口，也总会和她打个招呼。

两个多月后的一个傍晚，杨梳云正要换岗下班，突然发现有一辆车的尾部贴着一张很大的车贴，把车牌都遮住了大半，这是违反规定的，于是就驾车跟了上去，希望追上那辆车，要车主把这样的车贴撕掉，至少也要露出完整的车牌来。

跟着跟着，杨梳云突然又想到了一件事，前不久上面下达了通知，说有两个杀人犯抢劫了一辆帕萨特轿车逃窜，要他们提高警惕注意观察。而前面这辆车正好是帕萨特，莫非这张车贴是有意要把牌照遮挡住的？想到这里，杨梳云更不敢大意了，一路追了下去。

天色很快就黑了下来，那辆帕萨特也终于驰出了城，上了一条较为冷僻的支路。等转过一个弯，那辆车停在了路边。杨梳云也把车停了，下车走到那辆车后，正想揭开车牌上的车贴，就在这时，路边突然冲出一高一矮两个男子，一个人一把夺走了她的手机，另一个人从后面抱住了她。杨梳云想喊，嘴巴也被捂住了。杨梳云的心沉了下去，她知道自己已经落入了杀人犯的黑手。

两个杀人犯知道自己开的帕萨特已经暴露，于是，劫持着杨梳云上了她的车。车子沿着山边的公路开了近半个小时，进了一片山林。此时外面

更黑了，两个杀人犯拿出食品，坐在车上吃喝了起来。矮个子边吃边说："等吃饱喝足了，我们先把这女交警享受一下如何？"高个子没说话，只是"嘿嘿嘿"地淫笑，看来想法也和矮个子一样。杨梳云很伤心，她不知怎么竟然想到了凌正。如果凌正在，一定会奋不顾身地来救自己的！

两个杀人犯终于吃饱喝足了，他们打着饱嗝准备向杨梳云动手了，但他们怎么也没有想到，此时外面出现了很多警察，一下子就把两个杀人犯按住了。

轿车后门被打开，杨梳云抬头一看，见到的竟然是凌正！

这是怎么回事呢？原来凌正下班时经过杨梳云值勤的岗位，本想和她打个招呼的，却发现她急匆匆地开着车走了，而且走的还不是回家的方向。他给杨梳云打手机又打不通，于是就驾车跟在了后面，当发现杨梳云被绑架后，凌正立刻就报了警。

警察快速赶到后，发现两个杀人犯已进了山林，放眼望去，都是黑漆漆的一片，正在着急呢，凌正忽然指着远处一点蓝光叫了起来"看，他们在那里。"警官顺着他的手指看去，也发现了这点光亮，这光虽然不是很亮，在白天或许根本就不会被发现，但晚上在黑暗的山林里却很醒目。凌正激动地说"我记起来了，我在杨梳

云的车上画的那只老鼠车贴，颜料中是掺了荧光粉的，这一定是那只老鼠发出的光。"于是警察悄悄向荧光靠近，果然成功地一举将两个杀人犯擒获。

这件事过后，凌正终于鼓起勇气在QQ上向杨梳云表达了爱意，杨梳云其实也早就在心里接受了凌正，但她却回道："凌正，你对我不够诚心。"

凌正道："我怎么不够诚心了？"

杨梳云道："你既然对我诚心，为什么还留着那个征婚的车贴？"凌正这才恍然大悟，第二天就赶到杨梳云那里，当着她的面把征婚启事喷了，又随手画上了一只卡通猫。谁知杨梳云一见又嗔道："我的车贴是老鼠，你画了只猫，是不是以后想吃定我啊？"

凌正赶紧说"哪里哪里，我这只猫是很温柔的。"

（题图、插图：魏忠善）

您手中有没有得意之作？本刊辟有二十多个原创性栏目，如新传说、我的故事、情感故事、16岁故事、职场故事、海外故事和中篇故事等；您读到或听到什么有趣事可以和大家一起分享吗？3分钟典藏故事、开卷故事、微博故事、外国文学故事鉴赏和快乐辞典等都是本刊推荐性栏目。热忱欢迎来稿，可从邮局寄发，也可从网上传递。邮寄地址：上海绍兴路74号《故事会》杂志社，邮编：200020；本期责任编辑电子信箱：piggybank81@sohu.com。

外来的和尚会念经

□ 顾长合

为了发展旅游经济，市里计划办一个海洋节。这个海洋节由李副市长一手操办，为了能一炮打响，顺便给自己捞点儿政绩，他打算邀请一些当红明星来参加开幕式。

一天，文化局的副局长丁文接到李副市长的电话，李副市长让他把一支非常有名的外国乐队请来。丁文起初有点犯愁，怎样才能和这支外国乐队联系上呢？后来一打听，原来这个乐队竟然常年在中国演出，于是丁文托人找到了他们。

乐队的头儿詹姆斯是个中国通，他听完丁文的来意，先是装模作样地查了一下档期，然后很夸张地耸耸肩："哇塞！那段时间刚好没有签约，很乐意为您效劳。"丁文很高兴，接着和他谈起报酬问题，只见詹姆斯轻描淡写地伸出一巴掌"五十万！"丁文吓了一大跳，心说这个外国佬可真敢开口。于是丁文笑了笑，说："詹姆斯先生，您的价格真是高得离谱，如果想诚心合作的话，我希望您能降低价格。"詹姆斯把双手一摊，任凭丁文把嘴皮子磨破，他也一分钱不降。

这下可把丁文难住了，因为来的时候李副市长曾再三交代过，演出费用过高会造成不好的影响，所以给他的最高价位是三十万。

于是丁文只好打电话向李副市长汇报，李副市长在电话里和蔼地说：

"小丁啊！这正是考验你办事能力的时候，我一直看好你，你可不能让我失望啊！"

丁文一激动，就向李副市长保证："请领导放心，我一定会把这件事情处理好。"等挂掉电话才回过神来，当领导的真是站着说话不腰疼，不是差个千儿八百的，大不了自掏腰包，这可是差二十多万哪！

这儿还没等想出办法呢，媳妇忽然又来电话告诉他一个不幸的消息，原来丁文的岳父去世了，让丁文赶快回去参加葬礼。丁文媳妇老家在农村，那儿的乡亲对出殡的老礼节非常看重，丁文考虑再三，决定先晾一下詹姆斯，等参加完葬礼再说。

没想到这次葬礼竟让他大开眼界，对于从小生长在城里的丁文来说，最让他惊奇的是葬礼上请来的那

帮农民吹鼓手，一个个吹拉弹唱竟然无所不能，而且个顶个的都身怀绝技，有能用鼻孔吹唢呐的，有把二胡当小提琴拉的……丁文被这帮人的绝活惊呆了！如果把他们请去参加海洋节开幕式，那真是既省钱又出彩！

于是丁文找到吹鼓手的头儿，邀请他们去海洋节的开幕式上表演。这位朴实的农村汉子面无表情地说："行啊！到哪儿干活都一样，只要能挣钱吃饭就行。"丁文问他演出一场多少钱？汉子很爽快地说："路途有点远，你们得包路费和饭钱，至于赏钱，我们六个人，一人三百，一共一千八。"丁文听了差点蹦起来："好！我给你们两千，这事就这么定了。"汉子感激地给丁文敬上一支烟："您放心，您加了赏钱，我们干活的时候肯定多给您卖点力气。"

从媳妇的老家一回来，丁文就迫不及待地去找李副市长汇报情况，然后得意地等着领导的夸奖。李副市长的脸却马上沉了下来："小丁啊！我让你去请国外著名的乐队来演出，是想借助他们的名气来提高我们海洋节的国际知名度，你却给我找来一帮给死人出殡的吹鼓手，你到底是怎么想的？"丁文高涨的情绪一

下子跌落至冰点，他慌乱地解释"其实他们不光出殡，红白喜事都接，有迎亲的也找他们……"李副市长闻听脸色更难看了，用手指敲着桌子："你太让我失望了，这样的水平，不要说以后全面主持文化局的工作，就是现在的职务，我都有点替你担心……"

眼看离海洋节的日期越来越近，丁文急得吃不下睡不着。

一天，丁文正在办公室里为这件事发愁，詹姆斯忽然给他打来电话："丁先生，您考虑得怎么样了？如果您再不早做决定的话，那我们将在这个档期和别的客户签约。"这可怎么办呢？忽然，丁文想起手机里面的那段视频，有了！反正没有别的办法，何不赌上一把？于是，丁文用一副很轻松的口气说："亲爱的詹姆斯先生，很抱歉打扰了您这么长时间，可您提出的条件我们实在难以接受，现在已经有一家国内一流的乐队想和我们合作，我正在观看他们的表演视频，感觉很满意。当然，如果您能降低价码的话，我非常愿意为您在领导面前争取，毕竟是我们先进行接触的嘛！"

电话那头沉默了一会儿，狡猾的詹姆斯说："您能把视频传到我这里让我也欣赏一下吗？""当然可以！"丁文等的就是他这句话，他立刻把手机里的视频给对方传了过去。过了不一会儿，詹姆斯那边就有了回信，想进一步协商，经过一番讨价还价，最后竟以二十五万成交。

没想到谈判会如此顺利，丁文如释重负地签完协议，心情愉快地和詹姆斯告别。詹姆斯却非常礼貌地拦住他，微笑着说："我知道，你的那支所谓一流乐队，其实只是中国的一些民间艺人，不可否认，他们的表演的确非常精彩！但恕我直言，一般大型的演出很少能请他们参加，所以他们的出场费肯定非常低廉。"丁文愣了，这个外国佬是怎么知道的呢？再说，既然看穿了，为什么还要签这份协议呢？

詹姆斯狡黠地一笑，说出了它的如意算盘，原来他想让丁文把这些人交给他，由他包装一下，然后安排他们去国外演出，詹姆斯得意地说："您大概不知道吧，在我们家乡，像我们这样的乐队根本赚不了多少钱，但如果有了像他们这么棒的外国乐队，那出场费至少这个数。"詹姆斯眉飞色舞地伸出一巴掌。

丁文脑子一时没转过弯来，外国乐队！他们不是中国人吗？后来一想可不是咋的，在国外他们不就成了外国人了吗？都说外来的和尚会念经，今天可算是领教了，看着这支所谓著名的外国乐队，丁文心想，这些哥儿们没准在当地也就是些吹鼓手吧。到底是谁把他们引到中国来的呢？

（题图、插图：谢 颖）

来晚了

□ 许成浩

小李开车去外地谈生意，回市区时已是凌晨两点了。他回家心切，车速很快，快到中央大道时，突听"轰"的一声响，汽车坠进了沟里，幸好气囊及时打开，小李也系着安全带，才免于受伤。

小李不知道发生了什么事，赶紧下了车，这一看才知道，原来是马路中央的井盖被人偷了，结果就留下这么一个大坑。小李的汽车，左前轮完全卡在了井口里面，底盘看起来也伤得不轻。

就在这时，后边一百米处，黑糊糊的竟出现了两个光源，小李知道，又有车过来了，照这样的速度，势必要撞上自己汽车的屁股。小李赶紧上车，试图打开双跳灯，结果根本没有反应，看来车子差不多报废了。小李

赶紧下车，又是招手，又是大喊"停，停！"

又是"轰"的一声，小李闭上了眼睛，他不忍心看这惨状。当他睁开眼睛时，看到自己的车子被撞了出来，这回陷进坑里的换成了卡车。小李马上跑过去打开车门救人，万幸的是，卡车司机也没受伤，就是卡车的前脸都面目全非了。

小李将卡车司机拽下车，一边道歉，一边解释。那人不住地大口大口地喘气，好半天才缓过这口气，说："小兄弟，咱俩都是这倒霉命，碰上缺德人了！"说完他又钻进卡车，打开双跳灯，看来还是卡车结实，居然灯还好使。

小李也不闲着，赶快掏出手机拨打"110"，汇报了事故情况，让警察

赶快派吊车来，要不然估计这"掉沟接力"会没完没了。

小李和卡车司机正等待接应交警和吊车，突然发现前边黑暗中有三个人好像正在抬一辆汽车，走过去一看，他们也觉得好笑，这三个人的命运竟和自己一样，他们的轿车也陷在了窨井里。

见是难兄难弟，卡车司机上前说："三位兄弟，我们的车也掉进后边的那个井里呢！"这三人"嗯"了一声，可头也不抬，继续奋力地抬着汽车，他们想把车子从井里面抬出来。小李同情地劝道："兄弟们，别抬了，我都报警了，待会儿吊车就到了。你们这样也是白忙活，你看，轱辘卡着呢！"

估计他们已经抬了很久，现在也都精疲力竭了，于是这五个人都坐在马路牙子上休息。小李说"这偷井盖的也太不是东西了！我这车是贷款买的，还没付清呢，就报废了。"卡车司机说"他奶奶的，别让我抓着他们，否则我非得废了他们！"这卡车司机长得虎背熊腰、膀大腰圆，这话从他口中说出来，的确十分有威慑力。见旁边三个人没什么反应，小李奇怪地问："这三个兄弟，你们不气愤？"那三人这

才抬起头，异口同声："对，这孙子真不是东西！"

歇了一会，这三个人又起身去抬车，小李说："你们真是急性子，来，我们帮帮你吧。"说着小李和卡车司机去帮他们抬车，但不管如何使力，这五个大汉愣是抬不动一辆轿车。小李不解地问："你们这车怎么这么沉？"

正说着话，打远处驶来一辆警车和一辆吊车，警察下车后就开始做笔录。小李特别要求道："警察同志，你们可得找出这种缺了大德的人，好好教训他们才行！要不这种事故就会没完没了。这回幸好没人伤着，以后可就不一定了！"卡车司机也说："对啊！警察同志，你们费心了。"那三人也跟着说："就是嘛，不能让这种人逍遥法外！"警察说："一定，这是我们的责任。"

说完，警察就指挥吊车开始吊这辆轿车。吊车的力量确实够大，轿车很轻松的就被吊了起来，但是出乎意料的是整个车子吊在空中时，并不是平衡的姿态，而是车后边严重向下倾斜，而且后备箱里传来"咣当咣当"的声音。

车子被放了下来，那三人谢过警察，准备把车开走，不料警察命令道："慢，把后备箱打开！"三个人你看我，我看你都不知道该怎么办才好。警察让小李和卡车司机帮忙，他们打开后备箱，凑过去一看，不由得肺都要气炸了：里面竟然藏了五个井盖!

警察怒声问："怎么回事？"这三人都耷拉下了脑袋，问了半天，才喃喃说道："这井盖是我们偷的。"

小李和卡车司机顿时火往上冲，卡车司机说："臭小子们，原来是你们，怪不得一个劲儿地要把车抬出来，你们是想逃跑啊！"小李也气愤地说："赔我的车，赔我的精神损失！"

警察这时想到一个重要问题，问："你们既然自己就是偷井盖的，为什么还掉在井里了？"

其中一人委屈得都快要哭了，说："警察大哥，我们今天来晚了，有同行先来了，这块的井盖早就被偷了，我们过来时光顾着找大街上的井盖，根本没看见这个窟窿，一下子就掉进去了。"

(题图、插图：张恩卫)

·本刊信息传真·

2011 我的暑假征文&摄影比赛

暑假已经临近! 对尚在埋头拼搏的莘莘学子来说，暑假是无限期望的起始站；而对那些已经告别校园的大朋友而言，暑假又承载着许多温馨记忆。这个暑假，故事中国网（www.storychina.cn）举办2011"我的暑假"征文、摄影比赛，用你的笔或相机来记录暑假的欢声笑语、点点滴滴，让更多的人分享你的暑假故事!

比赛分为两个部分：征文，记叙任何关于暑假的人和事，可以是这个暑假里发生的，也可以是曾经的暑假中最难忘的，作品须原创，文体、字数不限，参加对象不限；摄影，记录暑假生活、见闻的照片，必须本人拍摄，数量不限，照片内要有人物，谢绝单纯风景照，每张照片文件小于150K。摄影比赛另设"我的长辈"专题，记录暑假中长辈及祖孙生活内容，力求表现亲情和天伦之乐。

投稿方式：1.登录故事中国网，按提示操作；2.发送作品到 storychina@sina.com。

征稿时间：2011年6月10日－9月15日；结果公布：2011年9月30日

奖励：所有获奖者均颁发证书。征文一等奖 1名奖金500元；摄影金奖1名，奖励价值500元图书；"我的长辈"金奖1名，奖励《金色年代》图书及全年杂志，参与该主题的前100位读者将获得最新出版的《金色年代》3期。另设多个奖项，详情请见故事中国网。

悬鱼风波

□ 钟同福

林山县交警队队长方为一回到家，就看见客厅的塑料盆里有两条鄱阳湖大鲤鱼，他高兴得眉开眼笑，过年可以做酒糟鲤鱼了。

可是，方为马上警惕起来，这鱼是哪来的？他先去问母亲。年过八十、耳聋眼花的母亲摇摇头。方为拉着母亲来到客厅，指着盆里的鱼：谁弄的？

老太太这才知道问鱼的事，就一字一顿地说："下午，一个后生送来的，他说是他爸让送的。"

方为两袖清风，为人耿直，见找不到送鱼人，就一直翻来覆去地想，这鱼会是谁送的呢？

交警队天天处理交通事故，求自己的人特多，方为想破头都吃不准送鱼人是谁？

到了晚上，妻子和女儿都回来了，又说起这事，女儿大大咧咧地说："这有什么难的，是人家送来的，又不是偷的抢的，既送之则吃之！"

妻子连忙提醒道"别呀，我不是讲大道理。大凡掌握某种权力的人，都会遇到别人送礼这种事情，这倒不是送礼者钱多得无处花，他们是要回报的……"

方为听了拍案叫好："我家有纪委书记监督，苍蝇飞不进来。不过这鱼退不了怎么办？"

妻子笑笑，说"今天在课堂上我正好讲到一段历史，来，你们俩一起听听。"于是，妻子绘声绘色地讲了起来：

东汉时庐江有个太守叫羊续，初上任，衙门里送礼之风甚盛，羊续决心刹住此风。一天，一个下属给他送鱼。羊续再三拒绝不成，便将鱼悬挂屋檐下，直到晒成臭鱼干。这鱼臭味

久久不散，害得全城百姓都骂送礼的缺德。如此一来，送礼的人大减。

方为听了大受启发，当即学羊续悬鱼示众，让送礼人丢人现眼。

第二天是休息日，方为买了四条大鲢鱼，去老朋友丁峰家。方为和丁峰同一届高中毕业，同一年入伍当兵，同一年考上军校，同一年转业，两人可以说是铁哥们儿了。方为走到丁峰家门口，说："老丁老丁，你看我给你送什么来了？"

奇怪的是，丁峰没有像往常热情，却沉着脸，堵在门口："方队长有何贵干？"

方为不觉一愣，笑着说"怎么叫队长了，我给老兄送几条鱼来晒酒糟鱼。"

丁峰生硬地说："别搞不正之风，你怎么送来就怎么提回去！"

方为说："千里送鹅毛，礼轻情意重嘛，你，你到底怎么啦？发什么神经啊？"

丁峰见方为这样说，一把夺过方为手里的鱼，走到临街门口，把鱼挂了起来。

到这时，方为才明白过来，伸手去抢鱼，气恼地说："你不要拉倒，我拿走就是，算我找错了门！"

"我才找错了门呢，要不然，我的鱼怎么会挂在你家门口丢人现眼呢？"

"什么？那两条鱼是你送的？"方为这才恍然大悟，赶紧赔礼道歉，"得罪得罪！我打了无数个电话，却偏偏把你老丁给忘了。"

丁峰把方为让到屋里，语重心长地说："老方呀，你为什么没想到我？那是你首先想到的都是有利益关系的人。我说，弦不要绷得太紧，连人与人之间的正常交往也提一百二十分的警惕，这太累了。"

方为心悦诚服，连连点头"所言极是，所言极是。"

丁峰为方为泡好茶，就要去收拾几条鱼："不过，你那廉洁的态度，令人肃然起敬，我要向你学习。来，我女婿正好送来两瓶酒，待会咱们好好喝两杯。"

（题图、插图：张恩卫）

兄弟
要工钱

□ 刘传池

袁家两兄弟每人都有一门好手艺。老大会做木工，老二会做油漆工，俗话说"年荒饿不死手艺人"，可是这几年，他们在农村接的活是越来越少，最后两人一商量，干脆到城里去闯荡闯荡，有手艺还能吃不上饭？

可等两人进了城，这才发现事情没那么简单，他们在城里白白转了两天，一桩活都没揽到。最后，他们看到路边有个简易的劳务市场，便立了一个纸牌，写上两兄弟的技能，就守在那里等雇主。

这天袁老大在值守，一辆摩托车"吱"的一声停在他面前，下来一位西装革履的中年人，袁老大忙迎了上去。来人姓马，自称是个经理，说手头有个装修办公室的活，刚好需要木工和油漆工，只是因为有领导要来视察，工期有些紧，不过价钱好商量。

有生意找上门，可把袁老大乐坏了，他跟着马经理到那办公室跑了一圈，两人谈妥了价钱。袁老大小心翼翼地问马经理："是不是能先付个定金？"

马经理把手一摆，冲袁老大笑了笑，说："我看定金就免了吧，我给你签个合同，活干完了，验收合格，按合同拿钱。你看怎么样啊？"

袁老大听了直点头。于是，两人商量着订了一份合同，分别在上面签上了自己的名字。袁老大看着合同，心说，这城里人做事还真是讲规矩，啥事都得立合同。

第二天一大早，袁老大就带着工

具去干活了。有了合同做保障，袁老大心里有了底，做起活来特别麻利，何况他木工的手艺也不错，没几天就提前完成了任务。马经理跑来验收，连声称赞"干得不错"。

见马经理点头了，袁老大便提出要结工钱。没想到，马经理却拿出白纸，给袁老大写了一张欠条。袁老大一见，忙说："马经理，你验收合格就该给钱啊，打什么欠条呢？"

马经理无奈地说："我不是不给

钱，只是这笔资金还没批下来，要过段时间才能给你。反正，你兄弟还要来做油漆工，等他做好了，一起开支票，你看怎么样啊？"

袁老大央求道："马经理，不是我不相信你，实在是我等着钱回去吃饭啊。"

可马经理还是把手一摊："啊呀，我也是没有办法嘛，我保证，保证以后把钱给你。"

袁老大见马经理左一个"保证"，右一个"保证"，就是不见给钱，实在没办法，从兜里掏出了那张合同："马经理，咱们可是签过合同的啊，你要按合同办事啊。"

没想到，马经理见了合同，变了脸："我说袁老大啊，既然你说到合同，咱就按合同办事，你看上面说过什么时候付款吗？"袁老大听了一惊，拿过合同仔细看了几遍，果然上面只写着干什么活，付多少钱，至于什么时候付款压根没有提。他这才明白，马经理当初是挖好了"坑"等自己跳啊。

见袁老大半天没有说话，马经理放缓了口气说："你放心，钱是不会少你的，只是容我几天，到时候一起跟你算，怎么样啊？"袁老大实在没办法，只好拿着合同，垂头丧气地走了。临走前，只听背后马经理大声叫他："别忘了让你兄弟明天来干活啊。"

袁老大回到自己的住处，把遭遇

对袁老二一说，直感叹这马经理太狡猾了，劝老二别去干了，免得白干活，还怄气。

可袁老二却笑着说："不！我一定要去。我还要想办法帮你把钱讨回来。"

第二天，袁老二就带着自己的工具到了马经理那里。这次，他只和马经理谈了个价钱，合同也没签，便摆开架势干了起来。

眼看工期就要到了，这天袁老二正在给家具刷油漆，发现公司安排了一些人正在布置办公室。一打听才知道，明天公司董事长要来视察。袁老二心里暗暗高兴：机会总算被我等来了。

按照工程安排，该给家具上最后一道漆。袁老二在调配油漆时，特意调制了一碗漆，待全部涂刷完成后，他端起那碗漆，把所有的桌面又刷了一遍。

袁老二一边收拾工具，一边打电话要马经理来验收付款。可是电话接通了，马经理却说有事，不能来。袁老二说："那行，咱以后再说。"他心里清楚，马经理又在要滑头，肯定是想等明天的会议开完，再找由头在工钱上打折扣。不过，他心里更清楚，这一次，只怕马经理要失算了。

袁老大见弟弟两手空空地回来，很丧气。袁老二安慰道："哥，不要担心，马经理虽然不好对付，但是我已

经用了心计，明天一定能拿到钱。"

袁老大说："城里人很狡猾，就怕你做的手脚，他去找别人来给破了。"

袁老二满有把握地说："谁去都不行，非得我去不可。"

第二天早晨，袁老二笃笃悠悠地来到马经理的公司，刚到门口，就看见马经理像热锅上的蚂蚁一样，来回转圈，还不停地打着手机。

袁老二走上前去，叫了一声"马经理"。马经理见到袁老二，把手机一关，气冲冲地说："袁老二，你怎么回事，你看看你上的那些漆，怎么到现在还没干？我找别人来弄不好。"

袁老二嘿嘿一笑，说道："马经理，昨天我让你来验收，就是想交代你两句的，可你说没空，我只能今天来找你了。你也不用找别人，这油漆是我配的，只有我才能让它干。"

"你，你想害死我啊？"马经理瞪着袁老二，眼睛里直冒火。

就在这时，一个领导模样的人怒气冲冲地走过来，训斥马经理："这是搞什么名堂！所有的油漆都干得很好，就是这桌面上不干。董事长马上就要来了，你说，该怎么办！"马经理耷拉着一副苦瓜脸，一声都不敢吭。

袁老二对那领导说："领导，您不用担心，我是这个工程的承包人，只要马经理把工钱给我们结了，不用半

个钟头，我就能让这油漆干。"

"你……"马经理见袁老二在领导面前揭穿了自己的老底，有点恼羞成怒，但也只能从随身携带的包里拿出了钱。袁老二接过钱数了数，说还差我哥的工钱，接着他将被扣工钱的事简略地说了一遍，还拿出了当初马经理写给袁老大的白纸条。领导说："哦，原来还有这么多故事，你放心，我们一定会处理的。现在时间紧急，请你马上配制油漆吧。"

袁老二动手，果然不出二十分钟，桌面油漆就干了。

袁老二拿着钱回到家，老大半信半疑地问他："你真有本事，能从马经理手里抠出钱来？"袁老二说道："他不给钱，我就让他的桌面油漆不干。"袁老大更惊奇了："你还有这个绝招？"袁老二笑了笑说："关键就在那油漆配制比例上。这种环氧树脂漆分为甲乙两组，只有到了涂刷时才能配制在一起，配制的比例是两瓶甲一瓶乙。而我故意将甲乙配成一比一，这样不但油漆不会干，别人也没有办法。我今天只是单独使用甲组来涂刷了一遍，这样就和原来那层没有干的油漆一搭配，比例正好二比一。再加上速干剂，那不很快就能干了吗？这就叫难者不会，会者不难。"

（题图、插图：谭海彦）

塔季雅娜·德·罗斯奈，是近年来欧陆和英语世界最值得期待的重要作家。《莎拉的钥匙》是根据她首次以英文创作的同名小说编译的。该小说曾荣获法国"科西嘉读者奖"和"书商首选书奖"。

莎拉的钥匙

□〔法〕塔季雅娜·德·罗斯奈

张 同 编译

巴黎大街26号住着一家四口，丈夫是地下工作者，因身份暴露，刚刚撤离城市。眼下家里有三个人，女主人带着十岁的女儿莎拉和四岁的儿子迈克。

1942年7月的一个晚上，她家的大门突然响起了捶门声，捶门声越来越响，还传来吼声："警察！开门！快！"

莎拉紧张地抓住母亲的手臂急切地问道："他们是来抓爸爸的吗？"母亲轻轻拍了拍女儿的肩膀，然后镇定地打开了大门。

门口站着两个警察，他们身披齐膝长的深蓝色披肩，头戴高高的圆形军帽，其中一个手里拿着名单，说道："动作快点，女士，多带点衣服，你们要去外面住一段时间。"

母亲站着没动，她看着那个警察，哀求道："先生，求求你，孩子还小……"

警察板着脸，眼神冷酷地拨开女主人的手。

母亲见哀求无用，就悄悄给女儿使了个眼色，然后开始慢慢地收拾行李。

在警察敲门时，母亲已将男孩迈克藏进了"秘密基地"。所谓的秘密基地，那是他们房间墙后一个又长又深的壁橱，孩子们经常躲在里面玩捉迷

藏。他们还把它当成自己的小屋，还在里面放了一只手电筒、一些玩具和几本书。

莎拉悄悄来到"秘密基地"的门口，看到弟弟紧紧地抱着自己心爱的泰迪熊，躲在黑暗处。莎拉轻声问道："迈克，你在里面害怕吗？"

只有四岁的迈克，还以为是捉迷藏呢，他天真地说："姐姐，快把我锁起来，他们就找不到我了。"

莎拉抹抹眼泪，点点头，然后关上壁橱门，把钥匙插进门锁一转，再抽出钥匙，塞进口袋。那锁隐藏在一个像电灯开关的旋转装置下面，墙上镶着一块块木板，根本看不出那里还有一个壁橱。莎拉将手掌贴在木质镶板上，又轻声叫着弟弟："迈克，别出

声，过一会儿姐姐就回来找你。"

没想到，莎拉出来后，和母亲一起被关进了集中营。她心里一直牵挂着弟弟。想到壁橱里的弟弟，她会从睡梦中颤抖着醒来，掏出钥匙，怔怔地看着，不由心如刀绞，惊恐万状。

几天之后，上面来了命令，把成年妇女送到东部去劳动。一时间，警察们像群黑色大鸟一样扑过来。把妇女拖到营房的一边，把小孩们拖到另一边，顿时哭声、叫声响成一片，状况惨不忍睹。

莎拉紧紧抓住母亲的手。警察粗暴地将她们的手扳开，母亲厉声尖叫，发疯一般往回扑，撕破的衣服敞开着，头发乱蓬蓬的，脸扭曲变形，嘴里嘶叫着："迈克，迈克。"莎拉明白母亲的用意。她拼命地伸手去抓母亲的手，但一切都无济于事，妇女们被带出了营地大门。

母亲走了，莎拉觉得自己变了个人，她觉得自己有责任去营救弟弟。在此期间，她认识了一个比她大一岁的女孩蕾切尔。两个人接触多了，话也越来越投机。一天晚上，大多数孩子睡着时，莎拉压低声音说"我们逃出去吧"。蕾切尔点头，小声道："我观察过，警察晚上会加岗，白天反而很少留意我们的行动。"莎拉说："营房后墙朝铁丝网有一个小缺口，我们就从那里逃出去。"

第二天中午，炽热的阳光烘烤着

棚屋，让人热得无法忍受。她们看到了一个警察，坐在阴凉处，步枪斜靠在脚边，头后仰着靠在墙上，嘴张着，像是已经睡熟了。她们蹑手蹑脚朝隔离栅栏走去，像两只移动迅速的小动物。在她们的前方，是大片的绿色牧场和田野。

两人弯着腰前行，离铁丝网的缺口处越来越近。就在蕾切尔已经到了裂口处，正小心翼翼地把头探进铁丝网时，莎拉突然听到了重重的脚步声，她的心好像停止了跳动。抬头看时，只见一个巨大的黑影耸立在她的面前。他是一个警察，他一把抓住莎拉破烂的衣领，把她拎了起来。

莎拉一阵惊慌后，反而镇静下来，她毫无惧色地说："您必须放我走！我只有四岁的小弟弟，一个人在巴黎。我把他锁在壁橱里了，如果我不回去，他肯定会死……"她哽咽起来，"先生，求求您让我从这里钻出去好吗？您假装没看见就行了。"

那警察喉结动了一下，声音压得很低很低地说："我不能那样做，我有命令在身。"

莎拉两眼直视着警察，固执地说："求求您，您必须放了我！"

警察沉默了。好几分钟过去了，莎拉感觉时间像灌了铅，非常沉重，几乎停滞。突然，警察抹去脸上的汗水，咬着牙说："走吧，动作快点！"

莎拉听了，愣了一愣，警察猛地一把把她推出了缺口。她的额头被铁丝戳破了。她顾不了疼痛，连滚带爬地钻出了铁丝网。她站在铁丝网的另一边，刚要抬脚奔跑，那警察又低低喝了一声："拿着。"只见他从口袋里摸出了一样东西，递给铁丝网外的莎拉。

莎拉看了看手里的东西，是厚厚的一卷钞票。她把钞票放进口袋，和钥匙放在一起。她没来得及谢谢警察的帮助，就被蕾切尔一把拉着，撒腿就跑。她们穿过绿色的草地，穿过金色的麦田，跑得气喘吁吁，肺都快炸了，胳膊和腿累得快抽筋了。

两个女孩也不知跑了多久，跑得又累又饿，来到了一幢很大的老房子前，那儿有一个很大的狗窝，里面有一碗水和一块放了很久的骨头。她们一人一口轮流将水喝了。

这时，远处传来狗叫声，接着听到渐渐走近的脚步声，逃跑已来不及了。她们只得绝望地拥抱在一起。从外面进来一个矮小的老头，后面还跟着一个身穿蓝色睡袍的老太太。当老太太看到她们时，她把手捂在嘴上："天哪，他们是……"

老头严肃地说："是的，我估计是！"

老太太坚定地说："让她们进屋。马上把她们藏起来！"

莎拉和蕾切尔在这对老夫妻的帮助下，终于回到了巴黎。

当车转入布列塔尼街后，莎拉的心跳就加速了。她知道再过几分钟就到家了！她心想，也许这时候父母已经回到了家中，和迈克一起在等自己了。

很快，26号门牌号出现在了莎拉的眼前，她冲入楼梯，气喘吁吁地爬上四楼。她大口喘着气，接着举起拳头，使劲拍打自家的大门，却没有回应。她又喘了一口气，再次举起拳头，使出了更大的劲"咚咚"敲门。

门后终于传来了脚步声。门开

了，一个大约十二三岁的男孩出现在门口。

莎拉结结巴巴地说："我来找我弟弟。你是谁？迈克在哪里？"

"你弟弟？"男孩显然是刚搬进来的，他茫然地说，"这里没有人叫迈克。"

莎拉大嚷起来"这是我的家，怎么会没有迈克？"她一把把男孩推到一边。她几乎没有留意到门口的墙上已经漆成了新的颜色，屋内还多了一个书架和红绿色的地毯，更没有在意那个惊讶的男孩大声叫喊。她奔进屋里，冲过熟悉的过道，进入了装有壁橱的卧室。

莎拉心急火燎地从口袋里掏出钥匙，用手掌摁了一下墙上的机关，隐藏的锁孔顿时露了出来。她嘴里不停地喊着："迈克，迈克，迈克，是我，莎拉，我回来了！"而她的手却颤抖得对不准锁孔，折腾了好一会儿钥匙才插进锁孔。锁芯里终于"咔嗒"一声响，她使劲推开了密室的门。

一阵腐臭味扑面袭来，把她身旁的男孩吓得往后退了几步。莎拉"扑通"一声跪在了地上。她跪爬着进入壁橱，看到了在壁橱深处，一个小小的身躯蜷着一动不动，他那张可怜的小脸蛋已经发黑，认不出来了。

莎拉扑倒在地，撕心裂肺地哭喊着："迈克……"

（题图、插图：佐　夫）

修 脚

□ 赵守玉

老北京庙场上最常见的就是修脚师傅。其中修脚最厉害的是谷师傅，称得上京城修脚行当的第一把交椅。这天傍晚，修了一天脚的谷师傅刚刚直起腰，英国药商约翰横着膀子走了过来，一屁股坐在谷师傅面前的凳子上，把左脚一伸"修脚！修不好我砸了你的摊！"

一见约翰来者不善的样子，众人为谷师傅捏了一把汗。可谷师傅根本没当回事儿，抱起约翰的左脚："噢，长了个鸡眼，这玩意儿难受呀。必须一刀连根除了，否则后患无穷！"

"别装模作样了，赶紧修，我要赶时间，误了大事儿，我扒你的皮！"

谷师傅依然是不慌不忙："越急越要修好脚，千里之行，始于足下嘛。

你一只鸡眼脚，能走多远呀？"

"还给我耽误时间！"约翰猛地抽回脚，杀气袭人，"我……"

谷师傅一笑："好了，你感觉一下，怎么样？"

约翰一愣，急忙扳起脚来，仔细一看，脚下的那只鸡眼已经被剜掉。而这一切，他竟然一点儿都没察觉到。此时，一股说不出的舒服和畅快从左脚传来。约翰顿了顿，从兜里取出一块大洋，扔在地上，扬长而去。

"谷师傅就是谷师傅，一刀就把那洋人制服了！"看着约翰远去的身影，许多人赞许地说。

"是呀，刚才我真为谷师傅担心，这洋人已经连踢带砸搞烂了二十多个修脚摊儿了。"另外一个人心有余悸地说着。

"他踢了二十多个摊儿？"谷师傅扭过头问道，在得到别人的证实后，他的眉头不由拧成了疙瘩。

约翰为什么和修脚的过不去呢？

直到收摊儿回到家中，谷师傅也没想明白这个问题。他刚刚到家坐下，一大群人便"呼啦啦"拥进了他的家门。来的这些全是修脚师傅，有拄着拐的，有吊着胳膊的，还有让人抬进来的，全是一天来让约翰打伤的。大家听说谷师傅白天镇服了约翰，所以一起来求他主持公道。谷师傅好言劝慰大家，表示一定要讨回公道，众人这才纷纷散去。送走了众人，谷师傅久久地看着自己的那把修脚刀，自言自语道："约翰要是再来，就看你的了！"

又到了庙会，谷师傅依然去摆摊修脚。他刚刚坐定，约翰就远远地走了过来。约翰来到谷师傅面前，一屁股坐在凳子上，伸出右脚："修脚！"

谷师傅抱起约翰的右脚，眼睛盯着他脚上的鸡眼，心里却在翻腾，只要他手里的修脚小刀轻轻一挑，约翰下半辈子就再也站不起来了。可是，他是个修脚师傅，而且对方又是洋人，如果他这么做了，也许会给他们整个修脚行业带来灭顶之灾。

"哗啦！"一声响打断了谷师傅的思绪。他一定神儿，一个口袋扔在了自己的面前，看样子，里面装的全是大洋。他依然抱着约翰的脚，头也没抬："修脚用不了这些钱！"

"这不是修脚钱！"约翰笑了笑，说："虽然我不是中国人，但我特别崇尚中国文化，修脚是中国的民间技艺，我很想把它推广到西方，可我怕一些技艺不精的人把这事情搞砸了，所以我进行筛选，结果发现你技艺最佳。如果你愿意合作，每个月都能拿到这么多钱，而且我还会让你去我们国家表演。"

原来是这样，谷师傅点点头，然后集中精力，飞速运刀，约翰脚上的鸡眼眨眼间便被剜去。

约翰见谷师傅答应了他的要求，十分高兴。突然，他仿佛想起了什么事儿，取出许多和中国膏药有些相似的小东西，对谷师傅说："你们中国人都是好样儿的，这些是我们西方的药，送给你们，也算我对你们的歉意，跟我走吧。"

谷师傅其实对约翰说的那一切没兴趣，可他想趁此机会劝说一下约翰，因而犹豫了一下，收拾好修脚摊儿，跟着约翰离开了庙会。

约翰叫来一辆车，两个人一起上车，七拐八拐，足足走了小半天。一开始谷师傅还记着路径，后来也被绕糊涂了，也不知到了哪儿，被约翰领进一个大院子，他走进一个房间，还没弄清是怎么回事儿，门便"砰"的一声被锁上了，约翰拍了拍门，奸笑一声："好好歇着吧！"然后扬长而去。

谷师傅被锁在屋里，到了饭时，便有人送进饭来，可他想出这个屋，两个彪形大汉便把他拦在了门口，整整两个月过去了，谷师傅还没有弄清自己到底被关在什么地方。也不知又过了多久，门一开，约翰笑容满面地走了进来。谷师傅瞪着眼睛冲了过去："你为什么要关我？"

"那天我让你修脚，你眼里透出杀气，我编了那个和你合作的谎话，这才逃脱你的毒手。我只想知道，你凭什么恨我呢？"

谷师傅喊道："快放我出去！"

"我就是来放你的。因为如今你一点儿用都没了，不管是在这儿还是在外面。"约翰说完狂笑一声，一侧身，给谷师傅让开了一条路。

谷师傅一口气跑到街上，他像出笼的鸟一样，深深地吸了几口新鲜空气，以前的邻居和同行一见谷师傅，都愣了："谷师傅？你不是去了西洋了吗？什么时候回来的呀？"

谷师傅被搞得如丈二和尚摸不着头脑："你们……你们没头没脑地说的什么呀？我什么时候去了西洋了？这……这到底是怎么回事儿呀？"

一个修脚师傅过来说出了事情的前后经过。那天，谷师傅和约翰乘车走了以后，没几天，约翰到庙会上向众人宣布，谷师傅已经和他签约，去西方表演中国传统的修脚绝技，不日起即将奔赴西洋。而谷师傅放心不下其他人的修脚技艺，怕他们坑了别人，所以他和约翰共同研究，制成了鸡眼药，只要贴在鸡眼患处，三两天后轻轻一揭，鸡眼就会连根拔出，既安全又简便。从那天起，大街小巷里出现了很多卖鸡眼药的人。

说完这些，那个师傅说道"谷师傅，你去西洋东洋的我们不管，可你不该和洋人研究出那个什么鸡眼药

呀，满街都是鸡眼药，我们还怎么活呀？"

谷师傅急得直跺脚，他对大家说："你们还不明白吗，这一切都是那洋人捣的鬼，他就是想通过这种方式，让他的鸡眼药取代我们这些修脚

师傅，然后靠卖药捞银子，我一定要找到那个洋人！"

谷师傅心里着急，但又很无奈，这时，庙会上已经没了修脚师傅的踪影。约翰雇了一些流氓地痞，专门寻衅闹事，殴打那些修脚师傅，不许他们再做生意。与此同时，约翰的那些鸡眼药开始充斥各地，谁的脚上长了鸡眼，就只能去购买鸡眼药。而那些鸡眼药价格昂贵，百姓的钱大把大把地流入约翰的腰包。

这天，谷师傅又是满世界寻找着约翰，突然一辆马车在他身边停下，他还没弄明白是怎么回事儿，便被拉上马车，稀里糊涂被带到了一个地方。一进门，只见约翰笑容可掬地站在那："谷师傅，咱们又见面了。"

谷师傅像狼一样扑了上去，一把扯住约翰："你真是缺了八辈子德！"

约翰点点头"别那么激动，我卖鸡眼药，无非是想挣点儿钱。而且鸡眼药的确方便，你们大清国的人不也是很欢迎吗？"

谷师傅气愤地说："那你也不该断了我们的后路啊！"

约翰不想多解释，说"我们国家的公主到了北京城，她脚上长了鸡眼，而今天晚上她要参加一个盛大的宴会，所以我请你来亲自给我们公主修脚。"

谷师傅不解地问："你不是有鸡眼药吗？"

约翰苦笑一下，说："鸡眼药需要两到三天才能起效，还是你们修脚立竿见影。"

谷师傅一扭脖子，一口回绝。约翰又是许愿，又是威胁，谷师傅就是不答应！气得约翰当即给清政府发函，说谷师傅破坏两国关系，如果大清国不处理此事，他们将不惜发动战争。腐败的大清国哪敢得罪洋人，一声令下，判处谷师傅斩立决。在断头台上，谷师傅仰天长叹："大清国和咱修脚师傅差不多，国将不国啦！"

谷师傅死了，约翰的鸡眼药生意越做越大，银子像水一样流进他的腰包。可一段时间后，他突然觉得右脚疼痛，一开始他还没太在意，后来越来越疼，就像脚下踩着无数颗仙人

球，他仔细一查看，谷师傅曾经给自己修过的右脚处，又生出了一个鸡眼。他急忙用鸡眼药贴住，可三天后揭下鸡眼药一看，鸡眼纹丝没动。他又贴了一帖鸡眼药，三天后鸡眼不但没好，反而一天比一天大，约翰慌了神儿，急忙找来几个曾经的修脚师傅。那些修脚师傅一见，纷纷摇头说："约翰先生，谷师傅修脚快是一绝，他善于治重生鸡眼更是一绝。从这状况看，你这重生鸡眼是谷师傅在第一次修时有意不修净，让它二次成长的。这样的鸡眼，更难对付，只有谷师傅才能治好！谷师傅不在了，你的脚也完了。"

打那以后，约翰永远成了跛子。

（题图、插图：黄全昌）

· 本刊信息传真 ·

2011年"岳阳杯"幽默故事创作大赛征文启事

为进一步繁荣幽默故事创作，《故事会》杂志社与上海市松江区岳阳街道决定联合举办2011年"岳阳杯"幽默故事创作大赛，并面向全国征文。

一、征文内容：1. 内容贴近生活，健康向上；2. 情节生动有趣；3. 语言活泼，具有口头文学特点；4. 作品尚未在公开出版物上发表；5. 篇幅在2000字以内。

二、奖项设置：本次大赛设一等奖2名，奖金各3000元；二等奖5名，奖金各2000元；三等奖10名，奖金各1000元；创作奖10名，奖金各500元。优秀作品将陆续在《故事会》上发表，并结集出版。

三、征稿时间：2011年2月1日—2011年12月1日。

四、征稿方法：1. 从邮局寄发，请在信封上注明"'岳阳杯'幽默故事征文"。本刊地址：上海市绍兴路74号《故事会》杂志社，邮编：200020。2. 从网上传递，可发至各责任编辑信箱，请在主题上注明"'岳阳杯'幽默故事征文"。

本期责任编辑的信箱是：piggybank81@sohu.com

无冕厨王

□曹景建

落选御厨

清朝乾隆年间，开封有一个叫胡庆丰的厨师，他本是秀才，屡试不第后醉心厨艺，集各菜系所长，在当地颇有名气。

这年，皇宫甄选御厨，胡庆丰当即前往，一连过了刀工和烹饪两关，赢得了满堂喝彩。可主考官刘御厨却冷冷地说："第三关过不了，照样拍屁股走人！"

这第三关便是让皇上亲自品尝菜色。胡庆丰精心准备了三道特色豫菜，刘御厨尝过样菜，顿觉惊异：第一道糖醋炊熘鱼焙面甜中透酸、酸中透咸，鱼肉嫩而不腻、肥而不油，颇有中庸之道；第二道炸紫酥肉入口即化，余香长留，而且那肉块方正，排列有序，实像一幅斗方字画；第三道牡丹燕菜不但色香俱全，味道爽正，更寓国色天香、盛世太平之意，真是

设计绝妙、令人惊叹！

刘御厨连连啧舌，可一转头却故意脸色一拉，说道："菜虽不差，却不知是否合皇上的口味。"随即叫人把这三道菜混合在另外几十道菜里，让传菜太监端了上去。

过了一会儿，太监依次把胡庆丰做的三道菜给端了出来。胡庆丰顿时两眼一黑，心想：完了！刘御厨把他悄悄地叫到一边，冷冷地说：

"你也看到了，这菜皇上还没怎么吃就被退了回来，你落选了！"

身价万两

出了皇宫，胡庆丰不甘心就这样灰溜溜地回老家，暗自下定决心，非得在京城混出个人样。正想着，胡庆丰不觉来到了一个酒楼。抬头一看，只见招牌上写着四个斗大的毛笔字"鸿谈酒楼"，那字体遒劲有神，令人惊叹，左右还挂着一副对联，上书"诗书文章天下事，美酒佳肴世间味"。

见有客人上门，酒楼的掌柜立刻出来相迎："客官驻足良久，想来是对成主簿的字欣赏有加，如果先生有意与京城各位才子名士纵论诗文、论策鸿谈，不妨进来一坐。""哦？果真贵店是谈笑有鸿儒，往来无白丁？"胡庆丰秀才出身，对诗书始终情有独钟。

"先生过奖了。当年成主簿将这幅字赠予我家老板，不想久而久之，竟引来无数京城读书人的光顾。我看先生气宇不凡，大概也是读书之人？"胡庆丰听了，心下一惊：这成主簿究竟是何人？竟有这么大的号召力。随即，他淡淡一笑，说出了自己的意图，掌柜稍做考查，便答应留他下来。行家一出手，便知有没有。不到一个月工夫，胡庆丰就凭自己出色的手艺在酒楼落了脚，成了这里的头号厨师。

这天，掌柜进到厨房对胡庆丰说，有重要客人要见他。随即，两人来到二楼雅间，只见一老一少两名男子正在谈笑风生，年长者一脸慈祥，温文儒雅，而年轻的却是五短身材，长相奇丑。年长者说道："我和成主簿常来这里光顾，从没尝过如此精巧的佳肴，一问掌柜，才知道是来了新厨子！"

胡庆丰听了顿觉眼前一亮，原来面前这位相貌丑陋的客人就是书写招牌的成主簿，当下心生钦佩。两个客人好像也对菜品颇有研究，便拉着胡庆丰东一句西一句地聊了起来。

三个人越聊越投机，大有相见恨晚之意。等胡庆丰把进京选御厨的经历一说，那位长者大吃一惊，少顷沉默，站起身来说道："掌柜，此人我想带回去。""啊？刘大人，他现在可是我们的招牌啊！"掌柜一脸苦相。这个被叫做刘大人的长者从衣袋里掏出两锭银子，掌柜瞅了一眼银子，不答一言。刘大人摇了摇头，转过身去，掏出一张一万两白银的银票偷偷塞进掌柜手里。掌柜低头一看，连声答应道："行，行，请大人领走吧！"

成主簿见状，赶紧拉住刘大人的袖子："大人，为何花这么大的价钱？"刘大人神秘地小声说道："成主簿，我这么做全都是为你好，以后你就知道了。再说了，我付给掌柜的钱早晚会有人替我还上的。"成主簿还

·传闻逸事·

想再问什么，刘大人摆摆手："天机不可泄漏。"

奇货可居

接着，刘大人又对胡庆丰许诺每月一百两白银的工钱。胡庆丰一听，喜出望外，当即答应下来。三个人出了酒楼，早有车马在外迎候。胡庆丰跟着二人上了车，不一会儿，便来到了一处大院门前。进了内院，成主簿对胡庆丰说道："酒楼里不便对你实说，还不快拜见刘墉刘大人！"

胡庆丰没想到眼前这位便是大名鼎鼎、学富五车的刘墉，惊愕之余，倒头便拜。刘墉把胡庆丰扶起来："不必拘礼，以后你就在我府中好好做菜，不久便有你的出头之日！"

这天一早，刘墉亲自来到厨房，

吩咐胡庆丰："今日有贵客来府，你一定要拿出绝活来！"胡庆丰不敢怠慢，当下亮出了自己的看家本领，做了最拿手的那三道极品豫菜。

到了傍晚，刘墉突然把胡庆丰叫到书房，直言相告道："实不相瞒，今日我特意邀请皇上来府中观赏那株百年桂花树，他在此用了膳，半个时辰前刚走。"胡庆丰不禁愣住了，呆了一会儿，随即想起了之前参加御厨甄选的经历，心说：坏了，今天不正是做了那三道名菜吗？他连忙问道："皇上……他、他有没有嫌菜难吃啊？"刘墉却没有回答，而是看着书房外，轻轻拍了拍手。随即，成主簿带着一个女子进了书房。

"成主簿，从今天开始，胡庆丰跟你和夫人回家，我就不再留他了。"刘墉又转过脸来对胡庆丰说，"我不会食言，每月的工钱还会照付！"胡庆丰的心一下凉了：肯定是皇上不满意菜色，刘大人才会一怒之下把自己赶走。哎，事已至此，也只好听天由命了。

到了成府后，成主簿对胡

42

庆丰也是关爱有加，备受重用。成府隔三差五地宴请贵客，每次都是胡庆丰掌勺，那三道极品豫菜更是必不可少。他想问来者是何人，成家人却守口如瓶，只让他在厨房忙活，却不让他离开内院半步。

这天一早，胡庆丰听成府上下都兴高采烈地议论着什么，一打听，才知道原来成主簿刚刚被皇上连升三级，现已官至户部侍郎了。

胡庆丰在高兴之余也有点纳闷：成主簿真是不简单，怎么会升得这么快啊。正在胡思乱想，管家突然来找，说是成主簿要见他。胡庆丰连忙来到书房，两人一见面，成主簿便立即上前拍着胡庆丰的肩膀说："要不是刘大人和你，我何来今日连升三级的荣耀啊！这些天让你在我府中受委屈了。不过你放心，明天便是你的出头之日。"

胡庆丰不明白，正要追问。成主簿却说："不用多问。明日你准备好那三道极品豫菜，然后在大堂后面候着就行了，到时一切自有安排。"

另有隐情

第二天，胡庆丰按成主簿的吩咐，做好菜后，便静静地立在后堂。突然，只听一人大声赞道"真是美味！每次朕来成爱卿家里，都能享此等口福，实在痛快啊。只是……如此佳肴为成爱卿内人所做，故朕无法夺爱

啊！"什么，此人自称为"朕"，难道是皇上不成？

胡庆丰正感纳闷，却听旁边作陪的刘墉和成主簿立即离席，双双跪倒在地，说道："臣等有欺君之罪，还望皇上恕罪！"乾隆惊道："两位爱卿，这是为何？"刘墉禀道："启奏万岁，此菜并非成夫人所做，而是出自一位豫菜名家之手。"乾隆一惊："究竟是怎么回事，还不快快道来！"

于是，刘墉缓缓地说出了事情的原委。当初，刘墉深知成主簿通晓天文地理、杂艺百科，胸怀治国之策，内藏经世之术，是个不可多得的人才，可当刘墉把他引荐给乾隆时，皇上只看了一眼，便嫌他相貌丑陋，不堪大用。这以后刘墉百般推荐，乾隆就是不搭这个茬。

当刘墉碰到胡庆丰后，听他说起参加御厨甄选的经历，突然脑子一转，想到了什么。于是，刘墉把胡庆丰留在身边，等皇上去刘府赏桂花时，故意把胡庆丰做的菜说成是那天来串门的成夫人所做。乾隆贪图美味，经常借故去成府，一来一去，成主簿和皇上的交流机会多了，才得以向皇上展示自己的治国之策和满腹才华。

乾隆听后，哈哈大笑："好你个刘墉！念在你一心为大清国选拔有才之士的份上，朕不追究你们的罪

编读往来：你的问题我来答

安徽作者陈亮： 听说《故事会》与团中央联合举办"我的青春故事"征文大赛，我想参加，请问需要什么手续吗？

绿版编辑部： 你好！不需要什么手续。

本次征文大赛的主要内容有：以第一人称讲述个人成长经历中的感人故事以及与个人成长经历有关的励志故事。稿件篇幅一般不超过3000字。时间：2011年5月8日到8月31日。

本次大赛还设特等奖1名，奖金5000元（含税），一等奖等若干名。届时，团中央将给每位获奖者颁发获奖证书。欢迎你踊跃投稿。

具体内容可见2011年5月下半月刊第95页。

（本栏目欢迎读者提供新鲜活泼、有代表性的问题，一经采用，即致薄酬。）

名了，起来吧！"接着，他又说道，"还不快快把那位名厨请上来！"

早就在大堂后等候的胡庆丰赶紧上前拜见乾隆，还说出了那次甄选御厨的遭遇。

乾隆听后，勃然大怒道"没想到这个刘御厨竟敢欺君罔上！当初我曾经打听过做这三道菜的人，他竟说你连夜逃走了，不知所终。想来，他是妒忌你的才华，怕你今后威胁他的地位，才把你骗走的。"

这时，刘墉在一旁禀告："皇上息怒，这次您既得了一个国家栋梁，又发现了一个好厨子，可谓是好事成双啊！何必为了一个小人动怒。当初我花的那一万两银子您可得还给我啊，这买卖可是为咱大清国做的。"乾隆这才呵呵笑了："你真是奸商嘴脸，朕付你就是。"

胡庆丰进宫后，得到了一块乾隆御赐的金牌，上面写着四个大字"无冕厨王"。这时他才得知，每次皇上用膳时，旁边都有一个监管太监，只要皇上连续吃一种菜品超过三筷子，他便会吩咐小太监马上把此菜撤下。这样做一来是怕皇上养成溺食的习惯，二来是怕有人得知皇上的饮食偏好，借机下毒。刘墉知此玄机，所以当初并没有在酒楼里对胡庆丰坦白，而是巧妙用计，最后成就了成主簿，当然也成全了胡庆丰。

（题图、插图：黄全昌）

绿版编辑部各编辑邮箱：

吴 伦：wulun@vip.sohu.net
朱 虹：zhong98305@sina.com
刘迎曦：liuyingxi1203@163.com
颜轶超：yanyichao1004@sina.com
黄美舟：piggybank81@sohu.com

选择正确的路

有一个非常勤奋的青年，很想在各个方面都比身边的人强，但经过多年努力，仍然没有长进，他很苦恼，就向禅师请教。

禅师叫来大弟子，嘱咐说："你带这个施主到山里打几担柴火，越多越好。"年轻人和大弟子沿着门前湍急的江水，直奔山中。

等到他们返回时，禅师在原地迎接他们。年轻人满头大汗、气喘吁吁地扛着两捆柴，蹒跚而来。年轻人首先说："我一开始砍了六捆柴，扛到半路就扛不动了，扔了两捆。我又走了一会儿，还是被压得喘不过气，又扔掉两捆。最后，我只把这两捆扛回来了。可是，大师，我已经很努力了。"

大弟子说，"我个子矮，力气小，别说两捆，就是一捆，这么远的路也挑不回来，所以，我选择走水路。我找到一个筏子，然后带回八捆柴，可我并不觉得累。"

禅师用赞赏的目光看着大弟子，微微颔首，然后走到年轻人面前，拍着他的肩膀，语重心长地说："一个人要走自己的路，本身没有错，关键是怎样走，路是否正确。选择正确的道路，采用最适合自己的方法，永远比跑得快更重要。"

（作者：佚 名；推荐者：黄蓓蕾）

（本栏插图：安玉民 梁 丽）

一棵树的悲悯

在古印度，有一个极为专横的国王。有一天，国王忽然想要新造一个皇宫。工匠的头目禀告国王说，若要把宫殿修建得坚实而华丽，必须选用一棵千年老树做材料。于是，国王传令下去，无论如何，也要寻得这样一棵老树。

在茂密的原始森林，国王的工匠果然找到了一棵千年老树。这棵参天大树，气宇轩昂地屹立在众树之间。工匠前来禀报国王，说他们找

到了一棵大树，适合用来修宫殿，只是那树年代久远，砍了太可惜。

国王才不管那么多，当下命令工匠，第二天就去伐树。然而，那毕竟是一棵千年老树，它已经吸纳了天地之灵气，化作一个树中精灵。当天夜里，趁国王熟睡之际，老树走进了他的梦里，恳求国王手下留情，别让它千年修行，毁于一旦。

"既然你有千年的道行，我就更要砍你来修建宫殿了。要知道，你不过是一棵树！"国王傲慢地说。老树一声叹息，说："唉，我死了也就罢了。只是陛下，您能不能在砍伐我的时候，别从根部下斧，您让人从我头上往下砍吧。"

国王大为不解："从上往下伐你，岂不使你肢体寸断，更为痛苦？哪有从根部砍了你干脆？"

"陛下，从上往下伐我自然倍加痛苦，可您瞧我，这般高大，若从根部伐了我，倒下之时，势必压死压伤无数小树，这真是罪过。请陛下成全我吧。"

国王一觉醒来，顿感羞愧难当。他收回了砍伐大树的命令，并放弃了修筑宫殿的打算。

大树告诉我们，即使身处险境，仍悲悯于苍生的冷暖与苦弱。其实，这也可以是一种人生的修为。

（作者：许永礼；**推荐者**：黄蓓蕾）

鳄鱼之死

研究鳄鱼的专家格林特姆惊奇地发现，有一只鳄鱼竟然被树藤活活地勒死了，这到底是怎么一回事呢？

鳄鱼可以在水中潜伏一个多小时，当它遇到体形庞大的猎物时，它就会与之进行殊死搏斗。而被鳄鱼咬住的动物，都会拼命地挣扎，这时鳄鱼就会使出它的看家本领——紧咬住对方死不松口，然后身体在水底不停地翻滚。只要鳄鱼翻上几圈，即便猎物再凶猛无比，也会精疲力竭。正因为拥有如此本领，鳄鱼才得了一个"天生猎手"的称号。面对树藤这个"猎物"时，鳄鱼也是这样做的。它咬住树藤并在水里不停地翻滚，长长的树藤随着鳄鱼的翻滚将其越缠越紧，可想而知，最后鳄鱼"作茧自缚"，直至死亡。

许多时候，我们不是跌倒在自己的缺陷上，而是跌倒在自己的优势上。因为缺陷常常给人以提醒，而优势却常常使我们忘乎所以。

（**作者**：陈 勇；**推荐者**：杨宝琴）

学写作文，从读故事开始

争 夺

□吴 滨

银河系有个自然环境类似地球的摩尔星，那里的人很好战。经过上千年的战争，北方帝国和南方帝国分别兼并了除对方以外的所有陆地国家，由于长期征战，资源耗尽，两国土地越争越多，生存空间却越来越小。现在，只有大洋之中的一个极为富庶的岛国幸存下来。

北方帝国的国王奥兰达想拿下岛国，不过毕竟远隔大海，要做很多的准备工作，为此他开始了自己计划的第一步：下令大量开矿和建设无数的冶炼厂。哪知道他忙着，人家南方帝国对岛国也垂涎三尺。没多久情报传来：对方也在开矿建厂。

为了不让对手追上，奥兰达紧急开始了计划的第二步：短时间内要使造船厂星罗棋布，以便用来大肆造船，不过南方帝国很快也如法炮制。

奥兰达又实行计划第三步：玩命扩建兵工厂，疯狂生产武器。南方帝国也亦步亦趋。结果双方出现了密密麻麻的矿山、钢铁厂、造船厂，还有兵工厂天天机器轰鸣，烟囱昼夜冒烟。两国百姓为了占领岛国，然后在物质上得到救赎，拼命工作。

终于有一天奥兰达准备好了，率领着上千艘战舰朝岛国出发了，南方帝国自然也集结了庞大舰队来争夺。眼看双方在大海上越靠越近，奥兰达正要下达出击命令，突然手下报告：南方舰队掉头撤了！

奥兰达很得意，觉着自己强大的实力吓得对方都屁滚尿流了。他刚要趾高气扬宣布占领岛国，可怪事出现了：这么多战船兜了上百圈，那个岛的影子也没发现，只找到几百条小船。

奥兰达传令把船上的人带来打听打听。这一问，船上的人咬牙切齿跳脚大骂："嗨，大洲上的那群笨蛋就知道到处乱打仗，根本不管工厂排了多少的二氧化碳。这下好了，摩尔星变暖让海水上涨，把我们的岛都淹到海底去了！"

（题图：佐 夫）

阿P来艳遇

□黄新友

桃花突然开

阿P在一家高尔夫俱乐部打工，工作辛苦，收入微薄。那天，阿P正顶着烈日修剪草坪，一个举着阳伞的时髦美女款款走来，经过阿P身边时，一部手机从她身上落到地面，美女浑然不觉。阿P忙过去捡起手机，追上美女还给了她。美女道谢后，要了阿P的手机号，说是要请客表达谢意。

阿P本以为对方也就随口说说，没想到傍晚下班后，真的接到美女的邀请电话，说自己在君临酒店大堂恭候。阿P受宠若惊，又觉着对方有点小题大做，忙说一点小事，真的不必破费。但美女坚持说，我已经订好位子，我等你，不见不散哟。然后就挂了电话。

有美女邀请，阿P忍不住有些飘飘然，他努力回忆，觉得美女有点面熟，以前应该来俱乐部打过球或者陪人打过球，这种人有的是钱，不吃白不吃。于是，他就给小兰打了个电话，当然不敢说是美女相邀，只说自己要加班，然后前往君临酒店赴约。

就这样，阿P认识了这位叫小君的美女。两人吃过饭后，还不算完，小君又央求说："大哥，我的住处离这里不远，你能不能送我回去？"

阿P骨头更轻了，很绅士地说没问题。两人出了酒店，沿马路并肩而行，经过百货商场时，小君将阿P拉了进去。

小君径直来到时装区一家品牌店

内，自作主张选了一条休闲裤、一件体恤，让阿P试穿一下。阿P多少聪明，已经猜出大概，假意推辞了一番，便去试衣间换上。这就叫人靠衣服马靠鞍，等他穿了新衣服出来，小君眼睛一亮，立马掏出银行卡去柜台结账。这时候，阿P偷偷瞅了一眼标价牌，顿时，舌头伸出来半天缩不回去，乖乖，两件加起来三千多，比她那手机都要贵了。

这时，阿P心里就嘀咕开了：对方别是有什么目的吧？自己贪这便宜，会不会惹上什么麻烦？于是慌忙过去阻拦小君，小君眨眨眼，说钱已经结了，退不了了。

小君扭头冲服务员说："麻烦你把他换下的那套衣服扔垃圾箱里。"

阿P就开始怀疑小君是另有企图，可是再一想自己一没钱，二没势，光脚还怕穿鞋的！于是穿着新衣出了商场。

一出门，小君很自然地伸手挽住了阿P的胳膊，阿P脸都涨红了，闻着从对方身上传来的香喷喷的气息，一颗心紧张得乱跳，直到风一吹，他的脑子才渐渐清醒了，赶紧把胳膊从小君臂弯里挣脱开，红着脸说："小君，我……我儿子都上小学了。"

小君微微一怔，明白了他的意思，笑道："没问题呀。大哥，现在像你这样的好人太少了，我一见你，就感觉特别亲。"说着，又靠上来，伸手

要挽阿P的胳膊。

天，这女人也太主动了！阿P吓出了一脑门子的汗，认定对方别有目的，说不定是要将我麻倒，然后取肾脏卖钱。想到这里，阿P赶忙一闪身，慌里慌张地道："小君，太晚了，不好意思，我要回家了。"

不等对方回话，落荒而逃。

财运滚滚来

第二天早晨，阿P刚上班，就有一个手臂上有文身的年轻人来找他，很凶地问："你就是阿P吧。"

阿P有些惊惧，狐疑地问："你是谁？"

年轻人沉着脸，将手里的几张相片摊开，在阿P面前晃了晃，问："这上面的人是你吧？"

阿P看了一眼相片，只见每张照片上，都是一男一女，男的是自己，女的就是小君，有两人在酒店一起吃饭的，有小君亲热地挽着他的胳膊的。显然，昨晚两人在一起的过程，都被人偷偷照了下来。阿P懊悔不迭，天上果然不会掉馅饼，小君和这年轻人肯定是一伙的，她以色相为诱饵，设下圈套让自己钻，以此敲诈勒索。他声音都抖了："是……是我，可是大哥，你听我解释，我和她真的没有什么关系。"

年轻人摆摆手，厉声说："你不用解释，我老板的女人你也敢碰，你胆

子不小啊？"

阿P赔着小心，告饶道："大哥，我真的没碰她，你要是不相信我也没办法。我一个穷打工的，要钱没有，要命一条，你们还是另选对象吧。"

年轻人冷冷一笑，扬了扬相片，说："我是相信你的，不过，你老婆要是看了这些相片，不知她会怎么想，会不会相信你的话？"

这是阿P的软肋，他就是怕小兰看到这些相片！停了半晌，阿P苦着脸问："大哥，你想要多少钱呀？"

年轻人却摇头道："不要你一分钱，相反，只要你听我的，我还会给你一大笔钱。"说着，从怀里掏出两捆百元大钞，"啪"，拍在阿P面前，"怎么样？"

年轻人的举动大出阿P意外，他将信将疑地看着那笔钱，问："你到底想让我干什么？"

年轻人说："很简单，接下去你要继续跟这个女人交往，而且要亲亲热热，让外人看起来就是一对情人。"

阿P一听，更糊涂了，还以为他是说反话，慌忙说："不敢不敢，打死我也不敢……"一抬头，却见年轻人脸色又变，这才知道他说的是真的，就不敢再说了。

年轻人吩咐道："记住，你少有非分之想，表面上要亲亲热热，背后你一根指头都不准动她，明白吗？"

阿P心中明白，此事背后肯定有个大阴谋，说不定是违法犯罪呢，自己要是参与进去，说不定要吃更大的亏。因此，他拒绝道："为什么要这么做？你要是不说清楚，我是死也不会答应你的！"

年轻人沉吟了一下，有些不情愿地从兜里掏出一张报纸，递给阿P，说："你看一下就明白了。"

阿P好奇地打开报纸，见上面登着一张照片，一群游客正在海边戏水，其中有个女的面貌很清晰，这就是小君。再看下面的文字说明：周日海滨游人如织，游客在海边嬉戏。

阿P再仔细一看，问题就出来了，旁边有一个男人牵着小君的手，但此人侧着身，没有面对镜头，看不到正面，只是矮矮胖胖，四十岁左右。

年轻人在一旁提醒道："你不觉得这人像你吗？"

阿P"哦"了一声，明白了！那男人的体形从侧面看，真的跟自己有些像，而且他身上的T恤衫、休闲裤，跟自己现在穿的一模一样，而这身行头，正是小君昨晚给自己买的。他指着图片上的男人说："这位就是你的老板吧？"

年轻人点头，气恼地说："真是倒霉，也不知哪个没长眼的记者拍的照，恰好把我老板给拍进去了，还给登出来。"

阿P指指照片上的小君，嘲笑道

"这是你们老板的情人吧？"见年轻人默认。阿P胆子大了，说："结果这张照片恰好又被他老婆看到了，你老板又坚决不承认，所以你们就来找我，想找个长得像的人顶包，对不对？"

年轻人笑道："你很聪明嘛。兄弟，只要你肯帮忙，这两万块钱只是预付款，我老板愿意出这个数。"他伸出四根手指头。

阿P现在已完全轻松下来，对方不是来找自己麻烦，而是有求于自己，他当然不怕了，听说有四万进账，他眼睛里放出了光，着急地问："需要我怎样做？"

年轻人说："你先去整个像我老板一样的头型，再跟小君交往一段时间就行，其他事情不用你管。另外，还有最重要的一点，就是这事绝对不能走漏风声，而且将来也要守口如瓶，包括你的家人，否则……你明白吗？"

阿P一把抓起桌上的钱："成交！"

运势很难猜

时间过得飞快，一晃一个月过去了，这天，阿P陪着小君逛街返回。此时天已入秋，今天下了第一场秋雨，气温骤降，两人在雨中共撑一把雨伞，相依相靠，看起来极为浪漫。走到小君家门前时，小君突然接到一个电话。接完电话，她喜笑颜开，对阿P说："好了，到此为止，以后你不必来了。"

阿P一怔，"怎么了？"

"危情解除，我们已经安全过关，你的任务完成了。"

阿P一听，心里竟然怅然若失，但随即想起最重要的，忙问："那……我剩下的酬劳呢？"

小君说："你在门口等一下，我进去拿给你。"

这女人说翻脸就翻脸，竟然马上就不让阿P进屋了。阿P又是失落又是气恼。前段时间，他骗老婆自己被派到外地建新高尔夫球场，如今任务

完成，钞票也到手，该回家了。

第二天下午，当阿P兴冲冲地回到家，一开门，却发现老婆小兰黑着脸叉腰站在门内。阿P一吓，忙问："老婆，怎么了？"

小兰一指他的鼻子："阿P，你跟我说，昨天你在哪里？"

阿P心中有些慌，但还是极力稳住神，说"在外地出差呀，怎么了？"

小兰一抬手，把一张报纸掷到阿P脸上，咬牙切齿地说："你自己看吧，我倒要看看你怎么解释。"

阿P弯腰捡起那张报纸，只见上面图文并茂，图中一对男女雨中撑伞而行，下面有一行文字：入秋第一场雨降临我市，一对情侣在雨中浪漫而行。

再看这对"浪漫的情侣"，女的赫然就是小君，男的却是自己无疑。阿P心中不由叫苦，但也无奈，这钱就那么好拿？不过，他再一细看，自己的脸被伞面遮住了一小半，心中陡生光亮，忙大呼冤枉"老婆，你是不是以为这人是我呀？这不是我！"

"不是你是谁？哼，你看看，下半脸、衣服、裤子都跟你一模一样！"

阿P赌咒发誓："绝对不是我，老婆，长得像的人太多了。你给我几天时间，我一定给你找出那个人来，还我清白，好不好？"

见老公说的跟真的一样，小兰眼里不由露出了将信将疑的神色，说："那好，要是找不出这个人，你就不要回家！"说罢，"砰"，关上了门。

阿P匆匆下楼，走到僻静处，四顾无人后，拿出手机，拨了一个号码。接通后，他低声下气地哀求："大哥，求你帮个忙，也让你老板替我背回黑锅……我出钱还不行吗？"

如今阿P是倒过来求人，他苦苦哀求，那边趁机狮子大开口，狠狠敲了阿P一笔钱，最后帮他把这件事摆平了。

阿P是鸡飞蛋打，那笔钱又飞走了，他好不沮丧，但过了几天，见小兰脸上有了笑容，他又释怀了。只要家庭幸福，身外之物都可抛弃！阿P越想越高兴，又忍不住哼起了小调。

（题图、插图：顾子易）

52

木匠寻子

□ 顾文显

李家沟有位木匠，大伙儿叫他葛师傅，他制作家具的手艺远近闻名。葛师傅的老婆生孩子的时候死了，孩子活了下来，取名狗子。

那年夏天，葛师傅带着已经四岁的狗子准备去沟外干活，刚出门，碰到邻居张二牛两口子，他们问清楚事由，很热情地说："孩子这么小，带到外面太不方便了，不如交给我们照看几天。"狗子平时就跟张二牛夫妻俩挺亲的，于是葛师傅就把狗子留在张二牛家里了。

谁知当天傍晚，张二牛的媳妇就找到葛师傅，一见面"扑通"一声就跪下了："大哥，不好了，我大意了，把狗子给丢了……"

二牛媳妇哭哭啼啼地说了经过。

中午吃过饭，狗子就睡午觉了。偏偏这时，家里的母猪发情，跳出圈就跑，张二牛怎么也控制不了它，就招呼媳妇打帮手。谁知道那猪一直跑过了岭，等两口子把猪追回来，家里却不见了狗子。两口子急喊邻居帮忙，不知在附近找了多少遍，一点踪迹也没有。

出了这样的事，葛师傅顾不得干活，跟主人打声招呼，就回到李家沟。深山老林，若是被野兽叼去吃掉，那也应当剩下衣服鞋子呀，大家一连找了几天，仍然没发现狗子的影子。张二牛焦急地说："这孩子定是被人贩子拐走了！"

葛师傅人缘好，朋友们帮他分析："你刚一离开，张二牛家的猪就发情，孩子就丢了，这也太巧了吧？张二牛两口子没孩子，十有八九是他们给藏起来的。"

葛师傅说："两家住这么近，要是

他们弄了去，怎么养啊？"

"你真是太老实了。"朋友说，"他们很快就会搬走，到时候你哪里找去？赶紧报官！到了衙门里，不怕他们不招供。"

葛师傅摇摇头，说："十有八九，那万一是落在一二那方面呢？狗子这一丢，把张二牛两口子吓成啥样了？可不敢再冤枉人。"葛师傅背起做活的工具，仍然是嘱咐张二牛夫妇照看着家，他要出沟寻找儿子，实在找不到，他决意死在外面了。

葛师傅走边打听，遇上合适的活，就接下来做做，转眼两个月过去了，狗子的信息一点儿也没有。这天，他来到一个小镇，给一户人家做家具，说起找儿子的事，户主说："听说西边缺挖煤的苦力，所以，经常有人从这边拐卖孩子，然后从营口上火车，送去挖煤。"

说者无意，听者有心，葛师傅恨不能立即飞到营口，他一咬牙，干脆觉也别睡了，四天的活愣是两昼夜给赶了出来。

在去营口的路上，葛师傅在街上见到一个卖艺的小孩，那小孩腰间捆着一根钢丝，正发功要把钢丝崩断，旁边有个胸前长满黑毛的男人，过一阵子把钢丝用钳子紧一紧，孩子小脸憋得通红，那钢丝几次崩不断，已深深勒进肉里……这时，那胸毛男人抬脚在孩子面前使劲一踩，说了声"叔叔大爷给你助威，崩不断咱爷俩饭不吃，水也甭喝了！"

葛师傅望着这骨瘦如柴的孩子，他顶多比狗子大两岁，受了多大罪呀，狗子会不会也让人抓去这么虐待呢……想着望着，眼里就流出了泪水。这时，又听那孩子清脆地叫了声"大舅"，同时不顾一切地扑到葛师傅

怀里。葛师傅下意识一搂，看到孩子后背上疤痕累累，有的地方血迹未干，这明明是被打的！他脑子一闪，双手扳起孩子泪汪汪的小脸儿，说："我的亲外甥，我跟你爹娘找你都找疯了……"说着，放声大哭。

那男人气势汹汹地过来扒拉葛师傅："你想干什么？这孩子是我花钱买的。"说罢就要动手。

葛师傅一把接住那男人的手腕，使劲一捏，他那双手，干活儿练出牛大的力气，那汉子疼得叫出声来，以为对方是武林高手，吓得连摊子也不要，钻出人堆里逃得不见了影。

听孩子哭诉一通，葛师傅弄明白了。这孩子姓钱，离家三年了，恍惚记得自己的县名、村名。葛师傅好生为难，这孩子的家跟营口方向恰好相反，他若是送孩子回家，等于离营口越来越远。葛师傅一咬牙，决定先亲手把这孩子交给他爹娘，自己的狗子找得到找不到，他全认了。

爷俩奔波了十多天，这孩子回到了爹娘怀抱。钱家是个大户，有房子有买卖，三年前，长工领着钱少爷看花灯，不知怎么就把这钱少爷给挤丢了……一家三口跪在地上给葛师傅磕头，头都磕出了血。葛师傅说："别客气了，你们给我弄点煎饼路上吃，我还得找自己的儿子呢。"

钱员外说："恩人再急，也不差一个晚上了，怎么也得喝点酒，唠扯唠

扯。我儿子虎口逃生，无论如何也得认你个干爹，以后他得给你养老送终。我家里多的是人手，明天骑几匹快马，陪你奔营口，把耽误的时间抢回来。"

喝酒的时候，葛师傅详细说了自己丢儿子的遭遇。听得钱员外不住地点头："恩公为人如此善良，丢了儿子，还为邻居着想，一定有好报的。"他让人把账房先生找来，问，"那熊掌柜不是买了些孩子要往煤窑卖吗？你去找他商量，不管多少钱，全买回来，就当替少爷消灾，帮恩公积德了。"

熊掌柜就是山寨里的土匪总头儿。寨子里确实有四个小孩要卖，钱员外花钱把孩子全赎了回来。葛师傅打眼一瞅，差点昏了过去，四个孩子里恰恰就有狗子！

葛师傅感觉自己简直就是做了一场梦，若不是可怜钱少爷的遭遇，一定要先把孩子送到他爹妈手里，他一路追到营口，小狗子已经被卖了，那他今生再也别指望找到儿子了。

这回是两家团聚，高兴得大宴亲朋。钱少爷认葛师傅为义父。钱员外又说："狗子必须也得认我当义父，这才公平。以后何必分得天南地北的？家里多的是本钱，凭你那手艺，在这里收徒弟、做活，保证吃香的，喝辣的。"

葛师傅摇摇头，说："留下，确实是做梦也想不到的好事。可我无论如

我是公司员工

□ 谷永庆

柳青四十多岁，是一名纺织工人，老公出车祸去世了，她独自一人带着儿子生活。去年她下岗了，在社区居委会的帮助下，找到了一份工厂保洁员的工作。柳青人老实，又十分勤快，很快就被领导安排到办公楼负责保洁工作。

这天周末，回到家，读高中的儿

何也得领儿子回去一趟，跟张二牛兄弟有个交代，他们不定急成啥样了。"

钱员外感叹道："你这么好个人，想甩掉我，没那么容易。我得陪着去，看个究竟。"

第二天，钱员外带人骑上几匹快马，陪着葛师傅父子二人赶到了李家沟。进得张二牛家，见屋里空锅冷灶，张二牛媳妇身穿孝服，正给丈夫的牌位烧香。一打听，才知道张二牛一心惦记着狗子下落，走进大森林寻找，让狗熊给咬死了……她娘家兄弟来接

姐姐回去，她不肯走，说是已经给葛师傅看丢了孩子，这回连房子也不替人管了，那还是人吗？

钱员外见张二牛媳妇长得眉清目秀，就咳嗽一声，说"人死不能复生。弟妹也跟我住到那边吧，孝满后要是有意，就给狗子当娘。"

后来，张二牛的遗孀嫁给了葛师傅，还接连生下好几个儿子。在钱员外的扶持下，两口子把木匠铺经营得红红火火，渐渐成为当地的富户。

（题图、插图：黄全昌）

子对柳青说:"妈,我这几天老是头疼。"柳青不敢怠慢,第二天就带着儿子到了医院。检验结果一出来,柳青差点倒在了地上:儿子脑子里长了个瘤,如果半年内不做手术,后果将不可预料。医生告诉他,儿子的脑瘤手术要两三万元。柳青心里乱成了一团麻,但在儿子面前还要装作没事,"医生说了,你是睡眠不好,以后每天早睡一会儿,别搞得太晚了。"

回到家,柳青把儿子安顿好,就开始琢磨着怎么能弄到钱。她听说过卖肾能得不少钱,就到医院去问了医生,医生严肃地告诉她,国家的法律明令禁止买卖器官!柳青又想到买彩票,她听说过一夜暴富的故事,也动过心。就这样,她上班时像丢了魂一样。那天拖地时都忘了拧拖把,弄得地上湿漉漉的。正好有几个外单位的人来公司办事,一个人滑了个趔趄,差点摔倒。公司普总出来连连向人家道歉,回过头来把柳青说了一顿。

下班后,柳青刚出大门,有人拦住了去路。柳青认出了他,原来正是白天差点摔倒的那个客户。

那人非常客气地说:"大姐,我和你商量个事儿,咱们找个地方说说话?"柳青说:"真对不起啊,我家孩子生病了,我还得赶紧回家去照顾他。"那人环顾一下四周,拉着柳青到路边,说"你们公司要新建二号厂房你知道吧,现在有几家公司投标。希

望最大的就是我们巍建公司和一个外省的天安公司。如果他们中标了,那就等于是外省人在咱们饭碗里夹菜吃了。"

柳青被弄得摸不着头脑"先生,你说的这些和我有什么关系啊,你是不是想让我去劝普总,他也不可能听我的啊。"那人笑了:"你们普总的办公室是你打扫吧。"柳青点了点头。那人说:"你知道标书吗?我想让你帮我看下天安公司的标书,看看他们标底的数字是多少?"柳青摇摇头,说:"我不知道你说的标书在哪儿,知道也不能帮你,这跟偷东西差不多,公司肯定会开除我的。"那人继续说:"标书就在你们普总的办公室。我不会让你白干的,如果你能拿到标底,我给你五万元。"

最后一句话像根绳子一样,把柳青的心拴住了,那人见状又问:"大姐,刚才你说孩子生病了,什么病啊?"柳青低声说:"脑瘤。"那人同情地说:"哎哟,这可要早治啊,晚了就危险了。"柳青低着头不说话。那人拉开随身的小包,数出一叠钱递给柳青:"先拿着给孩子买点吃的。"柳青不接,那人硬把钱塞在柳青的手里,掉头走了。

柳青回到家,数了数,一共两千元,还夹着一张名片,上面写的是巍建公司王成星。柳青一夜没睡好觉。最终,她决定为了儿子铤而走险。

第二天上班时，柳青双眼通红，像兔子一样。当她打扫到普总的办公室时，普总正聚精会神地看着电脑，柳青壮着胆子往他的桌上看了看，一堆文件中，还真的发现了封面上写着"标书"字样的文件。第二天，她故意把打扫总经理办公室的时间拖到吃午饭的时候。看到普总下楼之后，柳青拿着扫把和畚箕，打开办公室的门，看了看，标书没在桌上。她关上门，颤抖着双手

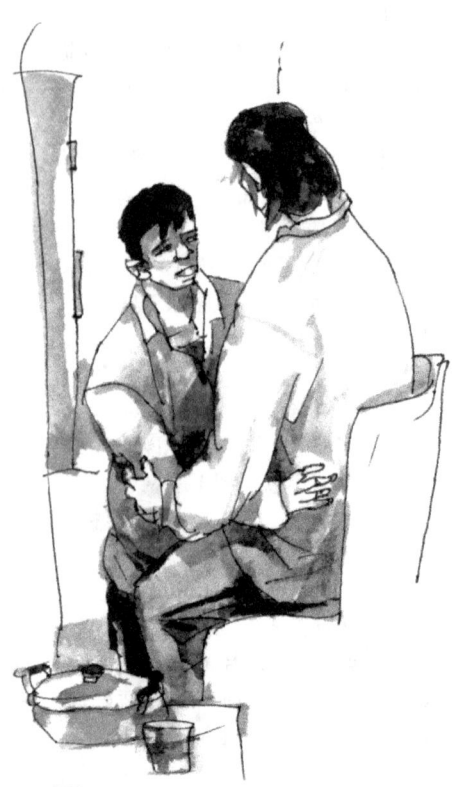

一个个拉开电脑桌的抽屉，果然在左边第二个抽屉里看到了那本标书，她翻开第一页，把标底数字抄到了事先准备好的纸片上。做完这一切，柳青几乎虚脱了。

下班回家后，柳青又开始犹豫了，但看着儿子苍白的脸，还是跑到门外给王成星打了电话。当她把写着数字的纸片交给王成星时，王成星交给她一个纸包："这是一万八千元，你先拿着。我回去要核实一下这个数字是否确切，然后才能把剩下的三万给你。"

过了两天，王成星找到柳青说："我们老总说了，只有标底数字还不行，不一定准确，还要有工程预算书和项目收费表。等你把这两个数据给了我，我才会把剩下的三万元给你！"然后他又告诉柳青，这两个数据大致在标书的哪几页，让柳青最好把标书复印一份，或者拍成照片给他。

这几天，儿子请了病假在家休息，柳青一回来，儿子就问她："妈妈，我得的病很难治，对吗？"柳青躲闪着儿子的眼光，说："谁告诉你的，别瞎说。"儿子笑了："我已经是高中生了，能看懂病历，你不用瞒着我。"

柳青忍不住哭了："妈妈没本事，挣不来钱。你放心，妈妈会想尽一切办法给你治病。"儿子上前抱住母亲，说："妈妈，你不是一直教育我，要堂

堂正正做人吗？你跟那个人打电话，被我听见了，如果你真做了什么不好的事情，就是治好了病，我也没脸活着了。我已经打算好了，先休学，和你一起上班挣钱，等治好了病，再接着上学。"抱着儿子瘦弱的身体，柳青渐渐清醒了过来：作为母亲，如果自己用偷窃别人的东西来换钱给儿子治病，就算病治好了，以后他还怎么做人？

拿定了主意后，柳青打电话给王成星，说："大道理我不太懂，但我知道，我是公司员工，我必须忠于自己的公司！这事不能做，你给我的两万元钱，我马上就还给你们。"对方在电话里嘿嘿地笑了："大姐，钱你不用退，只要按照我的要求做，完事后，我肯定给你三万元，从此我们井水不犯河水。否则……"

第二天一早，柳青把王成星给她的两万元钱用塑料袋装着，敲开了普总办公室的门，把儿子生病、有人收买她的事原原本本说了一遍，然后把塑料袋放在了他的办公桌上。普总惊讶地听完了这一切，说："柳大姐，你现在回头，还不算晚，我相信你是一个好员工，好好干吧。"柳青原来已做好了被开除的心理准备，想不到普总还这么信任自己，一时激动得热泪盈眶。

又过了几天，柳青忽然在车间通知栏见到了一张公司工会的募捐倡议书，上面讲了柳青儿子的病情和她的家境。几天后，当工会主席把募捐来的钱交给柳青时，柳青一时不知说什么好。工会主席说："这两万三千元是我们公司全体员工的心意，包括几位老总的。普总特别关照，如果这钱做手术不够，你还可以从公司预支一万元，然后再从你每月的工资中扣除。"柳青拿上这钱，加上儿子学校和居委会捐的钱，陪儿子做了手术。儿子得救了，她的心情也变好了，干活的时候也高兴了。

儿子出院那天，柳青得知工人们工资不高，只捐到几千元。她当即找到工会主席，想知道两万多元钱到底是谁捐的。工会主席说："实话告诉你吧，我们工会募捐到的款额是三千多元。普总另外给了我两万元，让我告诉你，是公司员工捐的。"

柳青心里好不激动，不顾自己一身的脏衣服，跑到办公楼找到了普总，很认真地说："我出卖了公司，公司不该再给我钱啊。"普总笑了，说："其实，我不可能把投标的标书随便乱放。你看到的那份标书，是天安公司给我们看的标书样本，内容根本不是这个项目，标底数字跟这个工程也没关系。"普总顿了顿，又说："你是个诚实的人，也是一个好员工，好人应该有好报！"

（题图、插图：谭海彦）

在战争中，有时候动物也扮演着相当重要的角色。这里为您讲述一组将动物巧妙运用在战争中的故事。

老鼠显神威

莫桑比克经过几十年的战争，很多地方受到地雷的困扰，扫雷成了最为棘手的问题之一。扫雷是项危险工作，如何高效地完成这项工作呢？扫雷专家巴特·韦特简斯就非常及时地想到了一个绝妙的办法，他抱着乐观的态度决定尝试使用老鼠扫雷。

韦特简斯开始实施一项计划：训练"冈比亚大鼠"如何闻炸药的气味。老鼠在雷区来回奔跳，一旦发现地雷，老鼠就会在地面抓挠，这就是老鼠发出的信号，工作人员接受了提醒，然后便会用食物奖励老鼠，并排除地雷。因为老鼠身形较轻，即使误碰到地雷，也不会引爆，老鼠和工作人员都非常安全。

老鼠探雷非常有效，在雷区大显神威，拯救了无数平民。巴特·韦特简斯计划到2014年扫清莫桑比克370万平米的雷区。

母马战力强

古埃及的法老图特摩斯三世是一个军事天才，对手不得不制定创造性的战术来对付他。

卡迭石国王在连续失利的情况下，想出了一个办法，他决心一试。卡迭石国王知道法老的战车都由种马拉着，在对垒时，他放出了一匹发情的母马，种马很快成了发情母马的"阶下囚"。其结果可想而知，法老军队的战斗队形彻底乱了套，种马们兴致勃发地四处乱跑，追逐着那匹母马去了。

一匹母马看似微不足道，在特定的场合，却发挥了千军万马的威力。这个战例流传很广，《圣经》里也有记载，《旧约·雅歌》就有这样的原话："我的佳偶，我将你比作法老车上套的骏马。"

故事会■新浪 微故事大赛

5月优秀作品选登 （主题：赌）

@吃桃子的桃天 高速公路上的一辆汽车内，一个人在打电话：老婆，我刚和人打赌赢了两百块钱！忽然，一股看不见的力量推在车身上，车子翻出公路，车毁人亡……蓝天白云之上，一个男声说：老婆，你看这车里就一个人，是单数，我赢了，今天你刷碗。

@倾尘语 "丫头，我打赌，你一定不敢翘课。""谁说不敢？""美女，我打赌，你一定没喜欢的人。""谁说没有？""姑娘，我打赌，你一定不会嫁给我。""谁说不会？""老婆，我打赌，你一定不愿在我的面前穿性感内衣。""谁说不愿？""老伴，我打赌，你一定不会离开我……"这一次，却再也没有了回应。

@青山簇簇水中生 磨盘岭，七十二道弯。刘三赌第十八道弯是左转。刘三输不起了，他在心里乞求道：老天爷，你就让我赢一次吧！一道弯，左转；二道弯，左转；三道弯，右转；四道弯，左转……第十八道弯，右转！刘三脸色煞白，向左猛打一把方向盘，歇斯底里的狂叫道："第十八道弯，左转！"左边是深渊！

@杨信社 我是饭店老板，春节期间也没回家。这天两个老头来喝酒，一个笑容满面，一个愁容满面。我想是愁老头做东吧。谁知笑老头说："我俩打赌，我

输了，我请客。"我迷惑："你们看起来正相反呢！"愁老头猛干一杯道："我们打赌，谁的儿子过年不回来，就算谁赢。"

@君君Host 男孩和女孩约在公园里见。男孩说："你信不信，我吻你可以不碰到你的身体……"女孩撇着嘴说不信。男孩说那我们赌一下吧，输了任你处置。女孩答应了，于是男孩轻轻吻了女孩的脸一下……然后笑着说："我输了……"

@耳士三 他嗜赌如命。为了满足他，她把家里所有值钱的东西都变卖了。最后一次，她把自己押上了。她暗想，如果赢了，他就有了钱；如果输了，自己也就摆脱了他。结果他又输了。她跟着赢家走，行至半道，发现他跟在后面。她感动地问："你是舍不得我吗？"他摇摇头"你一个人不值那么多钱，我把自己也押上了。"

@苏大英雄 "大脑移植目前可没有成功的先例啊！"医生语重心长地警告。病人却孤注一掷"如果不赌一把，患脑癌的我只有等死！"手术结束，居然出奇的成功。医生眼里满是胜利的泪水："对于新的大脑，你有何感觉？"病人阴森森地笑道："我对新的身体非常满意！"

（大赛启事见本期P30）

在深夜的山村中，有陷阱，有猎枪，不同的人为着各自的目的……

陷阱里的

□ 柴兴志

1.深夜枪声

这些年，人们重视封山禁猎，使得几近灭绝的野生动物又繁衍起来，尤其是繁殖率极高的野猪，多得山林里渐渐容纳不下，它们就拖儿带女，窜下山糟蹋起庄稼来了。

村民们只得每夜在庄稼地里敲锣吆喝放炮仗，起初还有点儿震慑作用，可时间一长野猪们听惯了，就跟村民们玩起了游击战。粮田损失越来越大，村民们恼得牙痒痒，可野猪属于国家三级保护野生动物，地方政府都无权采取控制措施，村民们又能怎样呢？

大山村，有户小夫妻俩，男的叫赵满仓，女的名田秀花。他家那块地是野猪上下山的必经之路，那块地的

庄稼被野猪糟蹋得惨不忍睹。庄稼没了，吃什么？秀花急得抹着眼泪给在外打工的满仓打电话，满仓一听，既恼又心疼。

赵满仓是个要强的小伙子，他爹生前是个猎户。满仓也是玩枪好手，接了老婆的电话，当即悄悄在网上买了猎枪和弹药，决心跟野猪较量较量。他恨恨地说：你吃我的粮，我吃你的肉！

满仓回到家的当天晚上，就埋伏在了自家的玉米地里，专等野猪下山。满仓听他爹生前说过：最厉害的是"群狼独猪"。狼成了群是一伙儿亡命徒，有道是"猛虎架不住一群狼"，而一只狼就变成了胆小鬼，遇到威胁赶紧绕道躲开；野猪恰恰相反，它们

成了群却是一盘散沙，受了惊吓，只会争先恐后落荒逃跑，一只猪反倒成了亡命徒，遇到威胁肯定跟你拼命。

满仓正想着，突然听到"呼噜噜"声由远而近，同时各家地里响起了铜锣、炮仗和吆喝声，接着不远处的玉米秆咔嚓嚓纷纷折断。只见一群黑糊糊的东西边跑边"呱唧呱唧"啃玉米棒子。来的是一群猪，满仓心里有了底儿，他举枪瞄准了走在前面的一头黑家伙，稳稳扣下了扳机，枪口火光一闪，只听"砰"的一声闷响，紧接着一声凄号，玉米地里顿时像炸了锅，野猪们"呼啦啦"四散奔逃，一眨眼就不见了影儿。

满仓听听没了动静，便端起枪，蹑手蹑脚搜寻过去，只见前面倒着一头黑糊糊的东西，满仓按亮手电一照，果然是一头野猪！那野猪躺着一动不动，身上却没有弹洞血迹。满仓想难道是装死？再看看野猪的肚子没有起伏，看来真的死了。这一枪打中了哪里呢？他拿手电往野猪头上一照，哈！子弹正好从猪的鼻孔打了进去。这就叫一枪毙命！

野猪差不多有一百五六十斤。满仓乐得心里开花，他拿绳子套住野猪的脑袋，拉起来搭在背上，一路连拽带驮弄回了家里。

回到家里，老婆秀花见了乐得直拍手，忙着要动手炖野猪肉。满仓笑骂道："馋嘴婆娘缺心眼儿，这么大的野猪褪毛开剥，哪能瞒得过邻居的眼睛？炖上肉香味飘出，更是堵不住邻居的鼻子。到时派出所还不找上门来。"满仓曾在一家违法经营野味的餐馆打过工，他马上给店主打了电话，商定十元一公斤，黎明前来车把野猪拉走。满仓觉得开了一枪就挣了八百多，满心欢喜得直哼小曲。

俗话说：隔墙有耳，背后有眼。满仓这么小心谨慎，邻居胡二还是听见他家夜里来了车。说起这个胡二，却是村里出了名的小混混。若是换了别人家，胡二也懒得过问，但他最恨满仓瞧不起自己，背地里骂自己是好吃懒做的二流子，胡二想：满仓家半夜来车干什么？好事儿不背人，背人没好事儿，这里边多半儿有猫腻！

等到第二天清早起来，胡二就跑到满仓家院子门口查看，只见地下有一道拖痕，拖痕上竟有一些凝固的血迹。胡二不由大吃一惊。

胡二为啥吃惊？原来满仓在外打工，胡二就眼馋满仓的媳妇秀花，常常主动帮她干些力气活儿，借着机会调笑挑逗。只因秀花性情泼辣，胡二没敢动真格的，可是去得勤的邻居们见了，便有人背地里风言风语。胡二想：难道满仓回来听到这风言风语，他一气之下打伤了"淫妇"，半夜送去了医院？如果真是这样，下一步就该找他这个"奸夫"算账了！

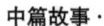

就在胡二想得心惊肉跳时，忽然听到满仓招呼秀花上街买酒买肉，说要请老丈人来家喝酒。胡二心里一块石头这才落了地。他刚要转身回家，忽然又想起了地上的血迹，于是，他蹲下来，仔细一看，发现血迹上粘了许多寸把长的黑毛，他终于恍然大悟。

当天晚上，胡二趴在院墙头上盯着满仓家。到了将近半夜的时候，果然看到满仓穿着棉大衣出来了，见他那大衣里鼓鼓囊囊的，里面肯定藏了家伙。待到满仓走远，胡二纵身跳进了满仓家的院子。

秀花听到院子里"咕咚"一声，出来一看，见是胡二，不由双眉紧皱。秀花其实也讨厌胡二，只因满仓在外打工，家里的力气活儿没人干，自己才不得不白使唤这傻小子，便随他嬉皮笑脸说几句疯话，没想到他色胆包

天，大半夜的竟敢跳墙进来了！

秀花低声喝斥："你作死呢？现在还敢来瞎胡闹！"胡二嘻嘻笑道："有啥好怕的，他敢把我当野猪打？"秀花听了一愣："你又瞎说个啥，还不快点儿回家挺尸！"这时胡二可不怕秀花泼辣了，他伸手在秀花脸上拧了一把："瞎说？只怕说出来有人要进公安局！"

胡二见秀花被吓住了，顿时上前抱住秀花就要亲嘴，秀花慌忙用力推开胡二，说："咱们玩笑归玩笑，可不能动真格的！"胡二嬉皮笑脸凑上来："光棍儿难熬嘛，你就当是心疼我呗！"秀花生气了，抬手给了他一巴掌，说："偷嘴吃能饱一辈子？想女人就娶个媳妇呗。"胡二撇起了嘴："说得轻巧，我又不会打野猪，没钱拿啥娶媳妇？"秀花笑道"你不就是想挣钱吗？回头我帮你想个办法……"秀花边说边急忙推了胡二一把，"有人来了，快走吧，明天等我的回话。"

2. 兴风作浪

第二天清早，满仓空着手回家了。不是野猪没到地里来，而是遇到了村治保主任老战。

老战早就想把村民们组织起来巡逻，可是村里的年轻人大多出去打工了，

64

留下的都是妇孺老弱，他们哪吃得消整夜在庄稼地里东奔西跑？无奈老战只好一个人单枪匹马去巡逻，看到谁家地里的野猪多，就过去帮忙赶一赶。满仓开枪打野猪，别人以为是放了大炮仗，老战可是退役的特种兵，一听就觉得是枪响，只是因为突如其来，一时没有确定枪响的方位而已。

为了提防有人顶风作案，引起连锁反应。这天夜里，老战顾不得自家的地，带着铁锹炮仗到各家地里巡查。老战怕出误会，每到一家地都要招呼几声，满仓听见老战在地头招呼，慌忙把枪藏起来，答应着迎了上去。

老战见满仓空着手，便问他拿啥赶野猪，满仓撒谎说靠吆喝。老战知道满仓是个机灵鬼，当然不信满仓的话。满仓见老战不信，嗨嗨一笑说炮仗放光了，等明天再去买。老战决定给他敲敲警钟，给他解释《野生动物保护法》，满仓不爱听，抖着腿哼哼哈哈，老战火了："严肃点儿！你当我扯闲篇呢，这是给你讲法！"满仓见老战发了火，这才赶紧洗耳恭听。

老战这么一折腾，满仓当然不敢再打野猪了，只好在地里吆喝了一夜……

秀花心疼老公，侍候满仓吃了饭，铺好被子让他补一觉。过了一会儿，秀花听到满仓打起了呼噜，便悄悄来到小仓房，翻出满仓爹过去用过

的捕兽夹，装在编织袋里来到了胡二家。胡二见到秀花登门，真是大喜过望，跳起来要拉秀花的手，秀花顺势把编织袋塞进了他手里。

胡二掏出来一看，原来是只上满铁锈的捕兽夹，胡二磕打了半天才装好了机关，看着夹子直摇头，说："这东西还能使吗？"秀花在他脑门上戳了一指头："不信你踩一脚试试。"这一指头戳得胡二挺舒服，他涎着脸又凑了上来："你就拿这个破夹子打发我？"秀花伸出手来，胡二赶忙抓住，秀花一抽手，胡二手里出现了一百元钱。胡二不高兴了："你把我当啥人了？"秀花咯咯笑了起来"啥人？坏人！"

她话音一落，身后突然有人应声："没错儿，他就是个坏小子！"两个人回头一看，是老战！

老战指着胡二喝道："你摆弄这夹子想干啥？"胡二嬉皮笑脸道："闲着没事儿干，随便摆弄摆弄……"老战瞪起了眼："随便摆弄？我看你是想作死！"扭过头又问秀花，"你是不是也要跟着随便摆弄？小心摆弄出事儿来！"秀花顿时面红耳赤，嗔道："看你说的是啥话！"说罢一跺脚转身走了。

胡二好吃懒做出了名，地里的庄稼不去看守，只会追着村里要补偿。老战知道这个坏小子啥事儿都干得出

来，今天特地来给他敲敲警钟，恰好发现了捕兽夹还有秀花，这可都是出事儿的苗头呀！

老战也听到过胡二和秀花的一些风言风语，不过他不大相信，秀花这么漂亮精明，又有满仓这样会挣钱养家的男人，怎么会跟二流子搅在一起呢？只是这种事儿不好明说。老战有心要警告一下胡二，他喝道："几天不管你就要兴风作浪，我看你是肉皮子发痒！"边说边挽起袖子瞪起眼，一步步向胡二逼近，胡二当然知道特种兵的厉害，吓得连连倒退，一脚踩在了捕兽夹上，只听"啪嚓"一声，胡

二"哇"惨叫起来。

老战见捕兽夹咬住了胡二的脚丫子，他也顾不得装狠，慌忙过去掰开了夹子，幸好胡二穿了双破皮鞋，没有扎穿脚掌，只是咬破了一些皮肉。老战怕他感染了破伤风，赶紧架着他去了诊所……

这下老战可惹下麻烦了。这胡二平日里就是个没事儿还要到处钻空子占便宜的主儿，现在脚丫子扎破了，便盯着老战要误工费。老战琢磨这事儿总归是自己引起的，给点儿钱息事宁人，没想到胡二得寸进尺，又说自己脚疼走不了路，要老战管吃管喝管伺候。这下可把老战惹火了，骂了声："放你的狗屁！"转身就走。胡二不敢去拉老战，扯开嗓子叫嚷开了："村干部欺侮人呀！弄伤了人还不管饭呀……"

秀花得知捕兽夹惹了祸，正在屋里提心吊胆，听到胡二叫嚷，急忙跑了过来，一问是为了管吃管喝的事儿，就赶紧兜揽道："啥大不了的事儿，不就是吃饭嘛，我多做点儿都有了！"胡二喜笑颜开，连连点头答应。秀花担心满仓听见来打横炮，急忙回到了家里。

满仓被胡二的叫嚷声惊醒，隔着墙听得一清二楚，正要跑出去阻拦，看到秀花匆匆回来，瞪起眼发了脾气："败家的娘们儿！人家吵架关你屁事，抢着去伺候二流子，打算狗扯

连环是不是？"秀花一听火了，又起腰杏眼圆睁："你太小看我了，我要扯连环也找不到他头上！真想给你戴绿帽子也等不到今天！"

满仓被饬得干瞪眼儿说不出话。这时秀花才压低嗓子，把胡二发现打野猪的事儿说了一遍。满仓听了担心起来："只怕胡二那张破嘴靠不住。"秀花笑道："你真糊涂，咱们最该提防的是老战，胡二好糊弄，给点儿好处就能堵住他的嘴。"满仓嘴一嘟说："你可当心呀，我可不是好惹的，你别把自己当好处给卖出去！"

秀花一伸手扭住了老公的耳朵，嗔道："你也要兴风作浪呀！还想不想打野猪挣钱了？"满仓"哎哟哎哟"叫着一头扎进了秀花的怀里……

3. 母猪护崽

胡二因祸得福，又有误工费又有秀花照顾，脚上疼心里美，躺在炕上等秀花来送饭。

听到院门"吱呀"一响，胡二赶忙招呼："秀花！秀花！我下不得地，你进屋来吧！"可是，等到门帘一掀，胡二的笑容立刻僵住了，只见满仓没好气儿地把一大碗汤面放在炕沿上："别他娘的胡思乱想！"

胡二赶紧表白："你可别误会，嘻嘻，我没本事打野猪，就是想跟你沾点儿光，挣点儿钱娶媳妇嘛。"满仓哼了一声："那就管住你的破嘴，伤好了

跟我下地，打了野猪算你一份儿！"胡二又嘻嘻一笑道："这点儿伤不碍事，我是糊弄老战的。"满仓最烦他嬉皮笑脸，没好气地说"别觉着你会忽悠，那点儿小事人家不跟你计较，打野猪可不是小事儿，让老战发现有你的好看！"胡二转了转眼珠子说："为啥让他发现？咱不会换个招儿！"满仓赶紧问："快说，换啥招儿？"胡二故弄玄虚道："嘻嘻，吃了面再告诉你，我不能白要你一份儿钱，等着瞧好呢！"说罢端起面呼噜呼噜吃了起来。

夜深了，满仓带着胡二来到玉米地里，趴在野猪趟出来的小路旁边，竖着耳朵听动静。等了一会儿，先是各家地里响起了吆喝声鞭炮声，不大工夫，自家地里的玉米秸"哗啦哗啦"响起来，可是声音却很细碎，满仓瞪大了眼睛，隐约看到了七八个黑黑的小东西，原来是群野猪崽子。

小崽子后面肯定跟着母野猪，满仓只盼着小崽子们赶快过去，可是这些小东西却到处乱拱乱窜，突然听到"啪"的一声响，一只小崽子尖叫起来，胡二忍不住叫了起来"夹住了！夹住了！"满仓要去捂胡二的嘴已经迟了，紧接着"呼啦"一声，黑地里窜出一头大野猪，母猪护崽猛似虎，朝着胡二猛冲过来！

胡二跳起来便跑，满仓正要扣扳机，不料被胡二一碰，"砰"的一枪打

偏了，满仓来不及再装子弹，紧跟着也跳起来飞跑。满仓恨透了胡二，是他一碰坏了大事，他知道自己是跑不过野猪的，可眼下，为了活命只有拼命飞跑。

胡二因脚伤影响了速度，满仓三窜两窜就跑到了他前面，满仓边跑边装子弹，忽听身后"哇哇"大叫，回头一看，只见胡二摔了个大马趴，母野猪窜上来便咬，吓得胡二满地打滚儿，满仓怕误伤了胡二，抬高枪口开了一枪，随即撒开腿接着跑。

子弹带着火光掠过，母野猪吃了一惊，朝着枪响的方向愣了一下，然后丢下胡二追满仓。满仓可不敢跟野猪赛跑，他又边跑边装子弹，听着身后"呼哧呼哧"声越来越近，他马上转身卧倒，照着母野猪迎头一枪，母野猪嗥叫一声，一个跟跄摔倒，骨碌碌翻了几个跟头，爬起来失去了进攻

的方向，瘸着腿兜起了圈子。原来枪弹打伤了它的腿。满仓知道受了伤的野猪更厉害。他屏住呼吸，趴在地上，一动也不敢动。这时远处小野猪的叫声越来越嘶哑，似在垂死挣扎，母野猪顾不上报仇了，急忙瘸着腿跑了回去……

隔不远就是老战家的地，老战赶跑了自家地里的野猪，正要去帮别人，忽听满仓的地里"砰砰"响起枪声，紧接着又听到了野猪的尖叫声。老战料想是出了事儿，急忙跑到满仓家地头，掏出一个花炮，点燃引芯，朝叫声丢去，随着"砰"一声响，五彩火花炸开，只听"噌噌噌"一阵奔跑声，很快就没了动静。

老战又朝地里吆喝了几声，见没有动静，便按亮了手电筒，提着铁锨小心地钻进了玉米地。没走多远，老战发现了一片踩倒的玉米秸，玉米秸上倒着一只小野猪，拿手电一照，原来被捕兽夹咬住了脖子，已经憋死了。

按照规定，村里人是不得擅自下套子的！是谁违反规定？老战猛地想起在胡二家看到的捕兽夹，觉得这事肯定跟胡二有关系。老战当即卸下捕兽夹，提着小野猪赶到了胡二家。此

刻，胡二家院门紧闭，敲了半天门没有人应声。老战见隔壁满仓家里亮着灯，转而又敲起了满仓家的院门。满仓刚刚跑回家，从门缝里看到老战，他赶紧披上大衣，装作要下地的样子开了门，看见老战手里的捕兽夹和小野猪，故作吃惊地问："咋了？政府让咱打野猪了？"老战瞪了他一眼，沉声说："装傻！野猪是国家三级保护野生动物，政策能说改就改吗？"满仓振振有词道："政策不是以人为本吗？不符合老百姓的利益为啥不能改？政府就是给老百姓办事的，不然要政府干啥？"

嗬！出去打了几年工，长了本事了！老战喝道："改不改不是你说了算！现在打野猪就是犯法！"满仓不敢再顶撞，就闷着头不吱声了。老战把捕兽夹和小野猪举起来说："你少给我装蒜！看吧，这就是在你家地里找到的！"

满仓觉得再不吱声就是默认了，赶紧狡辩道："谁看到我下夹子了？这能算证据吗？"老战才不跟他矫情："我现在带着这些东西去报案，是不是证据我说了不算，你留下这话对警察说吧！"说罢，提着夹子和小野猪走了。

4. 命悬陷阱

满仓感到事儿闹大了，他等老战走远了，急忙翻墙进了胡二家。

满仓恨不得狠狠揍胡二这个稀泥软蛋，可是把柄抓在他手里，只怕一打他，他会狗急跳墙，闹个两败俱伤。这么一想，满仓只好忍下这口气，嘱咐胡二继续装瘸，老实在家躺着，如果警察来了就一问三不知。交代完了，满仓又翻墙回了家，编了谎儿等着警察来调查……

老战到派出所报了案，警察做了笔录，便让老战先回家，等他们请示了上级再作处理。老战虽然怀疑满仓有枪，但怀疑当不得证据，所以也没跟警察提起枪的事。老战憋了一肚子气，回家等警察来处理，哪知等了两天也没消息，再打电话问派出所，人家说上级正在研究，急得老战干瞪眼。

有人急有人乐，满仓见警察迟迟没动静，心里松了口气：看来警察也知道体恤老百姓，夹死一头小野猪算个啥？老百姓没饭吃才是大事儿！

满仓这么一想，又要蠢蠢欲动了。他想甩掉胡二自己一个人干，但又怕胡二举报揭发，这打一头大野猪能卖上千元，可不能因小失大呀！正想着，胡二找上门来，又提起了打野猪的事儿。

这一提勾起了满仓一肚子气，他瞪起眼把胡二骂了个狗血淋头。胡二呢，嬉皮笑脸听他骂，心说：这骂反正不疼不痒，量你也不敢把我甩下。

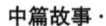

满仓骂累了，心里也打起了算盘：这种担风险事儿，不能总在自家地里干，让胡二轻轻松松跟着分钱。于是满仓提出地点要换一换，改在胡二家的地里，方法也要换一换，开枪容易惹麻烦！胡二眼珠一转，想反正咱俩是一根绳上的蚂蚱，跑不了我也蹦不了你！于是马上同意了。

当天夜里，满仓背着枪，胡二扛着铁锨，来到地里挖陷阱。在哪挖？满仓受过爹的亲传，知道野猪的脑子一根筋，一惯爱走捷径，从山上下来直奔玉米地，吃饱了也要走这条近路回山。挖陷阱一定要看准野猪的来路，否则挖了也是白挖。

两个人找到了野猪的来路，就开始行动起来。满仓知道野猪虽然爱走捷径，但鼻子很灵，闻到异味儿就会改道。所以挖陷阱，先得把表层土和踩倒的玉米秸铲到一边，把挖出来的新土远远撒开，等到挖好陷阱盖上树枝，再把表层土和玉米秸铺在上面。

胡二是个懒蛋，挖到一米多深就说行了。满仓知道大野猪直立起来足有一米多高，不挖两米深绝对不行，他见胡二偷懒躺倒忍不住又骂起来："干啥啥不行，吃啥啥不够！不愿意干滚蛋！"看在钱的份儿上，胡二只好咬牙接着干。

挖好陷阱做好伪装，已经到了半夜，野猪该下山了。两人就趴在不远处被猪踩倒的玉米秸里，竖起耳朵听动静。

不大工夫，附近人家的地里响起了鞭炮声吆喝声。接着，胡二的地头上也"哗啦哗啦"响了起来，哗啦声越响越近，突然"喀嚓"一声，一只野猪嚎叫起来，地里顿时大乱，一阵"呼隆呼隆"的奔跑声渐渐远去，地里只剩下了一头野猪在嚎叫。

满仓端着枪，胡二打着手电，跑到陷阱边一看，只见里面是一头龇着獠牙的大公野猪，看个头足有二百多斤！独猪果然厉害，大公猪看到人反而不叫了，气势汹汹地向上蹿，蹿上去滑下来，红着眼睛拼了命。满仓解下缠在腰里的钢丝绳，把一头挽成了活套儿，只等它跳得没了劲儿，套住脖子把它勒死。

大公猪不断向上蹿，扒得坑沿的土不断塌下来，渐渐形成了个斜坡，满仓觉得再这样下去，猪就要跳出来了。得赶快行动，当大公猪又一次蹿跳上来，满仓急忙甩出钢丝绳套，套住了大公猪的脖子，胡二赶紧帮着拉住钢丝绳，两个人一齐用力往上拽，要把猪吊起来勒死。哪知大公猪的劲头儿正足，钢丝绳反倒成了它的救命索，它借着拽劲儿向上一蹿，"呼隆"一声跳了出来！

钢丝绳一松，两个人一齐摔了个四仰八叉，满仓再去抓枪已来不及了，大公猪一低头撞上来，獠牙一下扎进了满仓的大腿，它又猛地一甩脑袋，满仓被甩得腾空而起，"扑通"一声跌进了陷阱里！

大公猪瞪着陷阱里的满仓，"呼哧呼哧"喘着粗气，若不是吃过陷阱的亏，它一准儿会跳下去要了满仓的命。满仓吓得屁滚尿流，知道无路可逃，只好忍着剧痛，躺下一动也不敢动。大公猪怒气不消，转身又去找胡二，可是脖子上还套着钢丝绳，另一头拖在了身后，一走动就得得玉米秸"哗哗"响，活像一条缠在脖子上的大蛇，吓得它拼命地转圈儿甩头，可是越是折腾响得越厉害，大公猪又惊又怕，拖着钢丝绳"哗啦哗啦"逃跑了。

满仓的大腿汩汩地流血，他赶紧

脱下背心使劲缠上，压低嗓子招呼胡二。喊了几声没人答应，气得满仓直骂胡二的八辈祖宗，骂了一阵，只好忍痛爬起来，扒住坑沿往上蹿，可是受伤的左腿使不上劲儿，一条腿往上一跳，滑下来摔了个跟头，伤腿又被扭了一下，疼得直叫妈。

实在没办法了，满仓只好扯开嗓子叫起胡二来……

5.因祸得猪

再说胡二，当他看到大公猪把满仓挑进了陷阱，吓得跳起来不管东西南北，撒腿便跑。他晕头转向地跑了一阵，一看，竟然跑到了大山脚根下那条野猪下山踩出来的小路！胡二大吃一惊，正要转身往回跑，只听玉米地里一阵稀里哗啦乱响，吓得他赶紧趴在了乱草丛里。

夜光下只见一头大野猪从地里窜出来，身后好像还拖了什么东西，"哗啦哗啦"地往山上跑。胡二正在纳闷儿，哗啦声突然停止了，变成了野猪沉闷的嚎叫声。这是怎么了？胡二趴着没敢动，听那嚎叫声越来越沉闷，很像是垂死挣扎的倒气儿声，倒气儿声也越来越小，渐渐没了动静。

听声音好像是野猪死了，难道是天上掉馅饼？胡二犹豫了一阵，实在经不住诱惑，就按亮了手电。就在这当口，忽然听到玉米地里满仓在叫他。胡二不禁幸灾乐祸地乐了：你不是爱骂街吗？那你就在坑里慢慢骂吧，老子现在可顾不上你了！于是，他拿起手电向山上晃了晃，见上边没有反应，他便壮起了胆子，小心翼翼地向上摸去。

走了不多远，电筒照到了一头大野猪，大野猪脑袋顶在一棵大树上，倒在地上一动不动，胡二走近几步再一照，只见野猪脖子上套着钢丝绳，钢丝绳又缠在了大树上。胡二明白了，这正是跳出陷阱的大公野猪，它身后拖的钢丝绳挂住了树杈，这蠢东西不晓得退回去，反倒围着大树转圈儿，转得活套儿变成了死结，越是挣扎套子就越紧，结果被活活勒死了。

果然是天上掉下馅饼儿！这个馅饼儿正好掉进我胡二的嘴里，这自然没有满仓的份儿了。这时，胡二没有马上动大公猪，而是扒了些枯枝败叶

把大野猪严严实实地盖起来，然后转回地里找满仓。

胡二找到了陷阱，陷阱里没有满仓。他又在周围找了一遍，仍不见满仓踪影，他估摸是满仓喊了一阵儿没人答应，自己想法子爬出来回家了。胡二心里嘀咕：满仓肯定恨透了自己，回去见了他总该有个交代呀，胡二一边往回走，一边琢磨编谎儿，突然脚下不知被什么东西绊了一下，"扑通"摔了个大马趴，爬起来拿手电一照，竟是满仓的猎枪！

胡二觉得不对头了，他想满仓再粗心也不会丢掉猎枪呀！胡二背上猎枪往家走，快到村边时，看到路口有几点火光闪烁，仔细一看，原来是几个村民正在抽着烟说话。胡二悄悄凑过去，躲在墙角里一听，他们说的正是满仓。听了一会儿，这才知道满仓被野猪挑进了陷阱，腿上豁开了一个大口子，是老战听到了满仓的叫声，把他救出来背回村，刚刚找车去了医院。

自己得了大馅儿饼，全靠老天爷照应，满仓差点儿送命，只怪他牛皮逞能！胡二溜到满仓家，见大门上了锁。他忙回家藏起了猎枪。他觉得枪在手，就是抓住了满仓的把柄，就不怕他了。

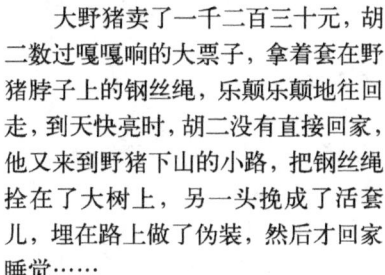

天亮了，胡二听见满仓家大门响，赶紧扒着墙头一看，原来是秀花回来了，看秀花急急忙忙的样子，肯定满仓住了医院，秀花是赶回来取钱拿东西的。于是胡二纵身跳过墙头，跟着进了屋。

秀花听到有人进来，吃了一惊，转身见是胡二，迎面啐了一口："呸！狼心狗肺的东西！"胡二没有擦脸上的吐沫，他嬉皮笑脸地表白："我不跑怎么办？两个人就能斗得过野猪了？还不是多赔进去一个！"秀花没理他，气呼呼地打开柜子找东西。

胡二又凑上去："嘻嘻，别生气呀，我把枪找回来了，今天夜里就去打野猪，卖了钱给满仓治伤，你告诉我谁买野猪就行。"秀花撇撇嘴："你那熊样儿敢打野猪？"胡二一拍胸脯说："有枪还怕啥？不敢打我就是你养的！"秀花哼了一声，找了一张纸，写了个号码："喏，打这个电话就行，我就等着你的钱了！"胡二接过纸条："宝贝儿，我连人带钱都给你！"说着突然一伸脖子，想吻秀花，可脸上却"啪"地挨了一巴掌。

真是个辣娘们儿！胡二摸摸热辣辣的脸，心里却麻痒痒地高兴：挨个耳光算啥？他给秀花一个飞吻，跑了。

胡二回家马上打电话，店主一听是满仓的朋友，当然愿意收购，价钱还是十元一公斤，胡二要他黎明前开车来拉野猪，他到村外大路上等着带路。

6.猪口余生

大野猪卖了一千二百三十元，胡二数过嘎嘎响的大票子，拿着套在野猪脖子上的钢丝绳，乐颠颠地往回走，到天快亮时，胡二没有直接回家，他又来到野猪下山的小路，把钢丝绳拴在了大树上，另一头挽成了活套儿，埋在路上做了伪装，然后才回家睡觉……

胡二一觉睡醒，听村民们说上面派来了调查组，老战正陪着这些人走村串户。胡二想，怪不得老战没来找自己算账，原来他是忙发补偿呀？胡二刚要去找老战他们，报告自己家的损失，村里人又告诉他，这些人是省里来的专家，主要是调查野猪的繁殖状况。

一听不是发补偿的，胡二就没了兴趣。他想到挖陷阱的事儿暴露了，老战肯定不会放过自己，还是回家想法子应付吧。

哪想到胡二前脚进家，老战后脚就气冲冲地闯进来，指着胡二喝道："好大的狗胆，竟敢忽悠我！你不是脚伤不能走路吗？咋能跟满仓到地里挖陷阱？"胡二装傻道："你说啥？谁去挖陷阱了？"老战瞪圆了眼，一把揪住胡二训道："陷阱就在你家的地里，满仓又在陷阱里喊你，不是你是

谁？你个丧良心的东西，满仓受了伤你连管也不管，还敢躲在家里装蒜！"

胡二吓坏了，赶紧掏出一些钱，哭丧着脸说："谁说不管了，我求爷爷告奶奶才借到这些钱，不正要去医院嘛。"老战放开了手："这才像人做的事儿，快去吧，挖陷阱的事儿不算完，再敢想歪门邪道，咱们老账新账一起算！"老战说罢，一摔门走了，胡二不敢怠慢，赶紧揣上钱去了医院。

满仓的腿被豁开了一个大口子，若不是老战及时把他送进医院，早就失血过多没命了。老战这人面恶心善，他正言厉色地把满仓训了一顿，看到秀花带的钱不够，赶紧替满仓垫了住院押金。老战发过了脾气，又把专家的话告诉满仓：以人为本可不是让人们为所欲为，保持生态平衡才能保持人类的生存发展，所以控制野猪的数量要有科学依据，不能滥捕滥杀，对受害人家的补偿也要制定合理的标准，专家们正在调查研究，所以需要一定的时间。他特别指出，这样私自去打野猪，不但违法还害了自己。

老战语重心长，感动得满仓热泪盈眶，他没敢说私藏枪支的事，只是一个劲儿地保证再也不打野猪了。

到了下午，胡二来到病房，进门就放下了六百元钱，连连给满仓赔罪，说自己当时吓昏了头，一直逃到

了村外的大路上，没有听到满仓的招呼。等他再回到地里，正好看到老战把满仓背出来，所以没敢露面，赶紧把猎枪找了回来。

满仓见猎枪没暴露，也不想跟胡二计较了，可他知道胡二见了钱比爹还亲，不知道他送钱是何居心，便要把六百元还给他，胡二嘴上推辞，手却不由自主地伸了出来，忽见秀花冷着脸直撇嘴，只好推开了满仓的手，说了些仗义的话就快快走了。

回到家里，胡二越想那六百元越心疼，越想越恨老战，又觉得秀花这小娘们儿也真刁，就像鼻子尖上抹蜜糖，让你闻得到吃不到，还是自己找个老婆最实惠。想到找老婆需要钱，这钱哪来？只能靠打野猪了！

正在盘算晚上的行动，老战带着两个调查组的专家来了。省里的人找上门来，多半儿是祸事临头，胡二紧张得连话都说不出来了。

没想到专家挺和气，老战也没发脾气。专家了解了他家的受害情况，又耐心地告诉胡二：地球的资源是有限的，人多了要计划生育，野猪多了也要计划生育，政府正在组织专家研究实施办法。为了控制目前的灾害，准备按比例猎捕一批野猪。在一旁的老战警告胡二：猎捕要由公安部门组织实施，私自捕杀还是违法行为。

说话听声，锣鼓听音，胡二本来就贼心不死，这一来心里便有了底

儿，心想：老战的警告算个屁，怪不得政府没有追究夹死小野猪的事儿，原来是要改章程了，等新章程公布下来，再打野猪就晚了！他认为这一阵儿正好浑水摸鱼，要打得赶快打，抓住机会捞它一票！

胡二已在地里下了套子，用不着再趴一夜守株待猪，反正野猪只要套住了，就跑不了。

等到三星偏西了，胡二估摸，野猪们都该回山了。于是他拿了枪悄悄来到山脚下，支起耳朵听了一会儿，山上只有风吹树叶的沙沙声，胡二拿手电朝山上乱晃了一阵，见没有异常动静，就端起枪搜索上去。

快走到下套子的地方，胡二隐约看到大树旁边倒着一个黑糊糊的东西，走近几步再看，果然是一只大野猪！大野猪一动不动，看来确实被勒死了。胡二兴奋得心狂跳起来，走到猪跟前按亮了手电，突然发现野猪动了一下，胡二大吃一惊，没等他向后跳开，大野猪突然蹿起来，一口咬住了胡二的脚脖子，猛地一甩头，把胡二拽了个狗吃屎！

一阵撕心裂肺的剧痛，疼得胡二杀猪般地惨叫起来，他双

手扒地拼命地向前爬，野猪只是死死咬住不松口，却没有乘势扑上来。胡二回头一看，原来野猪是被拴在树上的钢丝绳拽住了。

想当然害死人呀！胡二本以为野猪被套会绕着大树转圈子，哪知这头猪只是一味地向前冲，挣扎累了正在喘息，看到来人装死反击！幸好猎枪还在身边，胡二忍住剧痛捡起枪，用力把枪口顶在野猪的脑袋上，狠狠地扣下了扳机，只见红光一闪，轰然一声巨响，胡二就什么也不知道了……

老战知道胡二狗改不了吃屎，夜里常到他家地里巡查，这次刚刚来到地头，突然听到一声沉闷的枪响，老战心里一惊，莫不是又出事儿了？

跑进胡二家地里，老战先放了一个花炮，地里没有动静，又大声呼叫胡二，也没听到回答。老战径直奔向

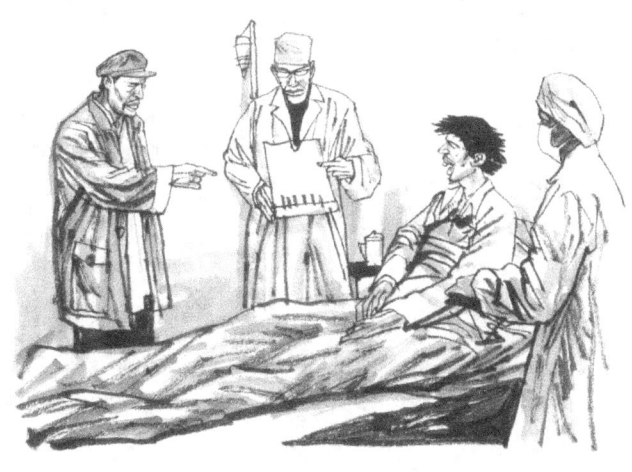

地头搜索过去，快搜到山脚下的时候，隐约听到有人呻吟。

老战急忙跑出地头，呻吟声却来自山上，他赶紧按亮了手电，顺着野猪踩出的小路搜了上去。呻吟声越来越清晰，走不多远，便看到大树旁边倒着一个人，跑上前拿手电一照，正是胡二！

胡二脸上胸前都是血，神志不清地哼哼着。一头大野猪被钢丝绳套在树上，脖子被绳套磨得血淋淋的，鼻孔里呼呼喘着粗气，死死咬住胡二的脚脖子不放。

野猪咬得这么狠，怎样才能把胡二救出来呢？老战突然发现胡二身旁扔着一支猎枪，赶紧捡起来一看，枪膛已经炸开了。猎枪上没有任何标记，显然是私造的，老战当然懂得，这种普通钢材根本经不住多次冲击，自制的子弹装药不均，一旦超量就会把枪膛炸开。

膛炸了枪管还有用，老战把枪管插进野猪嘴里用力一撬，野猪一声嚎叫张开了嘴，老战赶紧把胡二拉了出来，背上他，急忙向村里跑去……

胡二被送进了医院，经过检查，胡二的脚脖子没有被咬断，脸上胸前却被崩进了很多碎钢渣，虽然没有击中要害，可那些碎钢渣都要一块块取出来，先不要说花多少钱，这份儿罪可遭大了。

派出所接到老战的电话，马上赶到医院调查。胡二还在手术室里挨刀，满仓见势不妙，赶紧让秀花叫来了警察，抢先坦白了私买枪支偷猎野猪的事，还揭发了收购野生动物的店主。警察又听老战讲了事故的经过，得知野猪还没有死，赶快让老战带路赶到山上。

虽然警察没顾上说什么，可是满仓和胡二心都悬着，就算是坦白从宽，只怕也要拘留罚款。冤家变成了难兄难弟，两个人提心吊胆地养伤，可是住院花销大呀，满仓还能勉强支撑，胡二可是借了一屁股债，他们又盼着伤快好，又怕出来受惩罚，真是度日如年呐……

胡二的伤口基本愈合了，正在害怕警察找上门来，满仓却神神秘秘地进了病房，咬着胡二的耳朵说："别再给医院送钱了，现在机会难得，咱们赶紧回去接着打野猪吧！"胡二吓得直摇手："妈呀，警察还没跟我们算账呢，你还要作死呀！我是一朝被猪咬，十年怕野猪！"

满仓哈哈大笑"傻蛋，再怕也要去！秀花刚才回家拿东西，听说派出所来村里组织捕猎队了，老战当了队长，咱们赶快回去将功折罪呀！"胡二一听"腾"地跳下床来："太好了！打野猪咱俩可比别人有经验，快！赶紧去找老战报名！"

（题图、插图：杨宏富）

该谁还钱？

□ 王亚林

两年前，县种子公司发生经济危机，眼看到了春耕季节，购运种子的资金还差一截。

种子公司经理齐豫找到水电公司的老同学张经理。左说右说，张经理答应按银行利息借二十万元给种子公司。但有个条件，只能以齐豫的个人名义打借条。说白了，张经理只信齐豫，信不过穷困的种子公司。齐豫没犹豫，当即以"齐豫"的名字立下借据，让对方将二十万款额汇到县种子公司的账户上。

一年后，齐豫退休了，张经理闻讯赶来，说："老同学，你人都退了，那二十万元钱该还了吧！"齐豫连忙笑脸相迎，连连作揖"真是手长衫袖

短啊，公司账上只有一万元，看来还得欠你一次人情。"

齐豫当即将接任的马经理喊到办公室，当着老同学的面将借款的事情作了交代。马经理一直在齐豫手下干副手，与齐豫关系也不错，齐豫说什么，他都一一应承。齐豫本想将借据换成公家的，但张经理坚决反对："这事就找你。"

很快半年过去了，张经理几次派财务人员到县种子公司催款，都一无所获。马经理总是对催款的人叫苦："账上没钱啊，回去跟你们经理说说，多宽限些时日，一有钱我马上通知你们。"张经理没办法，只好打电话给齐豫"那款一分都没还，劳驾你出出面啊！"齐豫便一次次打电话给马经理，马经理也回复得爽快，可就是没有兑现。

有一天，齐豫再次打电话给马经

理。马经理吞吞吐吐地说："老经理啊，有件事我得告诉你，不知是谁吃饱了撑的，将你私人借款的事捅到纪委去了，上午他们派人来调查资金的来龙去脉。"齐豫听完这番话，立刻火冒三丈："马经理，你是知道的，当年要不是我拉下老脸用私人的名义借款，谁肯借给我们这个穷单位，谁还能保证单位能正常运转到现在？"

马经理的话没假，纪委的两位同志还是找到了齐豫，要他谈谈借款的使用情况。齐豫拂袖而去，并丢下一

句话："要是我贪污了，就将我送到牢里去！"

刚回到家，张经理已经等在那里，一见面就说："老同学啊，这回就算帮我的忙吧，三天之内把款还给我公司。"齐豫气哼哼地说："纪委都找上门来了，你找纪委去说！"张经理也拉下了脸："咱丑话说在先啊，你这次要是再不还，我就去法院起诉你，不然，我可说不清了！我也真的是没有办法了。"

齐豫知道这事再不能拖了，越拖越惹麻烦。火急火燎地赶到单位找马经理。马经理办公的房门紧闭，敲了几下都没人开。旁边一位老同事告诉他，马经理被双规了。齐豫慌了，这事该找谁？

不久，齐豫果真接到了法院的传票，水电公司将他告上了法庭，要求齐豫还款。齐豫接过传票，就像接过导火索，将情感的火药桶啪啪点燃，差点眩晕过去。真是好心没有好报！莫说眼下没钱，就是有钱，也天理不公啊！

齐豫退下来后，家里也不顺。不说别的，单孙子得的胃癌，就将家里几十年的积蓄花了个精光。老伴知道原委后，也唠叨他："人都老了，做事还不稳靠，私人打欠条，给公家借钱，亏你想得出！"齐豫当然悔青了肠子，但白纸黑字的，后悔又有什么作用呢！他一整天没哼一句，也没进半

点米水。

一位律师知道这件事后，主动找到齐豫，询问了一些借款的前后过程，然后握着齐豫的双手笑着说："大伯，你一百个放心，这官司我帮你打了，保证你个人不承担还款责任。"齐豫将信将疑。律师将一些法律知识讲解给他听后，他的川字眉才舒展了许多。

不久，法院开庭审理，认定齐豫的借款行为属于"隐名代理"。齐豫受县种子公司委托向水电公司借款，并以自己名义写下欠条，而县水电公司出具的银行本票直接以县种子公司为收款人，县水电公司的账册上也有同样的记载，这表明县水电公司在借钱时已经知道二十万元是由县种子公司收取的，县种子公司是实际借款人。

《合同法》明确规定：对于隐名代理，如果第三人在订立合同时知道代理人与被代理人之间存在代理关系

的，则该隐名代理产生与显名代理相同的法律效力，即第三人与代理人所订立的合同直接约束被代理人和第三人。因此，法庭判决该借款合同应直接约束县水电公司和县种子公司。二十万元由县种子公司归还！

律师点评：

《合同法》明确规定：受托人以自己的名义，在委托人的授权范围内与第三人订立的合同，第三人在订立合同的同时，如果知道受托人与委托人之间的代理关系，则该合同直接约束委托人和第三人，即"隐名代理"。而当受托人无力支付或无法支付，则由委托人承担垫付连带责任。故事《该谁还钱》中的主人翁齐豫借钱行为完全符合上述特征，故县种子公司难逃还款之责。

（题图、插图：安玉民 梁 丽）

·本刊信息传真·

法律知识故事征文

本刊推出的"法律知识故事"，通过发生在我们身边的、短小而具体、在法理上容易混淆的个案，生动、形象地宣传法律知识。这些知识注重现实性、实用性，真正起到解剖一个案例、明白一个道理的作用。

为把这个栏目办得更好，我刊决定向全国征文。

来稿方法：1. 从邮局寄发，请在信封上注明"法律知识故事"字样，本刊地址：上海市绍兴路74号《故事会》杂志社，邮编：200020。2. 从网上传递，可寄以下信箱：wulun@vip.sohu.net，请在主题上注明"法律知识故事"字样。凡已和我刊编辑有联系的作者，稿件可继续投给原编辑。

送水壶

□ 胡　敏

　　一节数学课上，刘老师正引导孩子们讨论方程组，教室的门突然被推开了，一个妇女怀里抱着一个大红色的开水壶，径直向坐在教室中间的一个女同学走去，一边走一边旁若无人地说："凤子，妈给你送水壶来啦。"

　　孩子们都愣住了。这个学校里的学生来自方圆几十里的各个村子，多半是住校的，家长来学校送东西是常有的事，但都是等孩子下了课再说话的，像这样的事没发生过。

　　那个叫凤子的女孩子羞得几乎要把头埋在桌子里。几个淘气的男孩子看着她，直做鬼脸，刘老师瞪了他们一眼，他们总算没有笑出声来。

　　那妇女穿着很旧很土，脸上长了许多斑，个子矮矮的。经过讲台时，她对刘老师说："老师，孩儿说晚上没有热水洗脚，今儿到镇上来，我就给她

买了水壶送来了。"

　　刘老师点点头，给她一个善意的笑容。将她送到门口，刘老师转回来，准备接着讲刚才停下来的问题。可是，已经走出好远的妇女又折回来了，还和刚才一样，又径直走到那个学生面前，说："凤子，你还有钱吗？我忘了把钱给你。"一边说一边把钱往她女儿的手里塞。

　　几个大胆的孩子终于笑出声来。凤子窘迫极了，开始用手去擦眼泪，一边擦一边说："妈，不要，我不要，你快走吧。"

　　那妇女再一次走出教室，刘老师整理一下课堂秩序，拿起粉笔刚在黑

板上写下几个字，门外又响起了敲门声，刘老师拉开门：这位妈妈竟然又回来了。

这一次，全班同学都哈哈大笑起来。

刘老师有些不高兴了，走出门问妇女还有什么事吗？这次妇女有点不好意思了，红着脸对刘老师说："老师，真是麻烦，我又过来一趟。"

刘老师说："您把事情直接告诉我就行了，让我来转告她吧。"

"新水壶的壶塞容易胀，要是胀紧了拔不下来，不要硬拔，热水会烫了我女儿的。"

"好的，我一定告诉她，我让她把壶塞放在冷水里泡一夜，明天再用，

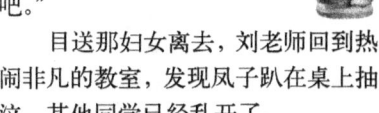

那样就不会胀了。请您放心吧。"

目送那妇女离去，刘老师回到热闹非凡的教室，发现凤子趴在桌上抽泣，其他同学已经乱开了。

刘老师决定放弃刚才还要讲的那个问题，和孩子们讨论一下这件事。

"同学们安静下来，我很想知道，你们为什么会笑？"

"她太有意思了。"一个学生说。又有同学笑起来。

"可是，你们想知道她妈妈第三次来说了什么吗？她让我告诉她的女儿，如果新水壶塞胀紧了千万不要硬拔，硬拔会有危险的。你们笑，是因为你们觉得可笑，可我认为，她是一位非常负责任非常爱女儿的好妈妈。有些礼节她也许不懂，但这有什么关系呢？我们都知道说'爱'，我们想过没有，爱是什么呢？在日常的生活里，你注意去发现、去感受了吗？"

教室里变得好静好静，哭声没有了。

刘老师又说："如果她是我的妈妈，我会觉得非常幸福的。"

很快，那个女孩子便把头抬了起来。下半节课，孩子们听得很认真，

更让刘老师惊喜的是，其后两年这个女孩子的数学成绩直线上升，一直持续到她以优异的成绩走出这个校园。

（题图、插图：安玉民 梁 丽）

□ 刘洪林

这钱脏吗？

这天，超市门外的路口围了一群人，我走近一看，原来是两个乞丐在争地盘。其中一个是哑巴，正被另一个头发长长的黑脸汉往外赶，但哑巴很倔强，嘴里"咿咿呀呀"地叫嚷着不肯离开。

哑巴的可怜样，引起了人们的同情，大伙纷纷指责起黑脸汉来。黑脸汉被骂得恼羞成怒，忽然一脚踢飞了哑巴的洋瓷碗，硬币和零票顿时撒了一地。我看不过去，于是上前质问道："喂，你凭什么赶别人走，这条路是你的吗？"

黑脸汉蛮不讲理地说："我先来的！"

"先来的就是你的呀？要这么说，这地方我天天经过，那我是不是也可以赶你走啊？"这话一出口，立刻得到了大家的支持，人们议论纷纷。

黑脸汉眼看犯了众怒，虽然有些胆怯，但仍然不肯让步。我见状，便掏出手机命令道："把地上的钱都捡起来，要不然，我就报警！"

"对！打110，让警察来治他！"围观的群众越来越多，黑脸汉怕了，不情愿地将满地脏兮兮的零钱捡拢后，匆匆逃走了。

得到大家的帮助，哑巴"哇哇"叫喊着表达感激之情。我从包里掏出一张二十元的钞票，扔到哑巴跟前，大家也纷纷掏出零钱来。不多时，哑巴面前的零票便堆成了一堆。

这时，一个提着大袋小袋的孕妇路过这里，听说了发生的事情后，也想掏钱施舍，因为地上脏，便将几袋东西都挪到左手，腾出右手掏出钱包来。

孕妇一只手无法打开钱包，犹豫了片刻，突然半蹲着将钱包递给了乞丐。这一举动，把大伙吓了一跳！

孕妇对乞丐说："小弟弟，你自己打开吧，里面有零钱。"

哑巴感激地看了眼孕妇，将脏手在衣上擦了擦，小心翼翼地打开钱包，里面有几张钞票和一堆零钱。

孕妇甩了甩被袋子勒红的手指，和善地说："自己拿呀，别客气。"

就在这一瞬间，我突然看到哑巴眼中亮光一闪，不好，这是贪婪的目光啊！果然，只见他手指一夹，老练地抽出一张百元大钞后，将钱包退给了孕妇。

孕妇愣住了，笑容僵在脸上足有几秒钟后，尴尬地说："小兄弟，我的意思是让你……你看看，这里面有不少零钱呢。"

哑巴装作没听懂，双手比划了几下后，开始清理地上的零钱，看来，是准备收碗走人了。人群很快躁动起来，哑巴的贪婪激怒了那些好心人，他们感到受骗了。

"退出来！让他退出来！这年头还能不能做好事？"大家群情激昂，议论纷纷。

"别说了！别说了！大家别再吵了！"这时候，被人们围在中间的孕妇突然急了，劝住大家后，她轻抚着肚子说，"别吵了，别让我孩子听到了。算了，让我出去，钱我不要了。"

孕妇说完后挤出人群，看着她蹒跚的背影，我再也站不住了，哑巴的行为早已经让我火冒三丈。我挤上前，一脚踩住哑巴的破碗，厉声喝道："把钱拿出来！把那一百块钱退给人家！"

哑巴这时候，早已被大家骂得抬不起头了。我气愤地说："你不经允许就拿走这么多钱，这跟抢劫有什么两

样？你想过没有，这样下去谁还相信你？谁还会可怜你……"

一席话，似乎把哑巴骂醒了，他突然"哇哇"哭叫着跪下来，煽了自己几个耳光，不住地朝围观人群磕起头来。

我从哑巴手里拿过那张大钞，追上孕妇，将钱退还给她。此时，孕妇还在担心着肚子里的孩子，心有余悸地说："希望没吓到孩子啊！胎教很重要，可别让这些不好的事情被孩子看见！"

这话让我感慨万分，因为我的妻子也正有孕在身，即将做父亲的我，也盼望着孩子生活在美好的世界里啊！

晚上，在城郊一间出租房里，昏黄的灯光下堆着满满一桌零币，哑巴乞丐正在一五一十地数着钱，忽然门一开，白天与他为敌的黑脸汉走进来，兴奋地说："今天怎么样，应该比昨天多吧？"

哑巴得意地一笑，说："那当然，今天这阵势比昨天大多了。要不是大哥把那张一百块还给那个孕妇，咱就赚得更多了！"哑巴说完，恭恭敬敬地把钞票交到我手上，说，"大哥，这钱你先收着。"

我接过钱，没错，我就是这个集团的头，我们就是靠这种手段乞讨骗钱的。但是，今天发生的事情却深深震撼了我！"让孩子生活在美好的世界里！"孕妇的话，再一次让我羞愧万分。我黑着脸问："你们觉得这钱不脏？"

哑巴愣了愣，疑惑地说："不脏啊，大伙儿不都每天拿着这样的钱买东西嘛。"

"脏！"我忽然间暴跳如雷，拍着桌子大声道，"跟这桌上的钱一样，都脏，脏得让人瞧不起，让人厌恶知不知道！"

见我大发雷霆，哑巴吓得脸色煞白。我鼻子一酸，歉疚地将他揽了过来。能怪哑巴吗？他是我带来的，他是我弟弟，我一母同胞的亲弟弟啊！

第二天，我们坐上了回家的火车。一路上，身上虽然揣着厚厚的几沓钱，但我并不快乐，我在思考着一件事情：这些钱虽然脏，但却出自一双双干净的手！我该如何使用，才能对得起那么多善良的人呢？

（题图、插图：安玉民　梁　丽）

"岳阳杯"幽默故事创作大赛征文选登
本活动由上海市松江区岳阳街道与本刊共同举办

叫声爹就给钱

□ 顾连明

张三和一个乞丐在街上为一点小事吵起来，吵到最后，一个说："我是你爹！"另一个也说："我是你爹！"张三一怒之下，从袋里掏出一叠钱，对乞丐说："咱有钱，你是个穷光蛋，还敢自称'爹'，让你看看你爹我的派头！"接着，又财大气粗地对众人大声宣布："谁要是跪在地上叫我三声爹，我就把这钱给他！"

此话一出口，周围的人议论纷纷，而张三却得意洋洋，看看你这个乞丐在我面前还嚣张什么。

突然，乞丐"扑通"一声跪在张三面前，一边磕头作揖一边念念有词："我的亲爹啊，儿子这里有礼了，儿子祝您寿比南山，福如东海！"

张三一看，先是一阵得意，刚才还嚣张的乞丐，现在居然跪在自己面前。接着，他感觉把钱给这个乞丐，岂不是便宜他了，心中顿生悔意，但话已出口，大庭广众之下，只好很不情愿地把手中的钱给了乞丐。

后来，张三的老婆知道了这事，一怒之下，搜光了张三身上的钱，并把他轰出家门，想让张三尝尝没钱寸步难行的滋味。

这天，张三在街上闲逛，忽然发现一个人好面熟，此人红光满面，全身上下新衣新帽，颇有点大款的范儿。再定睛一看，这人不正是那个给自己磕头的乞丐吗？此一时彼一时，张三把心一横，三步并成两步走上前去，拉着那曾经的乞丐死乞白赖地说："这几天我手头太紧，我也喊你几声爹，你给我几百元钱怎么样？"

乞丐掏出钱来，说"不是你让我认人民币当爹吗？这是我的爹，我咋能给你！"

最佳女婿

□ 黄　胜

丽丽妈为女儿找了个工作，是去大酒店做服务员，因为她一心想让女儿嫁个有钱人。她认为有本事去大酒店消费的，都不是一般人。

过了些日子，丽丽说自己有目标了，而且是好几个，只是拿不定主意该跟哪个交往，让妈妈拿个主意。

丽丽妈就问："他们几个都经常

去你们酒店吃饭吗？"

丽丽说："几乎天天去呢。"

丽丽妈笑开了花"天天去，那肯定都是有身份的人！这可不太好选啊，可别挑漏了。"她认真想了半天，有了主意，"丽丽，咱就按照饭局多少选女婿，饭局越多，本事肯定越大。"

丽丽想了想，说"其中一个每天有两个饭局，还有一个一天有三四个饭局，最后一个饭局就更多了，少说一天也有七八个。"

丽丽妈听得忍不住叫起来："啧啧，七八个饭局，那得多大的生意啊。丽丽，就他了，你可要抓住他啊！"

不久后，丽丽要结婚了，未婚夫就是那个一天有七八个饭局的人。

新女婿头一次上门，丽丽妈是越看越喜欢。小伙子姓黄，长得是一表人才，而且伶牙俐齿，很会说话。

小黄说："妈，您放心吧，虽然我现在条件不太好，但我以后会努力，一定让丽丽过上好日子。"

丽丽妈一听这话，隐隐感觉有些不妙："小黄啊，你天天那么多饭局，到底是做什么生意啊？"

小黄说"我是卖酒的，在丽丽那家酒店促销，唉，现在业务难做，不当场喝几杯……"

丽丽妈没等听完，就觉眼前一黑，嘴里"哎哟"一声，往后就倒。

忙乱中，有人还在喊呢："快看啊，丈母娘都乐晕了！"

·幽默世界·

神算的秘诀

□ 滕 飞

马家村有个老婆子，大家都说她算命特准！每天上门找她算命的人特多，大伙儿也不在乎出点钱财，只求老婆子给自己算上一算。

这天，老婆子家又挤满了人。一个小伙子走上前去，他想要问财运。老婆子看了看他，说："现在不看还来得及，到时候说出些难听的话可别怪我。"小伙子一愣，可能心里犹豫了一下，但最后还是好奇地说："看。"老婆子说："把你的左手伸出来我看看。"小伙子伸出左手，老婆子一把抓住，又说："把右手伸出来我看看。"小伙子又伸出右手，老婆子又用另一只手抓住。此时，老婆子竟然又说："还有只手也给我看看。"大伙全愣了，小伙子的两只手都被她抓住，她怎么还让他伸出只手来呢？只有小伙子好像被雷击了一般，猛地把手抽回去，转身就走。这时屋里的人才反应过来，敢情这小伙子是"三只手"啊！这下大伙对老婆子更添了几分敬畏。

接下来轮到一位中年妇女，还没等她张嘴，老婆子抢先对她说："你的来意我已尽知，请回吧！"中年妇女顿时愣了："您还没为我指点迷津，怎么就让我回去呢？"老婆子把眼一闭："天机不可泄露，改日再来。"说完好像睡着了一样，任凭中年妇女怎么恳求，她连眼都不再睁一下，中年妇女只好不情愿地走了。

终于等到大伙都离开了，老婆子的老伴忍不住问："你是咋知道那小伙子是'三只手'的呢？"老婆子看了他一眼，没好气地说"当然是坐在炕上看到的。"

老伴有些失望，原来是看到小伙子偷东西了，接着他又不解地问："那天机不可泄露是怎么回事？到手的钱为什么不挣？"没想到老婆子竟然气不打一处来"她的钱早被那个'三只手'偷光了，怎么去挣？"

找平衡

□ 裴文兵

大周开的酒店生意越做越好，可他心里总觉得难以平衡，为何？每天必须笑脸迎客，就连邻居小程，那个只开着间小杂货店的，他每次来吃饭时，自己也必须面带笑容！

这天，大周一跺脚，对老婆说："我今天中午去别的酒店里吃，也享受一下微笑服务！"说完他就兴冲冲地出门找平衡去了。

不一会儿，大周在一家大酒店的大包间坐定，一位服务员手拿一本菜单，微笑着走了过来。大周接过菜单，从上到下仔细地看起来。看着看着，他忽然将菜单往桌上一放，然后，头也不回地离开了那家大酒店。

不一会，大周来到了另一家大酒店，服务员微笑着递过菜单，他详细看过一遍菜单后，又快步离开了那家大酒店。

半个小时后，大周又走进了一家大酒店……

两个多小时后，大周春风满面地回到家里。刚进门，老婆就问道："都吃了些啥？吃得开不开心？"大周答："没吃，我一连进了三家大酒店，最后，还是决定不在外面吃。"老婆不解："为啥？"大周红着脸说："我是开酒店的，在那三家酒店里，我看着菜单上那些熟悉的菜名，一想到成本、利润时，就怎么也点不下去了。"

老婆还是一头雾水："你没在别的酒店里吃饭，没找到平衡，怎么还那样高兴呢？"

就听大周得意地说："在回来的路上，我去了小程的那间小杂货店。""杂货店怎么啦？""嗨，我买了一把牙签，从我进店的那一刻起，小程就一直保持着微笑，所以，我就特意多呆了一会儿，一边剔牙齿，一边享受小程的微笑服务……这下，我这心里头，算是平衡啦！"

和事姥

□ 赵学声

社区有个刘姥姥，风趣幽默，善于劝架调解矛盾纠纷，大家伙儿谑称她为"和事姥"。

这天，社区门口传来争吵声，原来是一个姑娘花了六块钱买了一只西瓜。买瓜时，瓜农作出了"包熟包甜"的承诺。可等那姑娘把西瓜带回家切开一看，也就八成熟，咬了一口还不甜。姑娘就抱着切开的西瓜找回来了。由于这个西瓜"似熟不熟"，于是西瓜摊前，一个坚决要求退货，另一个坚称已熟不退，于是就吵得不可开交。

刘姥姥闻声过来，一看，这事儿不能不管，就说："姑娘，这瓜呀，说不熟吧，似乎也熟了；说熟吧，看着确实也是欠点儿时候。哎，你就别生气了，带回去吃了吧，说到底不就是一个西瓜嘛。"

姑娘很委屈："老人家，这瓜不熟不要紧，关键是不甜，还有点儿青涩的酸味。"

瓜农脾气还蛮倔的，脸红脖子粗地嚷："大家评评，这瓜熟不熟？今天我卖了上千斤西瓜，就是你找事。"

两个人随即同时提高了嗓门，又大吵起来。

刘姥姥赶紧劝解："姑娘你先别急，卖瓜的你也别吵。现在不都讲究和谐社会吗，说实话，买瓜的不愿意买的西瓜不甜，卖瓜的也不愿意卖的西瓜不甜，这是你们的共同点，咳！我做个和事佬吧。"

大家都竖起了耳朵，等着刘姥姥的妙招，谁料到刘姥姥对摊主说"卖瓜的，你给这姑娘三块钱，这问题不就解决了。"

大伙都乐了，这怎么就解决了呢？刘姥姥赶紧说出理由："西瓜不是不甜吗，摊主给这姑娘三块钱，这姑娘买点白糖拌着吃不就行了。"

（本栏插图：包丰一　顾子易）

人体条形码

□ 谢元清

小马喜欢文身，而且专好文一些稀奇古怪的图案。前不久他刚在左手臂上文一个"有电危险"的信号，没几天又在右手臂上文了个"小心轻放"的玻璃杯。

这一天，小马来到一家文身店，看见茶几上一块塑料片上的条形码特别显眼，便眼睛一亮，对师傅说："今天就文这个。"师傅"扑哧"一笑，忙问："文哪里？"

小马身上已经有了各式图案，他还不满足，对师傅说："这些图案虽然漂亮，可穿上衣服什么也看不见。这次我要文在一年四季都能看到的地方！"说着话，让师傅在手背正中央照塑料片上的原样文了一个条形码。

小马文了一个新花样，好不得意，有事没事总爱伸出手来向朋友展示，还美其名曰"人体条形码"。

这一天，小马来到一家超市买东西，发现收银小姐每用读码器"扫"一下条形码，电脑便能自动报出商品名称。轮到小马付款时，面对漂亮的收银小姐，他忽然心血来潮，一伸手握住收银小姐的手，嬉皮笑脸地说："小妹，我刷卡。"

收银小姐气愤地缩回手，压住火，冷冷地说："拿卡来。"

小马将他右手伸过去，一翻，显出手背上那个"宝贝"："小妹，条形码就在我身上，你这机器能读懂？"

收银小姐愣了一下，但很快回过神来，将读码器对准小马的"人体条形码"按了一下，只听"嘀"的一声，传来一个清脆的女声："咸猪手一只，17元6角。"

·本刊信息传真·

阿P系列幽默故事征文

阿P系列幽默故事栏目开辟二十多年来，深受读者欢迎。为了把这个栏目办得更好，本刊再次面向全社会征稿。

来稿方法：1. 从邮局寄发，请在信封上注明"阿P故事征文"字样，本刊地址：上海市绍兴路74号《故事会》杂志社，邮编：200020。2. 从网上传递，可寄以下信箱：wulun@vip.sohu.net，请在主题上注明"阿P故事征文"字样。凡已和我刊编辑有联系的作者，稿件可继续投给联系的编辑。